Oceani. 27

Andrea Moro
Il segreto di Pietramala

La nave di Teseo

© 2018 La nave di Teseo editore, Milano

Published by arrangement with The Italian Literary Agency

ISBN 978-88-9344-409-5

Prima edizione La nave di Teseo gennaio 2018

Sommario

a MEM

*Questo libro è dedicato alle cose belle che finiscono,
perché mi provano che ne cerco una che non finisca.*

Capitolo primo

Settembre, ovvero quando il mare di Corsica porta a scoprire che gli abitanti di un villaggio sono tutti fuggiti e ad accorgersi di un'altra sorprendente assenza.

[1.1] *Preposizione nome verbo articolo nome congiunzione articolo nome verbo preposizione nome congiunzione nome verbo articolo nome.* Evidentemente, in principio non era il verbo. Almeno non qui. In principio qui c'era solo una banalissima "preposizione", il nome disadorno di un monosillabo seguito da altre etichette grammaticali e niente di più; in principio, qui, c'era solo un ordine senza significato, l'esoscheletro di un pensiero senza pensiero, come la carcassa vuota di un insetto asciugato dal tempo.

Riposi in fretta la lettera – senza un commento, senza un sospiro – nella mia cartella di cuoio. Era nera, chiusa con uno spago rosso: una di quelle morbide e che profumano di buono; vi custodivo tutte le lettere che mi aveva spedito la Signora – così fin da bambino mi ero abituato a chiamarla – nel corso degli anni. Fu un movimento rapido, come di chi, preso di soprassalto da un richiamo, pur intento in qualcosa di importante deve volgersi subito ad altro: avrei decifrato il messaggio in un secondo momento. Era stato il barrito gutturale e potente della nave a scuotermi: imponendosi su tutto, avvisava che stavamo facendo ingresso nella baia. In piedi, sul ponte principale, mentre guardavo il sole all'orizzonte sul mare volsi di scatto la testa dalla parte opposta e vidi: eravamo ormai all'interno della baia di Calvi, in Corsica.

È la baia di Calvi un meraviglioso anfiteatro naturale, emergente dall'acqua e abbracciato da una catena non interrotta di monti, tutta a creste e avvallamenti, che vien quasi a ritagliare un'ellissi di mare a uno dei due fuochi della quale punta il promontorio della cittadella vecchia, sagomata come un veliero di pietra. La cittadella, germe originario dell'insediamento, fu fortificata da poderosi bastioni nel Cinquecento, eretti poco dopo l'inaugurazione del palazzo dei governatori genovesi, ed è oggi una caserma dell'esercito francese. A chi arriva per mare, quell'immagine di un castello a sagoma di nave, ancorato in una baia protetta dalle montagne, si imprime con un senso struggente di meraviglia e questa meraviglia è, se possibile, resa ancor più intensa perché sorge dopo ore di traversata, quando gli occhi sembrano ormai aver dimenticato la dimensione verticale, e genera l'impressione che si tratti di un'opera progettata da squadre di ingegneri e architetti, come il palazzo di un imperatore, e non una combinazione involontaria, ma non per questo meno stupefacente e armoniosa, di forze naturali. La pietra illuminata dalla luce radente di settembre aveva i toni di un impasto di terre rare, come un tessuto indiano, il cui orlo netto delimitava con un ricamo il cielo blu intenso, sgombro da ogni sbavatura di bianco.

Io però non avevo tempo per emozionarmi, qualora anche ci fossi riuscito: ero giunto fin lì solo per lavoro e avrei concluso il tutto quanto più velocemente possibile per far ritorno a

Parigi al massimo in qualche settimana. Ero lì per guadagnarmi qualche soldo: non avevo necessità di contemplazioni.

Non mi aveva scosso nemmeno l'emozione di una traversata difficoltosa. La navigazione da Genova era stata ben più che tranquilla. Il mare di settembre aveva confermato la sua fama: brezze favorevoli, residuo addomesticato di una "tramontana chiara", come la chiamavano i marinai, ci avevano accompagnato costantemente generando solo rare folate che increspavano a chiazze l'acqua e un cielo così terso da far intuire le stelle ancora prima che apparissero. E per giunta anche all'arrivo il tempo era meraviglioso. Non era infatti una notte né buia né tempestosa; anzi, non era nemmeno una notte. Era una sera ed era per giunta straordinariamente quieta, una di quelle dove si vede la luna insieme al sole e non si sa più a chi spetti il cielo. L'unica crepa nella gelatina di indifferenza che stava tra me e quel paradiso era la percezione che, per quanto la Corsica fosse vicina, tuttavia, lo stacco tra l'isola e il continente era incommensurabile. Non era la prima volta che vedevo la montagna nell'acqua – così i marinai chiamavano l'isola – ma ogni volta era sempre come se entrassi in un mondo alternativo o meglio nel vero mondo, mentre quello che lasciavo alle spalle appariva come un ricordo poco plausibile.

L'inversione turbolenta delle eliche aveva frenato il traghetto facendolo tutto tremare e annunciando con ciò le operazioni di attracco. Dovevo recuperare lo zaino e la valigia con il materiale: ero pronto a sbarcare. Un ultimo sguardo dal ponte verso la baia mi fece rendere conto che la luce del tramonto iniziava a gareggiare con le lampade delle case. Scacciai la tenerezza dagli occhi deviando lo sguardo verso la scala di ferro che avevano appoggiato alla chiglia. L'affrettarsi dei marinai sul molo a raccogliere le cime per far attraccare la nave, la corsa dei passeggeri vocianti e carichi di bagagli verso le uscite, i saluti di coloro che aspettavano i nuovi arrivati: tutto avrebbe dovuto infondermi una certa allegria e invece mi sentivo solo e lontano anche se non sapevo bene rispetto a cosa e soprattutto a chi. L'unica sensazione veramente familiare era il profumo del rosmarino e della carne alla griglia che una locanda vicino al porto stava preparando per la sera. Scesi con l'intenzione di andare a mangiare prima di raggiungere il mio albergo.

Il ricordo della mattina appena trascorsa mi tornò allora in mente vivido: ero arrivato a Genova da Parigi il giorno prima di imbarcarmi e avevo trovato una stanza alla Locanda della Formica, dove mi piaceva soggiornare quando mi trovavo in quella città. Sceglievo sempre quella locanda e non solo perché dalla camera si vedeva la chiesa dove era seppellito Andrea Doria – uno dei miei eroi – ma soprattutto perché sotto la finestra c'era una focacceria che al mattino resuscitava i sensi molto meglio di qualsiasi trillo di sveglia. Farsi destare dal naso è più piacevole che dalle orecchie. Quella mattina, inebriato dal profumo, non avrei mai lasciato la stanza, la locanda, la città, la terra: ma dovevo per forza partire per la Corsica e portare a termine la missione che mi avevano assegnato. Ero pronto: lo zaino ben equipaggiato sulle spalle e una borsa con il necessario per il lavoro. In piedi, un istante prima di aprire la porta per lasciare la stanza, mi sorprese la mia immagine allo specchio. Mi guardai; fermo. Gli specchi – si sa – non riflettono mai; semmai, suggeriscono interpretazioni. Dei riccioli neri e lucidi stavano già rispuntando sulla mia testa tonda e la barba

– di quelle che sembrano crescere dal nulla nel giro di una sola notte – metteva in evidenza le labbra ben fatte, unico particolare del mio volto che mi non mi dispiaceva. Provai a sorridere per vedere che effetto facevo ma fui distratto dall'impressione del mio corpo. Aveva ragione un tipo che mi disse una volta che avevo l'aspetto di un soldato del regno del secolo scorso: robusto, spalle larghe, basso; con lo zaino in spalla in effetti sembravo sbucato da un ritratto commemorativo della fanteria; solo gli occhiali tondi e piccoli di metallo tradivano la passione per la lettura, in equilibrio con quella per il cibo. Sospirai, come d'altronde chiunque sano di mente fa alla mattina davanti allo specchio. "Elia Rameau," mi disse una volta la Signora, "i tuoi occhi sono lunghi e sorridenti come se lo sguardo mistico d'Oriente avesse acquistato la ragione di quello d'Occidente; non sprecarli: usali, consumali, rimpiangili e sarai felice." Mi consolai con quella frase che non capii bene allora né capisco meglio ora e che comunque mi sembrò convincente come poche. Lesto, presi la borsa per uscire ma mi fermai ancora una volta: osservai la stanza. Fui sul punto di rituffarmi sul letto e concedermi di nuovo al sonno, ancora impigliato tra le lenzuola illuminate dal sole radente del mattino; invece spalancai la porta della camera e imboccai il corridoio lasciandola sbattere alle spalle sospinta dalla corrente d'aria fresca che si era nel frattempo formata. Mi lasciai spingere anch'io dalla stessa corrente. Era una giornata di tramontana chiara. Si parte.

Durante la traversata avevo raccolto le mie carte, riordinato le mappe e pensato come effettuare il censimento. Prima di partire mi ero procurato quaderni, microfoni e i cavi, che avevo arrotolato stando attento ad assecondare la venatura della plastica, come mi aveva insegnato un mio amico, esperto di registrazioni e delle mie ansie come nessun altro al mondo; avevo infine riposto ciascun microfono in un incavo sagomato in un blocco di gommapiuma che perfettamente si adattava a una scatolina di legno fatta fare su misura. Tutto doveva funzionare al meglio. Il mio compito era ben definito: registrare e trascrivere tutto quello che veniva detto e scritto nel villaggio di Pietramala, nella Corsica del Nord. Si trattava di fatto dell'ultimo tassello di un capillarissimo e definitivissimo atlante linguistico commissionato dall'Unione Europea ad una società francese di antica tradizione affiliata all'Accademia di Francia: la prestigiosa Société linnéenne de linguistique comparative. "Area 44" veniva chiamata nella tassonomia tecnica del progetto quella zona ancora muta, e l'Area 44 toccava a me. Mi avevano avvertito che era completamente isolata e che da anni nessuno aveva ricevuto segnalazioni dagli abitanti; l'agglomerato risultava ancora in buono stato dalle rilevazioni satellitari. Non c'era da essere sorpresi. Era stato così anche per l'Area 45 e la 22, nella valle dell'Hornád al confine tra Ungheria e Repubblica Ceca e nella regione di Barataria in Andalusia. Se non fosse stato per qualche mancia sganciata alle persone giuste, o forse per altre concessioni, come insinuavano i colleghi italiani, esperti evidentemente dell'arte di convincere, non sarei mai riuscito a registrare niente.

Così mi trovavo alla soglia dei trent'anni ad aver accettato un lavoro precario, disgustato, dopo anni di studio intensissimo, dalle offerte universitarie che sembravano valutare come unici dati rilevanti la mia data di nascita, le mie preferenze sessuali e la marca delle mie giacche, in tutti gli ordini di gradimento possibili. Avevo stramaledetto il giorno in cui avevo deciso di studiare: per tutti i cinque lunghissimi anni del liceo non avevo fatto altro, giorno e notte. Meglio: non ero riuscito a fare altro, anzi – tanto vale essere sincero – non avevo voluto fare altro. Cosa o chi mi avesse spinto a studiare così tanto e di tutto, non lo capisco bene neppure ora: forse i miei genitori, senza farmelo intendere, forse la mia curiosità, forse la Signora. Quegli anni passati con lei – lo riconosco – devono essere stati decisivi. Mi ricordo ancora le sue parole con quella voce rauca, perentoria e rapida, a proposito dei miei studi: "Elia, ti sarai accorto che si ammette comunemente che l'unico e tipico scopo della vita per un ebreo sia di diventare ricco. Non c'è niente di più lontano dalla verità. La ricchezza è per l'ebreo soltanto un grado intermedio, un mezzo per arrivare al vero scopo ultimo, non è quello reale. L'ebreo è determinato a salire a un livello superiore nel mondo della cultura. Perfino il più ricco preferisce dare sua figlia al più povero degli intellettuali che a un commerciante; anche il più scassato venditore ambulante, che trascina la mercanzia sotto la pioggia e il vento, proverà a scegliere almeno uno dei suoi figli per farlo studiare a costo dei più gravi sacrifici. È infatti ritenuto titolo d'onore per l'intera famiglia annoverare tra i suoi membri qualcuno che ricopra un ruolo di intellettuale: un professore, un esperto, un musicista, come se con i suoi successi li nobilitasse tutti." Così mi disse la Signora che, senza tentennamenti, diede per scontato che io dovessi ricevere una educazione improntata ai valori della cultura ebraica per nulla disturbata dal fatto che io fossi figlio di una coppia di cattolici.

Fu in quel preciso momento che mi rivenne in mente il messaggio enigmatico che la Signora mi aveva scritto e che io avevo in fretta e furia infilato nella cartella di cuoio, ma ormai si era fatto tardi e dovevo cercare un posto dove cenare. Volevo trattarmi bene. Mi aspettavano giornate di lavoro molto intense anche se – lo sapevo per esperienza – non prive di situazioni comiche; avrei fatto parlare gli abitanti di Pietramala e registrato le loro voci nel loro dialetto, riportandone la struttura fonologica e ogni sfumatura dell'intonazione frasale, ogni vocabolo, rigorosamente suddiviso nei diversi campi semantici di base nei quali era organizzato il grande dizionario dell'atlante, e ogni restrizione sintattica delle regole che costituivano la lingua di Pietramala: solo che chissà quante volte loro non avrebbero capito e io avrei dovuto iniziare da capo o addirittura passare ai gesti e mimare le richieste nei modi più strani.

E dire che io volevo invece fare un mestiere che mi costringesse a guardare il cielo; mica un mestiere nobile, mica necessariamente l'astronomo, io avrei anche solo venduto aquiloni. Però intanto ero lì: coi quaderni, i microfoni e i cavi.

Salii verso la piazzetta che congiunge la cittadella fortificata con il resto del paese: piante strane e tozze e grosse che – dicono – non possono mai ammalarsi né prender fuoco occupavano un piccolo campo sterrato dove una compagnia di uomini che assomigliavano a quelle piante stava giocando a bocce. Mi lasciai guidare dall'istinto e mi fermai in uno dei ristoranti che si affacciavano sulla piazzetta: quello che mi sembrava servisse il vino ai giocatori di bocce. Ormai il sole era calato. Non dovetti aspettare molto. Un cameriere fino ad allora intento a guardare la partita mi notò e si avvicinò al mio tavolo. Camminava rapidamente mentre si asciugava le mani sul grembiule pulito; aveva l'aria di chi avrebbe preferito cenare insieme a me invece di servirmi. Scostò una sedia dal tavolo e mi si sedette accanto appoggiando il braccio sulla tovaglia come fossimo in confidenza: salutò in corso con una voce ispida, perfettamente intonata al suo volto selvatico, e mi chiese cosa desiderassi mangiare. Ricambiai il saluto in corso con parole gentili e un sorriso, ma l'espressione della mia bocca non era affatto in sintonia con lo sguardo preoccupato che gli dedicai: ordinare da mangiare per me non era facile. Avrei dovuto renderlo partecipe della mia esigenza che certamente non avrebbe capito: avevo scelto il menù completo, dall'antipasto al dolce con anche il caffè e il mirto, ma avrei voluto che le portate fossero servite nell'ordine inverso. Mi feci coraggio e gli spiegai la faccenda con la partecipazione di chi descrive per l'ennesima volta lo stesso monumento a una comitiva di turisti. La reazione che mi aspettavo, tuttavia, non fu nemmeno lontanamente vicina a quella che ebbe luogo: non un sospiro; non un sorriso; non un fremito delle sopracciglia. Si appoggiò meglio al tavolo per trascrivere la comanda; incolonnò la lista delle portate e poi, senza scomporsi, con la matita tracciò semplicemente una freccia a fianco della lista dal basso verso l'alto. Mi parve allora di essere normale; mi parve di essere stato anche un cretino a sottovalutarlo. Certo non gli dissi che avevo scelto certi piatti per semplificare la cena. I bocconi nel piatto vanno disposti in modo razionale e se ci sono parti troppo diverse allora si fa una fatica boia a combinarli simmetricamente: i piatti fatti di una cosa sola, come certi risotti, ad esempio, o le frittate, invece, sono rilassanti. Non necessitano di nessuna funzione combinatoria. So bene che non è veramente necessario combinare tutto in quel modo, ma non volevo avere delusioni e trovarmi senza il giusto bilanciamento in bocca. Inoltre tutto questo mio affanno combinatorio mi salvava dall'imbarazzo di non sapere dove guardare, o meglio mi faceva desistere dallo spiare con attenzione le espressioni e i sussurri degli altri commensali: le coppie stagionate che masticano senza dirsi nulla, i colleghi che parlano male dei colleghi che parlano male dei colleghi, chi si ama per la prima volta e osserva di nascosto la lingua nella bocca dell'altro sincronizzando istintivamente i morsi e – il peggio – quelli soli come me che riconoscono di non essere nemmeno unici in questa solitudine. Non avevo alternative se non lasciarmi andare a pensieri personali, sperando che i pochi commensali nulla intuissero dal mio sguardo.

A cosa si pensa quando si mangia da soli? Se nessuno me lo chiede, lo so; se cerco di spiegarlo a chi me lo chiede, non lo so. Quella sera il primo pensiero fu agli anni della scuola, forse per il rancore implicito che provavo nel trovarmi lì a fare un lavoro banale dopo tanta fatica nello studio. Pensai ai professori che avevo incontrato e mi ripetei una cosa che mi ero già detto varie volte: detestavo quelli che volevano insegnarmi qualcosa. Ho sempre preferito quelli che invece si lasciavano derubare anzi che ti invitavano a farlo, senza dirlo ovviamente: ti facevano venir voglia di far tue le loro idee e anche i modi che usavano con grande sicurezza per esprimerle; perfino i gesti, certe oscillazioni della voce in prossimità di concetti chiave, o l'aprirsi e il richiudersi ritmico delle mani, quasi una punteggiatura aerea, avresti voluto farli tuoi. Le idee, d'altronde, non si possono certo regalare né imporre: per trasmetterle occorre invece far provare invidia e gelosia; si educa provocando la tentazione del furto e alla fine permettendolo e premiandolo con finta distrazione. Arrivò il mirto, di poco preceduto dal caffè: dunque, iniziava la mia cena.

Chissà perché mi sentivo totalmente in trappola: avevo l'età nella quale ci si dovrebbe sentire di vivere una vita staminale, di poter ancora diventare tutto. E invece niente. Io, quella vertigine lì, l'avevo persa completamente: non c'era più spazio per l'imprevisto nelle mie giornate e dunque per il futuro. Mi trovavo a osservare la mia vita come si osservano quei giochi dove si affiancano migliaia di tesserine di domino: quando nasci cade la prima e, una dopo l'altra, di conseguenza, cadono tutte, ognuna abbattuta dalla precedente, congiungendo distanze anche lunghe ed eliminando con ciò tutti i dubbi sull'origine delle cause – almeno quelle locali – ma con essi anche tutta la creatività; qualche campanellino che suona, qualche pallina colorata che precipita e rimbalza, uno zampillo che spegne una candelina ma tutto più o meno prevedibile e scontato, semicartesiano direi, della metà *extensa*. L'unica incertezza in questo *carillon* era purtroppo anche l'ultimo evento sperimentabile: la pedina alla fine della fila, che non poteva più cadere addosso a nessun'altra. In quei momenti allora mi sorprendeva e travolgeva la consapevolezza che quella cosa che si può veder solo capitare ad altri ed è l'unica certa insieme all'adesso – non mi andava di chiamarla per nome – sarebbe capitata anche a me. E questo mi generava un'apnea della speranza e della ragione nella quale non mi rivelavo ben allenato. Ora però ero solo stanco. Stanco perfino di sperare negli

imprevisti: sentivo la morte – ormai non serve a me più negar-
le il nome – venirmi incontro; solo un po' più lenta della noia
e se la preda di queste due fiere ero io, tanto valeva accelerare
l'impatto e correre in braccio alla prima. Arrivò in quel momento esatto una torta di farina di castagne profumata da una
marmellata di fichi di raro equilibrio, seguita da un'ottima po-
lenta con il brasato cotto in un vino rosso intenso. La saliva
scacciò le lacrime.

Non avevo nemmeno niente da leggere, per distrarmi durante la cena. Non che non mi piacesse leggere, anzi, ma come
al solito non ero riuscito a portarmi dei libri nuovi in viaggio e
non perché mi mancassero; al contrario. Avevo passato giorni
a prepararli, scegliendoli e impilandoli uno sopra l'altro sul tavolo, cambiandone, a seconda dell'umore, l'ordine o il numero, sfilando o inserendo o sostituendo quelli che al momento
sembravano confortarmi per forma o colore – odore, talvolta
– oppure provocarmi e incuriosirmi. Poi, come sempre, al momento di uscire di casa, mi rendevo conto che tutti non avrei
potuto portarli e tuttavia nemmeno uno poteva essere preferito e sudavo e sudavo e sudavo freddo per l'ansia di non saper
scegliere. Alla fine, come per tutti i miei viaggi, la pila dei libri,
nell'ultimo ordine superstite, rimaneva sul tavolo ad aspettarmi al ritorno come una specie di lapide commemorativa provvisoria, pronta a essere smontata, rimontata e abbandonata per
un altro viaggio per il quale sarei partito senza nulla da leggere. Un cenotafio di parole; questo era il mio zaino. D'altronde
– ecco forse la santa verità – non leggevo più niente perché mi
stufavo di tutto; avevo comprato libri che si erano rivelati solo
sdolcinati ammiccamenti ora a questo ora a quel padre del-

la cultura (ovvero a quel potente, potentissimo editore) buoni solo per il ruminare dei critici che contano; oppure libri che ti chiedono di contemplare la bellezza di una formula dicendoti al contempo che non potrai mai capirla, insegnando con ciò la modestia ai lettori. Storie; io volevo invece delle storie da leggere d'un fiato: di quelle che ti fanno fingere di non star bene per evitare un invito a cena e permetterti così di finirle. Quelle con la trama, con gli incontri, gli scontri, le coincidenze, le sparizioni e le agnizioni, quelle di fantasmi, le mie preferite. Volevo in fondo solo una storia e che magari non finisse male: mica chiedevo troppo. Ma non potevo certo scrivermela da solo: l'onanismo è già claustrofobico quando si tratta di liquori corporali, figuriamoci quando si tratta di parole.

E poi, qualora anche avessi deciso di scrivermela da solo, la storia che avrei voluto leggere, non avrei saputo nemmeno da che parte cominciare: se usare la prima o la terza persona, il presente o il passato; se sarebbe stato meglio scrivere con la biro sulla carta o con il portatile, quello invece lo sapevo. Per non parlare dei contenuti: abituato a lavorare sulle regole della sintassi non sapevo come trattare la semantica. L'unico elemento che sapevo dominare era quel fenomeno umanissimo e specialissimo che è la punteggiatura, così umano che nessuno ha avuto il coraggio di rintracciarla – sia pure in forma embrionale, s'intende – nel linguaggio di altri animali. La punteggiatura è come l'elettroencefalogramma di un cervello che sogna – non dà le immagini ma rivela il ritmo del flusso sottostante – ed è per giunta anche rassicurante: se ci si trovasse, ad esempio, a sfidare la vertigine di una frase relativa, che spuntasse inutile e troppo lunga tra la protasi e l'apodosi di un periodo ipotetico di quelli dove ci si sente persi perché a metà non ci si ricorda più cosa di cosa si stava parlando e si teme di dover iniziare da capo a leggere tutta la frase, allora ci si potrebbe agganciare alle virgole aggrappandosi alle quali si riuscirebbe ad arrivare salvi alla fine della frase, intrappolando la relativa tra di esse; né mai sarei riuscito a frenare in tempo prima del punto fermo di una frase particolarmente lunga, se qualche punto e virgola – geniale endiadi, icona del pensiero debole – non mi avesse(ro) reso disponibile una sosta decisa ma non definitiva e permesso, quindi, in tempo, di rallentare. Per non parlare poi dei due trattini che, segnando un inciso in arrivo da un mondo parallelo ma non meno vero, creavano una corsia di emergenza dove far scorrere una frase quando un'altra le stava appresso come due macchine in una tangenziale affollata all'ora di punta. La punteggiatura è l'impalcatura della narrazione. Saprei distinguere Tolstoj da Gadda anche semplicemente osservando l'affiorare delle sole virgole su un foglio bianco. Anzi, mi spingevo a dire che tutta la filosofia occidentale non era che una riflessione sulla punteggiatura nelle opere di Platone.

Arrivò a porre fine a quella riflessione – se così possiamo chiamare quel ruminare di pensieri – un piatto di tagliatelle al sugo di cinghiale: erano buonissime, a parte l'abuso di noce moscata che mi aveva guastato un po' il sapore. Insieme ai chiodi di garofano e alla cannella la detesto e sono ben lieto che tutti e tre finiscano contemporaneamente nello strüdel liberandomi così in un sol colpo dalla fatica di evitare troppe ricette: la cena si avviava a concludersi nel modo migliore.

Certo, scrivere sarebbe potuto essere un buon diversivo a una vita tutta prevedibile. Avrei scritto a mano, su quaderni grandi. Mi è sempre piaciuto, da piccolo, veder scrivere sulla carta e questo ben prima che imparassi a leggere: l'odore dell'inchiostro e il crepitio del pennino sulle impercettibili increspature della carta erano il mormorio di un insetto felice che semina il suo seme nero e solo a lui comprensibile su prati bianchi. Poi, quando capii che quei sentierini volevano dire qualcosa, un po' della magia svanì ma mi è rimasta ancora nel naso e nell'orecchio la sorpresa del gesto dello scrivere. La vita nell'universo – si sa – è rarissima e il linguaggio tra le bestie lo è ancora di più; ma la scrittura fra gli uomini, quella è una singolarità davvero commovente: non so se qualcuno in qualche altra galassia sappia scrivere, trasferire le regolarità dei suoni – impronta dei pensieri – su un oggetto in modo che chiunque lo osservi li faccia rivivere anche quando chi li ha impressi se ne è andato. Anche sullo stile che avrei utilizzato per scrivere, come sulla punteggiatura, però non c'erano per me scappatoie. Sapevo infatti che avrei pensato e scritto da uomo di pianura. Tutto quel cielo senza margini come una lavagna da ciclopi era impossibile da sostituire. E quando l'acqua delle risaie in primavera lo raddoppiava – il cielo, intendo – allora mi prendeva addirittura la paura, che forse era però una felicità male interpretata, di non avere abbastanza inchiostro per tutti i pensieri che mi era concesso di avere. Avrei invece preferito talvolta aver la mente di un uomo di montagna, abituato a osservare la luce apparire e scomparire tra confini disegnati dalle creste delle rocce. Mi sarei sentito rassicurato dai limiti stabili, imposti da quelle quinte naturali, e avrei forse avuto alla fine più fantasia; la cattività intermittente e totalmente predeterminata della luce che compare e scompare dietro quei profili mi

avrebbe reso pari a quel poeta classico che scrive la sua tragedia osservando un certo numero di regole che conosce ed è
più libero del poeta che scrive quel che gli passa per la testa ed
è schiavo di altre regole che ignora.

Avevo dunque punteggiatura e stile, quelli sì. Mi mancava
però la storia da raccontare: ero come chi ha tutta l'attrezzatu-
ra per compiere una scalata ma gli manca una montagna. La
tristezza riaffiorò come una vampata dalla pancia fin su al petto e in faccia, tant'è che temetti si vedesse da fuori. Per fortuna
arrivò l'antipasto: crostini di pâté di olive e affettato. La cena
era dunque praticamente arrivata al termine ed ero riuscito
ancora una volta nell'intento di svuotare di significato quella
stupidissima e insulsa espressione italiana "essere arrivati alla
frutta", visto che per me la frutta era l'inizio.

Mi rallegrai del sincronismo con il quale avevo esaurito
nello stesso istante sia i pensieri che il cibo: non avrei dovuto né inventarmi altre riflessioni né chiedere altro da mangiare
per parificare l'abbinamento. Fu allora però che un pensiero
improvviso, quasi uno starnuto nel sonno, interruppe quel ruminare più mentale che gastrico e mi balzò alla memoria quel
messaggio che avevo infilato nella cartella di cuoio. Lo tirai fuori e lo rilessi tutto, immediatamente, d'un fiato con molta più
attenzione. Lo rilessi ancora. Niente. Il mio orgoglio era sbri-
ciolato. Se almeno il margine di quel foglio fosse stato troppo
piccolo avrei potuto millantare di aver risolto l'enigma ma di
non aver spazio sufficiente per scrivere la soluzione e rispedirlo
al mittente, ma i margini erano ampi, capaci, larghi, erano piazze per raduni di idee; erano proprio quelle che mi mancavano.
Allora, non capii nulla; invece, ora che capisco, so anche che a

nulla varrebbe trascrivervi la soluzione, perché senza aver fatto il percorso che ad essa porta, sarebbe del tutto incomprensibile. Il mio percorso ebbe inizio quella sera e ora che incanutito senesco posso portarvi con il mio racconto a rifarlo, quel percorso. Dunque da qui io posso partire e voi, se volete, seguire.

Si era fatta nel frattempo l'ora di pagare e il cameriere doveva averlo percepito, visto che ricomparve, sempre asciugandosi le mani sul grembiule pulito: "Undici euro," mi disse come se avesse da tempo fatto il conto. "Totale perfetto," risposi io, senza suscitare alcuna reazione. Non avevo infatti perso l'abitudine di pensarlo. Sono – tanto vale dirlo ora – polidattilico superiore sinistro. Cioè, in concreto, ho sei dita nella mano sinistra: un dito in più tra mignolo e anulare. Questo fatto, su un bambino discretamente precoce e poco incline a misurare il mondo secondo punti di vista altrui come ero stato io, ovviamente, aveva lasciato il segno: imparando a contare sulle dita da solo, infatti, mi ero raccontato che 11 fosse il numero che fotografava il totale perfetto, le parti nelle quali si organizzava in modo naturale tutto. Mi ricordo quando, ancora piccolissimo, mia mamma mi mandò per la prima volta a comprare una confezione di uova: tornai a casa giubilante perché credetti che una fosse in regalo. E anche gli orologi, secondo me, avevano un'ora di troppo due volte al giorno che non sapevo mai come spiegare né impiegare. Poi mi dissero che si contava di dieci in dieci: mi adeguai e rividi tutta la mia aritmetica (continuando tuttavia a pensare che gli orologi fossero costruiti male). Diventai allora bravissimo a fare i conti nel nuovo modo, finché, naturalmente, la mamma, anni dopo quella volta, non mi mandò ancora a comprare le uova. A quel punto, le uova in regalo erano diventate due: esattamente – e sorprendentemente – tante quante le ore in più del giorno e questo mi fece riconoscere per la prima volta il mistero. Mi arresi. Poi, da ragazzino, dopo le uova, affrontai la questione della Trinità e capii definitivamente che il mondo non si lascia interpretare rispetto al numero delle nostre dita.

Va bene. Ero in Corsica. Avevo mangiato ma ero triste, tristissimo. Non restava che ripartire per l'albergo che avevo prenotato, ma una consolazione si era formata chiara in me: la tristezza è una fortuna. Talvolta è uno scudo che ci protegge dalla delusione che proviene necessariamente dalla felicità assopendo le aspettative; altre volte invece è un provvidenziale ematoma della mente: la tiene gonfia e dolorante, dunque quieta, ma solo per poco tempo, solo perché non si abbia a ferirla ancora e la si lasci a riposo per rigenerarsi. Salutai senza convinzione il cameriere che non sembrò rimanerne male, ripresi lo zaino e uscii sulla strada. L'aria era cambiata, un profumo diverso nel vento, un profumo amaro. Mi allacciai il giubbotto e strinsi bene la tracolla dello zaino. Dovevo mettermi in cammino: era tempo di giungere a Calenzana, il paese dove avrei costituito la mia base e dal quale sarebbe cominciata l'ascesa verso Pietramala. Dal cielo qualche goccia di pioggia mi segnalava che lo spazio tra me e le nuvole non era vuoto ma non mi sarei mai immaginato di cosa si sarebbe riempito da quel momento in poi.

[1.2] Quando piove tantissimo mi immagino sempre di essere un albero alto e frondoso e di sentire l'acqua solleticarmi tutte le foglie contemporaneamente. Quella mattina pioveva tantissimo ma non avevo tempo di immaginarmi niente di più di ciò che dovevo fare. Guardai fuori dalla finestra, scostando di poco la tenda polverosa: non sembrava nemmeno che ci fosse aria tra le gocce, tanto lo scroscio era compatto. Avevo puntato la sveglia alle cinque e, come mi capita tutte le volte che devo fare qualcosa che non mi piace di mattina presto, mi ero svegliato esattamente un minuto prima che suonasse. È evidente che abbiamo dentro di noi un orologio: nessuno sa come faccia il nostro corpo a calcolare il tempo – non è nemmeno detto che sia il cervello – ma è certo che questo orologio si sincronizza con le emozioni: il mio, per l'appunto, mi risparmia di essere svegliato quando non vorrei dandomi l'illusione di essermi svegliato spontaneamente. In concreto, mi risparmia quella sensazione schifosa che assomiglia a quando si è stati buttati in piscina con tutti i vestiti addosso e ogni movimento trova una resistenza invincibile contro una forza che ci avvolge completamente. Le mie palpebre si aprirono di scatto alle 4:59 mentre il corpo giaceva ancora tutto inerte; osservai il soffitto e subito dopo scostai con un gesto rapido le coperte, nella speranza che il freddo affrettasse quell'agonia alla rovescia e mi spingesse a riattivarmi per intero. Mi ricordai solo allora dov'ero e perché ero lì: ero in Corsica per la missione ricognitiva sulla lingua parlata nell'Area 44; la sera prima avevo camminato per qualche ora dalla fine della cena a Calvi fino a Calenzana, un paese della Balagna, la zona collinare che dalla costa arriva a lambire la grande catena montuosa, spina dorsale dell'isola. Per raggiungere Pietramala, avevo infatti capito che il percorso ideale era fare base a Calenzana e da lì puntare verso il monte Cinto, un colosso di quasi tremila metri, che generava uno scenario alpino, inaspettato a quella latitudine; si diceva che sui sentieri del Cinto in certi giorni si potesse sentire il vento contemporaneamente carico del profumo del mare e della resina dei pini di montagna: una miscela inebriante. In me, invece, stava prendendo corpo un raffreddore di quelli memorabili: non avrei goduto di nessun profumo – pensai – e comunque non desideravo altro che arrivare, registrare quella lingua e tornarmene indietro.

A Calenzana avevo trovato alloggio in una locanda vicino alla chiesa, quella grande del Settecento, sulla strada principale, vicino a un grande platano ancora carico di foglie. Il padrone, per nulla incuriosito dalla presenza di un turista di fine stagione – così mi parve mi avesse catalogato – mi aveva accompagnato nella mia stanza senza nemmeno registrare i documenti, molto più preoccupato che i suoi quattro amici nel salone da pranzo non si servissero di mirto a volontà in sua assenza. Lo avvisai subito che il giorno dopo sarei ripartito prestissimo; mi disse, senza guardarmi negli occhi mentre mi faceva strada salendo ai piani superiori, che non era un problema e che potevo senz'altro lasciare i soldi sul tavolo sotto le chiavi da riconsegnare; avrei dovuto solo sincerarmi che all'uscita la porta di legno dell'ingresso si chiudesse alle mie spalle. Si rese conto a quel punto che il suo fare non era per nulla accogliente come invece sarebbe dovuto essere e, sebbene fosse chiaro che non si sarebbe sforzato nemmeno di accennare un sorriso, ebbe almeno la cura di guardarmi negli occhi e, con una frase brusca accompagnata da una smorfia, di farmi notare che il tempo non consigliava di partire per una gita sulle montagne; la mia impassibilità, che lui non poteva sospettare fosse del tutto indipendente dal suo fare brusco, lo convinse subito a non insistere. D'altronde, era una raccomandazione certamente dettata più dal timore di dover poi essere coinvolto in un'eventuale procedura di soccorso che dalla preoccupazione per la mia incolumità. Mi chiusi nella stanza dopo aver chiesto che mi preparasse un panino, il sapore del quale perfettamente coincideva con l'aspetto di chi lo aveva preparato: selvatico ma sincero.

La stanza era spoglia e fredda e non tentava nemmeno di nascondere il fatto che gli arredi – un letto, una sedia, un armadio, una scrivania – provenivano dalla casa di qualche anziano che se ne era andato all'improvviso; sulla testata del letto qualcuno aveva tentato di strappare un'immaginetta sacra incollata da anni ma doveva aver presto desistito, lasciando un santo decapitato che teneva in mano un cuore sanguinante. Il complesso, per quanto sapesse di antiquato, non era, tuttavia, spiacevole: l'unica nota davvero fastidiosa era una piccola pianta sghemba che fuoriusciva ritorta e nodosa da un vaso appoggiato sul davanzale interno dell'unica finestra. Era evidente che il vaso era troppo piccolo e che se la pianta era lì lo era solo per la volontà e la cura di qualcuno, perché era ben frondosa e aveva le foglie lucide e curate: chissà poi perché. Il vaso, dal canto suo, non sembrava particolarmente prezioso: conclusi che chi aveva curato quella piantina e l'aveva tenuta in quel vaso non poteva averlo fatto se non per il gusto di costringerla a crescere in uno spazio a essa innaturale. Una cattiveria vegetale, insomma: sempre che si possa davvero fare qualcosa di cattivo a un essere vivente. Non avevo certo il tempo di metterla in salvo e, anzi, nemmeno di valutare se ne avessi davvero voglia; occorreva infatti che senza altri indugi raggiungessi entro il prossimo calar del sole Pietramala. Dormii presto.

Risvegliato completamente, feci un controllo finale. Dalla mappa dettagliata che la Société mi aveva fornito, il percorso non sembrava chiarissimo: un sentiero verso la montagna era certamente ben segnato, ma la strada che conduceva all'Area 44 e dunque a Pietramala non sembrava davvero connessa con il sentiero. La linea tratteggiata si interrompeva poco prima; di certo – mi dissi – Pietramala stava su una specie di costone di roccia alla fine di una gola strettissima e non sarebbe stato affatto agevole raggiungerla: forse quello era il motivo della scarsità di documenti e, soprattutto, del fatto che quelli della Société avessero lasciato a me, giovane e ultimo arrivato, l'incarico di quella registrazione finale. Ricontrollai lo zaino: avevo tolto parte degli indumenti che avevo portato da Parigi mettendoli nella borsa e avevo invece caricato nello zaino registratore, quaderni, microfoni, cavi e batterie. D'accordo con l'oste avrei lasciato tutto il resto dentro un borsone nella mia stanza e sarei passato di lì a poco, cioè alla fine della missione, a ritirarlo prima di ripartire per Parigi. Ero dunque pronto per l'ascesa a Pietramala. Scesi al buio le scale, lentamente, cercando di non far rumore, e, lentamente, attraversai il salone da pranzo, buio e deserto a quell'ora. Il silenzio dentro la locanda dava voce all'inerzia totale dell'ambiente: niente si muoveva né lì né ai piani di sopra. E quel silenzio e quell'inerzia erano resi ancora più impressionanti dal confronto con il muro d'acqua che vedevo e sentivo scrosciare al di là dei vetri: non sarei certo riuscito a contrastarlo con un ombrello, avrei solo potuto immergermici. Aprii la porta che immetteva sulla strada dopo aver appoggiato le chiavi sul bancone dell'ingresso, tirai su il cappuccio, stringendo i lacci in modo che aderisse bene al viso, malgrado gli occhiali, assicurai lo zaino al corpo con le cinghie, controllando di non aver lasciato aperta nessuna cerniera, tirai un sospiro e varcai finalmente la soglia; il passo che feci per scendere dal gradino risultò più lungo di quanto fosse necessario e mi fece quasi ruzzolare provocandomi uno sbuffo involontario, quasi un colpo di tosse. L'aria tiepida della locanda che avevo nei polmoni venne sputata fuori bianca come il vapore del fiato invernale e ne entrò di gelida. Faceva molto freddo e pioveva a dirotto: cosa potevo desiderare di più? Partii.

Come mi aspettavo, il primo tratto di marcia non presentava particolari difficoltà: la strada era molto stretta ma non c'erano automobili in giro e mi dissi che non dovevo temere nulla. Il percorso si inerpicava rapidamente ma anche questo non mi dava fastidio: avevo gambe ben allenate e le mie spalle non facevano certo fatica a portare lo zaino. Quello che invece iniziava a disorientarmi e, prima ancora, a stupirmi era il fatto che dopo sette ore di marcia, dunque verso mezzogiorno, la luce non era di molto cambiata rispetto a quella che, almeno in termini di orari, avrebbe dovuto precedere l'alba; segno che il cielo era coperto da una massa di nuvole densissima. Fu più o meno allora che mi trovai al punto dove si doveva abbandonare la strada principale per prendere il sentiero interno in direzione sud-ovest, verso il Cinto. Imboccai il sentiero come si entra in un corridoio sconosciuto al buio: a tentoni. Il sentiero era evidentemente poco frequentato, tanti erano i rami che trovai non dico caduti ma proprio cresciuti lungo il percorso, e non era certo un sentiero di quelli improvvisati: i piedi appoggiavano su una distesa di sassi che qualcuno doveva aver disposto con una certa sapienza. La luce, intanto, contro ogni aspettativa diminuì ancora, mentre all'inverso la pioggia aumentò, facendosi, se possibile, più pesante; non intendo dire più fitta, perché ciò sarebbe stato fisicamente impossibile: ogni goccia si era fatta più pesante, ogni singola goccia. Lo capivo dal rumore sul cappuccio; non si sentiva più il crepitio indistinto della pioggia omogenea: ora scendevano grandi gocce distinte e dense e pareva quasi che prendessero la mira dal cielo e non che cadessero a caso. O almeno quella era la mia percezione, che evidentemente iniziava a distorcersi. Per qualche decina di minuti – che forse furono solo lo spazio di un istante – o per un istante – che forse si dilatò nella mia percezione come qualche decina di minuti – fui davvero indeciso se tornare indietro o continuare. Prevalse in me il senso di disgusto all'idea di dover rivivere quella partenza così triste e fastidiosa e l'umiliazione – più rispetto a me che agli altri – di ritornare alla locanda senza nulla di fatto. Decisi allora di proseguire. Quello che avvenne da quel momento in poi non lo auguro a nessuno: nemmeno se tutti i diavoli del cielo si fossero coordinati avrei potuto vivere un'esperienza simile.

Sulla mia testa incombevano nubi nere che rotolavano senza sosta, e nell'aria regnava la sensazione pesante e opprimente del tuono. Sembrava quasi che la catena dei monti che avevo attraversato inerpicandomi lungo il sentiero avesse separato due reami divisi e avversi e che ora fossimo entrati in quello del rombo del cielo. Presto fui racchiuso da una cortina di alberi che in alcuni punti formavano un arco sulla strada al punto che era come se passassi dentro un cunicolo. E poi ancora rocce enormi e arcigne mi dominavano spavalde da entrambi i lati. Anche se mi riparavo in un anfratto della roccia, che talvolta scorgevo lungo il percorso, sigillandomi come potevo nei miei indumenti, riuscivo comunque a sentire levarsi il vento dai lamenti e dai fischi che esso provocava soffiando tra le rocce e dai rami degli alberi che sbattevano tra loro mentre passavo sotto. Iniziavo a tremare; non era solo paura, perché la paura mi fa tremare in modo diverso. Erano tremori a ondate, l'indizio sicuro che stava salendo la febbre. Perché ero lì? Perché la mia vita non poteva essere normale? Cosa ci facevo su un sentiero in Corsica a caccia di frasi e parole il contenuto delle quali non sarebbe mai davvero interessato a nessuno? Proseguii, i denti che battevano come nacchere impazzite, il corpo in preda agli spasmi, ormai tutto inzuppato, sperando che almeno il materiale nello zaino fosse rimasto asciutto. Il tempo stava rapidamente peggiorando: alla pioggia e al vento gelido si aggiungeva una sarabanda di saette e tuoni.

Quando, superato il costone di roccia, inaspettato, vidi il borgo di Pietramala, illuminato a scatti, arroccato e slanciato verso l'alto come una cattedrale gotica, separato dal versante della montagna sul quale mi trovavo da un ardito ponte gobbo di pietra ad un'unica campata, allora mi misi di scatto a correre forsennatamente per arrivare il prima possibile alle case. Correvo e correvo, senza nemmeno sentire i piedi appoggiarsi per terra e sputavo fuori il fiato che quasi mi sembrava di urlare senza volerlo. *Den die Todten reiten schnell* – ricordo ora di aver ripetuto quello che mi diceva sempre la Signora quando mi incitava a far svelto – "perché i morti viaggiano veloci"; sì, perché io, in quel momento, lì, credevo di essere morto.

Fu dunque così, completamente fradicio, con quel sapore di metallo in bocca che solo la pioggia ti fa sentire, scosso dai brividi della febbre montata a dismisura, che mi trovai fermo, in piedi, al di là del ponte a guardare, illuminato dai lampi che non cessavano di scoccare tutt'intorno, il grande arco che segnava l'ingresso di Pietramala. I passi che seguirono non sembravano nemmeno guidati dalla mia volontà: attraversai l'arco ed entrai in paese.

[1.3] Lo scroscio fragoroso di acqua che il cielo stava riversando sopra ogni cosa mi conteneva tutto e non mi dava scampo: ero come un pesce che avvolto da una rete non può più far nulla se non lasciare che la trappola lo avvolga causando il danno minimo. Sembrava quasi che tutta la pioggia fosse indirizzata a me in particolare. E poi il buio, un buio che al confronto una notte normale sarebbe sembrata appena grigia. Ma dove era il mondo? Dove erano le cose? Dove ero io? Cosa ero diventato? Che ci fosse qualcosa intorno potevo intuirlo solo dai lampi che frequenti scoccavano invertendo per un istante il buio completo in una luce altrettanto accecante seguiti a ruota dal cupo rimbombo dei tuoni. Lo scenario compariva a scatti, e non mi era facile ricomporlo intero un fotogramma per volta. Ma non avevo alternative. Vedevo: una casa di pietra; un portone; ancora una casa, ma più grande; quattro finestre disposte su due file; una scala di pietra; un loggiato; altre case, altri portoni. Una via, dunque. Continuavo a camminare nella speranza di vedere qualche luce da qualche finestra. Nulla. Ancora una casa; un muro lungo senza aperture, la chiesa; forse. Capivo di andare in salita solo dall'acqua che scrosciando contro i piedi mi veniva incontro. Continuai a camminare guidato da quella strana visione stroboscopica che si andava assemblando nella mia memoria. Smisi di camminare solo quando mi accorsi che lo scroscio d'acqua mi si riversava sui piedi da tutte le parti con la stessa intensità. Ero dunque arrivato al centro di qualcosa. Un lampo, anomalo, più lungo di tutti gli altri, forse doppio, mi permise di vedere a sufficienza per capire che ero in mezzo a una piazzetta circondata da case di pietra che formavano una rotonda, e tra esse di scorgere un edificio più grande degli altri, ma sempre contenuto nelle proporzioni, che dichiarava il suo ruolo speciale con una doppia scalinata di pietra e un portone incorniciato da fregi con teste di animali strani: avrei detto di essere di fronte al palazzo del comune. Dovevo dunque essere arrivato al centro di Pietramala.

Mi resi conto allora della stranezza di quella situazione, la prima di una serie di sorprese che avrebbero cambiato la mia vita: non c'era da nessuna parte nessuna una luce accesa, nessuna finestra illuminata, nessuna lampada in nessuna strada; un buio ostinato, come una benda imposta sugli occhi per impedire la vista di qualcosa. Pensai che il temporale avesse fatto saltare la corrente in tutto il paese. Rapidamente, mi spostai dal centro della piazzetta: mi trovai a muovermi lungo un muro, sperando di essere protetto; lo scroscio diminuì un poco: stavo camminando – pensai – sotto il cornicione di una casa. Tastando con le mani nel buio le pietre del muro provai a individuare un portone che ricordavo di aver visto allo scoccare di un lampo. Lentamente, palmo a palmo, esplorai le pietre finché sentii, inzuppata, una superficie di legno: una porta, finalmente. Bussai, rasserenato dopo quei minuti di concitazione, per la prima volta sospirando dopo l'affanno. Bussai, convinto che in pochi istanti sarei stato asciutto. Bussai, deciso a chiedere riparo e una spiegazione. Bussai, ripetutamente, ancora e ancora bussai più forte, bussai e bussai ancora senza voler riconoscere che era del tutto inutile. Poi, serrate con forza le mani, presi a pugni quel portone come per svegliarlo da un letargo malefico, mentre il sapore delle mie lacrime ormai si aggiungeva a quello della pioggia che mi cadeva sul volto. Toccai allora la maniglia di quel portone, non afferrandola ma accarezzandola quasi, come si accarezza qualcosa di noto e caro, quasi fingendo di esser tornato a casa, e il portone, senza sforzo, con quel mio movimento si aprì. Tali furono l'impeto e la sorpresa che non riuscii nemmeno a fermarmi sulla soglia e con un solo passo, che era in realtà una caduta frenata, irruppi all'interno.

La cascata di pioggia contro il mio corpo era terminata. Ero ancora scosso dai brividi ma avevo capito di essere in salvo. Sganciai le cinghie dello zaino e lo sfilai immediatamente dalle spalle, senza fare un passo; al buio. Lo aprii e infilai le mani cercando a tentoni la lampada da campo: per fortuna il telo aveva retto e tutto era miracolosamente asciutto all'interno. Accesi la lampada a neon, non senza fatica dato che le mani tremavano forte: avviandosi a singhiozzo iniziò a diffondere una luce bianchissima; prima fioca poi intensa. La scena intorno a me mi sorprese e al contempo mi rasserenò: la casa era evidentemente disabitata da tempo, almeno a giudicare dalla rete di ragnatele che pendevano ripugnanti dal soffitto, ma era tutto in ordine. Si capiva che doveva essere appartenuta a qualche famiglia di benestanti: oggetti di un certo valore sulle mensole, brocche di peltro ben sagomate, piatti decorati alle pareti e sedie di legno robusto. Sulla parete di fondo, opposta rispetto all'ingresso, erano disposte due porte simmetriche separate da una piattaia dai vetri decorati. Provai ad aprire la prima senza sperare di farcela, ma, come quella d'ingresso, non oppose resistenza alcuna. Dava su un corridoio con altre tre porte e altrettante stanze: si trattava di stanze da letto, una grande matrimoniale e due con letti per bambini. Anche la seconda porta a fianco della piattaia era aperta: portava in una cucina decisamente ampia e ben attrezzata, confermando che non si trattava di una casa di semplici contadini. Non mi chiesi molto di più; ero capitato in una casa disabitata; di quelle che si possono trovare in Italia nelle campagne dell'Appenino o in certe regioni montuose della Francia continentale o della Spagna. L'impressione netta, e decisamente strana, è che però doveva essere stata abbandonata da secoli. Lo stile dei mobili, dei dipinti, delle posate nella cucina mi facevano infatti pensare di essere in un'abitazione ricostruita secondo lo stile toscano dell'inizio del Settecento e non a un arredo recente. Dovevo essere capitato in una specie di museo – fu il mio primo pensiero. Il mattino seguente avrei cercato qualcuno in paese cui spiegare come mai ero lì e avrei iniziato il lavoro. Ora dovevo solo cercare di dormire; la febbre era nel frattempo aumentata ancora e non riuscivo più a stare sveglio. Nel camino del salone stava accatastata della legna secca: non so come ma riuscii ad accendere il fuoco; la luce naturale della fiamma si miscelò con quella biancastra del neon generando un impasto ambiguo che non mi metteva a mio agio; spensi la lampada. Quella scelta mi distese per un momento dandomi l'illusione di poter controllare tutto. Dovevo assolutamente dormire ma non me la sentivo di adagiarmi su quei letti: erano troppo impolverati, forse marci; stesi invece sul pavimento di legno della grande sala d'ingresso un foglio di plastica speciale, che avrei utilizzato in caso di campeggio all'aperto, e mi infilai nel sacco a pelo dopo essermi completamente denudato e aver appeso i vestiti alle sedie intorno al camino. Bevvi qualche sorso d'acqua, sorpreso che il mio corpo non la rifiutasse dopo tutta quella che mi era caduta addosso, e le mie palpebre si chiusero velocemente, più velocemente di quanto non svanisse in me l'immagine delle fiamme che per un istante vidi anche con gli occhi chiusi. Mi addormentai confondendo il flusso della coscienza e credetti di svegliarmi. Fu allora che un sogno arruffato e vivido mi afferrò rapace la mente.

Mi trovavo in una terra arida dove un sole enorme aveva prosciugato tutte le nuvole. Ero dentro una stanza fatta di argilla e legno, al centro di un villaggio di poche case, povere, accatastate le une alle altre. Una tenda leggerissima e trasparente come una garza pendeva tutto intorno al mio letto e alcune donne stavano al di là della tenda e io al centro, malato. Le donne respiravano all'unisono tra di loro senza parlare e al contempo respiravano insieme a me che respiravo respiri rapidi e frequenti. Folate di mosche ronzavano intorno alla tenda rabbiose, sussurrando parole oscene. Io stavo morendo e le donne in piedi intorno a me senza parlare mi osservavano morire. Un fiume di tristezza esondò nel mio cervello e si riversò per tutta la stanza e iniziai a piangere e piangere. Capii tutto. Io non era la prima volta che morivo. Io ero Lazzaro ma ora non c'era più nessuno a resuscitarmi e stavo morendo un'altra volta. Perché farmi questo? Perché non capire che cavarsela una volta non serve a niente se non ad aumentare il dolore? Perché risorgere se si deve rimorire? *What's the use of getting sober if you've gotta get drunk again?* Stupida musica in testa per uno che sta morendo per la seconda volta. Così, pieno di rancore, finalmente mi addormentai.

La febbre era passata. Mi svegliai intorpidito. Non avevo il coraggio di aprire gli occhi per vedere dov'ero ma lo feci: dovevano essere passate molte ore. Una luce tenue si era diffusa nella stanza: guardai l'orologio al polso. Erano le due del pomeriggio. Avevo dormito tantissimo. Mi colpì il silenzio: non quello in casa, che evidentemente era disabitata, ma quello all'esterno. Niente. Aprii il sacco a pelo e ne sgusciai fuori. I vestiti erano asciutti ma freddi e odoravano di fumo: li indossai in fretta, immaginando di andare rapidamente a presentarmi in qualche casa per chiedere ospitalità e iniziare il lavoro. Che lingua avrebbero parlato? Non ci sarebbero dovute essere sorprese. Delle due grandi varietà della lingua corsa, di fatto un dialetto toscano, avrei incontrato al massimo qualche differenza negli esiti delle vocali dal latino, ma niente differenze nel lessico e tantomeno nella sintassi: fondamentalmente un corso cismontano, forse la lingua più simile all'italiano fra tutte quelle parlate in Italia. La mia missione, a ben guardare, era praticamente inutile: spinta solo dall'esigenza di sistemare l'ultimo tassello di un mosaico. Ma non uno di quei tasselli decisivi, che rendono comprensibile un'immagine altrimenti muta;

il mio tassello era di quelli marginali, che stanno dove non ci sono sfumature, come un pezzo di cielo in un cielo senza nuvole o il verde della fronda di un grande albero del quale si vedono solo le foglie. Stupendo: avevo studiato nella migliore università del Massachusetts per sei lunghi anni per finire con l'andare a caccia di una farfalla che per giunta non interessava a nessuno. Presto. Dovevo sbrigarmi presto: andare subito fuori a conoscere le persone, prendere contatti e organizzare le interviste. Due o tre giorni di registrazioni – mi dissi – e poi sarei tornato a Calenzana e, da lì, a Calvi, poi a Genova e poi finalmente di nuovo a casa a Parigi. Con questa missione avrei chiuso: mi sarei inventato un altro lavoro; basta con incarichi faticosi e stupidi; non li volevo più. Erano ancora più umilianti di quelle finte promesse di carriera di quei professori universitari – buoni quelli – che avevo incontrato.

Guardai ancora fuori dalla finestra. Pioveva, sì, ma pochissimo, e la luce tenue del cielo, ancora coperto ma non più cupo, finalmente illuminava la piazzetta. Pietramala appariva come un borgo compatto e armonico: dal mio punto di osservazione, sembrava fatto di una manciata di case disposte come sui lati di una specie di rombo arrotondato. Di fronte alla mia ce n'era un'altra un po' più grande delle altre: tutte in pietra, tutte ben disegnate e proporzionate, come se fossero state progettate insieme da un'unica mano. Erano in buone condizioni per essere case di un borgo così sperduto. Tra una e l'altra appena lo spazio di un viottolo pavimentato con lastre di buona qualità, senza buchi o sbalzi, tranne che a un estremo del rombo, dove – immaginavo – si poteva imboccare la strada che conduceva al ponte e che io avevo percorso la notte prima alla rovescia durante la tempesta. In mezzo alla piazza si trovava una fontana di pietra chiara ben levigata dalle forme aggraziate, come una grande coppa, sormontata da una copertura rotonda, anch'essa di pietra. Insomma, Pietramala era un borgo davvero ben costruito; piacevole all'occhio nelle proporzioni e nei colori chiari della pietra di costruzione che si armonizzavano con le tonalità calde delle tegole di cotto sui tetti. Ma dove erano tutti? Indossai la giacca a vento – faceva comunque ancora freddo – e misi in spalla la versione alleggerita dello zaino, quella con solo i cavi dei microfoni, il registratore e i quaderni, per andare a cercare qualcuno.

Uscendo, notai immediatamente l'assenza di qualsiasi tipo di illuminazione: nelle case e nelle strade. Non ero particolarmente stupito che mancassero nella casa dove ero io – mi ero ormai convinto che fosse una specie di museo in disuso – ma che non ci fossero lampioni per le strade o luci dalle finestre che vedevo, questo era davvero strano: forse che tutto il borgo fosse un museo? Mi accorsi subito della mia stupidità: non c'erano tralicci, non c'erano segni di collegamento, come potevo aspettarmi illuminazione per le strade? Pietramala era veramente solo un borgo sperduto e non ci poteva essere alcun collegamento con la rete elettrica corsa. Probabilmente – mi dissi – se la cavavano con batterie o generatori oppure, come capita ancora in qualche paesino di zone depresse, più semplicemente se la cavavano senza elettricità. Pazienza. Provai a bussare alla prima porta. Nessuno rispose. Provai a una seconda: la reazione fu identica. Non continuai neppure: non mi ci volle molto a quel punto a capire che a Pietramala non c'era proprio nessuno. Allora gridai, stando ben attento a non confondere la debole eco con una risposta: nessuno. La speranza che fossero tutti in qualche processione o al lavoro non era ragionevole. Il silenzio che c'era fuori di me invase anche me paralizzandomi: allora imposi silenzio anche nel pensiero per la paura di dover ammettere l'ovvio. Avevo fatto tutta quella fatica per niente: l'Area 44 era vuota. Punto. Pietramala era un villaggio fantasma. Nessuna persona da intervistare, nessuna registrazione, niente di niente di niente. La rabbia mi salì furiosa: quegli imbecilli della Société non si erano nemmeno dati la briga di verificare che il paese dove mi avevano spedito fosse abitato. Contavo talmente poco io che la mia missione era stata assegnata senza alcuna certezza di portare a casa un risultato. Quell'area valeva meno di un controllo: anzi, ero io che non valevo assolutamente niente di niente di niente.

Mi sedetti sulla base circolare della fontana in mezzo alla piazzetta, i gomiti sulle ginocchia, la testa tra le mani: chiusi gli occhi. Ero lì, al freddo, in un pomeriggio di settembre inoltrato, in un villaggio vuoto, sotto una pioggerellina fastidiosa, senza aver null'altro da fare se non tornare indietro e chiudere la missione. Mi chiesi quanti al mondo stessero vivendo una situazione simile alla mia e pensai quanti mondi diversi fossero simultanei al mio di allora, in quel luogo. Da qualche parte del mondo – mi dissi – era estate o era inverno, era l'alba o era il tramonto, c'era la nebbia o il vento, stavano cadendo le foglie o stavano maturando le ciliegie, ed era un'ora qualsiasi. Da qualche parte del mondo – mi dissi – il posto e l'atmosfera che stai pensando esistono e noi siamo solo una varietà tra le tante: niente di assoluto. Mi parve di comprendere chiaro il motivo per il quale, anche se non sappiamo come dimostrarlo, ci lasciamo facilmente addomesticare dall'idea che la Terra è rotonda: serve a non sentirci in trappola, perché se la Terra è rotonda possiamo sempre scappare in un'ora e in un clima diverso, possiamo sempre fuggire da un mezzogiorno d'estate o da un tramonto invernale verso la situazione opposta. E io, lì, in trappola, c'ero in pieno, dunque occorreva immediatamente reagire e andarmene. Avevo chiuso con quella missione e con quel lavoro: mi sarei fermato solo quella notte e poi sarei ripartito. Avevo cibo a sufficienza per quattro giorni; mi sarebbe bastato senza problemi per le prossime ore. Feci ritorno nella casa dove avevo lasciato il sacco a pelo: riaccesi il fuoco del camino e mi riaddormentai. Non potevo immaginare che da quella notte tutta la mia vita sarebbe cambiata, che quella che sembrava una trappola si sarebbe rivelata invece una catapulta per l'anima. Non potevo certo nemmeno immaginare quale mistero imperscrutabile e spaventoso nascondesse il borgo di Pietramala.

[1.4] Stavo sognando di essere su una spiaggia d'estate; di fronte a me alte ruggivano le onde. Un vento teso piallava i riccioli di spuma che si disperdevano rapidi contro il blu intenso. Stavo giocando a tuffarmi correndo verso il mare, quando un'onda troppo grande per essere vera mi risbatté dalla parte sbagliata della vita e sbucai fuori dal sogno: non ero in spiaggia, ero ancora in trappola a Pietramala dentro il mio sacco a pelo e quello era un ricordo e io ero infelice perché non c'è pensiero più infelice di un ricordo felice. Ebbi un moto di stizza: il sacco a pelo che mi aveva protetto il sonno era diventato una camicia di forza. Lo tolsi di dosso con un gesto di rabbia e mi vestii di furia; ricomposi lo zaino senza troppa cura e spalancai la porta di casa per lasciare definitivamente quel borgo vuoto. Non so dire cosa mi prese in quell'istante preciso nel quale, tenendo la mia mano ben stretta sulla maniglia della porta, fermai tutto. Forse uno scatto di orgoglio per ridare senso a una fatica così pesante, forse la curiosità per quello che avevo intorno, forse solo una specie ragionamento fatto sotto la soglia della coscienza, fatto sta che sfilai di scatto lo zaino, lo lasciai cadere per terra e varcai la soglia di casa con un'intenzione nuova. Volevo perlustrare il borgo e capire qualcosa di più di quello che avevo visto. Doveva esserci un senso. Iniziai ovviamente dalla piazzetta.

Anche alla luce di quella mattina, per quanto oscurata ancora da nuvole basse e dalla solita pioggia fastidiosa, il borgo di Pietramala appariva come l'avevo ricostruito al tatto la notte del mio arrivo. Si trattava davvero solamente di una manciata di case, appollaiate su un costone di roccia, circondato da una muraglia di sassi compatti, scelti e sistemati da mani sapienti, accessibile dalla montagna che costituiva uno dei fianchi della gola solo per il tramite di quel ponte che avevo imboccato di corsa la notte del mio arrivo: un ponte sottile ma ben piantato che collegava la montagna al costone in un'unica elegante campata che sulla sommità si restringeva a forma di gobba; di lontano, l'avresti detto simile alla schiena di un gatto che si inarca per stiracchiarsi o forse all'arto di un grande animale preistorico che cercava di afferrare il borgo. Tutte le case, benché disabitate apparivano in buone condizioni; i tetti, costruiti con tegole di buon impasto e con legname stagionato, avevano tenuto nel tempo. Il borgo non aveva vere e proprie vie ma viottoli a gradoni che dalla piazzetta salivano a un livello più alto. E i viottoli, foderati di pietra chiara e levigata, sembravano essere prolungamenti delle case, come se tutta Pietramala fosse un unico edificio composito dove la gente non distingueva il dentro dal fuori delle abitazioni. L'unico varco in questo intreccio di pietra era la piazzetta che, come avevo notato la sera prima, si apriva in un punto dando forma all'unica via vera e propria del borgo: quella che conduceva verso il ponte. Salii anche in cima al campanile della chiesa per avere una visione d'insieme più chiara. La scala di legno interna al campanile era perfettamente conservata, anche se impolverata. In cima, ad un'altezza davvero considerevole, si aprivano bifore sui quattro lati: osservando verso il lato dove si sviluppava il borgo, i tetti ne confermavano il volto aggraziato e la struttura centrata sulla piazza a forma di rombo. Tetti simili ne avevo visti solo in Toscana e in qualche zona della Francia meridionale, al confine con i Pirenei, tutti costruiti tra la fine del Seicento e i primi del Settecento: il borgo ricopriva l'altura in modo naturale, assecondandone l'andamento, come sempre capita quando l'architettura si sviluppa ricombinando elementi piccoli come i mattoni o i sassi. Rimasi qualche minuto a osservare dall'alto il reticolo di viottoli che avevo percorso in lungo e in largo posando lo sguardo sui tetti e tra le case; lo feci lentamente, cercando di imprimere nella memoria ogni singolo dettaglio.

Riconobbi, sorprendendomi quasi lo vedessi per la prima volta, l'arco molto alto e sottile, posto all'ingresso del borgo, subito dopo il ponte, proprio nel punto nel quale iniziava la breve salita verso la piazzetta; non ci avevo fatto troppo caso quella notte, nella fretta di correre verso le case a cercare un riparo. Si trattava di una costruzione insolita. La curvatura dell'arco non iniziava solo a una certa altezza, come è normale in un costruzioni di quel tipo, appoggiandosi per un tratto sopra delle colonne dritte: quell'arco si incurvava dolcemente fin dalla base, regalando un'eleganza inspiegabile a quella struttura, certamente anomala per l'architettura dell'epoca nella quale era ragionevole pensare che fosse stato costruito il borgo. Forse – mi dissi – non l'avevo notato così bene anche perché era completamente coperto di edera tanto che pareva quasi generato dall'intreccio di rami ricurvi che sbucando dal terreno si avvinghiavano intorno a esso ricoprendolo completamente.

La curiosità per quel borgo che sembrava dimenticato dal mondo – anzi, che era dimenticato, se si esclude la sua registrazione nell'atlante linguistico della Société – iniziava a crescere dentro di me insistente. Cosa era successo a Pietramala? Perché era deserta? Non c'erano segni evidenti di disastri o incendi o scorribande o terremoti – l'arco si sarebbe frantumato e comunque ci sarebbero state tracce di scassi o rovine – né pareva che il borgo si fosse, come dire, spento per consunzione naturale. Sembrava all'opposto che il borgo fosse stato abbandonato di punto in bianco, nel pieno della sua vita quotidiana. Forse la stanchezza o forse la paura di rimanere senza una spiegazione mi giocarono un brutto scherzo; avventatamente, credetti di aver già capito tutto e sussultai di orgoglio. Forse una malattia gravissima aveva colpito Pietramala e gli abitanti erano scappati in massa in cerca di ricovero verso altri borghi o città, tenendo quanto più possibile segreta la causa della loro fuga per non essere respinti. Così, convinto di aver scoperto l'equazione che soddisfa tutte le condizioni al contorno, pensai che si trattasse solo di perfezionare quell'intuizione, cercando i dati che la confermassero e riportassero i dettagli recalcitranti al rango di conseguenze logiche, perché qualche particolare ancora non mi tornava. Continuai, dunque, a riflettere, mentre il respiro si era fatto più robusto e sulla fronte si distendevano finalmente le rughe del dubbio. Continuai a sviluppare i miei pensieri, raffigurandomi la situazione. Quando un'epidemia colpisce un centro abitato, per quanto rapida – mi dissi – il tempo di reazione delle persone può essere sì veloce ma non così tanto da costringere a una fuga di massa nel giro di poche ore. Ci deve essere necessariamente un tempo in cui si accumulano morti ravvicinate e numerose: anzi, è proprio questa piena improvvisa e inarrestabile di morti a dare l'innesco alla fuga; altrimenti, se la comunità pensa di riuscire a resistere all'epidemia tende a non spostarsi: nessuno abbandona volentieri i propri oggetti e la propria casa senza una ragione che non ammetta altre soluzioni. Questo pensiero sulla presenza di morti come testimonianza di un'epidemia improvvisa e gravissima crebbe rapidamente in me e mi portò a una conclusione ovvia e inevitabile: dovevo fare immediatamente un sopralluogo al cimitero di Pietramala che avrebbe fornito la prova definitiva della mia spiegazione e con essa dimostrato il trionfo della mia intelligenza. Il sole era ormai tramontato, ma non potevo certo aspettare il giorno dopo.

In questa desolata spelonca tra i monti, nella fievole luce della luna, stava il cimitero di Pietramala. Un fazzoletto di terra, da tempo visitato solo dal vento, occupava lo spazio libero tra le case appena dietro alla chiesa, altra testimonianza che il

paese dovesse essere stato costruito prima del 1804 quando l'e-
ditto napoleonico di Saint Cloud proibì la sepoltura entro le
mura dei centri abitati. Non si trattava ovviamente di uno spazio grande ma le tombe non erano pochissime: lapidi sobrie,
piccole, fitte, allineate in file di undici – tanto che non dovetti
nemmeno fare la fatica di contarle – recavano solo il nome del
defunto e le date di nascita e di morte. Nel leggerle mi colpì
immediatamente un fatto inaspettato: avevo immaginato che il
paese fosse stato edificato tra la fine del Seicento e l'inizio del
Settecento ma non mi sarei aspettato di trovare quasi solo persone nate e vissute in quell'arco di tempo relativamente breve. Mi era evidente che la vita nel borgo fosse durata poco più
di sessant'anni perché poi fu spazzato via dalla malattia. Ma a
questa ipotesi, e dunque alla mia soluzione, si contrapponeva-
no le date sulle lapidi: in primo luogo non c'erano molte tombe
con date ravvicinate, né considerate nell'insieme né, dato ancora più importante, tra quelle più recenti. E come poteva essere?
L'epidemia, per essere tale, doveva aver provocato un'ecatom-
be in tempi brevi. Ma la cosa che più mi sorprese da quel rapido censimento e contro la quale inesorabilmente s'infrangeva la
mia ipotesi era che mancavano totalmente tombe di bambini:
tutti i morti avevano, all'incirca, almeno una quindicina d'anni. Cosa poteva voler dire questo fatto? Forse che la malattia
aveva preso solo gli adulti perché i giovani erano in qualche
modo immuni e che poi tutti gli abitanti furono fatti evacuare
in fretta e furia? Forse che i giovani si ammalarono tutti subito e fossero stati portati via in gruppo lasciando lì per qualche tempo solo gli adulti? Forse. Ma erano tutte ipotesi vaghe
e nemmeno troppo probabili. Dentro la mia testa di sicuro c'e-

ra solo una costellazione di fatti senza correlazione immediata: un borgo isolato costruito in poco tempo circa tre secoli prima, abbandonato all'improvviso, abitato solo per una cinquantina d'anni, durante i quali nessuna persona giovane era morta. La sindrome perfetta – mi dissi: un concorso di eventi, cioè, tali che ciascuno di essi potrebbe avere una causa indipendente ma che quando si manifestano tutti insieme sono riconducibili a un'unica causa. Mi mancava proprio di individuare quella unica causa da cui derivare congiuntamente quella costellazione di fatti. In quelle condizioni, mi ero convinto che rimanesse ancora solo una possibilità prima di rigettare la mia ipotesi: cercare nelle case qualche testimonianza scritta di quanto era avvenuto. Certo non mi aspettavo cronache dettagliate, relazioni o trattati ma qualche diario, o anche dei libri, magari fatti pervenire da qualche biblioteca di medico famoso per capire cosa stesse avvenendo e poi abbandonati nella fuga repentina e generale, quelli sì. La ricerca doveva dunque continuare a un livello diverso.

Uscii dal cimitero, ripercorrendo a ritroso i gradoni dei viottoli di pietra in mezzo alle case e quei brevi tratti dritti che costituivano le stradine di Pietramala. Muovendomi a passi rapidi, spinto dalla curiosità, mi accorsi di come era cambiata la mia missione: solo poco tempo prima mi aspettavo di essere ospitato in qualche casa di contadini, festeggiato come un ambasciatore dal mondo nuovo, di registrare annoiato le loro frasi ovvie, di prendere nota di tutte le vocali e di qualche strana espressione, di far la conta delle differenze lessicali rispetto alle varietà già note del corso. Invece no: mi trovavo in una situazione che non capivo nemmeno bene ma che mi stava dando una nuova sensazione. Dopo tanto tempo stava iniziando a prendere sostanza nella mia mente, sia pure in una forma latente e non ancora perfettamente riconoscibile, l'embrione, anzi, non ancora, la morula di un senso di curiosità per qualcosa che stava accadendo fuori di me: tutto poteva ancora diventare tutto. Ora si trattava di iniziare concretamente l'ispezione del borgo e di lasciare che questa sensazione si sviluppasse e maturasse. Le case non erano poi molte: sarei riuscito a controllarle tutte in poco tempo ma volevo iniziare con un minimo di metodo. Decisi di andare a dormire, il mattino seguente sarei partito dal centro.

Di buon'ora raggiunsi la piazzetta, mi guardai intorno e puntai dritto verso la casa che mi sembrava la più ricca, quella con il loggiato e un bel portone di legno scolpito.

Aprii la porta. Ovviamente non fui più sorpreso che la serratura fosse sbloccata, anzi a quel punto sarei stato sorpreso del contrario. La casa era veramente signorile nella qualità dell'arredo e nella proporzione dei locali. Al piano terreno una grande anticamera con soffitto affrescato a motivi geometrici dava su una sala da pranzo ampia, capace di ospitare intorno al tavolo almeno una ventina di persone, tante erano le sedie disposte tutte intorno, foderate di un tessuto prezioso che lasciava ancora intravedere qualche luccichio dorato sotto lo strato di polvere. Da quella sala si accedeva a un'altra, probabilmente destinata a luogo di studio o conversazione dopo pranzo, data la collocazione. Il cuore mi batteva forte: entrai nella stanza buia percependo dal rumore dei miei passi che le pareti erano foderate di legno. "Una biblioteca!" – esclamai tra me e me, emozionato. Andai ad aprire gli scuri per far entrare la luce: mi girai di scatto e, abbracciando con lo sguardo tutti gli scaffali insieme, sorridendo, allungai le mani nella fretta di afferrare almeno un libro, ma le mani nemmeno raggiunsero metà del percorso che avrebbero voluto compiere: le fermai prima perché tutti i ripiani erano completamente vuoti come i loculi di un cimitero non ancora inaugurato. Il sorriso rimase più a lungo della delusione tanto essa fu cocente.

Il senso di demoralizzazione si prese in me tutto lo spazio della speranza: se lì non c'era nulla – mi affrettai ad ammettere – difficilmente avrei trovato qualcosa altrove. Cercai con un certo affanno, misto a stizza, di aprire rapidamente tutti i cassetti di un mobile imponente che mi trovai di fronte per leggere le carte che potevano esservi custodite, ma maggiore era la convinzione di non trovar nulla che quella di procedere nella ricerca. Niente, infatti. Andai nelle stanze da letto, aprii anche lì tutto quello che poteva contenere qualcosa di scritto. Niente, ancora. Era evidente che la scelta della casa più ricca si era rivelata infelicissima: ed era evidente che a nessuno era importato che in quella stanza ci fossero quadri di valore, soprammobili preziosi, posate d'argento. Mancavano solo i libri e qualsiasi altra traccia scritta. Uscii con passo svelto da quella casa, ed entrai immediatamente nel portone di quella di fianco. Si trattava di una dimora meno nobile: qualche libro ci sarebbe ben stato, un quaderno, una nota, una ricetta, un elenco almeno! Da lì avrei potuto ricavare frammenti di informazioni sulla lingua e sarei stato in grado di darne una classificazione, sia pure sommaria. Niente. Niente di niente. Niente di niente di niente. Mi resi conto che al di là dei nomi – per lo più italiani e francesi – che avevo letto sulle lapidi delle tombe, non c'era in tutta Pietramala nessun'altra scritta. Uscii turbato ma non ancora completamente vinto. Forse ero solo stato sfortunato: c'erano ancora parecchie altre case. L'esito però fu identico per tutte: non una riga scritta, non una stampa, non un libro, nemmeno un quadro con una didascalia – e dire che di quadri ce n'erano – o un barattolo di conserva con sopra un'etichetta. Pensai all'unico ambiente che mi rimaneva da controllare, e che – mi dissi dandomi del cretino – avrei fatto meglio a controllare prima di ogni altro: la sacrestia della chiesa. Ma certo! La sacrestia doveva contenere almeno i registri battesimali e di morte, insomma doveva esserci tutto quello che serviva per tener memoria degli eventi di quella comunità religiosa che, per quanto piccola, doveva comunque avere un minimo di attività soprattutto essendo così isolata da non potersi appoggiare ad altre chiese vicine. Io sarei stato dunque in grado di catalogare la lingua parlata a Pietramala perché, insieme al latino, inevitabilmente ci sarebbero stati appunti e note manoscritte.

Entrai in chiesa e con grande meraviglia constatai che nonostante la ricchezza di marmi intarsiati e affreschi e qualche quadro di valore anche lì non c'era nemmeno una parola scritta; neanche sotto i santi e sull'altare. La sacrestia, una stanza interamente rivestita di legno di noce scuro con sculture di cherubini paffuti e una madonna ieratica, era arredata con mobili molto grandi e articolati. Aprii ogni cassetto, guardai sopra ogni scaffale. Frugai dentro tutte le scatole: non una pagina, non una frase, nemmeno una parola scritta. Rifeci il controllo da capo, come se sperassi di essermi sbagliato, riaprendo le scatole, i cassetti, guardando ancora sopra gli scaffali; provai perfino a frugare nel tabernacolo. Per la prima volta da quando ero partito da Calenzana mi accorsi di sudare, malgrado la temperatura dell'aria non si fosse alzata di un solo grado; dalla mia fronte, cadevano gocce fredde che non facevano in tempo a espandersi al contatto con gli oggetti, subito risucchiate dalla polvere di tre secoli che faceva apparire grigia ogni cosa. All'improvviso, allora, mi fermai; interruppi la ricerca e sospesi ogni gesto; rimasi immobile, respirando lentamente per la prima volta dopo ore. Mi ero arreso, o meglio, convinto. Fu quello il momento di non ritorno, l'insopprimibile, sovrana sensazione che ti prende quando ti accorgi che non hai più le energie per ignorare un pensiero che da ore tieni schiacciato sul fondo dalla coscienza con ogni sforzo da ore e riemerge con ancora più forza al pari di un'asse di legno tenuta sotto i piedi sott'acqua. E allora un terrore infinito s'impadronì di me e tanto più forte si manifestò perché non generato da una presenza minacciosa o da una visione orribile, che avrei saputo o almeno cercato di domare evitandole, ma dal più disarmante e coinvolgente tra tutti gli stati della mente: la coscienza di un vuoto. In quel villaggio era stato fatto scomparire deliberatamente tutto quello che era mai stato scritto.

[1.5] La mattina successiva, proprio al momento del risveglio, con un senso di nostalgia lancinante, mi ricordai di me bambino e non potei non riconoscere quanto il mondo fosse più semplice quando iniziavo la giornata con un disegno e il disegno sempre con un sole in alto a destra. Quella regressione – lo capisco ora – era l'effetto della decisione di non essere tornato subito indietro da Pietramala. Più precisamente, era l'effetto di un tarlo che era germinato nel mio cervello; un tarlo che avrei potuto lasciar lavorare, senza degnarlo di uno sguardo, facendolo scavare indisturbato, e che invece mi misi prima a inseguire e poi addirittura ad anticipare. Era il tarlo di una curiosità che in qualche modo mi spaventava ma che mi aveva anche risvegliato da una noia tossica. Cosa era successo a Pietramala? Perché il borgo era stato evacuato? Perché non c'erano morti tra i giovani? E, soprattutto, perché ogni traccia di quella lingua era stata fatta sparire? Nel dormiveglia mi venne quasi il timore che fosse proprio la lingua a essere stata la causa delle morti: una lingua infettiva che uccideva per tramite di un funestissimo contagio grammaticale. Per fortuna, quel poco di razionalità che mi rimaneva mi distolse da quel delirio. Rimaneva vera, tuttavia, una volta lasciato decantare il pensiero, la sensazione netta che il mondo da quella notte non poteva più essere semplice per me. Forse la semplicità l'aveva persa da tempo, ma di fatto io me n'ero accorto solo allora. Tutto mi sembrava aver perso la semplicità. Anzi: tutto era semplice ma forse troppo semplice, nel senso che tutto era fatto di parti che non si capiva come potessero stare insieme, e dunque alla fine tutto era incomprensibile. Non ero nemmeno più sicuro di che cosa volesse dire la parola "semplice". Da bambino giocavo a ripetere la stessa parola tantissime volte di fila finché mi rimanevano in bocca solo sillabe svuotate di significato che potevo ricombinare in un ordine diverso. Allo stesso modo la situazione nella quale mi trovavo aveva fatto a brandelli la nozione di semplicità: si era prima frammentata e poi completamente fusa nella mia mente, finendo con il perdere tutti i connotati, come una statua di cera sciolta in un secchio; forse – arrivai a pensare – la semplicità non esiste nelle cose ma negli occhi di chi le guarda e allora c'era qualcosa di sbagliato nel mio sguardo. In una situazione normale avrei atteso che tutti i miei pensieri si disperdessero come un fumo molesto, ma in questo caso non avevo niente da perdere nel tentare di capire la causa o, almeno, nel dare un senso a ciò che avevo scoperto.

Ora però la domanda vera era un'altra e non riguardava il pensiero ma l'azione: che cosa dovevo fare? Certamente non aveva più senso stare a Pietramala. Rimaneva solo una cosa razionale da fare: raccogliere tutto e tornare a Parigi, o comunque andarsene da lì, anche perché il cibo sarebbe finito presto e il cielo sembrava rapidamente deteriorarsi, sebbene non avesse mai smesso di piovere. Pensai che avrei potuto consegnare alla Société una descrizione dei fatti ma ritenni che non mi avrebbero creduto: avrebbero ignorato la mia relazione sull'Area 44 inventandosi che la lingua di quella zona fosse simile a quelle limitrofe, non preoccupandosi più di tanto. A quel punto avrei potuto risparmiarmi anche la fama del visionario e inventarmela io la lingua di Pietramala così da accontentarli con un trucco; cosa cambiava? Un velo di tristezza calò rapido sui miei propositi e ne annullò i colori, proprio come la polvere che avevo visto nelle case del borgo: il desiderio di trovare una spiegazione a quell'assenza mi stava evaporando tra le mani e non riuscivo a fare altro che rispondere con un vuoto a quel vuoto. Solo che il vuoto della mia risposta era il vuoto della mia vita, che per un istante avevo pensato di poter riempire.

Mi sbozzolai in poche mosse dal sacco a pelo; mi alzai, mi rivestii e senza passione preparai lo zaino per il ritorno: era ancora presto e il cammino non sarebbe stato così difficile, sia perché avevo già sperimentato il percorso una volta, sia perché la pioggia era meno intensa, sia perché non mi importava più di niente. Tornavo alle mie cose, volando via da tutto quel mondo incomprensibile: mi sarei dimesso dal lavoro e avrei cercato qualcosa d'altro, qualsiasi cosa d'altro da fare. Avevo già lo zaino in spalla quando, all'improvviso, senza una ragione precisa, mi tornò vivida l'immagine dell'arco, quell'arco strano alto e sottile che stava all'ingresso del villaggio. Su un arco – mi dissi – di solito, ci sono delle iscrizioni e le iscrizioni non potevano averle portate via facilmente; forse scalpellate e ridotte a segni illeggibili, ma se l'evacuazione dal borgo era stata davvero repentina, come avevo ricostruito dai dati a mia disposizione, non potevano aver avuto tempo di badarci; o forse semplicemente se ne erano dimenticati, come me ne stavo dimenticando io. E non avrei potuto notarle la prima volta che lo avevo ispezionato perché era coperto di edera né potevo sospettare ancora che non avrei trovato nulla di scritto: ora invece quell'arco poteva rappresentare la chiave della soluzione, la testimonianza scritta della lingua scomparsa, la soluzione della sindrome muta. Non c'era bisogno di lasciare nulla nella casa: avrei trovato l'arco all'imbocco del ponte, così tenni lo zaino in spalla e uscii rapido.

Attraversai la piazzetta e imboccai di corsa la strada in discesa lastricata a grandi blocchi, la percorsi tutta con un senso di attesa sempre più crescente e alla fine me lo trovai di fronte. A ben guardarlo era davvero una figura insolita: non ne avevo mai visti di fatti così e non solo per l'edera: mi parve veramente una forma naturale, non un oggetto costruito. Senza nemmeno togliermi lo zaino, con tutte e due le mani afferrai l'edera dalla parte dove l'arco sorgeva da terra, sul lato sinistro guardando il paese – avevo infatti pensato che la scritta dovesse accogliere chi arrivava, non chi lasciava Pietramala – e mi accorsi di quanto tenace e fitta fosse la rete di rami e foglie del rampicante avvinghiata da secoli alla pietra di granito. Non desistetti; strappai le prime foglie e qualche ramo a mani nude e poi mi aiutai con un coltello a serramanico che avevo portato con me. Per i primi metri non c'era nulla; solo pietra levigata sulla quale aveva fatto presa la vegetazione. Ripresi con ancora più concitazione a strappare foglie e rami, quasi più attirato dalla rabbia e dalla voglia di uccidere quella pianta che spinto dalla speranza di trovare qualcosa. Invece, sotto un ramo più legnoso e tenace di altri, scolpita da mani sapienti, a un'altezza dell'arco che quasi superava l'estensione del mio braccio teso, finalmente, comparve nitida una "A". La gioia per la scoperta di quella lettera, l'inizio, l'alfa, o anche semplicemente la prima lettera che imparai a scrivere, mi fece tremare le mani. L'iscrizione, almeno l'inizio, c'era ed era ben conservata, a giudicare da quella prima lettera: si trattava solo di scoprirla tutta. Dal momento che l'arco era alto poco più di tre metri non sarei mai riuscito a strappare l'edera fino a quel punto, né, qualora l'avessi fatto, sarei riuscito a leggere facilmente l'iscrizione. Occorreva una scala. Tolsi con uno strattone lo zaino e lo appoggiai per terra: risalii di corsa la strada verso la piazzetta dirigendomi dalla parte opposta, dove stava la chiesa. Certamente nella sacrestia dovevano avere una scala, almeno per permettere di accendere le candele più alte. Tornai ansante con la scala sulle spalle, ripercorrendo i viottoli lastricati di Pietramala. La appoggiai all'arco e senza fermarmi salii in

cima: là, con ancora più rabbia che forza, continuai a strappare i rami della pianta e le foglie, fermandomi ogni tanto, come
si libera dalla terra uno scrigno nascosto vedendo affiorare
uno stemma prezioso. Quando la scritta, che si estendeva per
almeno due metri, fu tutta esposta, mi fermai, scesi dalla scala
e finalmente lessi:

ABCCCDDEEEEEEFGGIIIIIIIIILLMMMMNNNNNOOPRRSSSTTTTTTUUUUUUUX

Il mio sorriso rimase più a lungo sul volto di quanto la mia
mente non intendesse; come quando si saluta un amico che
si è incontrato camminando per strada e per inerzia si tiene l'espressione gioiosa anche quando è già passato oltre. Le
labbra, ancor più stupide del cervello, si lasciarono alla fine
convincere ma non si distesero: incaute tentarono immediatamente l'impossibile compito di proseguire dopo la prima
lettera e pronunciare il resto della sequenza. Già la terza consonante fece ingoiare suono e speranza. Non era una frase
normale: o meglio lo era ma era trascritta in codice; avevo di
fronte un anagramma, alla moda di quelli che si scrivevano
proprio alla fine del Seicento e nel Settecento. Tutte le parole
di una frase venivano smontate raccogliendo le lettere uguali in gruppi e poi i gruppi erano disposti in ordine alfabetico; al momento buono, chi l'avesse composto avrebbe potuto
dimostrare di conoscere già la soluzione di un problema famoso, il contenuto di una profezia o la natura di un legame
familiare che non era opportuno fosse svelato prima: pochissime combinazioni su miliardi potevano avere senso con un
numero simile di lettere e questo sistema, in un mondo che

non poteva nemmeno contare su aiuti informatici, costituiva un espediente semplice, poco costoso ma inviolabile per custodire un segreto.

Perfetto, pensai assorbendo la delusione come un pugno ricevuto nel dormiveglia. Non sarei mai riuscito a decifrare l'anagramma e, probabilmente, con esso il segreto di Pietramala. Una sola cosa mi diede un minimo di conforto. Accanto a questa iscrizione stava inciso sulla pietra: 1721-1723. Avevo evidentemente ricostruito bene il periodo dell'edificazione di Pietramala. Quello doveva essere stato il periodo di costruzione dell'arco e il borgo in quegli anni doveva essere stato ancora vivo, vivace e pieno di aspettativa per il futuro. Il contrario esatto di come mi sentivo io allora. Per vergogna verso me stesso, trasformai il senso devastante di delusione in un rifiuto e pensai di chiudere definitivamente con quell'enigma. "Per me," dissi ad alta voce con tutta la rabbia della quale ero capace, "la storia finisce qui." Che non sarebbe stato così avrei dovuto capirlo perché pronunciai quelle parole mentre stavo finendo di trascrivere l'iscrizione. Arrivato all'ultima lettera, chiusi il mio taccuino. Infilai il tutto nello zaino, assestai cinghie e cinghiette e mi incamminai sul sentiero che mi riportava a Calenzana; senza voltarmi.

Non è certo una novità per nessuno che il ritorno sembra sempre più rapido dell'andata; la mente è libera dalla zavorra delle aspettative di chi parte, che non è fatta solo di desideri ma anche del peso degli scenari possibili che al ritorno si sono ridotti all'unico vero dono inestimabile dell'esperienza. Rividi alla rovescia il sentiero tortuoso che mi aveva portato quella notte a Pietramala, girai intorno alla prima montagna, poi alla seconda, poi raggiunsi il fondovalle per risalire infine su un breve altipiano e scendere dall'altra parte della cordigliera. Allora riuscii a sentire, sebbene attenuato, quel profumo mitico di mare e di conifere; forse era il maestrale che, dopo aver accarezzato il Mediterraneo, si era infilato in una qualche gola pettinando gli alberi ed era giunto fino a me o forse era solo il mio desiderio di vento. Perfino la pioggia, che mai dalla mia partenza a Calenzana aveva smesso di cadere, bagnava di meno: o era la mia mente che si era impermeabilizzata come le piume delle oche perché aveva capito che covava ora dentro di me qualcosa di prezioso e non poteva lasciare che si infradiciasse.

In distanza, superato l'ultimo costone di roccia, prima di reimmergermi in un bosco verso la strada principale, scorsi tra le nuvole basse dell'autunno la vallata tranquilla della Balagna; di lontano distinguevo il mare. Era grigio, con dei refoli bianchi alzati dal vento sulle creste più audaci: segno di tempesta imminente. Una barca in affanno tentava di entrare nella baia di Calvi per trovar riparo. Chissà da dove tornava: forse il suo segreto era più grande del mio. Forse il segreto di chi incontriamo è sempre più grande del nostro ma non possiamo saperlo. Rimasi incantato a guardarla. Lo sanno tutti: è dolce, quando sulla distesa del mare i venti sconvolgono le acque, guardare dalla terra la grande fatica che altri fanno; non perché sia dolce il loro tormento, ma perché è dolce vedere da quali mali siamo privi noi. Eppure, per un istante mi chiesi se quell'uomo sulla barca non pensasse la stessa cosa di me. Non si può mai sapere se il mare con la maggior tempesta sia quello che vedi o quello nel quale ti trovi.

Era il tramonto quando entrai nel bosco per raggiungere l'ultimo tratto di strada che mi separava da Calenzana: la luce tra le piante mi sorprese; capii di non avere nomi a sufficienza per chiamare le tonalità di verde che persistevano nella vegetazione ormai miscelate ai tratti dell'autunno. Quando ne uscii, trovai subito di fronte a me le prime case della strada carreggiabile e le luci artificiali; una macchina mi passò a fianco rapida; guidava una donna che sembrava cantare e mi fece un cenno coi fanali. Ero decisamente tornato nell'aldiquà. Il mio passo invece che rallentare per la stanchezza si risvegliò. Stavo varcando la soglia ideale che designava l'ingresso di Calenzana e rimasi senza fiato dalla meraviglia: il mio piede quasi non aveva toccato terra quando la pioggia, ininterrottamente caduta in tutti quei giorni, all'improvviso cessò. Allora fu come quando un rumore fastidioso al quale ci si è abituati smette di colpo: il senso di pace arriva inaspettato e solo allora si comprende quanto disagio si era provato fino a quel momento. Sorrisi. Ora avevo un mistero da decifrare.

Capitolo secondo

Ottobre, ovvero quando l'aria si fa irresistibile per mangiare, baciare
e decifrare un mistero.

[2.1] Era veramente fresca l'aria fresca di quella mattina; seduto a un tavolino appena fuori della locanda lungo la strada
principale di Calenzana, sotto l'ombra viva di un platano, or-
dinai la prima colazione. Mentre aspettavo, contai i quadratini
rossi della tovaglia, cercando di capire se erano di più di quelli
bianchi. Pensare ai numeri, alla mattina, mi serve per avviare
la testa senza sussulti. Avevo buoni motivi per sfuggire a un risveglio completo. Sentivo chiaramente di aver aperto e chiuso
un numero dispari di parentesi nella mia vita: occorreva tornare da capo e contarle, per riuscire a pareggiare i conti, sia pure
provvisoriamente, e tirare innanzi. In questo esercizio di algebra esistenziale, il naufragio della missione a Pietramala non
contava in sé – salvo l'imbarazzo di dover riferire alla Société
che l'Area 44 era vuota, da me eventualmente aggirabile con
la finta relazione – quello che mi bruciava davvero era la consapevolezza che quell'evento chiudeva una fase della mia vita,
anzi che chiudeva l'ultima fase che fosse chiudibile senza la
necessità di ripensare a tutta l'architettura di fasi che l'avevano preceduta. Da allora in poi – ne ero certo – ogni scelta mi

avrebbe costretto a ripensare tutto dall'inizio, non dando niente per scontato. Ma mi sentivo confuso e indeciso. Quello che mi era successo mi aveva privato di ogni scusa per lamentarmi di una vita senza stimoli ma non mi aveva (ancora) suggerito cosa fare di diverso. Era come un meteorite caduto nel deserto: una voragine di sabbia, per quanto grande, è sempre sabbia. Non c'era in effetti molto da fare; sarei tornato a Genova e da lì a Parigi a riferire al centro di ricerca della Société ma non potevo farlo prima di qualche giorno, perché una burrasca stava impedendo ai traghetti di salpare da Calvi e i pochi voli, sia da Calvi che da Bastia, erano già pieni: non valeva certo la pena di scendere ad Ajaccio in treno o in macchina. Male, cioè bene: avevo finalmente un buon momento per godermi qualche giorno di riposo senza dovermi inventare giustificazioni: la fama dell'isola della bellezza, anche così si chiama la Corsica, sarebbe stata messa alla prova dai miei sensi tutti in parata; volevo godermi quei giorni a Calenzana come fossero stati i miei ultimi tre. Il vento aveva già provveduto a riattizzare i profumi dell'autunno: ottobre faceva il suo ingresso sontuoso, con i suoi gialli, i suoi rossi, le sue grandi nuvole barocche, i suoi primi camini accesi, le marmellate di fichi sul formaggio, subito dopo un buon caffè, naturalmente. La decisione di fermarmi a Calenzana, d'altronde, era nata con un pretesto ma avevo anche un altro nuovo motivo, di minor peso certo rispetto a quello che mi era capitato, ma sempre valido per aspettare a Calenzana.

La sera prima, al mio ritorno alla locanda, l'oste non si era esibito in smancerie nel vedermi ma un abbozzo di sorriso mi aveva fatto sentire in qualche modo accolto. Il vantaggio della sua riservatezza si era poi rivelato ideale per la mia esigenza di ordinare le portate dei pasti alla rovescia: iniziavo a pensare che quella ritrosia corsa fosse in realtà l'espressione di un senso di tolleranza comune nell'isola, abituata da secoli a veder transitare di tutto. Mangiai in silenzio e in disparte; ero troppo stanco per parlare e il mio silenzio sembrava giustificato dal vociare sguaiato di un gruppo di italiani che si raccontavano barzellette sconce: mi limitai a sorridere ogni tanto senza peraltro smettere di masticare.

Quando gli italiani lasciarono il locale, i corsi mi fecero cenno di andare da loro, facendomi spazio al loro tavolo e aggiungendo una sedia. Se ne stavano seduti intorno, solidi, agganciati al terreno come ceppi di alberi non ancora sradicati. Mi si chiudevano gli occhi dalla stanchezza ma non potevo assolutamente dire di no.

"Si ferma per la festa?" mi domandò uno di loro versandosi della grappa nella tazzina dove aveva bevuto il caffè.

"Quale festa?" dissi io sentendomi stupido per la domanda.

"Quale festa, quale festa?" ripeté scimmiottandomi quasi: "Ma come?! C'è una sola festa a Calenzana e lei è qui per caso?" rise di gusto e risero gli altri. "È la festa della processione della Madonna delle nevi!" aggiunse.

Sorrisi. Ci mancava giusto la processione. "Ah, certo, quella festa," risposi fingendo di sapere di cosa stesse parlando, "son qui per quella; ci vediamo domani."

Nessuno disse più nulla. Salutai tutti e salii in camera. Trovai ogni cosa esattamente come quando l'avevo lasciata ma la stanza non era stata abbandonata durante la mia assenza:

qualcuno aveva certamente innaffiato la piantina, quella nel vaso troppo piccolo, perché il terreno era scuro e umido mentre tutto nella stanza era secco e impolverato. La guardai con una certa compassione, avrei voluto liberarla ma come si fa a liberare una pianta? Una pianta puoi solo ripiantarla: le piante non camminano, non possono scegliere dove andare, devono adattarsi a cambiare quello che non va in loro lì dove si trovano, non possono spostarsi al sole o all'ombra come gli altri esseri viventi. Per loro il presente non è solo un tempo ma anche un luogo. Io – mi dissi – sono fortunato a non essere una pianta: posso sempre scegliere di andarmene, anche se solo dal luogo. Il sonno arrivò presto: s'infilò a letto con me senza dire niente, ci coprimmo insieme e fummo presto un respiro unico.

Così la mattina mi informai subito leggendo un opuscolo che era a disposizione nella locanda: la processione della Madonna delle Nevi era l'evento più importante per quella regione e forse per tutta l'isola. Sembrava un evento speciale che richiamava non solo turisti, il che mi sarebbe interessato poco, ma soprattutto gente da tutta la Corsica. Che fare? Fermarmi o andare a Calvi per imbarcarmi appena possibile? Presi qualche minuto per riflettere ma non ero sincero con me stesso e finsi di ragionare scegliendo invece quello che mi sembrava fosse semplicemente più piacevole. Visto che avevo deciso di redigere una finta relazione per la Société, tanto valeva procedere senza fretta. Mi sarei preso qualche giorno in più e sarei rimasto a Calenzana a vedere la processione: l'albergo comunque era pagato. Malgrado tutta l'acqua che mi era caduta addosso, le domande nate nel buio di Pietramala sembravano essere appassite: non capivo nemmeno più perché me le fossi fatte. Non sapevo che quelli erano i giorni del silenzio dopo la semina, quando fragile il destino delle piante si attacca alla terra. Lasciai correre i pensieri mentre altrove si preparava la mia storia nuova.

Fu così che – nell'attesa della processione – mi ritrovai a fare colazione sui tavolini della locanda, sotto al platano: mi portarono caffè e latte, in proporzioni decenti, e credetti di non aver più altra preoccupazione che cercare di capire in quale fase della vita mi trovassi. Intorno a me, gruppi di operai allestivano le tribune di legno e ferro che avrebbero permesso di vedere la processione da un punto comodo mentre passava lungo la strada fino alla chiesa. Dovevo solo trovare qualcosa cui pensare nelle ore che precedevano l'inizio per evitare di tornare con la testa a Pietramala e ruminare pensieri acidi. Decidere cosa pensare durante un'attesa non è mai facile. Il tentativo di ingannare il tempo ricostruendo nella mente le fasi della mia vita, infatti, era troppo debole e non durò nemmeno lo spazio di un croissant: fui subito distratto da altro e, per mia fortuna, l'attesa diventò innocua.

Un gruppo di bambini vocianti la interruppe correndo lungo la strada con i loro zaini pieni di libri e quelle faccine un po' stupite, ancora indecise se la scuola fosse solo una specie di brutto gioco o l'anticipo di ciò che avrebbero dovuto sopportare dopo per tutta la vita. Ma quell'evento inaspettato fu provvidenziale per me perché innescò pensieri naturali che mi tennero la testa ben occupata e soprattutto lontana da Pietramala. Avvenne che a uno di loro, nella corsa, cadde da uno zaino il sussidiario e finì in mezzo alla strada: non feci in tempo a richiamarlo, tanto correvano spediti, e raccolsi il libro per evitare che qualche macchina ci passasse sopra rovinandolo. Mi rimisi seduto al tavolino e lo sfogliai ma non lo lessi davvero: davanti ai miei occhi risorsero invece le pagine dei miei libri di scuola, il loro profumo, la carta, la rilegatura importante. Mi piacevano tantissimo i libri fin da allora ma non tanto i romanzi; mi piacevano i manuali, soprattutto quelli dai quali imparavo come funzionava qualcosa: la radio, i virus, le foglie... Quando ero ragazzino compravo anche di nascosto i libri degli anni di scuola successivi al mio: per vedere come sarebbe andata a finire la Storia, per sapere quali imperatori sarebbero comparsi sulla scena, quali regole misteriose di algebra mi sarebbero state rivelate – ricordo benissimo come rimasi ammaliato quando scoprii che avrei usato la lettera "x" al posto di un numero per fare i conti – quali atomi e quali forme metriche latine e greche avrei saputo riconoscere. Quelle pagine nuove sotto le dita anticipavano il mio futuro che emanava dalla struggente fragranza della carta. E non era un amore finto: mi piaceva davvero studiare. Non dico che mi piacesse essere interrogato o passare pomeriggi e vacanze a fare i compiti: quelle torture le odiavo e speravo sempre che un asteroide cadesse nel cortile della scuola per scamparne una, ma studiare, cioè imparare, scoprire e memorizzare mi piaceva proprio, anche se non si poteva ammettere con gli amici. Nelle sere di maggio, quelle tiepide, quando loro giocavano a pallone, io mi agganciavo alla scrivania e studiavo: studiavo senza sosta. Solo che la voglia, senza che io me ne accorgessi, dopo qualche anno deviò in una specie di costrizione crudele autoinflitta. Continuava a interessarmi ciò che studiavo, ma per apprendere bene, praticamente, mi seviziavo. Per imparare il paradigma dei verbi greci, per esempio, mi imponevo di ripeterli per dieci volte ininterrottamente senza errori, come una conta: se sbagliavo, anche una sola volta, iniziavo tutto da capo. Anche in sogno ripetevo *orao, opsomai, eidon, eoraka, eoramai, opopa, ommai, oida,* dieci, cento volte di fila. Tutto questo non accadde nei primi due anni di scuola, che passai seguito dai miei genitori, ma quando, dopo la loro morte, fui preso sotto la protezione della Signora. In effetti, la forma della mia vita è stata tutta plasmata da lei.

La Signora, al secolo M.me Éloise Rosalind Hausdorff von Koch, era una nobildonna di origine francese che passava gran parte dell'anno in Svizzera, in una grande villa liberty sul lago di Ginevra. Nata nel 1914 da una famiglia poverissima di librai ebrei, aveva ereditato un impero dal marito, che aveva fatto fortuna dapprima con il commercio del legname poi con la produzione di carta che riforniva le maggiori case editrici d'Europa, incluse per ironia proprio quelle bavaresi che pubblicarono il *Mein Kampf.* Conobbe i miei genitori, e me, durante il periodo nel quale vivemmo a Roma. I miei genitori, dei quali parlerò più avanti, erano un giardiniere e una cuoca, e la Signora li aveva assunti durante l'anno in cui abitò a Villa Aurelia, una delle più belle del Gianicolo. Dopo la loro morte improvvisa, l'affetto che aveva sviluppato verso di loro e verso di me si manifestò con grande generosità: chiese il mio affidamento e mi portò con sé a Ginevra. Là mi assicurò un'educazione degna di un sovrano: mi iscrisse alla scuola più cara e selettiva di tutta la Svizzera e mi riempì di affetto e attenzione, ricambiato da me che la consideravo non una nonna né una mamma: la consideravo invece un papà. La Signora non mi fece mai capire quanto fosse ricca né io ero particolarmente interessato a questo aspetto della vita ma lo scoprii da solo. Certo lei non lo facilitava. Non sopportava di esibirsi: era così elegante da sfoggiare sul suo collo ben fatto il nulla. D'altronde, con una bellezza come la sua anche l'invecchiare diventava un gioiello. Non mi trascurò mai, qualunque fosse il suo impegno. Per tutti gli anni del collegio, ogni settimana, mi scrisse una lettera che mi veniva sempre recapitata il venerdì mattina. Quando d'inverno la scuola si spostava a Gstaad – mi svelò anni dopo – talvolta mi veniva a vedere di nascosto mentre imparavo a sciare sul campetto privato ma non volle mai interferire direttamente con la mia vita. Si faceva portare dall'autista in macchina ai bordi della pista, vicino agli alberi, senza farsi riconoscere, e con un binocolo – questo me lo rivelò l'autista anni dopo – guardava come me la cavavo con gli sci; finiva con il tornare a casa con le lacrime agli occhi e il respiro corto. Non so se per come sciavo male o perché le spiaceva non essermi venuta incontro. Solo d'estate stavamo un mese intero insieme: ci si spostava allora sulla Costa Azzurra, dove aveva un'altra villa, non meno grande, non meno bella a Cap d'Antibes. Non ho molti ricordi di quei mesi, che senza scuola non mi lasciavano tranquillo. Ricordo solo che di pomeriggio si riposava in stanze fresche dal soffitto alto e impreziosito da stucchi chiari dove il sole entrava filtrato da persiane perennemente socchiuse, per poi poter essere in piena forma alla sera per le feste danzanti; fumando Muratti in abiti eleganti sulle terrazze che guardavano il mare, gli ospiti si intrattenevano fino a tardi numerosi, brindando e giocando a carte intorno a grandi tavoli rotondi, ripartendo poi quasi all'alba in gruppetti sui loro motoscafi, chiacchierando di cose inutili. La Signora capiva benissimo che non ero a mio agio ma riteneva che quel sacrificio sociale fosse parte della mia educazione. L'unico vantaggio che allora percepivo era che in quelle notti mi era consentito di andare a letto all'ora che volevo. Dormendo il pomeriggio, ovviamente, passavo gran parte della notte sveglio; mi rifugiavo sulla torretta della villa, una specola molto ampia e aggraziata, e osservavo per ore la luna, i pianeti – Giove soprattutto – e le costellazioni. Erano gli anni nei quali mi convinsi che avrei lavorato guardando il cielo, ma non lo confessai mai alla Signora.

Negli ultimi anni, mentre studiavo a Boston, la vista le era calata tantissimo e le sue lettere si erano inevitabilmente diradate: ma non aveva mai voluto sostituirle con telefonate. Diceva che le parole, per capirle davvero, andavano ripronunciate con la propria voce e che quindi si poteva solo leggerle. Quel misterioso messaggio che mi aveva mandato – a proposito: l'avevo lasciato nello zaino e non avevo ancora avuto il tempo di rifletterci – era nella forma proprio uno dei suoi tipici messaggi di quel periodo: brevissimi e intensi. Tutti molto affettuosi; tranne quello, però. Mi ricordo quando la salutai alla partenza per l'America, quando le dissi che sarei stato via per quattro anni. Pianse. "Piangi?" le chiesi stupito e con la bocca che tremava. "Sì," mi disse, e poi sorrise, senza però smettere di piangere, e aggiunse: "Certo che piango; tu parti e sei la mia vita. Ma se io scoprissi che tu non parti perché piango, allora piangerei di più. Dunque, parti che è meglio." Mi raccomandò soprattutto di non investire mai su una sola cosa: "Non fare mai come la mia amica pianista, che quel mignolo che le tranciò un mozzo maldestro in barca a vela si portò via tutto il resto del suo cuore e del suo cervello," ripeté per l'ennesima volta. "Assaggia di tutto e rimani libero: chiediti ogni giorno se sei felice e se non lo sei fai qualcosa per esserlo." La salutai alla partenza per l'America osando un abbraccio così forte che le fece scricchiolare le spalle ma fece finta di niente. Mi incamminai a piedi perché le avevo chiesto di non farmi accompagnare dall'autista all'aeroporto. Imboccai il viale alberato che attraversava il parco della villa trascinando una valigia enorme: c'era un punto esatto, più o meno a metà del viale, dove, per un gioco di correnti d'aria che non capivo, l'odore dell'asfalto perdeva la battaglia con quello della resina dei pini che si infittivano vicino alla villa. Mi piaceva ogni volta lasciarmi alle spalle la strada ed entrare nella villa, sempre luminosa, sempre calda e ampia. Quel giorno invece imboccai il viale alla rovescia e fu dall'odore che mi resi conto della fine della mia infanzia: sarei andato a studiare a Boston. Il mio viatico erano una cultura robusta e ampia e la morale di una donna del 1914. Per me, nato nel 1982, si trattava di una prospettiva unica, che avrei dovuto giocarmi bene.

Quel pensiero intenso oscurò bruscamente il caleidoscopio di fantasie scatenate dal sussidiario che avevo raccolto per terra. Lo riposi sul tavolino di fronte a me, distesi la fronte liberandola dall'espressione perplessa e forse buffa con la quale era rimasta corrugata per tutto quel tempo di memorie, e fu allora come svegliarsi davvero. Il sole si era fatto intenso anche sotto le frasche del platano e la colazione era ormai un ricordo, incalzata da un nuovo appetito. Quanto tempo era passato da quando la mia immaginazione aveva ricostruito quegli anni?

Tanto, visto che le tribune allestite intorno a me erano quasi state completate. Mi resi conto allora che avrebbero ospitato una folla enorme. Per la processione della Madonna delle Nevi si aspettava gente da tutti i paesi, forse anche dal continente. Improvvisamente mi girò forte la testa e dovetti appoggiarmi a un muro: forse si trattava di uno dei miei attacchi. La mia malattia, sconosciuta ai più, era subdola e si manifestava quando meno me lo aspettavo. Se non fosse stato per quella conoscenza del greco antico che mi ero fatto a scuola, la prima diagnosi mi avrebbe fatto ancora più paura: "escatofobia", mi disse scandendo bene il termine lo psichiatra. Ero escatofobico, avevo cioè il terrore che le cose finissero. Ma non è semplicemente che avevo paura e basta; è che mi avvelenavo tutto il presente vedendo sempre la fine in ogni inizio. Così entrando a una festa mentre mi accoglievano gli amici finivo con essere immediatamente triste immaginando i saluti di congedo, o quando iniziavano le vacanze venivo preso da crisi di pianto violente. Perfino il volto dei bambini nel giro di qualche secondo nella mia mente si trasformava nello stesso volto da vecchi: affioravano le rughe, si gonfiavano le borse sotto gli occhi, i capelli si ritraevano dalla fronte assottigliandosi e le guance si afflosciavano confondendosi con un collo raggrinzito. Nessun libro bello poteva piacermi, perché sentivo già tra le mani l'ultima pagina, quella girando la quale saluti l'autore e i personaggi per sempre. Quelle ondate di tristezza potevano scaturire all'improvviso e disperdevano i miei desideri come il fumo uno sciame di farfalle. Accettai la diagnosi solo perché dava un senso alla mia altrimenti inspiegabile esigenza di invertire le portate nei pranzi e nelle cene esorcizzandone la fine, come se correndole incontro riuscissi a dominarla: non fosse stato per quell'indizio, l'escatofobia mi sarebbe parsa semplicemente l'unico modo di capire il tempo e, con esso, la realtà intera. Evidentemente, l'atmosfera di inizio della festa della Madonna delle Nevi mi aveva innescato un attacco di escatofobia. Avrei voluto che tutto fosse già finito; e la voglia era proporzionale alla felicità di trovarmi in una festa che in qualche modo mi aveva conquistato, anche se non ne avevo (ancora) motivo.

La gente iniziò ad arrivare a gruppi. Erano festosi, chiassosi, colorati. Si sedettero sulle tribune mamme, nonne, papà, bambini, tanti bambini, ragazzi e ragazze e poi ancora turisti da ogni dove. Arrivavano, si sedevano, guardavano intorno scrutandosi tutti; venivano per vedere ma anche per esser visti, come sempre. La processione si sarebbe svolta al tramonto. Tutti erano equipaggiati con maglioni, giubbotti, cappelli, qualcuno con anche un ombrello; l'aria di ottobre sembrava raffreddarsi rapidamente. Iniziarono a riempire dapprima le tribune, poi, quando nessun posto rimase libero, si infilarono anche dietro le transenne del percorso; in un paio d'ore tutto il viale alberato che portava alla grande chiesa settecentesca si era popolato di una moltitudine di gente vociante che parlava di tutto ma che in fondo era solo ansiosa di assistere al grande evento. L'atmosfera si fece tesa quando il sole, ormai basso, iniziò a proiettare ombre lunghe, di alberi e di persone. La direzione della processione avrebbe fatto in modo che il disco del sole si trovasse alle spalle del corteo esattamente nel momento in cui avrebbe lambito con la parte inferiore la cresta della montagna. La repentina diminuzione di luce generò allora uno strano silenzio, come quando si assiste a un'eclissi di sole e perfino gli uccelli smettono di muoversi. Il sole tocco la montagna e si udì il primo urlo – lungo, disumano – subito seguito da un secondo, da un terzo, da molti altri, finché le urla, ritmate, si composero all'unisono. Dal fondo del viale, una massa scura prese forma: era la testa del corteo della processione. La gente si fece il segno della croce: molte donne strinsero nelle loro mani un rosario. Tamburi segnavano il passo, mentre il corteo si avvicinava: iniziavo a distinguere nettamente le figure. Le persone nel corteo indossavano un saio nero, con un cappuccio velato, anch'esso nero, che non lasciava intravedere nulla del viso. Saranno state almeno una settantina, compatte, procedevano con un passo strano, innaturale, come interrotto e sospeso proprio nel momento in cui il piede che avanzava avrebbe dovuto toccare il suolo. Le spalle oscillavano secondo un ritmo scazonte – sinistra, destra, sinistra, sinistra, destra – e l'urlo stridente e disumano si ripeteva ogni tre passi. In mezzo al corteo, la statua bianchissima di una madonna stranamente anziana, appoggiata su un pianale di legno portato da una dozzina di incappucciati, si ergeva in una posizione mai vista con le braccia distese lungo il corpo, come se non potesse o non volesse più toccare nulla. All'improvviso, quando il corteo ebbe percorso almeno un centinaio di metri acquisendo un ritmo ipnotico per noi che guardavamo, dagli occhi cavi della madonna sbucarono dei serpenti che si avvolsero intorno al collo della madonna. Erano molti, sgorgavano a fiotti, spaventati, e molti finivano con il cadere per terra. Sul suolo, non resistevano molto: i piedi degli incappucciati li schiacciavano, lasciando dietro il passaggio sangue e le loro carcasse schiacciate e ancora frementi. La donna di fianco a me si sentì male.

La sostenemmo in due, cercando di farla sdraiare ma non c'era spazio. Il centro del corteo era allora esattamente di fronte a me e stava svoltando per entrare nella piazza della chiesa. Il frastuono provocato dalle urla e ritmato da quello dei tamburi aveva raggiunto l'intensità massima: i serpenti non uscivano più. Vennero allora spalancate le grandi porte della chiesa: il corteo entrò in silenzio e, per quel che riuscii a vedere dalla mia postazione, depositò la statua nella navata. La folla intonò subito un canto in corso, seguito da un rosario, recitato in latino. Un quadro enorme, trasportato da un gruppo di anziani, venne deposto sulla facciata dell'altare: era il ritratto di un Cristo. Insolito: non aveva i soliti falsi capelli lunghi, li aveva corti, come raccomandava san Paolo, non era uno di quei Ganimedi figli di madonne vestite di terital rosa. Era un cristo qualsiasi, dunque un Cristo vero: robusto, con una corda al collo, ma con l'espressione unica di chi è capace di affidarsi. Un sospiro profondo che non avevo preventivato chiuse per me l'evento. Scesi dalla mia postazione della tribuna.

Non mi ero aspettato quell'intensità. Mi pareva di esser stato testimone di un rito antico, profondamente religioso, sebbene la mia fede fosse ormai affievolita da tempo in un agnosticismo di comodo. Che dire? Interessante. Toccante. Misterioso. Tutto vero. Ma cosa cambiava in fondo per me? Serpenti, urla, incappucciati eppure io mi sentivo sempre fermo nello stesso punto morto, di fronte alla stessa domanda. Cosa potevo fare della mia vita? La gente nel frattempo stava scendendo dalle tribune e la strada si era tutta riempita. Su un lato della piazza, non molto distante da me, gli incappucciati si radunarono per togliersi il saio e il velo. Ne osservai uno, che per combinazione mi stava esattamente di fronte, come se lui osservasse me. Con un gesto fluido, afferrato il cappuccio nero dal basso, se ne liberò in un sol colpo, mentre, scuotendo la testa, una massa di capelli dorati e mossi, fino ad allora compressi nel cappuccio, inaspettatamente si espanse come fosse lo sbuffo di una spuma barocca. Si accorse che la stavo osservando: mi guardò e sorrise e tenne il sorriso per un istante in più del dovuto. Sembrò muovere le labbra per dirmi qualcosa e io sembrai udire quello che diceva. Fu tutto troppo rapido. Tra me e lei si intromise un gruppo di ragazzi, anch'essi ormai senza cappuccio, che impedì di vederci: la circondarono, due la presero sottobraccio e ridendo tutti insieme la portarono via. Non si voltò. Non fosse stato per quella sua prima occhiata avrei detto che me l'ero inventata. Rientrai nella locanda con una domanda strana e completamente inattesa: mi chiesi chi mi avrebbe potuto difendere dalla bellezza di quel volto.

[2.2] Quel sorriso alla processione mi aveva finalmente fatto capire perché non riuscivo mai a rispondere alla domanda "Sei felice?" Bisogna incontrare qualcuno felice per accorgersi di non esserlo ed essere disposti a riconoscerlo. Alla processione, io avevo incontrato una donna felice. Il problema è che una volta che te ne accorgi cambia tutto: ogni gesto, ogni abitudine, ogni scelta non sono più neutre, si misurano rispetto a quello che ci si rende conto che si può desiderare.

Mi accorsi così che tutto era cambiato per me. La giornata aveva fatto sparire tutto ciò che nei giorni precedenti aveva turbato la mia vita. Era sparita la traversata da Genova, l'incu-

bo del percorso tra le montagne, tutta l'acqua che mi era caduta addosso, i fulmini e i tuoni; erano spariti a poco a poco i
viottoli, le case e la piazzetta di Pietramala, era sparito lo spavento di non aver trovato nessuno, erano sparite le lapidi e le
date, l'arco, ed era sparita, alla fine, anche la lingua sparita.
Non sapevo più se l'esperienza della processione era stata la
causa di quel cambiamento o se io stesso mi ero lasciato azzerare la mente da quell'evento per paura di riconoscere che
quello che avevo vissuto a Pietramala modificava tutto nella
mia vita. Mi resi definitivamente conto che qualcosa era cambiato dopo la processione al risveglio la mattina dopo, passata
una notte rapida come nei sogni. Ignorai completamente i fogli con i paradigmi che avevo iniziato ad abbozzare per la mia
relazione finale. Frugai bene nello zaino per vedere se avevo
ancora una maglietta pulita e scesi a far colazione.

L'oste mi servì senza che glielo chiedessi il caffè in una
tazza grande con il latte e dei croissant in un cestino inaspettatamente ingentilito da una fodera a quadretti rossi e bianchi
impossibili però da contare, ripiegati com'erano su se stessi:
forse – mi dissi – la mia presenza alla processione l'aveva reso
meno diffidente. Dovette intuire qualcosa del mio pensiero
perché prese la sedia e si sedette anche lui.

"Non parte più, signor Rameau?" chiese con l'aria di chi
deve averne visti di turisti fermarsi oltre il limite previsto.

"Sì, certo: devo finire di scrivere la relazione e tra un paio
di giorni ritorno a Genova," risposi mentre osservavo i cubetti
di zucchero risucchiare il caffè per poi sparire a loro volta risucchiati dal liquido scuro.

"Non le piace Calenzana?"

"Certo, è un paese molto interessante," risposi pentendomi subito della banalità della mia frase; aggiunsi altre sciocchezze che non vale la pena riportare. Quanto tempo riuscii a resistere in quella conversazione, tergiversando senza arrivare al dunque, sorprese anche me. Ancora un sospiro generico, uno stupido commento sul tempo e poi, finalmente, cercando di controllare il tono della voce: "Lei conosce tutti quelli che ieri sono sfilati in processione incappucciati?" osai chiedergli con aria disinteressata, come se avessi chiesto informazioni sui tipi di miele che si producevano in Balagna.

"Certo, tutti," rispose con un fare a mezzo tra il sorpreso e lo scocciato, "siamo un paese piccolo e tutti qui conoscono tutti. Perché vuole saperlo?"

"Le dico la verità," risposi vergognandomi di scomodare un concetto così alto per un fine così personale, "mi è parso di riconoscere una ragazza: bionda, bel sorriso, spalle larghe," accompagnai la descrizione con un gesto eloquente delle mani; l'oste si accorse allora che la mia mano sinistra aveva sei dita.

Attratto da quel particolare, lasciò passare qualche secondo e poi, quasi come per scusarsi per l'attenzione verso quello che pensava io considerassi un difetto, rispose senza opporre neppure l'ombra dell'ironia: "Ah, certo, Clara Maria, la figlia del panettiere: bellissima, vero?"

"Bellissima," chiusi io il discorso, abbassando gli occhi e immergendo rapidamente il secondo croissant nel caffè. Non credette nemmeno per un istante alla mia noncuranza – l'oste intendo; aveva capito immediatamente chi mi aveva colpito e perché e anche che mi sarebbe piaciuto rivederla. È evidente che una tal bellezza non era mai sfuggita a nessuno, figuriamoci se poteva sfuggire a questo turista (io) che viaggiava solo, apparentemente trattenuto a Calenzana da nessun altro motivo se non quello di perder tempo.

Si alzò, non senza prima aver sbirciato ancora di nascosto la mia mano sinistra, e agitò lo strofinaccio da cucina che reggeva come un moschettiere il suo cappello piumato per congedarsi alla fine di un incontro. Si guardò intorno come per sincerarsi di non esser visto, poi tese il braccio e indicò preciso un punto del paese non troppo distante: "La panetteria," disse, "quella in fondo alla via, sulla sinistra per chi va verso Calvi; la si vede anche da qua," aggiunse lasciando intendere il resto e se ne andò. L'imbarazzo paga, evidentemente.

Decisi di andare subito alla panetteria: fui lì in tre minuti. La porta a vetri era aperta e dall'interno arrivava un profumo caldo di focaccia e di pulito. Scostai la tendina ed entrai; la ragazza era di spalle, intenta a sistemare del pane nelle grandi ceste.

"Un momento, prego," disse con una voce inaspettatamente pastosa e bassa, che non corrispondeva all'immagine che ricordavo. "Desidera?" mi disse girandosi e nel girarsi mi sorrise. Non risposi. L'atmosfera sospesa, la interruppe subito lei: "Non era mai stato alla processione, vero? Le ha fatto impressione vedere i serpenti?"

"Un pezzo di focaccia," balbettai allora con la pertinenza di uno che stringe la mano al prete che gli porge l'ostia.

Lei sorrise ancora e continuò: "Le va bene questo?" indicò un quadrato perfetto di focaccia ligure, dove i buchi chiari della pasta luccicanti per l'olio trapuntavano la superficie dell'impasto reso croccante dalla cottura.

"Sì, certo, benissimo."

Non posso annoiarvi con quella settimana che passai a volteggiare in cerchi concentrici sempre più serrati per arrivare a conoscere Clara Maria. Nessuna Pietramala poteva più interessarmi. Storia chiusa: un'inutile perdita di tempo confluita nella più serendipica delle storie. Finimmo, anzi iniziammo, con il cenare insieme una sera e la nostra attrazione reciproca fu subito così evidente che ci sembrò naturale continuare a frequentarci; per lei, nascosi anche l'inversione dell'ordine delle porzioni con il trucco – in realtà, forse, non avevo ancora completamente ceduto – di ordinare per me un solo piatto. Non parlavamo tanto: in compenso, ci guardavamo molto. Le osservavo il vestito leggero e colorato, mi colpiva che non indossasse pantaloni, ma ero più sorpreso dallo strano disegno che aveva stampato sul tessuto. Lei non disse una parola sul mio sesto dito. Io invece rimanevo incantato a guardarle i denti, pecorelle bianche perfettamente accoppiate, e quelle labbra così morbide che quando la forchetta usciva dalla bocca potevi vedervi impressi per un istante i segni della pressione dei rebbi. Non che capissi benissimo cosa mi stesse succedendo. Non mi ero mai innamorato e mi chiesi se anche questo sentimento si individuasse solo se visto in un altro. Ma non caddi nella tentazione di svaporare il mio entusiasmo con le elucubrazioni: ora che l'avevo intuito mi volevo lasciare andare. Alla Société sarei comunque tornato tra qualche giorno e avrei preso qualche decisione sensata. Per ora Clara Maria mi aveva completamente incantato. Di Pietramala e della sua sollecitazione non era rimasto più nulla. Almeno, era quello che credevo.

Anche la preoccupazione incombente che questa storia dovesse finire come tutto finisce, per un istante, in me si attenuò. Insomma: quell'incontro aveva davvero cambiato le carte in tavola; per la prima volta non sentivo solo la mia voce e non mi interessavano solo codici da decifrare. Non era altruismo – non sono un altruista e non lo diventerò mai – né era capacità di mettere qualcuno davanti di me in ordine prioritario: no, Clara Maria aveva semmai rimesso proprio me al centro della mia vita. Non come soluzione, certo, ma come punto di partenza. Mi aveva sturato l'anima: iniziavo a riconoscere i sentimenti come gli odori dopo un brutto raffreddore: non sapevo bene cosa annusare ma sapevo che ero in grado di farlo. Non potevo permettermi di perderla, almeno non subito. Dovevo cercare un modo per tenerla ancora un po' con me. Parlammo a lungo di noi, le raccontai della mia infanzia, della Signora, della scuola, ma in realtà non mi aprii tanto; neppure lei mi sembrava disposta a scoprirsi: decantò l'acqua delle spiagge della Corsica e i giorni della scuola quando ogni giorno andava in bicicletta a Calvi. In realtà la stavo sondando, cercando di capire quale rappresentazione di me l'avrebbe attratta. Immaginavo che il corteggiamento consistesse essenzialmente in questo: rispondere alle aspettative dell'altro, celando i tratti che potessero risultare fastidiosi se non addirittura insopportabili. Ingenuo: arrivai invece rapidamente alla conclusione che avevo un'unica carta da giocare con lei: l'ironia, il solo tratto della mia personalità che mi pareva di poter gestire senza sforzo e che – notavo – piaceva molto agli altri. Avrei anche potuto cucinare ma è scomodo andare in Vespa con le pentole; ne avevo infatti affittata una da un ragazzo di Calenzana per muovermi comodamente in paese e nei dintorni. Era una Vespa molto ben tenuta, che però aveva su un lato dipinta una donna nuda sicché quando andavo a prendere Clara Maria per evitare commenti dei clienti della locanda mi toccava fare un giro innaturale per arrivare davanti al suo negozio presentando la fiancata destra della Vespa, quella senza la donna.

Non era facile per me iniziare a parlarle quando la incontravo. La prima volta, per rompere il ghiaccio, ricordo che le raccontai la storia del bruttissimo anatroccolo, quello che alla fine della storia essendo stato buono si riscattò agli occhi di tutti diventando finalmente solo brutto. Rise. Risi. Ridere, infatti, fa ridere: il corpo sussulta; non si riesce a trattenere bene l'aria nella bocca e sbuffi senza senso escono a ritmi rapidi e, talvolta, sincopati. Andò così per giorni; a ridere, intendo. Non so bene se io non mi trattenessi più dal cercare di farla ridere perché non ero sicuro che fosse pronta a prendermi sul serio o se non volessi affatto essere convinto che fosse pronta. Non stetti bene quando me ne accorsi: avevo chiaramente un attacco di escatofobia. Quel legame così bello lo vedevo già finire e dunque cercavo di prolungarne l'inizio o meglio, mi trattenevo ancora al di qua dell'inizio, in modo da non dover pensare alla fine.

All'improvviso, mentre stavo guidando, le dissi urlando contro il vento: "La sai la differenza tra una patata e un pomodoro?"

"No," rispose con la grazia di chi vuol fare un favore a un bambino scemo, "non ne ho idea."

"Sono rossi tutti e due tranne la patata," risposi deciso. Fu quello il confine: lei non sussultò per niente, non le venne fuori aria da nessuna parte, mentre io caddi dalla sella della Vespa dal ridere. Qualcosa non aveva funzionato: le barzellette che si basano sulla logica facevano ridere solo me e un paio di altre persone al mondo.

"Vuoi una mora?" mi chiese lei allora subito offrendomene una.

"No grazie, non riesco a mangiare niente che faccia venire la lingua nera."

"Ti capisco," rispose stenograficamente, "in fondo oggi è giovedì." Rise. Lei. Io no; mi accorsi allora che voleva farmi capire qualcosa.

Le giornate passavano liete e se non fosse che una frase che inizia in questo modo starebbe bene in un tipo di storia diversa da questa direi che era vero. Praticamente giocavamo. Facevamo l'elenco delle cose che ci piacevano e non ci piacevano. Io odio: le giacche, gli aperitivi e gli auguri. Preferisco vacanze bruttissime e una vita lavorativa meravigliosa che viceversa. Lei odia: gli auguri e gli aperitivi – meno male – ma anche i divani rigidi, i giornalisti che non sanno parlare e la gente che mangia il pollo sul treno. Io ero nato nella settimana statisticamente più calda dell'anno, l'ultima di luglio: quel giorno faceva più fresco dentro mia madre che fuori, al contrario di lei che nacque a metà gennaio e l'acqua si era ghiacciata nei tubi sicché dovettero lavarla con della vodka. Cambiammo discorso. Mi chiese come facessi a campare e la sua domanda mi turbò. Non volevo nemmeno per un istante che il ricordo di Pietramala inquinasse quei momenti: non sapevo cosa dire, cosa fare, forse nemmeno cosa pensare. Ebbi una reazione brusca, impulsiva, e chiusi il discorso con qualche battuta nemmeno troppo riuscita. Dovetti accompagnarla a casa. Avevo esagerato ma ero veramente preso tra due fuochi: o la smettevo o iniziavo a mettermi in gioco sul serio, ed allora la paura che tutto finisse mi avrebbe spinto a far finire tutto. Peccato; volevo ancora passarle una meravigliosa dimostrazione sulla necessità di essere golosi che mi aveva passato a sua volta un mio amico prete e matematico. Sosteneva che il più grave dei sette peccati capitali, la superbia, fosse implicito nella convinzione di non avere peccati e che dunque almeno uno bisognava pensare di averlo commesso: siccome in una tradizione gemmata da Evagrio Pontico la gola risultava il meno grave, la somma delle due considerazioni rendeva raccomandabile una certa dose di pulsione eccessiva per il cibo come via per la santità. Pazienza; che peccassi in quel senso era evidente già allora e lo sarebbe stato ancora di più con gli anni.

Riavviai la Vespa dopo aver salutato Clara Maria e tornai alla locanda. Eravamo chiaramente tutti e due intrappolati. Non sapevamo più cosa dirci che non fosse potenzialmente pericoloso ma sapevamo che non volevamo smettere di parlarci. Io volevo tutto: volevo lei, volevo riappropriarmi della mia vita, volevo superare gli attacchi di escatofobia. Avevo sete e fame, ma volevo bere e mangiare contemporaneamente. Era come quando da piccolo volevo disegnare una pesca che si vedesse da tutti i lati. Mi insegnarono che è impossibile: la realtà va incanalata attraverso restringimenti, che in qualche caso chiamiamo scelte, ma che sono indispensabili per generare significati. D'altronde, una clessidra che non si restringa non serve a niente.

[2.3] Il giorno successivo decisi di portarla a fare una gita. L'avevo avvisata e le chiesi di prepararsi. Con la Vespa non saremmo andati lontano ma, approfittando della giornata mite, malgrado fossimo ormai a metà ottobre, sarei voluto comunque arrivare su un prato fuori paese che avevo visto pochi giorni prima; una specie di balcone digradante sulla Balagna, ampio e riparato al contempo. Era infatti protetto dal lato della montagna da un bosco di ulivi fitto che tratteneva il vento che in quelle zone poteva soffiare forte. Stendemmo il telo sul prato e ci sedemmo a parlare; il tramonto non era ancora iniziato. Mentre guidavo mi sorpresi a pensare a come era bella e cercavo le parole per dirglielo. Volevo far colpo dicendo che era bella come qualcos'altro di bello ma non trovavo niente che reggesse il paragone. Mi convinsi che la cosa più bella per un essere umano è un corpo umano bello e che di fronte a ciò non potevo aggiungere niente. Mentre pensavo a queste cose cercai di vedere se riuscivo a ricostruire nei dettagli il suo volto nella mia mente. Da tempo sapevo che più una persona ti è cara meno ne ricordi il volto; ti sembra di averlo presente, perché compare nel suo insieme, ma se cerchi di visualizzare i particolari nell'immagine che ti si forma nella testa non ci riesci. Provai, infatti, ma non fui in grado di evocarli; ne ricordavo bene solo il profumo. La trovai sulla soglia del negozio, pronta, in piedi, sorridente, con le braccia unite sul davanti per reggere la borsa, e un paio di scarpe buffe di tela rossa; i capelli dentro un foulard che nemmeno la Signora avrebbe portato. Mi sembrò allora di vivere un fenomeno curioso, rovesciato rispetto a quello che provai il primo giorno nel quale la vidi: capii che la felicità può essere solo una questione personale, che non si può cioè capire direttamente quanto l'altro è felice, ma mi resi anche conto che se la mia felicità cresce vedendo un'altra persona, allora per forza il rapporto sta volgendo al meglio e anche l'altra persona è più felice. Avrei capito solo da vecchio che quei due sentimenti – l'impossibilità di accorgersi infelici da soli e la possibilità di misurare la felicità altrui come riflesso sulla propria – erano la stessa cosa. In ogni caso ero felice.

Clara Maria voleva conoscermi davvero: voleva che le spiegassi cosa studiavo ma mi pregò di non fare battute. Aveva capito benissimo per cosa le usavo.

"Cosa hai studiato?" mi chiese direttamente. "Intendo dire: che studi hai fatto, Elia?"

Mi sorprese quella domanda; veniva da ore di ascolto, non era casuale, perché era un invito a espormi. "Ho studiato il linguaggio umano: sono un linguista."

"Chissà quante lingue parli!"

"Pochissime: francese, inglese, tedesco, italiano; so leggere il greco antico e il latino e parlo il dialetto di mia madre che veniva dall'Italia del Nord."

"Credevo che chi studia il linguaggio parlasse tantissime lingue."

"Invece no," ero innervosito e se ne accorse dal tono, "chiedere a un linguista se parla tante lingue è come aspettarsi che un medico abbia fatto tante malattie," cercai di rimediare con una battuta, ma fu peggio.

"Capito. Allora cosa sai delle lingue?" chiese lei cambiando il tema della domanda. Già: cosa sapevo delle lingue e come dirglielo.

Passarono dei momenti lunghi: c'erano dei panini che aveva preparato lei e delle focacce, che per fortuna non imponevano alcun ordine. "Lo sai quanto cielo c'è nelle parole?" Le chiesi sperando di stupirla con qualche etimologia da rotocalco, e in effetti mi guardò strano. Proseguii: "Prendi *disastro* e *desiderio*, per esempio: sono due parole che usiamo spesso; due parole diversissime che stimolano immagini completamente differenti. Eppure tutte e due sono costruite con due parole che fanno riferimento al cielo: un disastro è una cosa cattiva, nata avendo un astro, appunto, contrario. Un desiderio, invece, ha dentro il cielo tutto intero: *siderum*, in latino. Desiderare può voler dire fissare lo sguardo verso le stelle, e per questo esser mossi a un destino voluto, oppure togliere lo sguardo da esse per sfiducia in quello che abbiamo e dunque perché vogliamo qualcos'altro. Ma in ogni caso, sempre di cielo si tratta. Sempre dell'influenza del cielo. Anzi, anche l'influenza – sì quella di quando ci ammaliamo – è una forma breve per parlare dell'influenza negativa di un astro." Ci fu un momento di silenzio. Provavo imbarazzo per come mi aveva ascoltato. Mi affrettai a smorzare le aspettative. "Sai," le dissi, "queste cose per me sono noiosissime; me ne sono preparate solo una manciata che esibisco al momento giusto per fare bella figura alle cene. Per il resto io invece sono appassionato della matematica che sta dentro nella lingua, nelle sue regole complicatissime." Anche allora mi aveva ascoltato.

Il tramonto stava iniziando in quel momento. "Dai, Clara Maria, scherzavo, non mi interessa nessuna lingua specifica: mi interessa il codice che sta dietro a tutte loro e il modo nel quale viene espresso dal nostro cervello. Ma ti rendi conto? Ti sei mai fermata a pensare a cosa vuol dire parlare? Quale incantatore avrebbe potuto inventare un gioco di prestigio più sconcertante? Noi, muovendo in modo coordinato dei pezzi del corpo – polmoni, gola, labbra, lingua – moduliamo vibrazioni di aria e con questi gesti riusciamo a suscitare nella mente di coloro ai quali quell'aria modulata va addosso delle emozioni, dei ragionamenti, delle immagini del mondo che non è lì e che prima erano dentro a noi!" Avevo preso una bella rincorsa. Detta così, mi emozionai pure io: bisognava stare attenti che non ci si commuovesse tutti e due; non avrei saputo come gestire la situazione.

Si era fatta sera, la luce che rimaneva era solo il riflesso del sole sulle nuvole ormai sceso sotto l'orizzonte. Ci eravamo messi dei maglioni: il mio, un po' stretto, era quello di suo fratello, a collo alto e a maglie grosse blu e bianche, il suo, invece, tutto bianco e spumoso che sembrava fatto di vapore, solo poco scollato. Ci eravamo seduti al centro del grande telo sul quale avevamo passato quelle ore. Il vento era ormai più che fresco e ci abbracciammo. Si vedeva da lontano la luce di Calvi. Mi chiesi davvero se la bellezza non esistesse. Non sapevo più molto, ma sapevo che stringere Clara Maria tra le mie braccia mi aveva cambiato completamente: avrei dovuto ripianificare tutta la vita, decidere come fare per vivere vicini – se cercare di portare lei a Parigi o me qui – e cosa fare per vivere; avrei voluto poter contare sui consigli della Signora ma non ero sicuro che avesse la forza d'animo per capire dove fossi io. Stava finendo quel momento nel quale la mia vita da potenza diventava atto. Stavo perdendo la mia staminalità. Ma non sapevo bene chi o che cosa togliere dalla mia vita per far emergere la forma della mia anima definitiva. Certamente, relegata l'esperienza travolgente di Pietramala ai ricordi o forse ai rimpianti avevo almeno iniziato a godere di fatti reali: niente mi interessava se non l'adesso, un istante del tempo che forse scoprivo solo allora.

Esattamente quando pensai la parola "istante", iniziò il canto di Clara Maria. Si era messa come in ginocchio sul telo, con le mani appoggiate sulle cosce. Iniziò come iniziano tanti canti: prima a bocca chiusa – il timbro pieno e maturo della sua voce si formò su note basse – poi, aprendola e controllando la forma delle labbra, faceva uscire il canto sicuro modulandolo su note più alte; mi sembrò come un prolungamento naturale dei miei pensieri o forse dei desideri; ero così preso dal canto che quasi ebbi l'impressione che stessi cantando io. Poi uscirono le prime parole. La sequenza di note travestite di senso mi sciolse ogni resistenza residua in modo naturale. Fui immediatamente prelevato nei movimenti tonali della sua voce, risucchiato a velocità vertiginosa dentro un cammino sicuro e tortuoso di parole e note ma quanto più venivo trasportato nel testo e nella musica tanto più mi rendevo conto di un fatto completamente inaspettato: ogni singola parola di quel canto mi era comprensibile ma la sequenza di parole prese in quell'ordine non aveva alcun senso.

Mi raggelai, mi si spezzò la lingua in bocca, il sangue sembrò evaporare, sentii un ronzio nelle orecchie e divenni più pallido di erba strappata. In modo scomposto, cercai di trattenere in me ogni sentimento centrifugo, come si fa quando all'improvviso scappano tutti gli animali da un recinto dopo un tuono ravvicinato; la mia mente corse ovunque per cercare un appiglio che mi difendesse da quella corrente travolgente, per non farmi strappare da quella gioia che avevo provato e che ora sentivo che mi veniva portata via. Il canto, inesorabilmente, continuò e l'assenza di significato in quella sequenza non poté non risuonare con quello di un'altra assenza che non avrei voluto più ricordare. Clara Maria terminò con una nota a bocca socchiusa e con un lievissimo sospiro in levare, chiudendo gli occhi, come se con quel filo d'aria stesse chiedendo e aspettando un giudizio. Mi guardò fissa negli occhi. Rimasi immobile, nel corpo e nel volto: temevo che il battito del mio cuore fosse troppo forte e arrivasse a infrangere quel miracolo di musica. Non ci fu nulla da fare: l'incanto di quel momento fu scalzato dalla mia memoria – non sempre fedele guardiana del cervello – che sciolse ogni barriera e mi fece riaffiorare vivido alla mente quello che non avevo visto a Pietramala o forse quello che non volevo vedere nella mia vita. Clara Maria aveva cantato in una lingua senza significato e così mi aveva riaperto gli occhi.

[2.4] La mattina dopo quella notte di magia e di paura, il mio primo pensiero fu cosa dire a Clara Maria. Mi sentivo come quando ascolto qualcuno che parla senza finire le. Ti lasciano la responsabilità di scegliere tra le quasi infinite strade che ogni parola apre dopo di sé, obbligandoti oltretutto a concepire il "quasi infinito", entità immorale quanto inutile. E naturalmente non sopporto di far provare agli altri la stessa irritantissima sete. Dovevo dunque una spiegazione a Clara Maria. La sera precedente non poté capire cosa mi avesse preso dopo aver sentito il suo canto. Riconobbi che il suo silenzio mentre la accompagnavo a casa in Vespa fu un regalo immeritato, sempre che non fosse dovuto allo spavento che le avevo involontariamente provocato. Da dove avrei potuto iniziare? Avrebbe capito quello che avevo provato? Quale sortilegio poteva aver messo un canto in opposizione tra me e lei? Non c'è veramente limite alla distanza dalla quale un evento può causarne un altro.

Quel giorno ero in ritardo. La trovai ad aspettarmi, come se nulla fosse successo, sorridente davanti alla porta della panetteria. Si sistemò sulla sella, ma io non partii immaginandomi che dovesse dirmi qualcosa. Non disse nulla di particolare, invece, solo: "Andiamo?" Mi scusai del ritardo, scandendo le parole a voce molto alta per vincere il rumore del motore e del vento, ma mi accorsi subito dopo che l'ora così vicina al tramonto non era affatto un danno. Una luce obliqua e densa disegnava le ombre degli alberi sulla strada dando al viale che portava alla locanda un non so che di solenne e, al contempo, di accogliente. Perfino il cimiterino all'angolo pareva ora ospitare solo anime nobili. Mi convinsi che in collina, d'estate, verso sera, anche i morti possono sembrare soddisfatti. Sorrisi.

Andammo sulla spiaggia di Calvi a parlare, in mezzo all'emiciclo di sabbia, proprio di fronte al promontorio della città vecchia a forma di veliero: lo scenario lasciava senza fiato ma il fiato, io, quella sera, non ce l'avevo comunque. Seduti accanto all'acqua limpida che profumava di acqua limpida, iniziai a parlare, assecondando una sua richiesta che non ebbe bisogno di esprimere a parole, tanto era dovuta. Le spiegai cosa ero venuto a fare in Corsica, dell'incarico della Société, dell'Area 44, del percorso di tregenda fino a Pietramala e di tutto quello che (non) vi avevo trovato. Le raccontai tutto come l'ho raccontato qui fermandomi alla mattina del giorno della processione perché da lì in poi era solo cosa mia. Il silenzio che seguì a quelle parole sembrò invertire i ruoli: ora era Clara Maria a essere impallidita. Clara Maria prese le mie mani tra le sue, con le labbra che le tremavano accostò la bocca al mio orecchio e sussurrò, come a voler contenere la mia possibile reazione negativa: "Quel canto l'ho imparato da mia nonna, Elia; era un canto di famiglia tramandato da donna a donna. La prima veniva," mi guardò negli occhi e fece una pausa che durò più di quanto resse il suo sguardo, "veniva da Pietramala."

Non ho mai creduto nei destini pilotati dalle stelle, ma quella coincidenza mi spiazzò: avevo cercato di dimenticare Pietramala, di dare una svolta alla mia vita aprendomi per la prima volta seriamente a una donna che mi piaceva, avevo deciso di chiudere con la mia vita precedente e ora proprio lei la riportava indietro senza possibilità di difesa. Che fare? In questa partita la prossima mossa la fece ancora lei, senza volerlo, quando, girando il volto dall'altra parte, come per nascondere disgusto, aggiunse con voce irritata, quasi sibilando: "Perché in così tanti sono interessati a Pietramala?"

In così tanti: questa espressione non mi tornava. "Cosa vuoi dire, Clara Maria? Io sono interessato per conto della Société ma per la Société non si tratta di un caso affatto speciale, anzi l'hanno lasciato a me proprio come ultimo perché non interessava a nessuno."

"Ah sì?" si girò di scatto verso di me con un tono teso, come se l'avessi presa in giro. "E quell'altro, allora, che mi continuava a far domande su Pietramala, dopo avermi assunto con la scusa di far la cuoca da lui?"

"Aspetta un momento, Clara Maria: di cosa parli? Chi è quell'altro?"

Si irrigidì, poi sospirò e come rassegnata, stringendo le mie mani tra le sue, iniziò il racconto.

Seppi che, un anno prima, era venuto a vivere a Calvi, in una grande villa isolata sul promontorio occidentale della baia, vicino alla chiesa della Madonna della Serra, un professore americano, tale Ismael Shannon. Shannon entrò in contatto con il presidente del consiglio comunale di Calenzana chiedendo notizie su Pietramala. Il presidente, stupito di quell'interesse per un paese che gli risultava disabitato, gli diede qualche indicazione. Non del tutto soddisfatto di quelle risposte, il professor Shannon domandò al prete della diocesi della Balagna incaricato di tenere i registri battesimali se potesse consultarli. Alla fine, dopo qualche settimana di ricerca, era riuscito a risalire a Clara Maria come pronipote di una donna che era vissuta a Pietramala. L'aveva convocata, senza dirle ovviamente nulla del vero motivo, e le aveva chiesto se sarebbe stata disponibile a dargli una mano per le faccende di casa. Visto che Clara Maria non aveva accettato, le chiese almeno se sarebbe voluta passare da lui due volte alla settimana per portare pane fresco e cucinare qualcosa. Clara Maria, senza molta convinzione e guidata solo dal bisogno di guadagnare qualcosa di più, accettò e per circa dieci mesi frequentò la casa di Shannon. Dapprima tutto sembrò normale: portava il pane, cucinava e poi tornava indietro; in macchina, d'altronde, si trattava di circa mezz'oretta, soprattutto se si riusciva a evitare il traffico degli arrivi dei traghetti a Calvi. Dopo qualche mese lui iniziò a parlarle di Pietramala e, cogliendo la sorpresa e l'entusiasmo di Clara Maria nel vederlo interessato al paese d'origine della parte materna della sua famiglia, diventò sempre più insistente nel farle raccontare tutto ciò che lei ricordava. Ma non ne cavò molto: lei gli parlò dell'unica cosa che ricordasse, dello stesso canto che aveva sentito proprio Elia la sera prima.

Se i silenzi potessero essere messi in graduatoria, il silenzio che seguì le parole di Clara Maria fu il silenzio più silenzioso che avessi mai sperimentato nella vita. Capivo che la Société potesse essere interessata a una ricerca sulla lingua di Pietramala per via del completamento del grande atlante delle lingue d'Europa e che l'Area 44 fosse l'ultimo tassello, ma perché qualcun altro dovesse provare interesse per quell'area mi sfuggiva; forse un antropologo? C'erano altri atlanti linguistici in competizione? Chi era esattamente Ismael Shannon? Cosa voleva sapere rispetto alla lingua di Pietramala e, soprattutto, cosa sapeva lui? Dovevo in qualche modo entrare in contatto con quel professore; nemmeno mi sfiorò l'idea di buttarmi tutto alle spalle e di concludere lì la vicenda con una pizza.

Dovetti aver pensato a voce alta, perché Clara Maria, tenendo gli occhi bassi come nella speranza che io non sentissi, aggiunse quasi sussurrando: "Sì, ho ancora le chiavi."

"Scherzi?" dissi io stringendole troppo forte le mani che erano unite alle mie.

"No, non scherzo, Elia," disse sfilandosi dalla mia presa con una la voce che mostrava dolore, "non sono riuscita a restituirle, anzi sono ancora qui nel mazzo di tutte le chiavi che simpaticamente mi porto in giro in alternativa al cilicio," proseguì secca, facendomi notare che ormai aveva imparato i trucchi dell'ironia. "È partito all'improvviso per New York e mi ha lasciato detto che non gli importava delle chiavi, che la villa per molto tempo non sarebbe stata abitata e che ce n'erano comunque altre copie presso l'agenzia che gliel'aveva affittata. Avrei potuto buttarle."

Ci sono casi nei quali il tacito rapporto di regole tra parlanti, con il loro simmetrico rimpallo di domande e risposte, diventa perfettamente inutile. Questo era uno di quelli. "Dimmi solo dove," dissi io.

"Usciamo da Calvi, vai come per andare alla chiesa della Madonna della Serra, poi ti guido io: attenzione perché la strada è sterrata."

Fummo presto dall'altra parte del crinale, dove il tramonto dura di più che lungo la baia, che è protetta da un'altura arida e rocciosa che al mattino per prima prende il vento di maestrale e per ultima saluta il sole alla sera. La Vespa si inerpicò sicura sulle strade asfaltate e ripide che portavano alla chiesa, poi, d'un tratto il braccio sinistro di Clara Maria si protese in avanti e col dito indicò una deviazione sterrata, con un cartello piccolo e seminascosto che recava una scritta bilingue "Ermitage de Zafer – YAVNE Foundation". Presi quella stradina, superammo dei massi enormi e rocciosi, sui quali la luce del tramonto sembrava disegnare dei volti, e dopo pochissimo ci trovammo di fronte a una villa moderna, di un solo piano, molto estesa, dalle pareti di pietra chiara e porosa che si mimetizzavano con il colore del promontorio sul quale sorgeva, ben tenuta, contornata da vasche di piante rigoglio-

se e curate che parevano innaffiate di recente. Ci fermammo. Nessun rumore proveniva dall'interno o dall'intorno.
Nessuna luce accesa, anche se il sole aveva ormai iniziato l'im-
mersione notturna.

"Vieni, proviamo a bussare," dissi io senza farmi attendere. Niente. Si sentiva il campanello suonare all'interno, segno che la corrente era attaccata, ma nessuno rispondeva.
Provammo a girare intorno alla villa, non senza timore di trovare qualche cane a guardia del fabbricato. Niente. Ci guardammo negli occhi. Corremmo alla porta d'ingresso; non c'era
tempo da perdere. Con esitazione, Clara Maria infilò la chiave
nella serratura e vide che girava. La estrasse immediatamente.

"Che fai? Rinunciamo proprio ora?" la ripresi io.

"Ma figurati, è che devo essere sicura di ricordarmi il codice dell'allarme, nella speranza che non sia cambiato. Tu tieniti
pronto a riprendere la Vespa, se si attivasse la sirena, e ripartire
al volo: la Gendarmeria sarebbe qua in pochissimi minuti, c'è
una pattuglia fissa alla Madonna della Serra." Andai alla Vespa
per metterla in posizione giusta e accenderla in caso di necessità di fuga rapida. Clara Maria attese un secondo, ripetendo
a labbra socchiuse le cifre che, appena aperta la porta, avrebbe dovuto comporre sull'apparecchio dell'allarme. Quando le
sembrò che i numeri fossero quelli giusti, infilò la chiave nella
toppa, la girò. La porta si aprì senza cigolare. In un secondo fu
dentro e digitò: 1, 7, 2, 2; la lucina rossa intermittente si spense
e al suo posto se ne accese una verde e fissa. Nulla era cambiato: potevamo entrare in piena sicurezza. Uscì per chiamarmi
ma io, che avevo capito, avevo già spento la Vespa e le stavo
correndo incontro.

L'interno della villa nella penombra appariva sobrio ma a ben vedere doveva esser stato arredato con stile e denaro; anzi, man mano che gli occhi si abituavano alla luce capivo che c'era molto più del secondo che del primo. Nell'anticamera, su un tavolo di legno laccato, squadrato e dalle proporzioni insolitamente grandi, campeggiava un vaso di vetro rosso; alle pareti, credetti di distinguere due stampe originali di Escher. Clara Maria, che ovviamente conosceva bene la villa, mi fece segno di seguirla per non perdere tempo. Passammo nella grande sala: sul pavimento di marmo rosa divani di pelle e acciaio formavano una specie di cerchio al cui centro stava un tavolo di cristallo letteralmente coperto di argenteria di tutti i tipi. In mezzo c'era una bambolona di ceramica a gambe larghe, con la gonna a pizzo rotonda aperta e allargata: "Il fascino della merda," dissi io.

"Cosa?!"

"Sì, il 'fascino della merda': è un'espressione che avevo inventato insieme alla mia amica Maria Elena, una bambina con la quale avevo passato anni stupendi fino alla morte dei miei genitori. Quando qualcosa era così brutto da diventare attraente dicevamo che sprigionava il 'fascino della merda'."

"Dai vieni, Elia, non perderti in cose inutili".

Attraversammo le varie stanze: pochi libri, opere commerciali di nessun valore, pezzi buoni di arredamento, bagni moderni e ampi, una cucina sproporzionata con un tavolo da lavoro centrale enorme e una cappa aspirante degna del ristorante di un transatlantico. Finalmente, fummo di fronte allo studio di Shannon.

"Qui si rinchiudeva a studiare il professore: come vedi, è l'unica stanza che è stata svuotata del tutto."

In effetti, gli scaffali erano vuoti: per scrupolo aprii i cassetti dei mobili, della scrivania: niente.

"Aspetta," mi disse Clara Maria, "c'è un solo posto dove mi disse di non entrare per via degli scarafaggi – sapeva che mi fanno schifo – ed è la cantina: andiamo!"

La seguii: in effetti, per una casa a un solo piano in un terreno senza altre costruzioni, avere una cantina era un fatto insolito. Perché mai scendere verso il basso quando sarebbe stato sufficiente aggiungere un locale: ad ogni modo scendemmo. Non c'era luce; non nel senso che era buio, ma nel senso che mancavano anche gli interruttori: due candelieri che uscivano dai muri, ai lati della scala, avrebbero dovuto farmelo intuire. "Strano," pensai, "si vede che l'impianto si sarebbe rovinato per l'umidità." Usammo due piccole torce che aveva rimediato lei; la scala ci portò di fronte a una porta chiusa; senza maniglia. Per quanto provassimo a premere contro, con colpi differenziati, in punti diversi, non si apriva. Mi serviva almeno qualcosa con cui far leva. "Aspettami, ci vuole qualcosa di robusto," le dissi. "Vado a vedere."

"Sì ma fa presto, non posso sapere se anche questa parte non sia protetta da un allarme."

Salii i gradini di corsa; mi diressi in cucina, ma non trovai niente di adatto: i raffinati coltelli erano troppo sottili, alcuni perfino di ceramica, per essere usati come leve. Non c'era un camino – avrei potuto usare gli alari – né una sbarra di qualche tipo. Mi ritornarono in mente i candelieri all'ingresso: avevano una forma adatta, sarebbe bastato con non molto sforzo divellerli dal muro e poi sfruttare la forma della placca. Tornai di corsa in cima alla scala: "Sono io," le urlai, "se senti del rumore sono io che cerco di staccare i candelieri per provare a forzare la porta con quelli." Tolsi la candela, per evitare che intralciasse. In quel preciso istante, tutta la parete al fondo della scala ruotò e si portò Clara Maria dall'altra parte ma nello stesso istante un allarme risuonò potente per tutta la casa e, per quanto potevo capire io, per tutta la vallata, per tutta la Corsica, forse per tutto il Mediterraneo. Si accese anche una luce forte e intermittente e sentii Clara Maria che mi urlava: "Rimetti a posto la candela!" Lo feci e la parete si mise obliqua permettendo a Clara Maria di sgattaiolare fuori subito. Scesi di corsa, mentre lei prese la decisione opposta:

"Ma che fai?" disse. "Scappiamo!"

"Un momento solo," gridai, "aspettami fuori e accendi la Vespa."

Varcai la soglia. Sembrava il caveau di una banca adibito a studio: una scrivania in legno al centro, e le pareti coperte di libri. Li guardai tutti velocemente: erano libri di linguistica, di logica, di matematica. Moltissimi di loro erano riconoscibili per me dal colore e dal formato: ci avevo sudato sopra anni. Altri erano ignoti, alcuni antichi. Ma non avevo tempo. Entro qualche istante sarebbe arrivata la gendarmeria. Sulla scrivania, distante da tutti gli oggetti, come se fosse stata messa in evidenza, c'era una cartelletta azzurra. Sopra stava scritto "Notes on PL": giuro che sperai che fosse "Pietramala Language" ma nel dubbio, senza perdere tempo a controllarla, l'afferrai, ripresi la corsa per le scale. Clara Maria stava sulla Vespa già avviata.

"Monta su!" gridò. "Non c'è tempo per mosse cavalleresche".

Saltai letteralmente sopra tenendo la cartelletta tra la mia pancia e la sua schiena, l'abbracciai e lei accelerando al massimo uscì sulla strada sterrata e in pochi minuti, ripresa la strada principale, sembravamo già due fidanzatini di rientro da una scampagnata ai calanchi, anche se invertiti nei posti. La gendarmeria stava sopraggiungendo dalla direzione opposta facendo suonare la sirena come un maiale sgozzato.

Decidemmo di sostare qualche minuto nella piazzetta alle porte della cittadella vecchia di Calvi. Fermammo rapidamente la Vespa e andammo a sederci su una delle panchine libere, vicino al campo di bocce e alle piante strane. Aprii la cartelletta. Nelle mie mani, in un'armonia diversa, visiva ma egualmente attraente ed enigmatica, stava la trascrizione fedele delle parole della canzone di Clara Maria: riga dopo riga, ogni parola comprensibile, si agganciava alla seguente, urtando ogni logica, provocando uno stordimento snervante, come se i colori di un quadro fossero ben scelti ma il loro accostamento non avesse alcun senso. Andammo a casa. Non si poteva fare niente di più intelligente.

[2.5] Ci rivedemmo la notte successiva. In una notte d'estate si può desiderare tutto. Il calore irradiato da un cielo buio è una lusinga troppo forte per non cedere alla tentazione di amare qualsiasi cosa. Sia che ti tuffi in un mare pulito sbucando da una pineta, sia che guidi sull'autostrada deserta con la radio che salta da sola tra i canali e sembra sapere chi sei, il desiderio prende forma e ti porta in giro lui. Anzi, forse in una notte d'estate il bello è che non sappiamo se il desiderio viene da noi o è un richiamo di qualcos'altro. Eppure quella non era una notte d'estate; eravamo in pieno autunno eppure mi sentivo più carico di desiderio che mai. La breccia aperta in me da quei giorni a Pietramala aveva sturato tutti i pori dell'anima e non potevo più tornare indietro; anche il tentativo di nascondere quell'attrazione con la storia di Clara Maria – perché alla fine mi sembrava che quella storia fosse nata in me solo per coprire l'attrazione per l'altra storia – non aveva funzionato. Ero ritornato a essere sommerso di curiosità per la scoperta che avevo fatto e che attendeva una risposta, fosse stata d'interesse anche solo per me.

Ero tornato da una passeggiata appena fuori Calenzana. Era una passeggiata breve, ma sufficiente a trovarsi per un istante in un luogo dove non si vedevano abitazioni. Mi accorsi di avere freddo; l'autunno si era fatto largo fuori e dentro di me. Per riprovare il caldo, avrei dovuto aspettare la prossima primavera. Era quasi la fine di ottobre e mi pareva un'idea sana. Unico proposito: non aver paura della paura. Clara Maria mi era venuta incontro: era già a metà del viale alberato. Indossava il maglione blu di suo fratello, quello che mi aveva prestato la sera del canto, che faceva apparire i suoi denti ancora più bianchi e i suoi capelli ancora più dorati. Sembrava un trattato di percezione dei colori, se non fosse che i trattati non si baciano, invece lei sì: le diedi un bacio dolce e lungo sulle labbra. Con la mano la trattenni un po' più a lungo del normale premendole la schiena contro il mio corpo. Sentii le labbra aprirsi in un sorriso contro le mie: arretrò la testa e mi osservò. Aveva capito tutto prima di me; anzi io fui in grado di capire ciò che accadeva solo perché mi resi conto di ciò che era giusto fare guardando l'espressione sul suo volto.

"Allora, quando parti?" mi disse con una domanda che conteneva tutte le risposte utili in quella situazione. Non le risposi. La ribaciai.

"Appena posso," dissi con un tono calmo che non mi aspettavo, "non avrò bisogno di visto per andare a New York, starò là pochissimo." Lei alzò le sopracciglia come non le avevo mai visto fare, aggrottando le labbra in una smorfia buffa. "Be', il tempo sufficiente per incontrare Shannon e capirci qualcosa," mi difesi io, "in fondo non sarà davvero molto: se lui sa qualcosa dovremmo solo metterci a un tavolo e decifrare la struttura della lingua nella quale è stato composto il canto. Se lui non sa niente, potrebbe volerci un po' più di tempo ma certo non sarà inutile: uno non tiene del materiale sottochiave come se fosse oro e poi scappa dall'altra parte del mondo se non sa nulla di nulla, no?"

Clara Maria annuì. "Non ti preoccupare per me; ci rivedremo."

Non riuscii a decifrare l'intonazione: mi sembrava fosse in salendo, come nelle domande, ma forse era solo un abbaglio uditivo; forse era decrescente ed esprimeva una certezza. Certamente io non avrei saputo decidere – e non lo so neppure ora – se mettere un punto interrogativo o uno esclamativo alla fine di quella frase.

Mi prese per mano: "Elia, sei mai stato in una scuola in una mattina presto in giugno, quando sono appena iniziate le vacanze? Si sente un'aria ancora timida ma già tiepida che gioca tra i banchi vuoti, sfoglia i quaderni che profumano ancora di matita, scuote i disegni dell'ultimo Natale attaccati con le puntine su pannelli di legno. Se ti capita fallo: quando sei entrato, trattieni il respiro e ricorda. Troverai tra quei banchi il sapore dell'inizio; il primo giorno non svanisce mai." Non capii benissimo perché mi avesse detto quello, ma probabilmente aveva decifrato quali fossero le mie paure. Clara Maria doveva aver studiato tanto, ero stato uno stupido a pensare che fosse una sprovveduta; tipico atteggiamento di chi come me viene da scuole speciali e pensa che l'intelligenza sia qualcosa che appartenga a gruppi scelti. Per fortuna è distribuita ovunque come la stupidità. Quanti Bach e Einstein fanno le cassiere nei cinema di periferia o stillano lattice da un albero in Brasile per ricavarne del caucciù. E al contrario, se il papà di Mozart avesse tenuto il figlio a pascolare greggi sugli altipiani di Salisburgo, non avrebbe mai composto il Requiem. Tergiversavo, con me e con lei per non prendere atto del da farsi. Quella sera era evidentemente la sera nella quale ci saremmo lasciati per un futuro completamente incerto e non solo, ovviamente, per il mistero di Pietramala, ma perché era venuto il momento per me di capire cosa fare della mia vita e se e come poterla condividere con Clara Maria. Quella sera, contro ogni buon proponimento, avevo iniziato ad aprire un'ennesima parentesi che non sapevo se si sarebbe mai richiusa.

Erano le nove e dovevamo cenare: si era deciso di andare a Calvi, in un ristorante che conoscevo sulla via principale parallela al porto; si salivano delle scalette ripide e una donna, figlia d'arte, accoglieva con piatti impregnati di fantasia e di erbe corse. Clara Maria accettò ben volentieri la proposta, ma mi chiese di aspettarla un momento fuori dalla sua panetteria: sarebbe andata a cambiarsi per l'occasione e a prendere una giacca a vento adatta per il ritorno in Vespa.

Mi aveva preso una fame inspiegabile e incontenibile: avrei voluto combinare tutti gli ingredienti in un'unica ricetta perfetta che soddisfacesse tutti i desideri ma nessuna delle combinazioni che mi veniva in mente era convincente: ogni sapore ne richiamava un altro e poi un altro ancora più buono e azzeccato, ma alla fine della catena l'ultimo si rivelava sempre e irrimediabilmente incompatibile con il primo mentre io cercavo una circolarità perfetta per non dover pensare a un inizio e a una fine. Acciughe, olive, formaggio, salame, uova, patate, focaccia, pane, pastafrolla, panna montata, granita di caffè: ma la combinazione della granita di caffè con le acciughe, della quale mai avevo fatto esperienza, mi stomacava. Avevo nella mia mente una cucina virtuale che impastava solo nomi nudi ma che riusciva nondimeno a provocarmi conati veri. Riprovai un'ultima volta, quasi sulla soglia, sperando di trovare la combinazione giusta da proporre a Clara Maria per la cena: iniziai dal pane e nel preciso istante in cui mi uscirono dalla bocca quelle due sillabe sentii che non si trattava solo di un *flatus vocis*: un profumo intenso e fragrante di farina lievitata filtrava dalla fessura della porta della panetteria e si infilava nelle mie narici.

Entrai. Silenzio: capii che non c'erano i genitori; per accedere alla loro abitazione si passava da una porta che dava nel laboratorio dove si preparava l'impasto e si cuoceva e tutto era silente. Passai la soglia del laboratorio e la chiamai. Non rispose. Salii allora a passi felpati la scala che conduceva nell'appartamento e mi diressi sicuro, ma sempre facendo attenzione a non farmi sentire, verso la stanza di Clara Maria. Capivo di violare uno spazio privato ma non fui in grado di resistere.

Riflessa nello specchio, attraverso la porta di poco scostata, la vidi voltata di schiena, mentre indossava solo un reggiseno blu che stava allacciando dietro le spalle. Aprii completamente la porta, e mi fermai in piedi: doveva avermi sentito entrare. Mi osservò ma non direttamente: la traiettoria dei nostri sguardi s'incontrava carambolando sullo specchio. Poche persone sono così belle da esserlo anche se viste di riflesso: lei lo era. Mi avvicinai senza dire una parola e appoggiai la fronte alla sua nuca e le mani sui suoi fianchi, premendo però come per affondarvele; poi strappai la chiusura del reggiseno con uno scatto e la spinsi contro di me e lei assecondò quel gesto. Sentii il profumo della farina emanare dalla sua pelle e quello del lievito dallo spiraglio delle sue cosce morbide; e di rosmarino sul seno vellutato; e di salvia sapevano le labbra che allora a me si schiusero: da quei calici aperti iniziò a esalare l'odore di fragole rosse. In quel preciso istante della mia testa s'impadronì una musica che non avrei potuto far smettere – il preludio della prima suite per violoncello solo di Bach – e fu quella musica a dettarci la realtà. L'attacco del primo accordo e lei che si volta guardandomi negli occhi. Inizia il pulsare ostinato della nota bassa in un giro ripetitivo e noi due che ci afferriamo senza ascoltarci. Poi il pulsare si attenua e le note costruiscono una frase più lunga e io muovo la bocca e le mani su di lei e lei inizia a seguirmi e i nostri gesti si assecondano. Poi guida lei, in contrappunto, e sono io a seguirla. Poi di nuovo torna il giro ripetitivo e noi riprendiamo ad afferrarci ritmicamente. D'un tratto mi lascia in bilico e comanda lei. La lascio fare. Il gioco è deciso: la musica riparte in una rincorsa nuova, insistente; si muove rapidamente – sale la musica – io la seguo – di nuovo risale – allora è lei che mi segue – aumenta il ritmo e aumento anch'io, niente ci trattiene più; lì si fermano i muscoli, anzi tutto si ferma. Siamo senza peso, condividiamo tutto: una sola bocca per un solo respiro. Fine della rincorsa: ecco il salto. Starnutisco; planiamo e atterriamo insieme, finisce anche la musica. Rimanemmo abbracciati, rallentando i respiri, rilassando il ventre, nascondendoci come fanno gli occhi sotto le ciglia: ciascuno si riprende la sua lingua e rimane muto. Siamo un po' arrossati, sudati, gualciti forse, ma il disagio è lontano da noi come il cielo buio in una mattina di giugno. Provo un non so che di felicità nuova.

La cena di quella sera non ebbe uguali: io mangiai tutto e perfino nell'ordine comune; Clara Maria solo poche cose ma mi parve le piacessero molto. Per un istante non ebbi più paura della fine. Le presi le mani nelle mie, gliele baciai e feci finta di mangiarle i polpastrelli.

"Hai ragione," sussurrò sorridendo, con un po' di vergogna, "per essere più uniti di così potrei solo farmi mangiare." Si fermò per un istante dopo quelle parole come se le evocassero qualche cosa di più grande di lei. Rabbrividii di gioia. Mi si era rivoltata la vita. Come se in una notte d'estate tutte le stelle stessero ferme e cadesse il resto del cielo, avevo completamente capovolto i punti di riferimento della mia esistenza. Avevo una donna e un mistero da risolvere mentre prima ero solo e credevo di aver saputo tutto. Non speravo in una fusione di anime, ma almeno in un incastro armonico sì: dovevo cercare di non perdere l'una per risolvere l'altro. Sapevo benissimo che quando sarei arrivato in America l'Europa mi sarebbe sembrata non esistere: le nostre città, i caffè, l'arte, le idee, le battaglie e le paludi della nostra politica mi sarebbero sembrati tutti un racconto stantio o un sogno arruffato. Ma sapevo anche che mi sarebbe capitato il contrario al ritorno e tutti i grattacieli di Manhattan sarebbero apparsi come un racconto fatto al Kublai Khan. Ora dovevo dunque lasciare il mio mondo per poi ritornarci con una proposta. Feci vedere il biglietto di andata per New York a Clara Maria. Sarei partito l'indomani mattina prestissimo per Parigi con un volo da Calvi e poi da lì per gli Stati Uniti. La sua indicazione su dove si era trasferito Ismael Shannon corrispondeva a quanto mi avevano detto i suoi cugini che gestiscono l'agenzia di viaggi di Calvi. Shannon aveva fatto prenotare da loro un volo per New York e una limousine per Manhattan. Sapevo anche l'indirizzo: Broadway, 2109, angolo ovest con la 73a strada. Non ci ero mai stato ma era molto facile trovarlo.

Scese dalla Vespa. Nessuno dei due piangeva: per piangere bisogna avere il tempo di accorgersi di quello che accade e non ce n'era stato per noi. Le dissi che non l'avrei chiamata da New York: nello stile della mia famiglia, non si chiama se non per dare notizie cattive. Annuì e mi disse che era lo stesso nella sua. Mi diede una carezza che sembrò non finire mai. Poi prese il sesto dito della mia mano sinistra e lo baciò: fu come dirmi che accettava tutto di me. Entrò nella panetteria per salire in casa. Io rimontai sulla Vespa per l'ultima volta per andare alla locanda. Al mattino successivo, molto presto, sarei partito. Non ero triste. Ho una fortuna immeritata: miracolosamente, da sempre, alla fine di ogni stagione sento forte il desiderio per quella successiva.

Capitolo terzo

Novembre, ovvero quando si parte per l'altro mondo e cambia l'odore dell'aria e ci si riesce a perdere in un appartamento di Manhattan pieno di libri.

[3.1] New York, cioè: *N*, *e*, *w*, *Y*, *o*, *r*, *k*. Mi sorprende sempre come la forma delle lettere che si susseguono componendo il nome di questa città – cunei ineguali, aguzzi e svettanti alcuni, bassi e ripetitivi altri, disposti in un ordine apparentemente caotico ma in realtà ritmico e armonico, intervallati a forme più piccole, rotonde e arricciate, sovrastate da quelle alte ma non meno indispensabili – ne evochi senza esitazione il profilo. In quel preciso momento, New York era lì di fronte ai miei occhi; la osservavo attraverso il finestrino dell'aereo durante l'ultima virata per scendere al JFK ma era come se l'avessi vista molte ore prima, anticipata proprio dalla forma scritta del suo nome al quale ora si stava sovrapponendo. Quanto più si scende di quota, tanto più l'occhio riconosce questa coerenza e sente il desiderio di immergersi nella città come per riappropriarsene ed emanciparsi da quel simulacro alfabetico, anche se il cuore sa già che non potrà possederla davvero, e che inevitabilmente dovrà riallontanarsi da quella concretezza con un percorso inverso, quando la vita lo porterà a una speranza se non certa almeno più grande.

Il viaggio era filato liscio ma questo non mi aveva sorpreso: dei viaggi mi piacciono molto gli spostamenti, trovo invece angoscianti le partenze e imbarazzanti gli arrivi. Nessun problema con le coincidenze tra i voli a Parigi, attesa breve, nessuna turbolenza in volo, cibo accettabile – servito, per fortuna, tutto insieme – e film inguardabili, come al solito, che permettono di dormire senza il timore di perdersi qualcosa di bello; nessuno seduto di fianco; perfino le procedure doganali di sbarco all'arrivo si erano svolte senza code. Ebbi solo un turbamento durante il volo transatlantico quando osai alzare, sia pure di un centimetro, la tendina di plastica del finestrino mentre tutti si erano appisolati nella penombra. Mi ferì gli occhi una lama di luce ma feci in tempo a farmi imprimere sulla retina l'immagine di una landa ghiacciata desertissima e mi prese una strana vertigine, non per l'altitudine – adoravo volare – ma perché mi chiesi che fine avrei fatto nella vita se fossi nato laggiù. Un po' come quando da piccolo passavo in macchina di notte in autostrada accanto alle periferie di Genova per andare in Costa Azzurra e, guardando fuori rannicchiato nei sedili posteriori, mi chiedevo se fosse facile lì fare i compiti e raggiungere la scuola o se si dovesse vivere per sempre in quelle case accatastate sulla collina ripida. Ero lì per una ragione precisa, ma rivedere New York mi faceva sempre lo stesso effetto, qualunque fosse stato il motivo: mi faceva sentire partecipe di una festa; me ne accorgevo perfino da come camminavo: più veloce e deciso. Poi mi solleticava con odori di cibi mai assaggiati; mi spaventava con impalcature impossibili e l'esibizione futile dell'altezza; mi stupiva per le nuove forme dei palazzi e delle scarpe; e – forse ciò che più mi colpiva – mi induceva a pensare che nessuno fosse davvero a casa ma che fossero tutti ospiti, così – almeno per le prime ore – finivo con il sorridere a tutti quelli con i quali incrociavo lo sguardo finché non mi sembrava di essermi fatto riconoscere per quel che ero: uno come loro. Passato qualche giorno, un minimo di abitudine diluiva l'euforia ma non in modo tale da non lasciarmi percepire un'allegria di fondo proveniente da quella città.

Mi piaceva parlare l'inglese di Manhattan, un inglese che sapeva subito di capitale dell'impero, farcito di parole provinciali, accenti esotici, e un certo snobismo creativo che derivava dal sentirsi al centro del mondo. L'inglese, io l'avevo imparato a quattro anni: ricordo benissimo che avevo chiesto ai miei genitori come regalo che mi mandassero da qualcuno a lezione. Loro acconsentirono subito, nemmeno tanto stupiti, solo che mi mandarono a lezione di tedesco, convinti, come peraltro fu, che non mi sarei accorto che non era la lingua che volevo – non capii mai perché mio padre avesse pensato al tedesco per me. Dal canto mio come mi sarei potuto accorgere che non era inglese? Quando un giorno, quasi casualmente, me ne resi conto, corsi a casa arrabbiatissimo – come solo un bambino di cinque anni che si sente tradito rispetto a un patto coi genitori può essere – e feci sputare il rospo a mio padre: stavo imparando il tedesco. Cercai allora di porre immediatamente rimedio e cercai di disimpararlo con tutto lo sforzo possibile: recitavo in modo sbagliato le poesie scambiando di posto le parole o coniugavo i verbi inventandomi le flessioni, infilavo il verbo flesso in fondo alla frase principale e inventavo casi dipendenti dal tempo, quello atmosferico naturalmente. Come avrei dovuto prevedere, l'unico risultato fu che quella lingua mi si impresse nella mente in modo indelebile: non si può disimparare volendolo. Tuttavia, di fronte a tanto sforzo, i miei reagirono con compassione e accettarono che imparassi l'inglese che da allora considero una lingua di divertimento, nel senso etimologico del termine: una lingua che mi porta altrove e mi permette di prendere le distanze e di rilassarmi da pensieri troppo frequentati. Ma non si creda che fu quello l'evento che innescò la mia passione per il linguaggio. A me le lingue in generale non piacciono: la passione per il linguaggio deriva invece come contaminazione – o degenerazione – dalla mia passione per la matematica. Mi rassicurano i sistemi di regole, trovo la teoria di Galois l'equivalente artistico più vicino alle *Variazioni Goldberg* di ogni altra espressione umana – salvo forse qualche palazzo rinascimentale – e il linguaggio umano è il sistema dei sistemi di regole. Oltretutto con il linguaggio si può parlare di matematica, ma non viceversa, ed è esso stesso descrivibile in termini matematici, dunque niente era più interessante per me del linguaggio, salvo appunto la teoria di Galois, ma eventi avversi me ne tennero lontano; inoltre mi ero convinto che fare il linguista mi avrebbe costretto a rinunciare a un numero minore di cose, rispetto ad altre scelte. Ad ogni modo, l'inglese mi piaceva molto: per dimenticare la pronuncia aspra del tedesco (che in realtà era utilissima per parlare inglese, ma lo scoprii solo dopo) avevo anche inventato dei trucchi che mi sarei ripromesso di brevettare per imparare una lingua straniera da adulto e con questo diventare ricchissimo: per esempio, per acquisire la pronuncia ideale, avevo scoperto che occorre urlare scandendo lentamente ogni parola e accentuando al massimo i movimenti della bocca. Questo rimodella la muscolatura della bocca e della laringe e in qualche modo riproduce una situazione tipica e naturale che vivono i bambini quando piangono o giocano. Non ero sicuro avesse un fondamento neurobiologico ma funzionava. Oppure sostenevo che per parlare con un accento giusto una certa lingua bisognasse imitare l'accento di chi parla quella lingua mentre parla la nostra e poi ricordarsi di quell'imitazione quando parliamo noi quella lingua. Funzionava benissimo. Tutto questo per dire che forse io a Manhattan parlavo la lingua che volevo e questo era per me allora senza dubbio il privilegio più alto concesso a una persona. Mentre pensavo a queste cose mi accorsi che dovevo cercare dove andare a dormire e, soprattutto, concentrarmi per preparare l'incontro con Shannon. Certo, mi sentivo disorientato, inzuppato d'ansia e anche sinceramente un po' impaurito, ma la voglia di cercare chi mi potesse aiutare a disperdere quella depressione ciclonica di domande che aveva come occhio Pietramala era schiacciante.

Il treno della linea E della metropolitana, sulla quale ero salito all'aeroporto Kennedy, stava passando sotto l'East River dopo aver attraversato il Queens: avrei cambiato linea a Times Square per poi risalire con la linea rossa su per Broadway e scendere alla 72esima: lì sarei stato quasi sotto la casa dove viveva Shannon. Cambiai invece improvvisamente piano e balzai fuori dalla vettura a Times Square proprio mentre si stavano chiudendo le porte e gli ultimi passeggeri saltavano chi di qua e chi di là dalla soglia. Times Square non era un posto che amavo particolarmente – troppi i residui malcelati di una scampata babilonia – ma era bello arrivare a Columbus Circle a piedi risalendo lungo Broadway e dunque decisi di emergere di lì sulla strada.

Sotto faceva caldo, ma anche in superficie non si scherzava – effetti miracolosi dell'"estate indiana". Sbucai fuori al livello della strada con le scale mobili, molto lentamente, insieme a tanta gente. Avevo visto quelle luci migliaia di volte – soprattutto negli anni in cui studiavo a Boston – ma ogni volta ci cascavo. Volevo fare il topo di città e invariabilmente mi facevo riconoscere come topo di campagna: incespicai alla fine della scala, testa all'insù, distratto dalla voglia di guardare fino a che piano si azzardavano a crescere i palazzi nuovi, e i cartelloni sempre più vivi e invadenti, e le persone, e i taxi gialli, e quelli vestiti strani, e gli autobus, e quello in bici con le cuffie che ti stramaledice in cinese perché non hai rispettato il rosso all'incrocio, e quelle che ti propongono sesso o gite o gamberetti. Proprio a Times Square, poi, mi colpivano le carcasse dei vecchi palazzi disabitati da anni, coperte da luci al neon in disuso, in lista d'attesa per la sepoltura. Mi colpivano poi tantissimo le finestre. Solo i palazzi vecchi avevano ancora finestre che si aprivano, certo non all'italiana: si aprivano verso l'interno, come delle porte, o verso l'alto, a ghigliottina, ma almeno si aprivano. Penso che dalle finestre si capisce una città: quelle a riquadri di legno bianche delle case di Parigi che lasciano intravedere una donna che prova un vestito nuovo; quelle senza scuri che trovi a Norimberga, perché la luce lì non viene nemmeno se la inviti; quelle di Genova, sempre socchiuse dalle persiane, che lasciano passare il vento fresco e il profumo del mare, della focaccia e del detersivo per i panni. Giunto a Columbus Circle, mi accolse lo spazio ampio di cielo su Central Park. Lì, vidi uno stormo di uccelli nerissimi: vivo, immenso, denso, instabile. La sua forma globulare si trasformava continuamente: compatto e sottile si lanciava rapido in alto per poi frenare e dilatarsi all'improvviso come un fuoco d'artificio al negativo dividendosi in tanti nuclei piccoli e indipendenti e quindi ancora disperdersi in direzioni diverse secondo traiettorie centrifughe fino a ricompattarsi, ridanzando la stessa danza con mirabili variazioni. In tanti guardammo quello spettacolo che nessuno aveva ordinato né avrebbe potuto pagare; tutti, sorpresi e soddisfatti del regalo, in ordine sparso ritornammo a fare quel che eravamo intenti a fare prima, ciascuno in direzioni diverse.

Mancavano ancora quattordici isolati e poi sarei stato di fronte alla casa di Shannon. Cercai di distogliermi dall'ansia di arrivare pensando ancora alla città: altrimenti mi sarei messo a correre, tanta era la voglia di chiedere a quest'uomo cosa sapeva della lingua di Pietramala e del destino di quel paese svanito nel nulla. Ero stato testimone di una specie di Pompei muta dove tutto stava nel posto in cui era stato usato per l'ultima volta, conservato non dalla coltre di polvere vulcanica ma da un sigillo ben più inviolabile: il silenzio. A Pietramala, niente aveva più voce; a New York, invece, tutto parlava. Distratto da un cartellone più luminoso degli altri, quasi venivo travolto da un'auto a un semaforo; non è colpa mia se i segnali dei semafori di New York sono solo "avvertimenti" che ognuno può interpretare come vuole. Di questi trabocchetti è piena la città: una città fintamente razionale e in realtà orgogliosamente anarchica. Vanta sfrontata una pianta ippodamea nella struttura ortogonale, organizzata in strade e avenue, ma attinge di fatto la sua energia vitale da inaspettate vie diagonali che lacerano la regolarità del suo tessuto connettivo, a cominciare da

Broadway. È poi una città che inganna l'occhio: una città senza piazze, dove corridoi di palazzi ti conducono a nuovi corridoi senza mai lasciarti sostare in uno spazio di ritrovo corale, un fuoco dove la mente di tutti si possa concentrare. Una città dove quando cammini ti senti portare addosso le tue coordinate: impossibile non sapere dove sei nello spazio rispetto agli altri. In quello spazio geometrico, fatto di rettangoli e parallele, c'eravamo noi, persone piccoline, figurine di un presepe pagano, riscattati dall'effetto che New York provoca in chi la vive: è una città metafisica perché ti costringe a guardare in alto; a meno che tu non sia un poveraccio e cerchi per terra qualcosa da mangiare o da fumare. Il che divide la popolazione in due caste compatibili ma fondamentalmente impermeabili l'una all'altra a seconda della direzione dello sguardo, due caste che si accorgono le une delle altre solo ai semafori dove lo sguardo per un istante mira per tutti parallelamente al terreno per evitare collisioni.

Ero quasi arrivato, 68esima Strada: l'ingresso nell'Upper West Side è glorioso. Ti accoglie un'esposizione di palazzi di ogni tipo. Ho un debole per i palazzi: il palazzo, ogni palazzo, è una prova indiscutibile della paura della morte: tutto in un palazzo è fatto per negarla. La sua solidità è la menzogna più drammatica ma non si esprime in modo unico: ogni palazzo ha le sue declinazioni, coniugazioni, parti del discorso ed eccezioni. Ogni palazzo è una lingua straniera; la riconosci e puoi anche usarla, ma per capirla ci devi essere nato, sennò ti ci vuole un interprete e se non ci sei entrato da piccolo ti rimarrà sempre quel passo straniero quando ne percorri gli spazi interni, come un accento esotico. Preso da questo pensiero non mi ero accorto di essere arrivato all'incrocio di Broadway con la 73esima Strada, appena passata piazza Verdi, uno degli angoli più inaspettati di Manhattan; una specie di piazza milanese in formato bonsai, con tanto di statua del compositore e quattro personaggi in sua compagnia: Leonora, Aida, Otello e il meraviglioso Falstaff.

Alzai lo sguardo e lo tenni fisso per almeno tre minuti, senza volerlo, come fossi stato risucchiato dal vortice di un fiume: il palazzo di pietra, enorme, torvo, imponente, grigio ed esuberante al tempo stesso, dichiaratamente sontuoso, quasi un castello, era lì di fronte a me. L'Ansonia, al numero 2109 di Broadway, che occupava un intero isolato tra la 73esima e la 74esima Strada ovest. La sua mole non sembrava affatto il risultato di un accumulo di materiale, ma al contrario di un lavoro ciclopico di sottrazione di materia da un blocco immenso di pietra precipitata dal cielo per mano di una forza divina. Le volute degli archi d'ingresso sostenevano un blocco di piani maestoso con finestre ampie e ben illuminate. Il palazzo, sproporzionato e grandioso solo come certi transatlantici del passato potevano esserlo, era stato il più grande albergo di New York ma non era veramente solo un albergo. Inaugurato nel 1904 era un'utopia allo stato solido. Il suo nome è il risultato di una goffa nobilitazione alla latina del cognome di un industriale, Anson Green Phelps fondatore della Ansonia Clock Company e fu voluto da William Earl Dodge Stokes, erede dell'industria Phelps-Dodge e comproprietario dell'Ansonia Clock Company. Fu commissionato a un architetto francese, Paul Emile Duboy, che lo concepì come una manifestazione pura dello stile beaux-arts ma che finì per essere corrotto da interventi barocchi, neogotici e rinascimentali: una specie di compendio di architettura occidentale. Contava più di 1400 stanze e 350 suite ma non era solo la dimensione a renderlo unico: alla sommità del palazzo c'era una fattoria che provvedeva alla produzione e distribuzione di latte e uova fresche a tutti gli ospiti del palazzo. Un sistema circolatorio capillare di tubi collegava le stanze e le suite con la portineria centrale con la posta pneumatica; era anche il primo palazzo della città di New York ad avere un sistema di aria condizionata che rendeva quella specie di città compressa un'isola felice nella calura monsonica che opprimeva le settimane centrali dell'estate atlantica. I muri erano più spessi del normale. Si diceva che un ospite si fosse sparato in una stanza mentre l'amante, in quella di fianco, non avesse sentito nemmeno un sommesso fruscio. Per uno strano gioco del destino, legato probabilmente alle conoscenze personali del proprietario, inoltre, finirono per soggiornare in quel palazzo molti musicisti di gran fama: Toscanini, Stravinskij, Rachmaninov, Mahler, Caruso abitarono all'Ansonia, facendo pensare a qualcuno che potesse essere quello il quartier generale del governo di Castalia, il mitico regno dove la musica riassumeva tutto il sapere umano. Il palazzo subì vari sussulti tra i quali un letargo forzato, quando durante la Grande Depressione l'albergo fu chiuso, e una mutilazione, quando nel 1942 gli ornamenti metallici furono tutti estirpati per contribuire alla costruzione di armamenti per l'esercito. Negli ultimi anni, il palazzo, malgrado tutto, risorse: fu comprato da una multinazionale e perfettamente restaurato, fatto ritornare agli splendori fastosi del suo concepimento. L'Ansonia era, in quel momento, il palazzo più sontuoso di Manhattan. In pochi, tuttavia, sapevano che quel delirio onnisciente di pietra, ferro e cemento era in realtà incompiuto: come tante opere grandiose, era forse solo l'accenno di ciò che sarebbe dovuto essere più che ciò che era: mancava la torre centrale che era stata progettata per essere il sigillo di quella babele infantile e consumistica. Come per il duomo di Siena, una delle meraviglie del Medioevo italiano, la cui navata centrale – pur grandiosa – fu in realtà originariamente concepita come il transetto di una costruzione molto più ampia e poi definitivamente ridimensionata dalle sferzate della peste, quella ricchezza incompleta, per quanto grande, finiva con il richiamare in me più l'essenza della fragilità che non la testimonianza imperitura della gloria.

La conoscenza di quella storia stava guidando la mia perlustrazione visiva. Lentamente, i miei occhi salirono di piano in piano finché, alla sommità, staccate da uno sbalzo neogotico, vidi le grandi finestre illuminate di un appartamento: ero arrivato alla casa di Shannon. Avrei voluto correre subito dentro e salire, anzi arrampicarmi da fuori, ma dovevo prima trovarmi una sistemazione, rassettarmi e preparare accuratamente tutte le domande. Lo sguardo fece fatica a staccarsi ma proseguii il cammino.

[3.2] "Non chiamatelo Ismael," e aggiunse, quasi con un inchino, "signor Rameau." Dopo tutta quell'attesa, era tutto qui ciò che il maggiordomo riusciva a rispondere alla mia richiesta di essere ricevuto dal professor Ismael Shannon?

Quella mattina, emozionatissimo, mi ero svegliato un minuto prima della sveglia, cosa che mi aspettavo; rapidis-

simamente mi ero scrollato di dosso il torpore della notte e
l'irresistibile voglia di continuare ad abbracciare il cuscino tiepido: una voglia ancora più irresistibile mi stava scuotendo.
Avrei incontrato Shannon: sarei stato vicino all'unica possibile
fonte di sapere che mi avrebbe permesso di decifrare il mistero di Pietramala e del canto impossibile. Avevo preso alloggio
temporaneo in un bell'albergo su Broadway, tra la 74esima e la
75esima, un posto strategico scelto per essere il più vicino possibile all'Ansonia, proprio di fronte a uno dei fruttivendoli più
famosi di tutta Broadway, i fratelli italiani Arvali & Sons, che
dava un colore vivace e profumato alla strada. Un mio messaggio telefonico a casa Shannon, rinforzato dal fatto di essermi
presentato a nome del presidente della Municipalità di Calvi,
mi aveva preceduto e mi aveva permesso di ottenere l'appuntamento in tempi così brevi.

Salire all'appartamento di Shannon si rivelò una procedura complessa. Mi aspettavo naturalmente di dover lasciare
nome, cognome e documenti di identità alla portineria centrale, ma di passare un metal detector e di essere perquisito a fondo, questo no. E fu solo l'inizio. All'ingresso, sentito il nome
di Shannon, mi chiesero di seguire un usciere in livrea che mi
fece strada con passo misurato lungo un corridoio piastrellato
di tessere bianche e nere, illuminato a giorno da candelieri di
bronzo; mi fecero attendere in un atrio speciale, foderato di
marmo rosa, vagamente démodé; mi registrarono, mi perquisi-
rono ancora e finalmente mi condussero a un ascensore riservato: "Si accomodi, signor Rameau."

"A che piano devo salire?" chiesi.

"La accompagnerà Ireneo," rispose l'usciere con un accenno di sorriso, forse di compatimento, per la mia domanda goffa. Mi fece poi cenno di procedere verso un'enorme porta di bronzo, quadrata, con figure mitologiche in stile futurista che si aprì lentamente producendo un suono meccanico che mi parve quello del boccaporto di un sottomarino, tanto era pesante, denso, calibrato. Anche la pressione dell'aria a quel punto sembrò cambiare: istantaneamente, deglutii come per liberarmi le orecchie. Dietro alla porta comparve l'addetto all'ascensore – Ireneo, come l'aveva chiamato l'usciere in livrea. Immediatamente, mi colpì il suo aspetto, ma ancora di più le proporzioni. Era un ragazzo sui venticinque anni, capelli scuri e ricci; il volto sembrava quello di una scultura classica: lineamenti perfetti, orecchie piccole e compatte, labbra grosse e ben disegnate, un naso dritto e adeguato a quel volto sereno e due occhi sottolineati da ciglia folte e scure; ma quello che colpiva di più in lui erano, appunto, le proporzioni. Non solo perché i rapporti tra le parti del suo corpo sarebbero stati degni di un modello vitruviano, ma tutto in lui era leggermente fuori misura: un po' più grosso, un po' più alto, un po' più ampio di una persona naturale; mi faceva sentire di una razza inferiore, come quando ci si trova di fronte alle statue di Michelangelo. Gli sorrisi – non sorrise – ed entrai. La porta si richiuse con lo stesso suono di ingranaggi pesanti che si incastrano perfettamente e l'ascensore iniziò lento la corsa verso l'alto: l'interno dell'ascensore era grande come la stanza di un appartamento; il pavimento coperto da un tappeto prezioso e le pareti rivestite da una boiserie di noce; un grande specchio con una cornice di legno laccato rosso era appeso a una parete, mentre accostate alle altre, simmetricamente, completavano l'arredamento due poltroncine moderne di pelle rossa sottili e solide al contempo, italiane certamente.

"Benvenuto," mi disse semplicemente Ireneo, "tra pochi istanti saremo nella residenza del professor Shannon," aggiunse senza emozione. Gli sorrisi. Non ricambiò nemmeno questa volta, o meglio: sorrise, ma non a me. Sorrise a qualcosa nella mia direzione, ma spostato di mezzo metro a sinistra. Ricambiai e, istintivamente, cercai nello specchio cosa avesse visto ma non trovai nulla di fianco a me. Allora capii: Ireneo era cieco. Ecco perché non si era mosso quando ero entrato ed ecco perché non mi aveva guardato in faccia né sorriso quando l'uomo in livrea mi aveva presentato. Non dissi nulla, ovviamente, anche se mi sorpresi a pensare una cosa strana: mi chiesi se Ireneo sapeva di essere così bello, anzi, mi chiesi a cosa serve essere belli se non ci si può vedere. Il viaggio verticale durò più del normale: "Strano," dissi tra me e me, "essendo solo diciassette piani. Evidentemente sono molto alti." L'ascensore rallentò, ma con delicatezza, non provocò quella lieve sensazione di nausea che si prova nei grattacieli moderni; sembrava essere azionato da meccanismi primitivi. Ireneo – che a quel punto sorrise – con gesto sicuro afferrò la leva dell'apertura e mi invitò a scendere. "Prego, signor Rameau," mi disse chiamandomi per cognome e rivelando con ciò l'accuratezza di un sistema di sicurezza che filtrava ogni arrivo tenendo conto di ogni dettaglio. La porta si aprì e con non poco stupore – ingiustificato, date le premesse – mi ritrovai non in un corridoio di fronte ad altre porte, come normalmente capita uscendo da un ascensore, ma direttamente nell'anticamera di un appartamento: molto ampia, senza finestre, illuminata solo da un enorme lampadario di cristallo che pendeva da un soffitto a volta alto almeno due piani. Sotto il lampadario, nel centro preciso della stanza, mi stava aspettando in piedi un maggiordomo molto anziano e molto curato nell'abbigliamento che però, dopo la mia ovvia presentazione – "Sono qui per vedere il professor Ismael Shannon" – non si presentò ma si affrettò invece a rispondermi appunto con quel perentorio: "Non chiamatelo Ismael, signor Rameau", accompagnato da un accenno di inchino.

Mi fece accomodare in una stanza a fianco; un'altra anticamera – ero forse capitato in una stampa di Escher? – anche questa ricca, dove erano esposti pezzi di antiquariato splendidi e dove qualcuno aveva sapientemente diffuso un profumo di muschio e rum. Avevo sviluppato negli anni una certa capacità nel distinguere i pezzi di valore, frutto del contatto diretto con l'arte cui mi aveva esposto la Signora. Riconobbi, tra le altre cose: un bronzetto rinascimentale, un grande vaso rosso delle vetrerie Sisman di Murano, e – non vorrei sbagliarmi – un'*oinochoe trilobata* di ceramica rodiota di fattura squisita. Scostai leggermente le tende di velluto che coprivano le due ampie finestre e vidi Broadway silenziosa dall'alto: la gente sembrava muoversi velocemente sui marciapiedi ma senza troppa fretta, d'altronde quella sera l'aria era buona e tiepida e i newyorkesi sono più sensibili degli abitanti di altre città al clima pulito dell'autunno. Tergiversavo, perché in verità io bruciavo, scalpitavo dalla voglia di incontrare Shannon, di chiedergli notizie di Pietramala, della lingua, del motivo del suo interesse: ero convinto che da lì a poco si sarebbe risolto il mistero nel quale mi ero imbattuto e sarei potuto tornare dove ero rimasto e riprendermi in mano la vita da protagonista. Mi figuravo a occhi aperti la scena. Si apriva una porta; lui entrava con passo svelto, io gli andavo incontro sorridendo, lui mi stringeva la mano, anzi mi prendeva la mano con tutte e due le sue, la scuoteva e contento mi faceva accomodare. Anzi no: lui entrava, si fermava sulla porta apriva le braccia e pronunciava forte il mio nome chiedendomi di accomodarmi. Oppure: io gli andavo incontro, si avvicinava anche lui, e mi abbracciava. La porta allora si aprì davvero, deglutii forte e mi voltai: era ancora il maggiordomo. "Mi farà entrare in un'altra stanza," pensai subito, "magari nello studio." Invece, senza muovere nemmeno uno tra i più di quaranta muscoli facciali, tranne quei pochissimi strettamente necessari a far uscire quel filo di fiato prodotto da un minimo movimento dei polmoni, mi disse con una voce roca e al contempo affettata: "Il professore non può riceverla oggi," pausa, "ma con grande rammarico." Nuova pausa. "Certamente potrà invece farlo domani. Le chiede di perdonare questo contrattempo e volentieri le offre l'accesso alla sua biblioteca, sperando di farle cosa gradita." "Sperando di farle cosa gradita," ripetei nella mente accentuando la voce sgradevole. "È uno scherzo? Vengo dall'altra parte del mondo per incontrarlo e mi vuol far vedere i suoi libri?" Il maggiordomo per nulla scomposto dal mio pallore livido e dalle narici che si tesero in una smorfia di stizza, aggiunse: "Le faccio strada, signor Rameau, sono convinto che questo inaspettato diversivo sarà di suo completo gradimento." Proseguimmo per un paio di minuti percorrendo un corridoio dal soffitto molto alto, illuminato da una luce calda e pastosa: mi resi allora conto che l'appartamento di Shannon occupava interamente gli ultimi due piani dell'Ansonia, un vero castello nel castello. Giungemmo a una scala circolare, dalle volute maestose, salite le quali si aprì una porta a doppio battente che dischiuse lo scrigno più imprevisto e sorprendente di libri che avessi mai non dico visto ma nemmeno pensato. A perdita d'occhio, scaffali su due o tre piani coprivano ogni parete; scale robuste e ampie disseminate ovunque permettevano di raggiungere i volumi più alti; balconcini veri e propri con ringhiere di ferro battuto si sporgevano a intervalli regolari ospitando tavoli e poltroncine dove potersi fermare a leggere in quel capolavoro di architettura libraria. Alla fine dello stanzone si vedeva una scala che portava al piano superiore; anche intorno alla scala, scaffali curvi di libri in ordine ascendente, come un girone rovesciato. Dov'ero?

M'inebriava quella vista: tutte le biblioteche delle quali avevo letto, ovviamente, sembravano riassunte in quel luogo. "Quando vuole, mi trova premendo questo cicalino," mi disse il maggiordomo che per un istante sembrava essersi lasciato scappare un accenno di sorriso, in reazione alla mia nuova espressione d'estasi. Quando fui sicuro che se ne fosse andato, feci allora di scatto una cosa strana, infantile: mi misi a correre lungo una parete, come per leggere il più velocemente possibile i titoli di tutti i libri che incontravo, facendo passare il dito sul dorso; dove il dito sobbalzava, perché un libro sporgeva più di altri, lì mi fermavo a leggere; ne aprii alcuni. Guardavo subito sempre l'indice analitico: era per me la radiografia del libro. Da lì si può osservare in filigrana per chi è scritto e dove e quando e in chi e in cosa crede chi l'ha scritto, quali sono i suoi amici e i suoi nemici, quanto si sente forte e quanto debole, quanto ha paura e quanto invece dimostra coraggio. Un indice analitico svela al contempo l'impalcatura e la rete vascolare che alimenta le idee che fanno il libro. La biblioteca si estendeva su almeno tre piani. Mi fermai solo per chiedermi quale movente potesse aver attratto l'attenzione di un uomo dotato di quel potere e di quella sterminata e raffinata cultura – almeno da quel che si poteva ragionevolmente dedurre – verso la lingua di Pietramala. Su un grande tavolo di legno lucido, mi attrasse una pila di libri che qualcuno doveva aver selezionato tra gli altri. Gli accostamenti, stupefacenti, erano stranissimi: un testo barocco della *Commedia* di Dante scritto a ritroso, dove il poeta ripercorre l'aldilà dal paradiso all'inferno; un *Perì tou tou protou antrhopou omphàlou*, introvabile trattato di ontologia applicata nella perduta traduzione di Boezio, quello dove per la prima volta si parla di una frase ben formata ma senza senso come di una *ordinatio dictionum congrua sententiam nullam demonstrans*; il saggio in tre volumi di Mackenzie sul legame neurofisiologico tra orgasmo e starnuto nel maschio della specie umana; il *De minimo* di P. A. M. Planck, il *Triginta intentiones umbrarum* illustrato da J. M. Barrie; una guida rinascimentale su come costruire il Colosseo con riga e compasso e comunque senza usare lo zero; *Il rosa e il grigio*, grande e perduto romanzo francese dell'Ottocento sull'affievolirsi delle passioni nell'Occidente e il trattato sulle *Grammatiche euclidee* di Charlie A. Brown. C'era anche il manuale di chirurgia addominale a paziente in stato di veglia di François Lanvert e Émilien Lansarat, rarissimo e il *Permutato ordine solo*, il libro censurato di Turing sull'alfabeto come modello della natura in Lucrezio; poi ancora il carteggio tra C. Lorenzini e M.W.

Godwin sulla *Natura del vero Golem*; il *Libro degli opposti*, di Max Bolzmann, dove si spiega perché generare il freddo è più difficile che generare il caldo; *Flattongue*, il libro postumo di Delu Delu sulle lingue impossibili; il mitico *Dictionnaire des toutes les pensees qui peuvent entrer en l'esprit humain, de mesme qu'il y en a un naturellement étably entre les nombres* di M. C. Hardy in un originale del 1629 e un manoscritto misterioso dal titolo *Aabceeghiiiiiillmmnrstv* contenente il resoconto fatto a Marco Polo da parte di un angelo muto. Continuai più inebriato che incredulo a percorrere le sale, ognuna dedicata a un dominio culturale e temporale diverso, secondo un'architettura epistemologica rigorosa e cosmica: dunque attraversai la fisica del Settecento e quella dell'Ottocento, la gastronomia latina di età tardoimperiale e quella barocca. Mi ritrovai anche in una sala più grande delle altre. Al centro, stava uno scrittoio, sullo scrittoio legate tra di loro con un nastro azzurro sette buste con sette lettere; le buste erano chiuse ma mi incuriosì il foglio che le accompagnava – recitava: *Sette lettere di sette personaggi famosi a sette personaggi altrettanto famosi senza che molto cambi* – e i titoli delle lettere: *Lettera di Cratete di Mallo ad Aristarco di Samo ovvero la fiamma ed il cristallo; Lettera di Isaac Newton a Mendeleev ovvero del descrivere e del comprendere la natura; Lettera di Galvani a Volta ovvero come nasce uno strumento pratico da una polemica teologica; Lettera di Edipo a Ulisse ovvero matto è colui che pone la mente fuori del tondo; Lettera di Jean-Baptiste de la Quintinie ad Apicio ovvero dell'aggiungere e dello scartare; Lettera di Isaac Barrow al dottor Semmelweiss ovvero del duello e della dimostrazione; Lettera di Cristoforo Colombo al principe di Serendip ovvero del*

fidarsi. Lasciai cadere per terra tutte le lettere; ebbi un capogiro violento. Venni preso da un attacco fortissimo e imprevedibile di escatofobia: sarebbe giunto presto il momento in cui
quella visita sarebbe finita e io avrei dovuto certamente rinunciare a qualche cosa. Avevo la sensazione che ovunque guar-
dassi il mio sguardo venisse soddisfatto esattamente dal libro
che andavo sognando di trovare. Troppi libri, troppi. E non
tanto quelli che riconoscevo: l'angoscia vera veniva da quelli
che non conoscevo e mi rivelavano curiosità che non sapevo
di avere. Mi sembrava di essere tornato ai tempi dell'università quando avevo letto moltissimi libri semplicemente perché
stavano accanto ad altri che cercavo e che alla fine ignoravo.
Quante volte, per me, il libro interessante era stato quello a
fianco del libro che cercavo, quello imprevisto e che per questo davvero colma l'ignoranza. Trovare è scontato; scoprire è
eccitante e all'eccitazione della scoperta io non resistevo. Avrei
voluto portarli via tutti, quei libri. Oppure, avrei cercato di
trovare il modo di rinchiuderli tutti in una memoria portatile,
così piccola da poter essere ingoiata in caso di pericolo. Avere
nella mia pancia tutto il sapere del mondo: forse era quello il
mio desiderio più grande.

Non ce la facevo più e non potevo rischiare di svenire lì.
Tremando, le mani sudate e fredde, schiacciai il cicalino: da
una porta vicina alla stanza dove mi trovavo – evidentemente
erano tutte connesse da un reticolo di corridoi – nel giro di pochi minuti comparve il maggiordomo: "Signor Rameau, ritiene
che la sua visita possa considerarsi conclusa?"

"Sì, grazie," risposi io mentre sudavo freddo; sudavo sempre moltissimo quando mi emozionavo, "ringrazi di cuore il

professor Shannon" (stetti attento a non pronunciarne il nome di battesimo, come mi aveva indicato).

"Il professore l'aspetta per domani sera a cena; si raccomanda di essere qui presto e puntuale, per le sette, in modo da avere il tempo per parlare insieme con calma. Mi ha pregato inoltre di comunicarle che non ci saranno altri commensali." E aggiunse, fingendo di pensarci al momento, quasi distrattamente: "Non si preoccupi per l'abbigliamento; la cena è informale." Aveva capito benissimo con chi aveva a che fare; certo, se mi avesse visto ai ricevimenti a casa della Signora sarebbe sobbalzato per la mia eleganza, ma io non ero a mio agio con abiti diversi da un maglione blu, una camicia bianca, e dei pantaloni sportivi: tutto il resto sottraeva troppo tempo al momento di vestirsi costringendo a scegliere.

Avrei tenuto duro ancora per quelle ore. Si trattava di poco. Shannon avrebbe certamente risolto l'enigma e mi avrebbe sbloccato da quell'*impasse* insostenibile. Salutai il maggiordomo come si saluta chi si sa che si rivedrà presto, anzi qualcosa di più: lo salutai come quando si saluta il chirurgo il giorno prima di un ricovero, quando si è consapevoli che quel volto sconosciuto che si è appena registrato labilmente nella memoria diventerà invece presto familiare e che dalla sua espressione dipenderà il proprio umore. Solo che non sapevo assolutamente perché.

[3.3] "Tutta la scienza, mio caro, o è linguistica o è collezione di francobolli." Da quella poltrona di cuoio, massiccia e avvolgente che pareva un trono, Shannon pronunciò questa frase come avesse emanato una bolla papale: superava di molto la forza e l'intenzione di una semplice affermazione. Era un atto che diventava vero per il solo fatto che a pronunciarlo fosse lui. Si presentò sorprendendomi nella sala d'attesa mentre ero intento a osservare fuori dalla finestra la gente che passava su Broadway. L'incontro come me lo ero immaginato il giorno precedente non avvenne: tutti i convenevoli si concentrarono in una presentazione sbrigativa con una specie di accenno di inchino da parte del professore. Shannon, un uomo sulla settantina, emanava a prima vista ondate di carisma palpabile. Più alto della media, indossava con classe un completo di velluto marrone e una camicia rossa, con un colletto bianco vistoso e i polsini chiusi da una coppia di gemelli di gemme azzurre. Il volto magro e ieratico, come si addice a uno studioso di rango, era contornato da filo di barba chiara molto curata. Al collo teneva degli occhialini da presbite agganciati a una catenella dorata che tintinnava debolmente a ogni movimento del capo. Si sedette sulla poltrona accavallando le gambe in un gesto di eleganza aristocratica e sorrise. Tutto di lui e intorno a lui ispirava saggezza, erudizione e accoglienza; tutto era preparato come secondo un copione perfetto nel quale solo un quasi impercettibile odore di rancido, che immaginavo provenisse da qualche grosso insetto morto, certamente sfuggito a quella coreografia sontuosa e impeccabile, mi disturbò sia pure solo per un istante.

"Dunque, signor Rameau," disse con una vibrazione di voce diaframmatica, profonda, coltivata sapientemente con tabacco pregiato e caffè, "cosa posso fare per lei?"

"Mi chiami Elia, professor Shannon," incalzai con un

tono insolitamente acuto e così rapidamente da coprire quasi le sue ultime parole.

"Va bene, Elia: cosa posso fare per te?" ribadì immediatamente. Pensavo che pensasse che pensassi come mai non mi avesse proposto di chiamarlo Ismael per ricambiare quel gesto di confidenza. Ruppe il silenzio che si era creato, aggiungendo: "Non sopporto il suono della esse sonora, quel sibilo che si trova in parole come *rose* (scelse rapidamente ma con accuratezza una parola che suonasse allo stesso modo – per quel che importava – sia in francese che in inglese e tenne la fricativa sibilante sonora più a lungo del normale mostrando i denti e distanziando le labbra) ma non è il suono in sé: è che non sopporto di sembrare un cadavere. Nel dire l'ultima parola, alzò, sia pure di poco, il sopracciglio sinistro, come per rimproverarmi di non aver subito sorriso e dunque di non aver capito la sua battuta raffinata. Allora continuò sospirando lievemente: "Martianus Capella, nel *De nuptis Mercuri*, raccomanda infatti di non pronunciare mai questo suono, rappresentato in latino con la zeta: 'Z vero idcirco Appius Claudius detestatur, quod dentes mortui, dum exprimitur, imitatur,' sospirò compatendomi e aggiunse, per senso di cortesia, come se potessi non sapere il latino: "Appio Claudio, in verità, per questa ragione detestava la zeta, perché mentre veniva pronunciata si imitano i denti dei morti."

Deglutii, come se mi avesse passato un boccone amarissimo, mi dissi, forse a voce alta: "Sopporta, Elia, una cosa più da cani hai sopportato," e iniziai a raccontargli la mia storia, dall'arrivo a Pietramala fino al canto di Clara Maria; non feci accenno all'incursione nella sua villa di Calvi, anche se da un suo colpo di tosse nervosa in coincidenza con la storia del canto, ebbi come l'intuizione che ne fosse stato diligentemente informato. "Ho capito tutto," concluse perentorio sorridendo, "e devi solo lasciarmi il tempo di pensare, di mettere insieme il tuo racconto con quello che ho trovato io. Sono sicuro che arriverò presto a una soluzione: c'è sempre una soluzione," aggiunse, sorridendo per la prima volta, "occorre solo affidarsi alle persone giuste; il resto lo fa Dio." "Affidarsi," ripeté sillabando con enfasi e accompagnando la parola con un gesto della mano destra per la verità non troppo congruente con il significato; come se schiacciasse qualcosa. Il maggiordomo arrivò con un biglietto che gli porse in silenzio con due mani, e ci invitò a prendere posto nella sala da pranzo. Quello che mi aspettava era per me una tortura: avrei dovuto sorbirmi una cena raffinata e ben strutturata nell'ordine esattamente inverso a quello che avrei voluto io. Avrei sentito il sapore del caffè, disgustosamente preceduto invece che seguito da quello del formaggio, e poi su e su nella catena delle portate, a ritroso per me; ma in quella impresa avrei dovuto resistere perché il premio impagabile sarebbe stato quello di poter stare al cospetto di un uomo così straordinariamente raffinato e colto, per non dire altro.

Ci sedemmo a una tavola apparecchiata sontuosamente, affollata di fiori e posate, e intorno a noi iniziarono a volteggiare camerieri zelanti che non lasciavano mai nemmeno abbassare di troppo l'acqua nel bicchiere (e poi quale acqua: potei scegliere perfino tra quattro tipi diversi di bollicine, o perlage come mi dissero loro). Niente del cibo mi colpì, anzi cercai di proposito di non notare niente, di lasciarlo transitare come un vento inutile attraverso una casa sfitta: invece, bevvi, mangiai e trattenni tutte le sue parole interrompendolo raramente. Disse che avrebbe messo a disposizione tutto se stesso, e non avrebbe lesinato su nulla. Mi sentivo fortunato come nessun altro al mondo. Aggiunse che dopo cena mi avrebbe illustrato il suo lavoro di ricerca recente e passato e spiegato la sua teoria generale del linguaggio: mi avvertì invece che a cena non avrebbe parlato di linguistica; anzi, fu un avvertimento di ripiego perché aveva iniziato con il dire che a tavola non c'è posto per le chiacchiere e che il cibo andava gustato in silenzio e che quando mangiava non riusciva a parlare. Questa sua ritrosia mi spiazzò: chi me lo faceva fare di mangiare alla rovescia per parlare d'altro? Capì che non l'avevo presa bene e iniziò con uno strano discorso; mi sembrava di stare di fronte a un prestigiatore che ti indica la colomba mentre di nascosto dalla tasca estrae il foulard che farà comparire a breve. La consapevolezza del trucco rovina la percezione della meraviglia presente.

A tavola, contravvenendo ai dichiarati propositi di silenzio, Shannon discettò soprattutto di evoluzione del linguaggio umano, una specie di imbottitura galante del nulla. Poi, finito di mangiare, mostrò i muscoli cerebrali, cambiò tema e si inoltrò nel giardino dell'Eden: "Ieri ho conosciuto un cretino," prese a dire con un registro inaspettatamente garrulo della sua voce, "che si piccava di mettermi in difficoltà: sosteneva, con un malcelato intento di lusingarmi, che solo noi uomini abbiamo la capacità di creare simboli, cioè qualcosa che sta per qualcos'altro." Cambiò espressione, lasciandosi sfuggire un tono di stizza: "E un gatto che ti piscia sullo zerbino, allora? Non è forse quello un simbolo? Pochi grammi di urea che se annusati da un altro gatto sono interpretati come una delimitazione di dominio territoriale cosa sono? La gente, caro Elia, non capisce nulla: confonde la capacità di avere un linguaggio e di comunicare con la struttura del linguaggio. Certo che i delfini parlano, e gli scimpanzé parlano. Se è per quello parlano anche le api con le api, le scrofe con le scrofe, le libellule con le libellule," accennò con le mani al gesto rapido dello sbattere delle ali di un insetto, "poi le api con le scrofe, le libellule con le api, e così via," rise, "sull'arca di Noè certamente nessuno stava zitto. Ma da qui a credere che tutti per il fatto di parlare abbiano linguaggi di struttura comparabile a quello umano, ah questa sì che è una vera stupidaggine." Sorseggiò il vino rosso trattenendolo per qualche secondo in bocca, facendo poi schioccare la lingua: buffo, mi ricordava il verso di una scimmia. Parlò di tutto, spiegò tutto. Shannon mi aveva appena regalato una splendida lezione di linguistica e molto di più, anche se io quelle cose le sapevo già. Forse stava semplicemente mettendomi alla prova. Non sapevo se mostrare stupore – come si fa con quei professori che si vogliono sedurre mostrando loro interesse e al contempo confessando la propria ignoranza – oppure se farlo sentire a suo agio mostrando che non aveva a che fare con uno sprovveduto, facendo garbatamente capire che quelle nozioni erano già mio patrimonio e che poteva permettersi di spingersi oltre con me. Nel dubbio, scelsi la situazione più codarda: stetti zitto.

"Vedi, Elia caro, gli animali hanno dizionari di frasi, noi di parole." Questo pensiero – devo ammetterlo – era una gemma degna di essere scelta come conclusione della serata ma fu guastata dal caffè, il sapore che normalmente segnala l'inizio dei miei pasti. Il contrasto tra quel sapore con il gusto ancora vivo della scelta di formaggi che l'aveva preceduto mi aveva dato un segno di vertigine che dovette trasparire sul mio volto. Ma Shannon continuò: "Il vero tzimtzùm che conta è quello della combinazione di parole, Elia: è lì che Dio si ritira per far spazio alla sua creatura preferita; si ritira per lasciarla divertire a dare nomi alle creature e poi verbi per combinarli tutti insieme; e il cuore di Dio è un cuore in ascolto." Parlava e parlava e parlava e parlando gesticolava con una maestria ipnotica; l'intonazione della sua voce si arricciava su melodie inaspettate che faceva seguire da una rotazione della mano destra, e poi – inclinando leggermente il collo, residuo ancestrale di una dichiarazione di sottomissione – terminava facendo lo stesso gesto con la sinistra, quasi a legare le due mani in rima. Avvitava e svitava pensieri nell'aria. Lui parlava ma io ero talmente affascinato che non lo ascoltavo, anzi, come mi capita anche oggi quando ho di fronte qualcuno di importante, mi rendevo conto che non potevo guardargli entrambi gli occhi contemporaneamente ma che dovevo sceglierne uno, gesto che normalmente si fa senza pensarci. Allora mi prendeva l'ansia di non sapere quale occhio fosse meglio puntare, esclusa l'alternativa di guardare esattamente in mezzo alla fronte perché sembrava si guardasse oltre: impegnato in questo vano artificio di simmetria e ovviamente cercando di nasconderlo perdevo il filo del discorso con sguardo ebete. Provai pure io ad aggiungere una frase a quel fiume in piena: "E cosa dire del fatto che non esista una sola lingua?" Arrossii, perché, imbarazzato, mi accorgevo di copiare il suo stile, le sue parole, perfino il ritmo del suo respiro; i percorsi della sua sintassi poi, diventavano miei, e mi sentivo addirittura parlare con la sua voce. "È una domanda interessante," disse come dicono i professori che vogliono trovare l'occasione per stroncare l'interlocutore sbattendogli in faccia un'idea personale che banalizza la domanda, "è una domanda doppia: da una parte occorre capire perché il sistema delle lingue è così elastico da permettere delle variazioni, dall'altra c'è da chiedersi se queste variazioni possono avere avuto un ruolo nell'evoluzione. È *evidente*," continuò rimarcando con una tale enfasi questo aggettivo dal fargli inghiottire il significato di tutte le parole che lo precedevano e che lo seguivano, "che in un mondo primitivo, dove agglomerati urbani enormi sarebbero stati ingestibili, il fatto che i gruppi di esseri umani abbiano avuto la tendenza a parlare lingue diverse non interpretabili mutualmente sia stato un fattore di protezione evolutivo perché ha favorito la segregazione in gruppi di dimensioni gestibili e ci ha permesso di continuare il cammino della civiltà. Un'unica megalopoli, all'origine, ci avrebbe sepolti tutti," sospirò lasciando capire che non sarebbe stato un male e proseguì alzando gli occhi al cielo, "Babele fu un dono."

Mi guardò negli occhi e mi chiese di aspettarlo un istante; si alzò, si allontanò dalla sala da pranzo come se si volesse sottrarre a un fastidio, come se fosse concentrato in cose ben più importanti. Io, dal canto mio, ero spiazzato: il fascino di Shannon mi aveva conquistato ma era *evidente* – provai anch'io a enfatizzare lo stesso aggettivo con quella forza con la quale l'aveva enfatizzato lui prima – che ero allo stesso punto di prima, almeno per quanto riguardava Pietramala. Pazienza: diceva che ci avrebbe dovuto pensare e in effetti, dimostrava con questo di essere una persona seria, non un cialtrone impulsivo e vanitoso. Sarebbe stato sorprendente il contrario e oltretutto mi avrebbe fatto sentire ancora più stupido di quanto già non mi sentissi. Tornò molti minuti dopo tenendo in mano un libro e me lo porse, dicendomi con un sorriso più ampio di quanto mi aspettassi che quello era il suo regalo per me: era una copia seicentesca del *Concordia novi et veteris testamenti* di Gioacchino da Fiore, nello splendido commento di un frate domenicano di Milano. Nella scatola preziosa che lo conteneva c'era una pergamena che recitava: "Ecce in subjecta figura speculari poterit super hoc sacrum archanumque mysterium quod vix verbis congruentibus plene sicut est dici potest." Subito Shannon me lo tradusse a memoria, accelerando un poco la voce evidentemente spazientito dallo sforzo di adattamento verso un livello inferiore di conoscenza: "Ecco nella figura qua si potrà riflettere su questo sacro e arcano mistero: cosa che difficilmente si può esprimere completamente, così com'è, con parole adeguate." "Sorprendente," pensai, "un linguista che alla fine mi dice che le parole esprimono i misteri meno bene delle figure."

La serata stava evidentemente finendo: Shannon mi disse che avrebbe lavorato quella notte al mio quesito e che domani avrebbe avuto una risposta per me. Non ricordo bene quello che seguì: ero troppo emozionato per fissare la mia attenzione su particolari inutili. Il maggiordomo mi venne a prendere, salii sull'ascensore dove attendeva Ireneo, scesi e mi ritrovai per strada. Respirai l'aria fresca a pieni polmoni. Sentii il portone del palazzo chiudersi alle spalle. Strinsi i pugni e pensai – o, forse, dissi a voce alta: "Ce l'ho fatta! Shannon è un gigante ed è difficile, ma ce l'ho fatta!" Avevo finalmente incontrato un maestro, una di quelle figure che aspetti tutta la vita e che magari non arrivano. Mi fermai un istante sul marciapiede prima di avviarmi verso l'albergo concentrato su quello che avevo appena vissuto. Ismael Shannon, il grande Shannon, senza dubbio, mi aveva conquistato e niente avrei desiderato di più nella vita di conquistare io lui. L'avrei fatto: con un po' di pazienza – mi dissi per rassicurarmi – ma l'avrei fatto. L'amore di Pietramala mi sembrò allora solo un pretesto.

[3.4] L'appuntamento con Shannon per la mattina successiva era fissato alle dieci ma io, emozionato, mi ero svegliato prestissimo, ben prima che fosse spuntato il sole. Per di più mi ero svegliato con una canzone in testa, una canzone un po' stupida dal ritmo accattivante e ripetitivo. Non mi usciva più. All'inizio mi divertiva e ci giocherellavo, mi sembrava una bella cosa farmela rimbalzare nella mente; poi mi accorsi che mi muovevo seguendo il suo ritmo e mi spaventai. Ho capito presto nella vita che le canzoni sono per me il sintomo di un'ernia dell'inconscio; a me non servono i sogni per capirlo. Mi basta fermarmi e riflettere sulle parole che sto cantando. C'è un pezzo di me svegliissimo che mi sta parlando e sbuca fuori: talvolta può farlo in modo doloroso e strozzarsi. Decisi che dovevo provare a farla rientrare cambiando ambiente: avrei camminato un po' lungo Broadway tanto per non arrivare in anticipo.

Faceva freddo e mi rifugiai in un diner alla 112esima; poca gente, quasi solo persone che stavano per attaccare il turno della mattina. Facce di plastica e rassegnate con addosso un'espressione dimenticata dalla sera prima. Osservavo il cielo dalla vetrina del locale seduto sopra uno sgabello alto dove mi ero appollaiato per sorseggiare un cappuccino. Il cielo era cambiato: si percepivano ormai netti gli anticipi dell'inverno. Il colore delle nuvole in quel momento ricordava quello della schiuma del mio cappuccino; invogliava a intingerci i pensieri. Mi accorsi che ero felice: tutto era lontano. Ripresi a camminare per Broadway; quando il sole sorse, le nuvole si aprirono all'improvviso come fa una lama su un imballaggio di plastica e la luce sbucò fuori intensa. Quando è radente, la luce di Manhattan si trasforma da qualcosa che si diffonde a qualcosa che indica. La luce di Manhattan – all'alba e al tramonto – è una luce che indica: non sai mai bene dove e cosa, ma sai che punta altrove. E tu che credevi di essere al centro, all'improvviso ti senti in periferia e sei costretto a guardare lontano.

Il maggiordomo mi aveva fatto accomodare nella biblioteca. A un certo momento, si spalancarono le due ante della grande porta di legno che conduceva nell'ala privata della casa e dietro di esse Shannon comparve come se fosse entrato in scena. "I campi delle Muse sono tutti mietuti, mio caro Elia," disse estendendo le braccia una dopo l'altra e indicando, ma senza guardarli, tutti i libri intorno a sé con un ampio movimento circolare. "Ti ho fatto venire qui perché qui saremo più tranquilli. La tua domanda di ieri ha bisogno di una risposta molto articolata e dalla nostra chiacchierata ho capito che con te non posso permettermi solo cenni vaghi: devo essere preciso e puntuale come con un collega." "Certo," pensai, "finalmente, un bell'inizio." "Quando diventerò l'imperatore del mondo," aggiunse Shannon ridendo, "abolirò la stampa: solo quello che vale veramente la pena di esser letto verrà scritto perché dovrà passare attraverso il sudore del corpo e la fatica della scrittura a mano." Concordavo e sorrisi insieme a lui. "Sono dispostissimo a parlarti di Pietramala, anche se ti preannuncio che non sono in grado di spiegarti l'esito storico così disastroso di quel borgo. Tuttavia, sono decisamente interessato alla decifrazione di quella lingua e, sia pure sulla base dell'esiguità dei dati che hai ricavato dalla tua trascrizione del canto di Clara Maria potremmo provarci." Sudai quando pronunciò *tua*. "Permettimi però," aggiunse irrigidendo la schiena e sistemandosi il bavero della giacca con le due mani, "che ti renda edotto su alcune delle questioni fondamentali del linguaggio umano delle quali mi sono occupato: senza di quelle, temo sia impossibile arrivare a decifrare la lingua di Pietramala. Non sono facili, ma tu sei in grado di capirle e non ci sono scorciatoie. Alla fine vedremo insieme il da farsi."

"Il nodo centrale è legato al mio lavoro," riprese Shannon facendomi capire dal tono di voce che il discorso sarebbe durato a lungo, "e in particolare a un evento del quale ti debbo informare. Durante un viaggio in Italia, alcuni anni fa ho fatto una scoperta straordinaria della quale non ho ancora parlato se non a pochissimi colleghi. La mia fiducia in te e la situazione particolare nella quale ci troviamo mi hanno spinto a farti questa confidenza delicata, nella *certezza* che tu non ne parli ad anima viva," sottolineò la parola *certezza* con uno sguardo diretto nei miei occhi (anzi a un occhio solo, pur non sapendolo) che lasciava pochi dubbi, "e che tutto quello che ci diremo rimarrà tra di noi. Nella cripta di una chiesa romanica a Pavia, ho trovato una trascrizione medievale del *De analogia* di

Giulio Cesare, un testo mitico del quale si conoscevano solo alcune parti citate da altri. Come sai bene, Cesare prendeva posizione rispetto a una polemica che condizionava profondamente le riflessioni sul linguaggio di quel periodo. Aspetta, Elia, non spazientirti," doveva aver visto che mi ero distratto e guardavo tutt'intorno quella sterminata biblioteca che parevano essere le mura di Babilonia, "e ascolta: da qui avremo dati per capire cosa accadde davvero a Pietramala." Aprì il V e il VII libro degli *Elementi* di Euclide e mi lesse le definizioni di analogia, quella generale come simmetria tra quantità e quella specifica per i numeri. "Da Aristarco di Samotracia e Aristofane di Bisanzio in poi," aggiunse, "la nozione entrò anche nelle riflessioni linguistiche, passando da criterio filologico per la scelta dei testi originali da includere nelle antologie a criterio sistematico per la costruzione di grammatiche e la valutazione dei neologismi." Si spostò, aprì una raccolta di testi ciceroniani e aggiunse che il termine *analogia* entrò tradotto come "comparazione" o "proporzione" nella terminologia tecnica latina, confermato poi anche da Vitruvio.

Stavo perdendo il mio tempo? Ero venuto a farmi fare lezione di latino a New York mentre a me interessava capire cosa fosse successo a Pietramala? Per quale motivo quel borgo fosse stato abbandonato all'improvviso e la sua lingua completamente cancellata: questo a me interessava. Dovevo aver parlato a voce alta, o forse sulla fronte era affiorato il mio pensiero, se Shannon riprese dicendomi: "Sei molto impaziente, Elia: francamente, un pessimo segno per uno studioso. La tua salita al Parnaso non ammette scorciatoie, mio caro; devi guadagnarti la cima per gradi, a piedi. Ti risparmio, per la tua fragilità, letture di Quintiliano, Gellio, Scaurio, Diomede, Servio, Pompeo, Consentio, Isidoro di Siviglia, Prisciano, il 'nostro' Marziano Capella e pure una delle poche grammatiche donne," alzò il sopracciglio di sinistra; ne sono sicuro perché era quello dell'occhio che stavo guardando in quel momento, "delle quali ci giunse notizia: Scironia Francisca. Cosa c'entra la mia scoperta in tutto questo? Cicerone, che per motivi non (solo) politici elogia il trattato di Cesare sull'analogia ne traduce il titolo in *De ratione* lasciando capire che la definizione di *ratio* passa da quello di rapporto matematico a quello assai più generale del rapporto ordinato tra le parole di un discorso." Finalmente si interruppe e si sedette su una di quelle poltrone enormi e accoglienti che erano disposte a coppie vicino ai finestroni della biblioteca, depose ogni libro e mi fece cenno di accomodarmi di fronte a lui.

Stavo per parlare, quando Shannon mi zittì perentorio: "Ed è qui che arriva la mia scoperta. Il trattato sull'analogia di Cesare, dedicato a Cicerone, era in realtà in due volumi e, accanto a quello sulla lingua che copriva il primo, ce n'era un secondo molto più generale dove Cesare parla di analogia e anomalia come elementi ordinatori del mondo contaminando tradizioni orientali con la tradizione atomistica di Democrito. Svetonio e soprattutto Marco Cornelio Frontone ci dicono che pur avendoli composti durante l'atrocissima guerra gallica tra piogge di dardi al valico alpino erano scritti con grande accuratezza e scrupolo. La lettura attenta del secondo libro porta a una scoperta straordinaria: Cesare arriva a concepire analogia e anomalia come due forze uguali e contrarie ma compresenti e necessarie in una lingua umana e al contempo come le due forze sufficienti a spiegare tutti i meccanismi della mente, non solo quelli linguistici; ne dà un'esemplificazione magistrale in termini sia tattici che strategici, ovvero sia disponendone i pensieri che controllandone la dinamica. E Cesare, con quel metodo, venne," sorrise, "vide e capì."

Rimasi fermo. Rimase zitto. Un brivido prima lento e caldo e poi freddo rapidissimo mi aveva scosso: dunque quello che sembrava essere un tema sterile della filologia classica si rivelava invece essere lo strumento per comprendere il propulsore di tutte capacità intellettive degli esseri umani. Duemila anni fa, Giulio Cesare era venuto a conoscenza di un filone filosofico che aveva raggiunto la sintesi più potente di sempre: l'equilibrio tra analogia e anomalia è la chiave di lettura della comprensione di tutto e, soprattutto, della mente umana e del modo con cui la mente riesce a concepire e ragionare. La struttura del linguaggio umano diventava il modello per comprendere la struttura ordinatrice del mondo. Non era più solo l'alfabeto che poteva essere usato come metafora per far capire come funzionano gli atomi: con questa teoria si spiegava cosa muove tutto. Analogisti e anomalisti erano i due contendenti. L'analogista, da una parte, non accetta il disordine magmatico del cosmo e va sempre a caccia di un ordine nascosto nel quale spera, accantonando come eccezione i dati recalcitranti sia pure solo temporaneamente e con dolore, in attesa di una generalizzazione più potente che finalmente li sussuma; l'anomalista, dall'altra, scettico di natura, recupera invece la fiducia e il senso solamente nell'imprevisto, evento che rompe la noia altrimenti eterna di un reticolo di simmetrie ripetute all'infinito senza significato; cerca insomma un cristallo aperiodico che nelle sue irregolarità racchiuda l'informazione. A memoria, mi recitò quasi in un sol fiato, questa volta già tradotto ad uso della mia ignoranza: "Da quell'immenso grumo le particelle cominciarono a fuggire in ogni senso, le simili a congiungersi alle simili, a sceverare il mondo, dividerne le membra e dislocarne i grandi elementi, cioè disgiungere dalle terre l'altro cielo, e in disparte il mare, affinché si distendesse con acque separate, e distinti anche i fuochi dell'etere puro e solitario." Era l'inizio del mondo secondo Lucrezio.

Shannon, che evidentemente si era infervorato ripeté ancora "le simili a congiungersi alle simili" facendo combaciare simmetricamente tra loro i polpastrelli delle mani ben distese; poi si asciugò la fronte con la pochette di seta amaranto e oro che portava nel taschino e mi osservò in silenzio per un lunghissimo minuto. E riprese: "E Pietramala?" Io, come destato dal torpore di un incantesimo, ripetei a voce alta: "E Pietramala?" E lui ricominciò: "Il libro che scoprii a Pavia non era stato nascosto lì nel Medioevo. La storia di quel testo ci porterebbe lontanissimo ma devo fartene cenno perché ora sei pronto per capire il legame tra questi discorsi che ti ho fatto e la lingua di Pietramala. Per motivi che non mi è dato di svelarti, il manoscritto finì nelle mani di un manipolo di giansenisti verso l'inizio del Seicento che lo portarono all'abbazia benedettina di Port-Royal des Champs nella regione parigina della valle di Chevreuse. Saprai certamente che fu lì che le idee del grande Cartesio ebbero considerazione sistematica a tal punto che ispirarono centri di formazione chiamati 'piccole scuole'. In quella sede, dove per volontà di Jacqueline Arnauld, mère Angélique, una badessa illuminata *ante litteram* e appartenente a una potente famiglia di Francia, trovarono ricovero e spazio per lo studio menti del calibro di Pascal e Racine, prima che l'abbazia venisse letteralmente rasa al suolo dalle forze cattoliche, in particolare dei gesuiti, nel tentativo di sopprimere per sempre il giansenismo, il seme cartesiano ebbe tempo di attecchire e sbocciare in campi diversi. In particolare, venne pubblicato quello che tu sai essere forse il testo più famoso della storia del pensiero linguistico moderno: la *Grammatica generale e ragionata* dove al posto di ricorrere esclusivamente ad uno sforzo di tipo mnemonico si scelse di basare l'insegnamento delle lingue 'spiegandone' la struttura sulla base dei tratti universali, indipendenti dalle lingue specifiche. Diedero con ciò sostanza all'intuizione cartesiana che il linguaggio fosse lo spartiacque tra noi e gli animali perché ci permette di creare liberamente, cioè senza alcun vincolo fisico, frasi sempre nuove, potenzialmente infinite, e la legarono per sempre a quello che già Lucrezio e Galileo sapevano, cioè che quella infinità si raggiungeva ricombinando cose semplici secondo leggi semplici (come accade anche nel mondo fisico). Ma gli intellettuali di quell'abbazia non si limitarono a proseguire le intuizioni di Cartesio; venuti a conoscenza del testo di Cesare, alcuni di loro cercarono di innestare su quella visione del linguaggio il tema del contrasto tra analogia e anomalia generando con ciò una teoria globale del pensiero. *Ovviamente,*" e sottolineò quell'avverbio con un altro improvviso rialzo di sopracciglia dell'occhio destro, questa volta, "questa teoria non poté circolare nemmeno nell'ambiente dell'abbazia, per quanto liberale. Per garantire la possibilità di continuare questi studi, fu allora fondata nel 1617 una società segreta con sede nel Ducato di Milano, sul Lago Maggiore, denominata il Giardino degli Equivalenti, che aveva come missione principale, anzi come sua stessa *raison d'être*, quella di mostrare che ogni cosa naturale nasce proprio dall'equilibrio tra anomalia e analogia. Di questa società, che doveva avere affiliati in tutta Europa, non si seppe più nulla se non che il Giardiniere Maggiore – così è denominato il capo reggente di questa società – quasi due secoli dopo fece recapitare il libro di Cesare a Giovanni Aldini a Bologna; siamo nel 1799. L'Aldini, nipote di Luigi Galvani, segretamente schierato contro lo zio a favore di Alessandro Volta nella polemica sull'elettricità come origine e segno della presenza della vita, si liberò presto di questo libro scottante e lo portò a Volta che a quei tempi copriva la cattedra di fisica sperimentale all'Università di Pavia, gioiello della rifondazione dell'ateneo voluta da Maria Teresa d'Austria. Il grande scienziato, ritenendo il libro di Cesare non solo pagano ma addirittura ispirato dal Diavolo, lo consegnò sbrigativamente a un frate in servizio presso la chiesa di San Pietro in Ciel d'Oro nella stessa città, tal padre Ferré, che lo nascose sotto l'urna di Boezio custodita nella cripta di quella chiesa proprio qualche metro sotto l'arca di sant'Agostino, ritenendo che una sua distruzione non fosse atto totalmente conforme alla volontà di Dio. Lì fu ritrovato e poi nascosto in uno scantinato dell'Università di Pavia dove rimase per moltissimi anni."

Tirò il fiato. La storia era di certo appassionante. Dalla Roma repubblicana ero stato scaraventato al periodo barocco francese e da lì all'Illuminismo italiano. Ma mi sfuggiva però ancora il nesso con Pietramala: ero così stupido o ignorante da non vederlo? Come si collegava la questione dell'analogia

e dell'anomalia con un paese abbandonato e una lingua pericolosa e maledetta? Non osai mostrare il senso di vuoto che
provavo. Shannon suonò un cicalino e chiese al maggiordomo, che si era manifestato praticamente dal nulla, tanto che
quasi pensai che di maggiordomi ce ne fossero parecchi e tutti
uguali disseminati dietro gli scaffali della biblioteca, di portare
dell'acqua frizzante con perlage vivace, molto fredda, in una
caraffa grande, con una fetta di arancia rossa, tagliata ortogo-
nalmente all'asse naturale della stessa: non seppi aggiungere
altro. "Ora, caro Elia, viene l'anello mancante," sembrò dire
sorridendo, dove *sembrò* si riferisce a *sorridendo* e non a *dire*,
"quello che congiunge il mio lavoro con Pietramala." Nel mio
cervello sembrava essersi destata una grancassa: ora si svelava
il grande mistero; ora stavo per assistere all'apocalisse privata.

"Tra i membri del Giardino degli Equivalenti c'erano politici francesi di alto rango e la loro ambizione culturale ben si
abbinava a quel potere. Dal momento che la tesi centrale della
loro filosofia era che è sufficiente che un linguaggio rispetti in
modo coerente i principi di analogia e anomalia perché possa
essere apprendibile e utilizzabile da un essere umano, pensa-
rono che il modo più diretto e indiscutibile per dimostrare la
bontà della loro tesi fosse quello di inventare una lingua artificiale e farla parlare a una comunità almeno per qualche generazione. Ovviamente serviva una comunità di persone poste
in condizione di non entrare in contatto con altre lingue, una
comunità sufficientemente piccola ma non troppo, in modo da
poter essere autosufficiente, isolata ma non in capo al mondo,
nuova ma non facilmente individuabile. Trovarono perfetta l'i-
dea di costruire un borgo nel cuore montagnoso della Corsica

nord-occidentale, in alleanza con il ramo genovese della società segreta, e di popolarlo con persone che avrebbero avuto l'obbligo di parlare solo e soltanto quella lingua. Il potere e il denaro in quegli anni a loro non mancava di certo; alcuni affiliati si trasferirono nel borgo per controllare che tutto procedesse e un emissario del Giardino faceva loro regolarmente visita per verificare che la lingua avesse attecchito. Il successo dell'impresa di Pietramala sarebbe stato la dimostrazione concreta di quanto corretta fosse la loro visione del mondo e il prestigio che ne sarebbe derivato avrebbe dato loro modo di controllare la corte di Francia e da lì il mondo intero. Il sogno fu infranto – mi pare sia ormai assodato – da un'orribile malattia che sterminò quella popolazione di cavie inermi e fece crollare miseramente quell'esperimento linguistico." Qui s'interruppe, guardò desolato verso il basso fissando con ostentata concentrazione un punto che mi pareva poco significativo del pavimento e tirò un lungo respiro mentre strinse tra loro le mani per sottolineare la sua angoscia toccante. "Io," continuò con la voce commossa, "scoprendo il testo di Cesare e la lettera di accompagnamento all'Aldini da parte di un affiliato del Giardino, mi sono reso conto per primo di quello che era avvenuto. Ora mi rimane, anzi ci rimane – sottolineò il pronome fissandomi intensamente – da decifrare la lingua e mostrare come la sua struttura derivasse dal trattato di Cesare. È per questo che ho accettato di vederti Elia, perché – e, credimi, mi sono informato nei minimi dettagli su di te – tu sei una delle menti più fresche e brillanti della linguistica contemporanea e puoi darmi certamente una mano. Tu e io insieme sveleremo il mistero della lingua di Pietramala." Sorseggiò l'acqua profumata d'arancia, non prima però di aver contemplato come un raggio di luce colpendo la brocca di cristallo avesse generato migliaia di piccoli arcobaleni da ogni bollicina.

Fu un commiato silenzioso, come quelli che ci sono a margine di una vigilia, quando non sai bene cosa ti aspetta e ogni augurio, per quanto limitato, suonerebbe nefasto. Avrei mai visto la fine di quell'impresa? Se per tre secoli il mistero della lingua di Pietramala era rimasto sigillato, avrei mai io potuto contribuire alla sua decifrazione? Ricordai la frase di un mio vecchio professore: "Le cattedrali venivano iniziate da chi non le avrebbe mai viste finite: erano regali fatti a chi non esisteva ancora." Luminoso Medioevo che sapeva vedere oltre la vita di ciascuno nella vita dei prossimi e meno prossimi, che riusciva a scrivere in una lingua comune, deponendo la propria. Avrei saputo io lavorare per chi non esisteva ancora?

[3.5] E passò anche quella notte e ridivenne giorno. Nella testa lottavano pensieri contrari. Il primo mi diceva che era meglio morire in novembre, quando il buio precoce delle notti anticipa quella senza fine rendendola naturale. Difficile, difficilissimo, invece, il secondo si insinuava lasciandomi credere che fosse invece meglio morire in giugno, quando l'aria nuova piena di luce gonfia i desideri fino a renderli incompatibili con le possibilità del mondo. Non capivo da dove venisse questa condizione interiore così contrastante di mezza mattina; una condizione che non mi sembrava al contempo né cupa né confortante. Di pensiero in pensiero, ero approdato, come spesso mi capitava, in quello strato dell'anima dove la tristezza e l'allegria non sono definite e si è ancora in ricognizione per trovare una ragione che ci faccia decidere se e per quale sentimento propendere. L'unica cosa certa è che era novembre e che dunque nulla poteva frenare quel sillogismo emotivo e farmi dire che mi sembrava facile morire: come constatazione, non come lamento. Come mi fosse venuto in mente di pensare alla morte non mi era evidente. C'era stato, in effetti, un elemento scatenante per quella mia condizione, una scintilla incontrollata che quella mattina aveva acceso la miccia dei ricordi, che, per questa volta, non intendevo estinguere. Lasciai dolcemente esplodere la bomba: avevo pensato ai miei genitori. Tutto sarebbe stato meno pesante da sopportare di quel vuoto che mi portavo dentro sottolineato ma non causato dagli inquietanti modi di Shannon.

Fu così brusca la rottura. Una domenica pomeriggio – avevo sette anni – mi dissero di raccogliere tutte le mie cose e che sarei andato ad abitare dalla Signora mentre loro sarebbero andati ad abitare in case diverse. Le mie cose a quel tempo erano molto precise e trasportabili. Erano i miei giornalini e le mie macchinine e una scatola di latta come un grosso libro dove tenevo dentro dei fogliettini con una raccolta di frasi che mi piacevano, i miei disegni di rifugi sotterranei che progettavo ogni giorno e le grammatiche segrete che mi ero inventato. Non li rividi mai più: mi fu solo reso noto, anni dopo, che morirono poco dopo entrambi, distanti tra di loro, per due incidenti banali domestici; non si spiegarono, dissero che un giorno avrei capito, lasciando supporre che ci fosse una spiegazione alla banalità che sembrava aver generato tutto quel male. Smisi di chiedermi ogni giorno se quello fosse il giorno giusto solo pochi anni prima di allora. Non avevo molti ricordi dei miei: l'unica cosa erano le lettere che si scrivevano e degli appunti di lavoro. Quante volte rilessi quelle lettere nel tentativo di ripercorre la loro storia fino ad arrivare a provare il motivo della rottura e dunque ad accettarne il senso. Ma ogni volta, al contrario, quell'amore, col tempo, mi pareva riaccendersi. Mio padre era innamorato di mia madre come pochi uomini al mondo e ne era ricambiato senza dubbio: lui era un giardiniere, figlio di giardinieri. Non qualsiasi, certamente: discendeva, da parte di madre, dai La Quintinie, il cui capostipite fu giardiniere di Luigi XIV di Francia, il Re Sole; da lui avevo preso il fisico forte. Mia madre, invece, era una cuoca, una delle pochissime cuoche, forse l'unica, ammesse a lavorare nelle cucine del Vaticano per il Santo Padre; donna bellissima, minuta, di un'eleganza naturale e proporzionata che la faceva sembrare sempre fuori luogo tra le altre donne. Fu proprio in Vaticano che si conobbero. Il loro primo incontro fu un litigio: lei gli aveva chiesto in emergenza un ciuffo di foglie aromatiche che provenivano da una pianta di alloro ornamentale di uno dei giardini dietro la basilica e lui le aveva risposto, piccato, che non avrebbe più potuto togliere nulla da nessuna pianta. Lei insistette, dicendo che assolutamente non poteva non aggiungere quel sapore al piatto che stava preparando; lui perse le staffe e le disse che non capiva nulla di giardinaggio e che strappare anche un ciuffo avrebbe compromesso la simmetria della pianta. Si rimbeccarono per un'ora – mi raccontava mia mamma – con lui che diceva che l'arte del giardiniere è l'arte del potare, del recidere, del selezionare, del levare quel che inutilmente cresce spontaneamente e niente di più; mentre lei diceva invece che la cucina era l'arte dell'aggiungere, progressivamente, accumulando quel che è essenziale a partire da zero. Si convinsero che entrambi amavano l'equilibrio quando, da una parte, mia mamma fu costretta ad ammettere che il segreto della sua cucina era la riduzione della salsa, quella condensazione *ad unum* degli ingredienti, l'epifania dei sapori uniti in sintesi in un unico sapore analitico dal quale tutti discendono, e, dall'altra, mio padre dovette riconoscere che la potatura perfetta avviene solo se la pianta è stata nutrita somministrando, dunque aggiungendo, luce, acqua e sostanze minerali, in quantità minime certo ma pure indispensabili per permettere una crescita rigogliosa e indifferenziata. Insomma si erano riconosciuti l'uno nell'altro e dunque amati.

Uscii dall'albergo con questi pensieri in testa e l'intenzione di salire verso la zona della Columbia; avrei fatto un salto in biblioteca, magari prendendo un po' di appunti dopo aver rinfrescato la storia dell'abbazia di Port-Royal. Quella sera avrei cenato con Shannon e avremmo stabilito la tabella di marcia per la decifrazione della lingua: non mi sarei fatto sorprendere nell'ignoranza di qualche dettaglio.

Il pensiero dei miei, intanto, non se ne andava: fu la vetrina di un negozio su Broadway a riacciuffare il filo del ricordo. Mi tornò in mente un suo racconto e mi parve di rivederlo, quando si erano appena conosciuti, mentre andava di nascosto a osservarla da lontano impacchettare regali in un negozio del centro nei pomeriggi della settimana di Natale dove lavorava per arrotondare lo stipendio del lavoro come cuoca. Lui non osava entrare: stava dalla parte opposta della strada, intirizzito, col bavero rialzato e un cappello di feltro a tese larghe, scuro, calcato sulla fronte; appoggiato a un vecchio portone fumava tenendo la sigaretta con la mano nuda mentre l'altra stringeva un guanto; e lei fingeva di non accorgersene, finché un giorno non incartò un guanto e corse fuori a portarglielo per poi ritornare dentro di corsa nel negozio, senza dirgli niente. Da quel giorno si videro sempre e sempre stettero insieme. Poi ci furono tre anni a Parigi dove andarono entrambi a lavorare: furono anni meravigliosi per loro e, appunto, lì nacqui io. Mia madre si occupò della mia educazione. Pur non essendo particolarmente colta, volle che io studiassi ma non poteva permettersi di mandarmi a una scuola, soprattutto perché io fui precocissimo e già a quattro anni pretesi di imparare a leggere e scrivere. Verso i sei ci fu la famosa questione del tedesco e dell'inglese. Mi venne anche in mente che lei, che non sapeva l'inglese, alla sera si faceva passare i quaderni coi compiti da una signora cinese che aveva un figlio della mia età che studiava inglese: li copiava, seguiva alla lettera con precisione tutte le istruzioni per svolgere gli esercizi, che poi io eseguivo, e successivamente li restituiva alla signora per un controllo. La signora cinese non poteva accorgersi che la mamma scriveva in inglese senza capirlo e finì col rivolgersi a lei in inglese: cosa che ebbe effetti catastrofici su mia madre che non sapeva come giustificare quella situazione imbarazzante potendo solo reagire con grandi sorrisi. Per la matematica era più facile: mia mamma sosteneva che la cucina è tanto più efficace quanto più c'è di matematica, dunque per lei era normale cucinare un risotto calcolando i tempi di cottura in funzione degli ingredienti e preferiva ricavarli lei usando i quaternioni che copiarli dai ricettari. E di quegli anni ricordo anche i racconti di viaggio di mio padre a Londra, dove andava per seguire alcuni giordini all'italiana e a recuperare materiale per il giardino francese del quale si doveva occupare a Parigi. Non so se fosse per via del colore degli abiti o dei televisori di allora, ma mi ero convinto che l'Inghilterra fosse un paese in bianco e nero. Una volta portò a casa un cartone speciale, impermeabile, che avrebbe utilizzato come campione per sagomare dei recipienti. Ricordo che mi chiamò e disse: "Elia, provati queste." Mi aveva costruito delle ali di cartone e le aveva colorate di azzurro con dei tratti a matita che riproducevano le penne. Non ho mai più volato così lontano come con quelle ali. Quando tornammo a Roma, durante l'anno che vivemmo nella villa della Signora sul Gianicolo, appena di fianco a Porta San Pancrazio, salendo dalla strada del fontanone, ricordo che passammo giornate struggenti, nell'affetto, nell'abbondanza e nel lusso. Una volta, mentre stavamo rientrando in villa in un tardo pomeriggio estivo, mia madre si fermò, si chinò – ricordo bene che aveva una gonna azzurra con un piccolo spacco laterale – raccolse con la mano nuda una manciata di ghiaia e mi disse: "Elia, li vedi, questi sassi? È la luce di Roma che li fa sembrare gioielli. Solo qua la vedrai, questa luce." E li depose per terra riabbassandosi come per non rovinarli. Era vero, quella luce non l'avrei mai più rivista. Furono anche anni allegrissimi: mio padre sapeva raccontare cose qualsiasi in un modo così travolgente da trasformarle in sceneggiate comiche. Ogni giorno c'era qualcosa che ci faceva ridere di quelle risate che ti sembra di poter mandare il fiato solo in fuori e che non riesci mai a recuperarlo. L'anno romano nella villa della Signora fu davvero un anno felice, ricco. Finì. I miei si lasciarono e andarono a vivere altrove, ciascuno per conto proprio e non li rividi mai più.

Non potevo capire il motivo di quella rottura allora e non posso capirlo adesso: non che la vita con la Signora fosse stata triste. Ho vissuto, anzi, come un principe e ho avuto la miglior educazione possibile, ma mi rimaneva l'amarezza di non capire il motivo di quel cambio di scena improvviso dove io ero stato trattato come una comparsa. Semplicemente, non capivo; decisamente, non potevo capire. Ripetei dentro di me: "Non potevo capire." Sobbalzai: collegai quel pensiero a Pietramala e Pietramala all'appuntamento con Shannon. Come avevo fatto a non accorgermi che mancavano solo cinque minuti alle sei di sera? Sarei già dovuto essere di fronte all'Ansonia mentre ero ancora in una biblioteca della Columbia. Stavo per mancare quello che mi ero convinto fosse il più importante appuntamento della mia vita e per giunta per una svista e per colpa mia. Uno stupido è uno stupido è uno stupido è uno stupido e io ero uno stupido. Corsi di volata a prendere la metropolitana; mi tuffai giù per le scale, agguantai il primo treno e saltai fuori alla 72esima. Avevo solo undici minuti di ritardo. Mi avrebbe perdonato? Ma stramaledissi quei ricordi: ero lì per risolvere uno degli enigmi più affascinanti di sempre, non per pensare al mio tempo perduto.

Il maggiordomo mi aprì immediatamente la porta. Una espressione curiosa sul suo viso mi colpì superando per un istante la mia preoccupazione di dover giustificare un ritardo, sia pure minimo. Pensavo fosse contrariato del mio disordine: ero tutto scombinato, con la camicia di fuori, ed ero accaldato e sudato, anche perché in casa Shannon faceva veramente sempre un caldo insopportabile. "Il professor Shannon mi ha chiesto di porgerle le sue scuse e mi prega di consegnarle questo messaggio," disse porgendomi la busta con entrambe le mani, accennando addirittura un inchino. Senza parole la aprii rapidamente – non era incollata – e immaginando che Shannon si fosse seccato per il ritardo stavo già rovistando nella memoria a caccia di una citazione colta per scusarmi. Estrassi il biglietto dopo essermi asciugato la fronte con l'avambraccio. Devo essere sbiancato nel leggerlo, perché il maggiordomo mi chiese se volessi dell'acqua. "No, grazie," dissi. Scritte con una scrittura elegante, a china nera, poche frasi al centro del biglietto dicevano: "Carissimo: sono dovuto partire all'improvviso. Aspetta mie istruzioni per raggiungermi. Riusciremo a farcela insieme! A presto." Fu come scartare un regalo sbagliato: avevo preparato un'espressione di gioia ma dentro non c'era niente che mi piacesse. Anzi.

Capitolo quarto

Dicembre, ovvero quando vedere la vita degli altri ti fa capire meglio la tua ma non te ne accorgi e scopri che in un mondo senza luce cambiano molte più cose dei colori.

[4.1] Dicono che gli amori nati in Africa non si estinguano mai. Non so se ci credo perché non ho mai amato nessuno o perché non sono mai stato in Africa. Quella mattina, comunque, Manhattan era la mia Africa e mi mancava un amore da celebrare. "Non ho mai amato nessuno," ripetei muovendo le labbra senza voce, "Non ho mai amato nessuno." Eppure, quell'amore così intenso con Clara Maria, l'avevo vissuto davvero. Ancora una volta l'Oceano aveva ridimensionato i ricordi di una sponda facendoli diventare sogni sull'altra. L'unica certezza era il fatto che tornando in Europa avrei potuto cercarla ancora, Clara Maria, e vedere se quell'amore fosse stato veramente un sogno oppure no.

Quella mattina, in quel posto del mondo, occorreva però darsi da fare per una cosa molto più concreta: dovevo cercar casa. Mentre aspettavo le nuove istruzioni da Shannon, non potevo certo rimanere in albergo e farmi pagare il soggiorno dalla Signora; pesare così tanto su di lei era per me intollerabile, anche se per lei non ci sarebbe stato alcun problema a comperarmi un attico su Central Park. Era una questione di orgoglio e di principio. Decisi quindi di destinare quei giorni di intervallo alla caccia alla soluzione – di questo speravo si trattasse – alla ricerca di un'abitazione, provvisoria certo ma pur sempre più stabile di quella che avevo: mi sarebbe bastato un appartamento o anche una stanza in affitto per quei pochi mesi che prevedevo di passare a New York.

Decisi che avrei limitato la mia ricerca a Manhattan, e nemmeno tutta: il motivo era che volevo stare vicino alla casa di Shannon, immaginando di doverci andare spesso per discutere e lavorare insieme. Presi una di quelle rivistine che si trovano in omaggio all'uscita dei supermercati con le indicazioni di appartamenti in affitto e iniziai a organizzare la ricerca. Sarei partito dalla 72esima ovest per risalire fino al massimo alla 110, iniziando dal settore compreso tra Broadway e Amsterdam. Era una parte dell'isola particolarmente felice: una sintesi ideale tra il clima anticonformista ma un po' artificiale che si trovava giù nel Village e lo sfarzo inarrivabile dell'East Side. Quella zona sembrava un paesone dentro la città; negozi di arredamento, mercerie, agenzie immobiliari, alimentari per tutte le cucine, le religioni e le superstizioni, tintorie, perfino qualche libreria, tabaccai, negozi di vestiti usati, di libri usati, catene di vendita di medicinali e articoli sportivi, diner, articoli di carattere religioso di tutte le religioni (ma meno rispetto agli alimentari), cinema, alberghi, cartolerie. Insomma, quella varietà condensata che non ti aspetti in una città americana lì c'era ed era tutto spontaneo e ben organizzato, forse proprio perché spontaneo; in più c'era un servizio di metropolitana sull'asse da nord a sud rapido, frequente e ben integrato con le linee degli autobus che si spostavano sull'asse opposto, da est a ovest. Era la mia zona; almeno così speravo. Mi capitò allora quello che nessuno pensa possa capitargli quando inizia una qualsiasi ricerca sistematica e si predispone a controlli razionali, ortogonali e trasversali, capillari ed estenuanti, confrontando questa caratteristica con quell'altra, scomponendo e ponderando difetti e pregi: quella volta la soddisfazione arrivò al primo colpo. All'altezza dell'84esima Strada tra West End Avenue e Riverside Drive, a fianco dell'ingresso di un teatro che doveva aver conosciuto momenti gloriosi ma che attualmente sopravviveva, c'era una bacheca con un cartello scritto a stampatello fissato con una puntina: "Cerchiamo una persona con la quale condividere le spese di gestione del nostro spazio vitale. Cal e Ar." Mi colpì soprattutto l'espressione "spazio vitale": non c'era scritto "appartamento" o qualche sinonimo di moda, c'era proprio "spazio vitale". In quel momento, sapendo oltretutto che non avrei voluto rimanere troppo solo, e che sarebbe durato per poco tempo, quell'idea di "spazio" e di "vita" mi conquistarono. Strappai uno dei tagliandini con il numero di telefono da chiamare e provai. Dall'altro capo rispose una voce maschile piena e profonda che mi salutò. Immediatamente ricambiai i saluti presentandomi a mia volta, ma la voce continuava a parlare imperterrita: era una segreteria telefonica; insolita di questi tempi. Ma invece di dare indicazioni in modo normale, prese a dire alternandosi con una voce femminile fresca e dal timbro molto alto: "Un isolato o due a ovest della nuova Città degli uomini nella Baia delle Tartarughe c'è un vecchio salice che presidia un giardino interno. È un albero malconcio; ha sofferto molto e su di esso si sono arrampicati in tanti; è tenuto insieme da corde ma è molto amato da chi lo conosce. In un certo senso simboleggia la città; la vita sotto le difficoltà, la crescita contro ogni ragionevole aspettativa, lo scorrere della linfa in mezzo al cemento e la continua ricerca del sole. Tutte le volte che lo guardo oggi, e sento l'ombra fredda dei muri, penso: 'Questo deve essere salvato, proprio questa cosa qui, proprio questo albero.' Se se ne dovesse andare, tutto se ne andrebbe: questa città, questo dispettoso e meraviglioso monumento, non curarsi del quale equivarrebbe alla morte." Ci fu un lungo silenzio. Aspettai di sentire ancora la voce dire qualcosa di più preciso ma arrivò il suono di un applauso, un applauso di una sola persona. Poi la voce concluse in modo brusco: "Descrivetevi brevemente." Appesi. Ci volevo provare. Rimaneva però da capire dove incontrare questi Cal e Ar per vedere se davvero avessero un posto da offrirmi dove vivere. Dovevo solo trovare un salice a Manhattan e – immaginai – insieme ad esso altre istruzioni per incontrare quei due: mi incuriosiva troppo per lasciar perdere, d'altronde non avevo compiti specifici e immediati; anzi, dovevo cercare di trovare il modo di non spazientirmi troppo mentre aspettavo il messaggio di Shannon. Rifeci il numero, riascoltai le due voci alternate e diedi una descrizione di me che – ripensandoci ora – non avrebbe convinto nemmeno me a incontrarmi. Eppure funzionò.

Non fu poi così difficile trovarli. La "Baia delle Tartarughe" era un rettangolo di isolati a Manhattan tra la 43esima e la 53esima a est tra la Lexington e l'East River. Imboccai la 53esima, non tanto perché era il limite superiore, né perché passava di fronte al MoMa dove avevo trascorso tanto tempo a guardare la gente che guardava i quadri. La imboccai e la percorsi fino a Park Avenue perché avevo voglia di provare la gioia fisica che mi dava il Seagram Building: vero monolite razionale dell'epoca moderna, racchiudeva un senso di perfezione che pochi monumenti sapevano risvegliare in me. Il Pantheon, casa Farnsworth, Castel del Monte erano, per me, gli unici che potevano competere. Mi fermai. Mi sedetti sul bordo delle fontane e guardai in alto. La fortuna di quel pomeriggio di dicembre rendeva il colore ambrato dei vetri e del bronzo delle finiture esterne un prolungamento solido delle tinte del tramonto. Un parallelepipedo slanciato e alto, ma al contempo robusto e imponente, intessuto di ritmi regolari e simmetrici, dotato di proporzioni che sfidavano quelle di un tempio dorico. Provai un capogiro che sembrava non fermarsi: cielo, finestre, cielo, fontana, cielo, finestre, cielo; mi resi conto in quel momento che un giorno quel palazzo non sarebbe stato più lì. Crollato per infarto strutturale, abbattuto da una bomba o semplicemente smontato: prima o poi sarebbe finito anche quello. Non potei più resistere a guardarlo a lungo senza allora sentirmi abbattere o smontare anch'io. Mi alzai rapidamente e ripresi il cammino lungo la 53esima tenendo gli occhi ben fissi al selciato. Dovevo arrivare "a uno o due isolati a ovest" della "Città degli uomini". Interpretai quell'etichetta come la sede delle Nazioni Unite (poco importa se fosse davvero corretto o meno) e con la piantina alla mano mi spostai verso ovest sempre lungo la 53esima. Mi aggirai a tentoni tra quegli isolati alla caccia di un giardino interno; sulla 49esima a metà tra la Seconda e la Terza Strada, tra una costruzione in mattoni e una palazzina elegante di pietra in stile floreale, si apriva un varco protetto da un cancelletto ben curato. Il cancelletto era aperto, entrai e percorsi una decina di metri e mi ritrovai in quel giardinetto privato indicato nel messaggio. Riconobbi l'albero; non c'era molto intorno, solo due panchine, un tavolo di pietra e una piccola veranda dalla quale proveniva una luce calda che lasciava intravedere, attraverso il vetro lavorato in rilievo, due figure sedute. Bussai e aprii io stesso la porta, dopo aver sentito la voce di una ragazza che mi invitava a entrare. Avevo riconosciuto in quella voce una delle due della segreteria; entrai sicuro.

Seduti su due panche di legno, uno di fronte all'altra, con le braccia incrociate e appoggiate su un tavolo ricoperto da strati di fogli, stavano un ragazzo e una ragazza: la ragazza aveva un viso ovale e pallido, dai lineamenti raffinati, sul quale parevano galleggiare due occhi chiarissimi quasi troppo grandi; dalla cuffia di lana colorata fatta a mano spuntavano ciuffi di capelli biondi e lisci; mi sorrise subito e le labbra di un rosa tenue si distesero rivelando una bocca grande, con i denti perfetti e bianchissimi, che riequilibrava la dimensione degli occhi, sormontata da un nasino così piccolo da sembrare il ricciolo di un angelo. Aveva un fisico decisamente asciutto, ma non dava impressione di fragilità: le spalle ampie incorniciavano il seno appena pronunciato, che premeva contro la maglia blu. Di fronte a lei un ragazzo nero; era grasso, molto grasso, ma ben fatto, dalle proporzioni quadrate di certe statue barocche, con un viso intelligente sul quale due occhi di un blu scuro inaspettato si muovevano rapidi e sembravano notare tutto. Si alzò in piedi scostando la panca con fragore per venirmi incontro e darmi il benvenuto: "Sei Elia, giusto?" disse con una voce profonda come il motore in folle di una Harley-

Davidson. "Vieni, accomodati." Era ingrassato al modo dei cherubini, cioè perfettamente. Perché si può ingrassare in tanti modi diversi. Quello dei cherubini è il migliore. La pancia sporge in fuori rotonda, sorretta da gambe tornite e sovrastata da un petto ampio e paffuto; la linea spezzata immaginaria che congiunge i capezzoli con l'ombelico, che lascia intravedere il suo incavo profondo di sotto alla maglietta bianca, forma un perfetto triangolo equilatero al centro del quale sta lo stomaco, propileo del mondo esterno verso quello interno. "Vieni, accomodati," ripeté sorridendo, avendomi visto incantato a osservare quella specie di lanterna magica dentro la quale ero capitato. Un buon profumo di agrumi – lo stesso della mattina – si era diffuso nell'ambiente: mi offrirono una tazza di tè scuro, poco zuccherato, e una fetta di torta allo zenzero.

Le presentazioni formali si esaurirono in pochissime battute, fu il resto a prendere subito il sopravvento. Prima fu il mio turno. Non riuscivo a togliere gli occhi da quei fogli sul tavolo, disordinati, zeppi di note a matita, di richiami, di frecce, cerchi e dove si arricciavano appiccicati ovunque promemoria di vari colori. Capii immediatamente che si trattava di un copione. "*La tempesta,*" dissero insieme sorridendo e sorridendo insieme, alzandosi in piedi di scatto, aggiunsero: "e questi, signore e signori, sono Ariel e Calibano; rispettivamente, lo spiritello e il mostro." Scoppiarono a ridere, indicandosi l'un l'altro e sottolineando la presentazione con un inchino che sembrava non finire mai. Mi spiegarono che avevano costituito da due anni una compagnia teatrale e che stavano ora mettendo in scena *La tempesta*. Li guardai in silenzio, dovevo avere gli occhi lucidi perché Ariel mi diede una carezza e mi propose di abitare con loro; Calibano rafforzò l'offerta battendo forte una contro l'altra le mani enormi. Non usò più l'espressione "spazio vitale", quella era ormai scontata e troppo difensiva: dovevo essergli piaciuto. "Prepariamoci," disse Calibano, "andiamo a vedere casa nostra; speriamo ti piaccia."

Ci incamminammo lungo la 53esima, risalendo alla Quinta sul lato est di Central Park per poi tagliare e raggiungere l'84esima e da lì il teatro dove avrei trovato l'appartamento. Ero molto curioso di vedere come sarebbe stata la stanza. Se l'atmosfera era come quella che avevo trovato nella veranda, sarebbe stata accogliente e un po' magica: non sapevo ancora cosa mi avrebbe aspettato. Durante il tragitto a piedi, come capita quando si fanno viaggi in treno e si incontrano passeggeri simpatici, ci raccontammo di tutto, forse inventando anche un po'. Spiegai loro che ero un linguista, che ero venuto a New York per lavorare con uno specialista e che mi sarei fermato per qualche mese. Loro, di controcanto, mi spiegarono della passione per il teatro, di come si erano conosciuti alla scuola di recitazione di New York e della loro speranza di sfondare nei circuiti indipendenti a Manhattan. Si tenevano per mano, senza stringerle, mentre camminavano, le dita si sfioravano appena e sembravano giocare. Erano ormai le dieci di sera e mi impensieriva attraversare il parco. Non l'avrei fatto se non fosse che il loro passo infondeva sicurezza e una certa allegria inframmezzata dalle frasi buffe che si lanciavano vicendevolmente accelerando per poi fermarsi improvvisamente: "Un bacio a forma di narice d'angelo hai scolpito nei miei sospiri, tanto che ti zampillerei di carezze se solo fossi la tua fontana d'estate," disse Calibano saltellandole intorno con un gesto che imitava l'acqua di una fontana rigogliosa. E Ariel, di controcanto: "Io sono come il mio inverno: all'improvviso, un vento notturno soffia sulla memoria e accende il desiderio di mandarini e di candele dalla luce profumata. Scivolano le scarpe sulla neve inaspettata. Ti attendo sotto la coperta, amore mio. Desidereremo mai ancora la primavera?" "Inconsapevole angelo di te io sono e tu di me. E miracoli faccio nel caffè della mattina e quando ti lascio i guanti nella tasca per proteggerti dal freddo. E l'unica aureola che ti distingue la vedo quando ti metti contro il sole in certi tramonti, forse in Corsica, a fine agosto," rispose Calibano, facendo finta di nascondersi dietro me, con l'effetto che farebbe un cinghiale dietro un papavero. Alla parola *Corsica* ebbi un sussulto: fu come quando senza aspettartelo ti senti chiamato per nome a scuola e non sai se è un premio o una punizione. Non dissi nulla ma la mia allegria evaporò tutta, seguendo il fiato tiepido che si congelava in quell'istante sbuffando dalla mia bocca.

Quando fummo davanti alla porta, Calibano aprì con un grosso mazzo di chiavi. Era la porta laterale del teatro: dava su una scala stretta e ripida che saliva di due piani tra due muri disadorni: arrivati in cima, dopo aver fatto scattare gli interruttori generali dell'impianto elettrico, Calibano aprì una nuova porta che ci condusse in un ambiente che sembrava, anzi, che era il corridoio dei palchetti del teatro; iniziava a sentirsi un buon odore di legno e di cera, come solo nei teatri si riesce a sentire ancora. Scendemmo uno scalone ricurvo, ornato da stucchi e velluti raffinati, e ci ritrovammo all'altezza della platea: la pianta del teatro aveva la forma a campana, come quelli italiani del Settecento, non era tanto grande ma neppure piccolissimo. Ad occhio e croce poteva contenere qualche centinaio di posti a sedere. Il palco era abbastanza ampio: il boccascena era squadrato e semplice, interamente coperto di tela nera, che bene si intonava ai toni del rosso che dominavano la sala.

"Benvenuto, Elia," disse con la sua voce potente Calibano dal centro del palcoscenico aprendo le braccia più che poteva. Sorrisi di controcanto con uno di quei sorrisi imbarazzati come quando scarti una sorpresa e non capisci cos'è.

"Grazie: è bellissimo, ragazzi," risposi imbarazzato accennando un inchino come se fossi in scena anch'io. "Mi portate anche a vedere la casa? Ho fame e sonno, sono sicuro che mi piacerà e non vedo l'ora di sistemarmi."

Calibano guardò negli occhi Ariel: si intesero subito. Timidamente, ma con l'aria di chi insiste perché sa di fare un piacere, Ariel si rivolse a me e disse: "Elia," sospese per un istante la frase, guardandomi bene e sorridendo con una certa trepidazione, "ma è questa la casa! Noi viviamo sul palcoscenico; spostiamo i letti solo per gli spettacoli alla sera e la cucina, dietro le quinte, anche se è piccola permette di cuocere tutto quello che vogliamo. Niente di speciale, s'intende: due fornelli elettrici e un lavandino comodo; però funziona bene. Abbiamo anche un frigorifero enorme."

"Grande," si affrettò a precisare Calibano come se stesse proseguendo un discorso sospeso con Ariel.

"Enorme," ribadì Ariel calcando il tono e non guardando affatto negli occhi Calibano che sbuffò.

Non che mi stupisse troppo la situazione, date le premesse, ma iniziai a capire perché avevano scritto "spazio vitale". Prendere o lasciare: non avevo tante alternative. Li guardai negli occhi, prima Ariel, poi Calibano, poi Ariel, poi Calibano ancora e, passato qualche secondo, mi feci coraggio e annunciai deciso: "Affare fatto, sono dei vostri." Ariel e Calibano corsero sulle scale laterali che salivano al livello del palcoscenico: si piazzarono nel bel mezzo dello spazio teatrale e con un inchino maestoso, si fecero da parte e mi invitarono a salire con loro sull'isola magica.

Fu una serata davvero speciale, quella. In poco tempo mi mostrarono dove era il mio letto e dove mi sarei potuto collocare per la notte, mi indicarono un armadio dove avrei potuto mettere le mie cose (era per la verità parzialmente utilizzato, ma non mi sarei potuto confondere: io usavo sempre e solo maglioni blu e camicie bianche; lì c'erano mantelli da mago, un vestito da arpia, e tanti cappucci di seta blu). Cenammo molto bene. Cucinò Calibano e non ricordavo di aver mai mangiato una pasta così buona e abbondante, con ceci, acciughe, aglio e rosmarino. Il tavolo era al centro al palco e non in pochi momenti mi parve di stare nel mezzo di una recita. Se non fossi stato sicuro di essere solo, avrei giurato di vedere nelle poltroncine, immerse nella penombra, qualcuno che ci guardava. Notai che Ariel aveva sbuffato quando Calibano si era servito per la terza volta di pasta.

"Hanno tutti paura della pancia, qua," mi disse irritato Calibano. "Questo è il mio regno. Lo ingrandirò," aggiunse con una manata sul suo pancione rotondo e sodo che risuonò profondo. Si servì, mangiò ancora, e rivolto a me disse: "E non sanno che la pancia è il centro. Tutti a nasconderla, perfino dalle preghiere. Ma quale 'seno tuo': sappiamo benissimo che si trattava di ventre." Declamò, con la bocca piena, apposta:

"'Nel ventre tuo si raccese l'amore, per lo cui caldo ne l'etterna pace così è germinato questo fiore'; il ventre – capisci, Elia? – non il seno," disse lui, infilandosi il pollice nell'ombelico.

E lei: "Poi così grasso russi e russi e russi tutta la notte da far tremare il teatro. Lo sai, Elia," guardò me, voltando le spalle a Calibano, "che aveva il coraggio di dire che non russava? Non mi credeva: si convinse solo quella volta che gli fecero ospitare un pappagallo che alla mattina, come prima cosa, quando lui si svegliava gli rifaceva il verso."

Calò un silenzio per qualche secondo. Scoppiammo a ridere così forte che Calibano agitandosi ruppe lo sgabello sul quale stava seduto e rotolò due metri più in là trascinandosi la tovaglia che si era infilato nel colletto per ripararsi dalle macchie mentre mangiava. Per fortuna, la pasta era già al sicuro dentro di noi.

Finimmo così quella strana giornata, iniziata da solo con un lunedì e finita in tre che sembrava un sabato. Finimmo così, in tre, addormentati sui nostri letti sul palcoscenico. Ci assopimmo sotto un cielo finto di carta ma che a me allora sembrò più vero di quello che stava fuori.

[4.2] "Guarda che parlare del sole non ti riscalda affatto," sbottò Calibano, mentre in mezzo al palcoscenico si dimenava cercando goffamente di tirarsi fuori dalla botola, cioè l'ingresso della caverna nella quale viveva il suo personaggio, e storpiò gracchiando la voce di Ariel in falsetto: "E tu non fai altro che dire che mi ami, mi ami, mi ami, mi ami, mi ami, come se l'unica cosa che ti interessasse davvero fosse lo scatto intermittente della tua mandibola quando pronunci queste parole." Rifece il movimento della bocca tante volte senza emettere suoni.

"Hai solo paura delle mie parole," rimbeccò Ariel, irritatissima, "tu hai sempre paura di tutte le parole: mi chiedo perché tu insista a voler fare l'attore; puoi anche smettere se vuoi, puoi anche smettere di amarmi, se questo è quello che preferisci."

"Che paura hai tu, adesso?" riprese Calibano, che nel frattempo era riuscito a tirarsi fuori dalla botola e si era messo in piedi, "mi hai insegnato tu quale nome dare alle cose e ora ti ritiri? Forse perché ti ho superato e ho capito che questo dono è una dannazione e che conviene vivere e non saper parlare?"

Ariel, furiosa, sputando parole ancor più velocemente del solito, alzandosi anche lei in piedi, urlò: "Ma non ti accorgi che non saresti nemmeno in grado di dire quello che pensi, se io non avessi fornito alle tue intenzioni parole che le rendessero conoscibili?"

"E che potere mi avresti dato con ciò? Sentiamo," incalzò lui alzando più forte la voce nel tentativo di sovrastarla come una nuvola che copre rapida la luna. "Quale libertà avrei mai acquisito imparando a parlare? S'intende," continuò con tono ironico, "a parlare forbito e a pescare da un oceano di parole dove prima avevo a disposizione solo una lanca marcia. E quali nuove esperienze avrei vissuto? Sì, certo, mi hai insegnato un linguaggio e una lingua e ora – grande guadagno davvero – sono perfino capace di maledire e di maledirti," disse gonfiandosi come dovesse scoppiare.

"Ignorante, stupido nichilista," urlò Ariel irrigidendo il corpo sottile in un unico muscolo facendo emergere tutte le vene in superficie pronte a sprizzare sangue, "ti venisse la peste rossa! Non capisci che se non parli sei un animale, un meccanismo di carne?" Cambiò tono e citò, alzando la sinistra con l'indice teso verso Calibano e piantandogli in faccia gli occhi infiammati: "*In qualunque modo l'uomo avesse chiamato ognuno degli esseri viventi, quello doveva essere il suo nome.* Ti rendi conto che perfino Dio si inchina al linguaggio come unico nostro atto creativo? È dando nomi alle cose che noi assomigliamo a lui. Ma tu non ci arrivi, no. Nomi belli e nomi brutti, nomi precisi e nomi imprecisi, di cose che si contano e che non si contano, propri e comuni," saltellava come se volesse imitare i nomi, "fino a quell'arte sublime e pura di dare lo stesso nome a cose diverse, che si chiama 'matematica'," alzò gli occhi al cielo, un po' troppo commossa per essere sincera e continuò: "Ma tu ti sei visto? Credi che essere fatti a immagine e somiglianza di Dio si riferisca all'aspetto fisico? Riesci a crederlo vedendoti alla mattina allo specchio?"

"Grazie, allora, Ariel; ti ringrazio; davvero," disse Calibano, suonando inaspettatamente calmo e aggiunse, accovacciandosi sul palcoscenico e riducendo progressivamente il tono della voce su note più profonde. "Ora anch'io posso dare un nome al dolore e posso anch'io correre il rischio di conoscere la pazzia, vero prezzo che si paga al linguaggio. Cosa darei per poter non capire più le parole che già conosco e non impararne più di nuove. Sfrondare la mia mente e renderla un tronco essenziale: senza troppi rami, senza foglie inutili: fisso e impalato," si mise diritto con le braccia lungo il corpo, tirando indietro la pancia, "senza preoccuparmi di ospitare nidi di uccelli d'estate e pipistrelli d'inverno. Questa è la vera condanna: non si può tornare indietro da quello che si sa, come non si può non ricordare quello che si è voluto vedere anche se ci si cava gli occhi. Bel regalo mi ha fatto Dio, e tu con lui, mia Ariel, mio inconsapevole angelo."

"Non aveva alternative," cercò di dire Ariel recuperando un tono seduttivo nel tentativo di rimangiarsi il vetriolo, "mica poteva far costruire a te il tempo e la materia e dare vita agli animali; ti poteva solo lasciar dare i nomi a quel che aveva già fatto lui."

"E non trovi umiliante," sospirò inconsolabile Calibano, "che per comunicare si debbano emettere rumori da un buco nel corpo, per giunta proprio lo stesso buco che si usa in senso inverso per cacciar giù pezzi del mondo? Non *poteva* Dio inventarsi qualcosa di meglio? Siamo davvero animali schifosi: né piume, né pelliccia, né squame. Nudi." Scosse la testa, si sedette e se la prese tra le mani, infilando le sue dita grosse e grasse e nere tra i riccioli.

"E cosa pretendi?" disse, evidentemente sorridendo, Ariel, "di emanare il suono delle sfere celesti? O volevi forse un orifizio speciale dedicato solamente a esprimere i tuoi santi pensieri?"

Quel battibecco mattutino, prima vago e lontano nel mio dormiveglia, poi più forte e invadente, mi si era inopinatamente intrufolato vivido nei timpani e da lì era risalito nelle pieghe del cervello aggrovigliandosi e impastandosi con i sogni che si stavano invece ormai spegnendo: aprii gli occhi e non ricordai subito dove fossi. Allora mi svegliai del tutto. Feci rumore, di proposito, rigirandomi nel letto e Calibano e Ariel, sospeso il litigio all'istante, si affrettarono a venire vicino al mio letto e mi sorrisero: "Buon giorno, Elia," disse Ariel, "scusaci tanto; siamo abituati a essere soli e litighiamo spesso, ma non preoccuparti. Per noi è un allenamento."

"Sì, un allenamento," riprese Calibano, "un allenamento di quelli che uno non farebbe e sostituirebbe con un pranzo. Per sentirsi creature," continuò imitando la voce acuta di Ariel, "ci sono solo due modi: sputare fuori parole che nascono da dentro o ingoiare pezzi di mondo che nascono di fuori; vero, Ariel? La porta è la stessa: è la direzione del flusso che cambia," concluse con un gesto che indicava questo snodo cosmico.

Sorrisero, anzi risero entrambi; era evidente che si volevano davvero bene. E mi parve pure di capire che volessero bene anche a me. Accesero i fornelli, aprirono il frigorifero, insieme distesero una tovaglia a scacchi rossi e bianchi – di quelle con numeri di quadratini facili da calcolare – su un tavolino comodo dietro le quinte e servirono una colazione fantastica, miscelando colori e profumi sospesi in un equilibrio perfetto. Le marmellate e le uova strapazzate sembravano comporre un mosaico provenzale e il profumo dello sciroppo d'acero che scivolava sulle frittelle le rendeva lucide come gioielli d'ambra. Fu un bellissimo inizio. Parlammo ancora a lungo: di noi, di loro due, dello spettacolo che provavano, di me, del mio lavoro. Non feci loro menzione di Pietramala, né di Clara Maria, tanto era forte ancora il mio senso di passione e di timore per quello che era successo che non volevo toccarlo.

La bellezza di quell'inizio non fu un fuoco d'artificio: continuò a maturare e sbocciò in un'amicizia piena nei giorni a seguire. Trascorrevano i giorni e, nell'attesa di un messaggio di richiamo da Shannon – ero lì per quello, non me l'ero certo scordato – cercavo di darmi da fare perché non mi assalisse l'ansia, né il rimorso di essere andato via dalla Corsica. Imparai a dare una mano nelle prove di scena. Calibano era il capocomico: gli attori arrivavano verso le prime ore del pomeriggio e si provava fino a notte fonda. Vidi prosciugare la scena del naufragio, quella del primo atto, da tutti i fronzoli inutili, fino a diventare essenziale e scurissima, e zeppa di lampi e tuoni e sibili e grida – tanto che mi chiesi se la mia memoria del viaggio verso Pietramala non avesse involontariamente influito su quella progressiva riduzione all'essenziale della prima scena della *Tempesta*.

Passavamo invece le ore che seguivano le prove a parlare insieme, spesso sorpresi dalle prime luci del mattino che rendevano opalescente il lucernario ovale che sovrastava la platea, per poi dormire fino a tarda mattinata quando facevamo la spesa e riassestavamo il palcoscenico per le scene da provare quel giorno. Imparai molto da quelle chiacchierate; conobbi l'origine e la vita di Calibano e di Ariel, persone che ancora oggi sono impresse nei miei ricordi come uno tra gli incontri più belli della mia vita. Calibano era nato a Harlem, allevato dalla nonna, che apparteneva a una antica famiglia Yoruba interamente deportata dagli inglesi dall'Africa occidentale appena prima delle guerre napoleoniche, aveva vissuto i primi anni della sua vita in uno stato semiselvaggio, parlando – da quel che avevo potuto ricostruire – una lingua creola mai sentita; una specie di chimera linguistica, formata dal tedesco e dal navajo, una lingua del gruppo athabaskan meridionale che comprende anche l'apache. La nonna l'aveva protetto e mantenuto in una condizione di isolamento insieme ad altri bambini che parlavano la stessa lingua: Calibano diceva che forse nei suoi primi anni era vissuto in una comunità di senzatetto clandestini che aveva praticamente requisito una fermata della metropolitana verso la Novantesima. Ancora oggi, sosteneva, quando si passa vicino a quelle strade sottoterra si vedono talvolta dei fuochi, debole residuo della città nascosta che un tempo era fiorita lì sotto. Qualche anno dopo, proprio quando Calibano ebbe compiuti i cinque anni, per l'intervento di un gruppo di volontari, fu data ai bambini la possibilità di andare a scuola e imparare l'inglese. Aveva tuttavia mantenuto – così sosteneva Ariel – qualche tratto magico ereditato dalla nonna. Era nato in febbraio in uno di quei casi che capitano ogni diciannove anni quando in quel mese non c'è luna piena: si diceva che i bimbi nati in un mese senza luna piena avessero capacità divinatorie. Anche la nonna di Calibano era nata nello stesso mese senza luna piena e i vicini spesso ricorrevano a lei per domande importanti sul futuro; lei sosteneva di riuscire a oscurare il sole a mezzogiorno e di mangiare strani funghi che faceva crescere nel cuore della notte. Calibano, che si chiamava in realtà John Mark Baxon, si era rivelato un allievo di intelligenza superiore e aveva finito con il prendere un master in letteratura inglese alla Columbia e un dottorato sempre nella stessa università. Lì aveva conosciuto Asya Natal'ja Yachaya-Bezuchov, figlia di un diplomatico russo di origine persiana, che studiava storia del teatro e che ora impersonava Ariel nella compagnia diretta da John Mark. Asya era una ragazza con capacità matematiche straordinarie: non di computo, ma di visione geometrica. Una volta, durante un periodo trascorso a Ithaca, alla Cornell University, aveva vinto un concorso riservato agli studenti: dovevano rispondere in tempo reale a un professore che chiedeva quale figura geometrica risultava dall'incontro di un piano ortogonale al punto mediano di una retta che passa per due angoli opposti di un cubo con il cubo stesso. Asya aveva chiuso gli occhi e tenendoli ancora ben chiusi per non farsi scappare l'immagine, aveva alzato il braccio e dopo pochi secondi aveva gridato la soluzione. Amava anche correre e nuotare, e solo nel nuoto era riuscita a coinvolgere John Mark che peraltro non gradiva affatto la competizione. Forse lei ci era abituata perché, a differenza di lui che era figlio unico, era l'ultima di otto fratelli. I loro genitori li avevano chiamati coi nomi dei personaggi di *Guerra e pace* e sorprendentemente ciascuno di loro ne aveva in qualche modo ereditato tratti e carattere. Asya infatti si chiamava di secondo nome Natal'ja come la figlia del conte Rostov. Asya non parlava volentieri della sua famiglia; la madre era morta dopo aver dato la luce all'ultimo figlio, rifiutando le cure per una malattia che alla fine aveva avuto il meglio su di lei. Ricordava però spesso suo fratello Pierre: lo descriveva come un ragazzo grasso e massiccio, nel quale la fantasia faceva a gara con la capacità di amare. Ma lì si fermava; Calibano diceva che Pierre non c'era più ma non capii mai se fosse solo partito o se non fosse più vivo. Di certo, Ariel lo aspettava. Ariel e Calibano sembravano concepiti in opposizione, eppure, o forse per questo, erano innamorati l'uno dell'altra veramente e veramente inseparabili. Non caddi nella trappola sdolcinata di pensare che fossero complementari l'uno all'altro: nessun amante completa l'altro. Erano già completi o incompleti, poco importa, ma certamente, insieme, erano qualcosa di nuovo, una vera emulsione di fragilità e di desideri: mai fusi ma con una consistenza che da soli non potevano avere.

Insieme avevano passato gli anni del dottorato, si erano innamorati ed erano diventati inseparabili. Non so se facessero l'amore; sembrava che il sesso fosse fuori dalla loro vita, ma certo non i gesti intimi d'affetto e le attenzioni. Spesso, vedevo precedere le offerte alle richieste, segno vero che l'altro viene prima; si definivano "cirenei reciproci" nel senso che uno portava volontariamente la croce dell'altro. Il risultato finale era che una croce la portavano comunque, ma almeno avevano la sensazione di averla scelta. Erano in qualche modo bellissimi, sia presi da soli – il corpo grasso, forte e scuro di Calibano, quei suoi occhi blu contro l'armonia da gazzella scattante di Ariel e il candore compatto della sua pelle che ricordava le nevi della Russia – sia presi insieme. Nemmeno impegnandomi avrei saputo inventarmi un contrappunto di tratti così indovinato: e anche quelle esagerazioni che avrebbero potuto essere totalmente censurate dall'occhio omogeneizzato dei canoni televisivi – il pancione rotondo di lui e quel seno minuscolo di lei – erano diventati non qualcosa da nascondere ma qualcosa da esibire. Anzi, mi raccontarono che fu proprio quando smisero di aver vergogna del proprio corpo che impararono ad amare l'una quello dell'altro, accorgendosi che per conquistare bisogna intanto sentirsi in grado di offrire, non di prendere.

Le nostre chiacchierate vertevano su tutto ma avevano stranamente sempre tre fuochi: il linguaggio, l'imprevisto e dio (o il diavolo). La cosa strana è che non si capiva sempre di quale dei tre stessimo parlando, tanto dentro di noi l'uno richiamava l'altro. Ricordo una sera, di fronte a un trionfo di pasta con le capesante e crema di formaggio che John Mark aveva imparato a cucinare da un suo amico pianista, iniziammo dal linguaggio e finimmo con il diavolo. Fui io a innescare il domino di pensieri. Chiesi dopo quante volte una parola ripetuta a catena perdeva significato nella loro testa e ogni potere di richiamo dall'archivio della mente. Ovviamente non erano d'accordo: Calibano diceva che non spariva mai, Ariel che spariva già dopo la seconda volta. Provarono: provarono, provarono, provarono, provarono e alla fine riuscirono. Naturalmente scelsero gli insulti come parole e sempre più pesanti. Alla fine della scala degli insulti, Asya, diventando tutta rossa urlò: "Animale!"

Questo era un insulto serio. Calibano, trasportato, si dimenticò che fosse un gioco e si infuriò, si alzò in piedi aprì le braccia e gridò: "E tu credi che se io lo fossi davvero capirei il tuo insulto? Stupida: gli animali non parlano; non si può insultare con un insulto che non può essere capito. Non ci arriverai mai. Se un maiale mi dicesse 'sono un maiale' per questo stesso fatto cesserebbe di essere un maiale e sarebbe un uomo. E tu mi dai dell'animale? Cos'è questo: un complimento?"

Silenzio. Ci fu un silenzio di quasi un minuto. Poi Ariel, scoppiò a ridere, il che contagiò Calibano che scosse la testa e grugnì, grugnì sempre più forte, tante volte di fila: "Va bene così? Sono sia un animale che un maiale." Si mise in piedi a gambe larghe, pancia in fuori, mani chiuse a pugno sui fianchi e iniziò a recitare il monologo dell'*Amleto* sostituendo ogni voce del verbo *essere* con un grugnito. S'interruppe bruscamente perché, arrivati al terzo verso, una folata di vento fece chiudere la porta pesante dell'ingresso della platea con un tuono così profondo da far tremare le vene.

"Questo è il teatro," disse con la sua voce tintinnante Ariel, aspettando che anche la coda del boato si fosse completamente esaurita, tenendo gli occhi chiusi stretti stretti che quasi le palpebre sembravano blu. Rimanemmo in silenzio. Credevo alludesse al monologo di Calibano, ma dovetti ricredermi. Ariel, con una voce tranquilla che sembrava davvero essere quella di un folletto, disse: "Nessuno poteva prevedere questo schianto. La porta era fuori dal nostro controllo. Questo è quello che cerchiamo ogni sera quando andiamo a teatro e che ci emoziona e ci fa trepidare di nascosto. Non è il testo, non è il confronto con le persone. Questo lo danno anche i libri e il cinema: è l'imprevisto che cerchiamo in teatro; non lo costruiamo, sappiamo che esiste e ci muoviamo ricordandoci che può sempre arrivare e che ciò che esiste davanti ai nostri occhi è dato ma che potrebbe cambiare all'improvviso. L'imprevisto, d'altronde, è unica salvezza per tutti. A teatro sappiamo come dovrebbe andare, non come andrà: la storia si dipana ma potrebbe prendere pieghe diverse a seconda della reazione degli attori e degli spettatori alle condizioni cui sono sottoposti; magari anche solo perché sbatte una porta. Il libro e il film, invece, possono essere solo interrotti, non possono cambiare: sono fissati per sempre e il loro inizio coesiste con la loro fine se non fosse che deve passare attraverso la clessidra dei nostri sensi. È libertà dell'attore, se lo ritiene opportuno, adattare una battuta a ciò che gli succede intorno. L'imprevisto è un buco nel futuro, come direbbe Paulus Vartius, e al centro del teatro non c'è che un buco."

Rimasi in silenzio. Non ci avevo mai pensato. Ariel mi aveva illuminato: l'imprevisto; ciò che non si può vedere prima. Vanno a teatro solo quelli che tollerano l'imprevisto e anzi, ne fanno il sale della loro esistenza e quindi lo cercano per condividerlo, come si condivide un piatto. Forse era per quello che io non riuscivo più ad andare a teatro. Forse – e mi stupii di accorgermene solo allora – la radice della mia escatofobia era la paura dell'imprevisto. Forse, quegli anni passati a esorcizzarlo l'avevano solo quietato ma non domato. Ricordo ancora la mia reazione di disgusto a un congresso quando sentii sostenere che si deve vedere lo stato presente dell'universo come l'effetto del suo stato precedente e come la causa di quello successivo. Un'intelligenza che, in un dato istante, conoscesse tutte le forze che animano la natura e la posizione rispettiva degli enti che la compongono e in più fosse così vasta da analizzare questi dati, racchiuderebbe in un'unica formula i movimenti dei più grandi corpi celesti e degli atomi più leggeri. Niente sarebbe incerto per quell'intelligenza, e l'avvenire come il passato sarebbe presente davanti ai suoi occhi. Quella per me era la morte. Il contrario del teatro, dunque. Un brivido mi scosse così forte che rovesciai il bicchiere che stringevo troppo forte. Calibano e Ariel mi vennero vicini: temevano di aver esagerato; lo raccolsero e mi *versarono* da bere. Era tè, il loro tè scuro, appena dolce e profumato: li guardai negli occhi. Mi capitò quello che mi capita talvolta: vidi il viso di Asya già vecchio, dolce ma raggrinzito, prosciugato dalla vita, e quello di John Mark, con i suoi occhi blu che si intravedevano appena tra le palpebre grosse, stanco e molle. La fine mi veniva sempre incontro quando provavo piacere per un inizio. Decisi che avrei d'ora in poi usato quel sintomo per capire quando una situazione mi piaceva davvero. Pazienza se sarebbe finita. Almeno era iniziata. Dovevo accontentarmi.

"Tu ti accontenti mai?" mi chiese Ariel, come se mi avesse letto nel pensiero.

"Non lo so, penso di sì. È la chiave della felicità, no?" risposi come si deve rispondere, senza vergogna.

"È una stupidaggine," disse invece con coraggio Calibano, "solo il Diavolo insegna ad accontentarsi. Lui non ti promette tutto, ti fa credere che ti basti qualcosa. Allora ti accontenti, ti senti sazio e sei morto. Punto."

E in due mosse eravamo arrivati al Diavolo: partiti dal linguaggio, passati attraverso l'imprevisto, eravamo approdati al più stupido dei temi. Perché alla fine il Diavolo è semplicemente stupido: non lo fosse, non si sarebbe messo contro Dio. La sua unica forza è non farsi riconoscere: diresti che puzza di merda, invece ti fa dubitare che la rosa profumi. L'atmosfera si era rabbuiata. Occorreva ripartire, altrimenti la serata sarebbe morta e saremmo andati a letto tristi. Ci provai io: "Come parla, secondo voi, il Diavolo?" chiesi con l'aria di chi aveva già una risposta pronta e infatti fecero un cenno come per darmi il via senza troppi inchini. "Il Diavolo, lo riconosci perché quando parla non usa mai la negazione." Dall'espressione fissa e stupita dei miei due amici, capii che li avevo catturati: "Lo sapete che la negazione è uno strumento fantastico? È capace di prendere una frase e capovolgere la verità che esprime. Se fuori piove e ti dico *non piove* tu, se mi credi, pensi che non piova e per giunta puoi dirlo anche se piove così nessuno può mai sapere se dici cose vere o no. Il Diavolo invece non vuole dubbi: il Diavolo vende solo certezze perché se sei certo non sei libero. E la negazione lo spiazza perché ti mette di fronte a due possibilità." Non dissero nulla: non sapevano se essere convinti o no. Il loro dubbio mi fece capire che almeno lì il Diavolo non c'era.

Trascorsero così due settimane intere tra prove, battibecchi, filosofia, mangiate, sonni e risate. Ma quel retrogusto odioso dell'attesa non riuscivo quasi più a contenerlo e a soffocarlo con nuove discussioni e nuove prove. Perché Shannon non mi chiamava? Cosa stava accadendo? Era in pericolo? Sarei forse dovuto andar contro al mandato e tornare io a chiedere informazioni? Poi, mentre stavamo per iniziare una prova, tutti sul palco, nel silenzio, sentii vibrare il cellulare in una tasca; nessuno tranne Shannon, di proposito, aveva il mio numero americano, nemmeno Ariel e Calibano: non ho mai posseduto un cellulare, d'altronde e l'avevo comprato solo per questa evenienza. Lo afferrai e lo estrassi concitato senza lasciarlo nemmeno finire di vibrare come se avessi un tizzone ardente infilato nei pantaloni. Poche parole di un messaggio di testo: "Raggiungimi a Boston. Passa da casa a prendere il materiale che ho preparato per te." Il fiato si dovette fermare per tutti quei lunghi istanti perché quando ripresi a respirare si sentì forte e si voltarono tutti. Asya mi guardò con l'aria di chi vede qualcuno morto rivivere: dovevo veramente aver cambiato colore. Ma come avrei potuto fare altrimenti: l'attesa era finalmente terminata. Iniziava la nuova fase. Perché Shannon aveva così urgenza di vedermi? Cosa era successo di così grave da richiedere la mia presenza immediatamente? Cosa c'era a Boston? Uscii di corsa in strada per andare a casa di Shannon.

Avevo così fretta che dovetti tornare indietro: mi ero dimenticato di infilare il cappotto. Uscii di nuovo di corsa ma poi dovetti ritornare: non avevo preso il portafogli. Tornai, lo ficcai in una tasca qualsiasi. Sull'uscio mi accorsi, però, di non aver preso nemmeno il cellulare, tanto la mia attenzione era stata risucchiata da quel messaggio secco. Afferrai anche quello e uscii di nuovo. Non avevo preso fogli né la mia matita. Tre tentativi per uscire di casa mi sembravano già troppi; li lasciai a casa – così ormai mi ero abituato a chiamare la mia fetta di palcoscenico – e mi tuffai di corsa lungo Broadway per arrivare all'Ansonia. Stava per iniziare una storia nuova, o meglio il secondo tempo di quella che avevo già vissuto. Si aprì la porta e il maggiordomo mi accolse nella grande anticamera dell'appartamento di Shannon.

[4.3] Ero già di nuovo uscito dall'appartamento quando mi accorsi dello strano pensiero che avevo in testa: mi chiedevo se fosse più scomodo per noi vivere senza ali o per gli uccelli senza mani. Questo fu il pensiero che mi sorprese quando il maggiordomo mi consegnò una cartellina con le istruzioni e un indirizzo di Boston. Mi sentivo evidentemente come uno al quale manca qualcosa di cui finora aveva fatto a meno senza saperlo. Non l'aprii neppure; al tatto mi sembrava contenesse parecchi fogli; era sigillata con la sua firma. Come quando capita che un pensiero domini l'attenzione e il corpo dia la sensazione di muoversi comandato dall'abitudine, così mi ritrovai nell'ascensore, dove Ireneo mi aspettava sorridendo, avendomi riconosciuto dai passi. Ci salutammo, lui richiuse con mano sicura l'ingranaggio e l'ascensore iniziò la corsa verso il basso. Stavo cercando una scusa per rivolgergli più di uno scontato saluto quando la sequenza naturale degli eventi fu interrotta bruscamente da uno scossone violento; l'ascensore emise un barrito stridente, come di un treno cui viene tirato l'allarme, e frenò all'improvviso e tutto piombò nel buio più nero, come quando non si capisce se manca la luce o se sono gli occhi che hanno smesso di vedere. L'oscurità era sigillata da un silenzio irreale tanto era assoluto. Mi pareva mi avessero tagliato i sensi.

Ireneo, con tono rassicurante si rivolse a me e disse: "Non si preoccupi, signor Rameau. Ogni tanto capita che ci sia un calo di tensione e che ci si fermi. Si accomodi pure sulla poltroncina. Si tratta certo di pochi minuti al massimo e poi ripartiamo."

La poltroncina, pensai, e come faccio a trovarla? Ma certo; Ireneo è cieco, non può sapere che è andata anche via la luce. "Ireneo," dissi io cercando il tono meno offensivo possibile, "sai cosa? È andata via anche la luce: purtroppo non vedo nulla." Mi imbarazzava dire proprio a lui che io non vedevo nulla. Mi imbarazzava soprattutto perché io da lì a poco sarei stato in grado di vedere ancora – anche se la certezza, confesso, non potevo averla – ma lui no: lui sarebbe rimasto per sempre in quella condizione nella quale io mi trovavo solamente per pochi istanti. Questa situazione mi riempiva tenerezza e al contempo mi imbarazzava.

"Non sia imbarazzato, signor Rameau," riprese Ireneo, che evidentemente ormai sapeva decifrare anche i sospiri delle persone, "non ho mai avuto la vista io: sono nato così, non posso rimpiangere una cosa che non ho mai avuto." Come contraddirlo? Mi vennero in mente ancora gli uccelli e le ali e notai come quello strano pensiero si fosse adattato perfettamente a quella imprevista situazione attuale quasi l'avesse anticipata.

"Hai detto una cosa davvero importante, Ireneo," gli dissi senza calcare il tono, con fare sincero, "una cosa che dovremmo tutti ricordarci."

"Me la ricordo io, signor Rameau. Me la ricordo tutte le volte che parlo con qualcuno, perché in fondo noi non possiamo mai davvero sapere cosa manca a un altro o cosa lui abbia più di noi."

Fui colpito da quel pensiero, così semplice ma inevitabile. Rimanemmo ancora in silenzio, indecisi entrambi se romperlo per rassicurarci a vicenda o aspettare che tutto riprendesse. Si sentivano solo i nostri respiri, che si erano piano piano sincronizzati come i passi di chi cammina insieme. Anche le volontà dovettero esserlo perché riattaccammo insieme a parlare: "Non capisco," disse Ireneo esattamente nel momento in cui io stavo dicendo: "Deve esserci un sistema alternativo". Ireneo provò a chiamare con l'interfono ma nessuno rispose. Aspettammo ancora qualche minuto, poi una voce dall'esterno, molto lontana, ci chiese se andava tutto bene. Rispondemmo che sarebbe potuto andare peggio, che sarebbe potuto piovere, ma non apprezzarono molto. Dissero che non era un'interruzione della fornitura di energia elettrica del palazzo ma che si trattava di qualcosa di più esteso, che aveva coinvolto parecchi isolati dell'Upper West Side e che avrebbero cercato di provvedere ma che non potevano fare molto. Il sistema che riporta automaticamente al piano l'ascensore in caso di perdita di energia doveva essersi guastato. Credo che ci fossimo girati uno verso l'altro perché sentii il suo respiro nella mia direzione: "Non c'è molto da fare, signor Rameau," disse davvero dispiaciuto Ireneo che trasformò il respiro in un sospiro lungo, "ora, se mi permette, la accompagno alla poltroncina. Io mi metterò sull'altra. So dove sono e so esattamente quanti passi ci vogliono per raggiungerle." Mi fece accomodare; si accomodò. Gli chiesi di chiamarmi semplicemente Elia; avrei dovuto farlo prima ma temevo di suonare troppo disinvolto e di spezzare quell'atmosfera di rispetto formale che sembrava compiacerlo. Saremmo dovuti stare molte ore lì; le interruzioni di energia elettrica di quelle proporzioni non si risolvono in breve e comunque sarebbe stato verosimile che si dovessero aspettare le prime luci del giorno, quando la richiesta di energia elettrica cala e si riesce a gestire meglio l'emergenza.

"Lei è un linguista, vero?" mi chiese interrompendo il silenzio. Era evidente che conosceva la risposta. "Perché le lingue sono la mia passione, sa?" aggiunse con una punta di orgoglio e l'invito a chiedere di più.

"Perché non me ne parli un po'?" dissi io rassegnato ad assecondare questa curiosità e a rinviare a un altro momento la ricognizione sul da farsi. Mi parlò di sé. Mi disse che era praticamente nato in ascensore, o meglio che era vissuto da sempre in ascensore. Sua madre morì di febbre puerperale pochi giorni dopo la sua nascita e suo padre, che faceva il suo stesso mestiere, non ebbe nessuna alternativa se non quella di tenerlo il più possibile con sé, anche durante le ore di lavoro. Era un bambino tranquillo e non disturbava mai. Disse di essere cresciuto con l'idea che il mondo avesse innanzitutto uno sviluppo verticale e che la dimensione orizzontale fosse limitata e rara, almeno questa era la sua percezione basata sull'esperienza di un'infanzia trascorsa in ascensore. Il padre di Ireneo, figlio di un coltissimo ebreo askenazita rifugiato dall'Ucraina durante la furia nazista, nei tempi morti del servizio gli leggeva dei libri che a sua volta gli aveva letto suo padre e così lui fu esposto da piccolissimo a letture importanti, ma quelle che preferiva erano le grammatiche. Sentii crescere in me un senso di vicinanza e simpatia per lui ancora più forte. Per farlo addormentare – continuò a raccontarmi – suo padre gli leggeva il paradigma degli articoli determinativi in greco antico, la sua ninnananna preferita che il padre gli sussurrava facendolo saltellare ritmicamente in grembo: "Oetò, tutestù, totetò, tontentò, oiaità, tontontòn, tòis, tàis, tòis, tustastà." Lui, fin quando era sveglio, rispondeva con il duale (ma solo i casi obliqui): "tòin, tàin, tòin"; quando non rispondeva più voleva dire che si era addormentato e il padre lo adagiava nel lettino. Così aveva imparato greco antico, latino, tedesco, russo, francese, arabo classico, nupe, italiano, giapponese, cinese, epun, turco e basco. Si era appassionato tantissimo alle lingue: non potendo scrivere e dovendo imparare tutto a memoria, era diventato una specie di *savant*, anche se non ne aveva minimamente tratti patologici, al contrario era socievolissimo e amava le battute di spirito. Lo stupiva molto – mi confessò – che, una volta cresciuto, le signore e le ragazze lo salutassero con tanto entusiasmo. Suo padre gli spiegò che il motivo era che lui era molto bello, ma lui non capì affatto cosa volesse dire quella parola: non poteva, sostiene. A tutt'oggi, mi confessò, non capiva ancora né cosa volesse dire avere un bel corpo, né perché un bel corpo dovrebbe essere un fatto positivo, né perché alla gente non interessasse invece affatto quali fossero le regole delle lingue che conosceva. Mi chiese però quante ne conoscessi io, di lingue. Fu dapprima molto deluso di sapere che non ne conoscevo tante (gli risparmiai la solita battuta che era come essere deluso da un medico che non avesse fatto tante malattie) ma non fu così stupido da lasciar perdere, anzi mi diede una lezione perché mi fece esattamente le domande giuste, quelle che ti mettono in crisi perché devi credere nelle risposte. Sapevo che con lui non avrei dovuto cercare scorciatoie, se non evitando termini troppo tecnici; la sua intelligenza mi esentava dal dover mettere troppo miele sul cucchiaino dei pensieri difficili. "Secondo te," mi chiese di slancio facendomi capire con quel pronome che la distanza tra di noi si era fatta più corta, "una grammatica nasce dalla logica?"

"No," risposi, ma dal suo silenzio capii che non gli bastava. "La logica casomai si aggiunge." Costruii qualche esempio e Ireneo mi seguì con attenzione assoluta e io, mentre articolavo il ragionamento, sostenuto dal suo silenzio e immerso nel buio, mi sentii tornare nella gola quella passione stringente che avevo provato all'inizio dei miei studi sul linguaggio. Credo che arrossii e sorrisi. È curioso come anche al buio si possa percepire che una persona sorrida da come si trasformano i suoni delle sue parole; le labbra si stirano, le vocali si arretrano e tutto il suono esce modulato in modo diverso. "Vedi, Ireneo, ci si può innamorare di tutto. Io mi sono innamorato di un verbo: il verbo *essere*, che è un verbo speciale. Intorno a questo verbo si è scritto di tutto, soprattutto stupidaggini. Ma di fronte a ogni evidenza, chi crede di sapere qualcosa non si arrende mai: dobbiamo immaginare Semmelweis felice e non chiedermi di Semmelweis perché è una storia troppo triste."

Passarono almeno quattro ore: niente era cambiato. Silenzi, le nostre storie, qualche sospiro, il fruscio sordo dei nostri passi sul tappeto. L'unico effetto percepibile del tempo che passava era il fatto che i nostri discorsi diventavano sempre più arzigogolati, arruffati, si disperdevano in rivoli e in ripetizioni di rivoli come frattali di parole. E dovevo essere io il traino, perché per lui quell'oscurità era normale. Forse il buio non influenza la grammatica, ma la mente sì e mi rendeva disinibito: "Ma come fai a muoverti così nel buio, Ireneo?" gli chiesi con ingenuità un po' stupida.

"Non ce ne accorgiamo, ma sappiamo molte più cose di quanto non crediamo anche se non le vediamo," rispose lui, senza scomporsi e aggiunse: "Prendi in mano il mazzo di chiavi che hai in tasca e lancialo dietro alle spalle poi batti le mani quando pensi che tocchi terra." Provai, riprovai, riprovai ancora: il suono delle mie mani e delle chiavi era sempre simultaneo! "Hai visto? Non vedi come si muovono le chiavi eppure lo sai; lo senti. Il mondo è pieno di cose così, basta ascoltare." Continuò: "Come credi che abbia imparato a usare il verbo *vedere* e il verbo *guardare*? Sento la gente che grida *Guarda la strada!* non *Vedi la strada!* e capisco che *guardare* vuol dire 'vedere con l'intenzione di farlo' anche se non so cosa voglia dire *vedere.*" Rimasi davvero stupefatto per la consapevolezza che Ireneo aveva del suo linguaggio: quel buio dava contrasto e profondità di campo alla percezione di sé.

L'aria dentro l'ascensore stava diventando molto calda;

sentii Ireneo sbottonarsi la giacca e tirare un respiro profondo. Lo fece con discrezione e delicatezza come se per lui il pudore esistesse anche al riparo dagli sguardi. Quella notte non sarebbe finita mai? E dire che tra le mie mani tenevo strette, fisicamente, le istruzioni per il prossimo passo nella mia vita ma senza luce erano solo un peso o al massimo un ventaglio, se proprio volevo dare una funzione a una cosa morta: cosa voleva Shannon da me? Mi tornò vivida nella mente quella prima notte a Pietramala, l'acqua che inarrestabile penetrava ogni frase e ogni pensiero, poi la scoperta del borgo senza lingua, il cimitero senza giovani, e quei giorni con Clara Maria nel fresco dell'autunno corso, poi ancora l'addio e poi di nuovo l'acqua. L'acqua, sì! Stava entrando acqua nell'ascensore! I piedi si erano bagnati: "Non preoccuparti," disse Ireneo, rivelando agitazione, "non è mai successo ma non credo sia un problema; deve essere traboccata la cisterna sulla cima del palazzo. È rimasta troppo tempo senza scarico." Non dissi nulla, ma la preoccupazione iniziava a crescere insieme al livello dell'acqua: annegare in un ascensore mi sembrava troppo anche per me.

Doveva essere quasi mattino, il sonno si era ridotto a una specie di ricordo mancato, un rimpianto: vinceva nel corpo la voglia di andarsene, di vedere ancora la luce e di capire. Dovevo aver detto quelle ultime parole a voce alta perché Ireneo, senza scomporsi ma anzi con un tono che non lasciava spazio a interruzioni, mi disse: "Sei sicuro che per capire si debba vedere? Gli occhi non possono conoscere la natura delle cose. Solo uno stupido pensa che le cose bianche siano fatte di particelle bianche: il bianco viene fuori dopo. Bisogna invece riconoscere che esistono cose nella realtà anche se non si vedono. Anzi, capire davvero vuol proprio dire trasformare ciò che si vede ed è complicato in ciò che non si vede ed è semplice. Vedrai dunque che io parto in vantaggio. E poi," credimi, "alla fine esiste davvero solo ciò che ha un ruolo in una spiegazione. Perfino le nuvole sei sicuro che esistono, anche se non le puoi toccare, perché ti coprono il sole e che esiste il sole perché ti scalda: senza rendercene conto siamo immersi in una rete di spiegazioni che giustificano i sensi. Quello che resta fuori è un desiderio o un'allucinazione. Non crederei all'esistenza di niente che non passasse questo setaccio: soprattutto non crederei ai miei occhi, nemmeno se funzionassero." Nel sentire queste parole, al buio, i miei occhi, stupidamente, li spalancai.

Mi alzai in piedi, mi stiracchiai: provai a fare due passi, sempre con le braccia in avanti per non finire addosso a Ireneo o contro la parete. I piedi erano immersi in quello strano acquitrino. Ci fu uno scatto. Un ronzio crescente; poi, netto, il rumore di un motore che riparte; e, improvvisa, tornò la luce: prima fioca e gialla, poi sempre più intensa e bianchissima finché l'ascensore, finalmente, si rimise in moto riprendendo, sia pur a velocità ridotta, la sua corsa verso il basso. Mi sorprese la mia reazione: avevo chiuso gli occhi di scatto e non posso dire di sicuro se fosse solo per evitare l'abbaglio o per rimanere in quella condizione di oscurità che mi aveva permesso di entrare in contatto con tanti pensieri nascosti e nuovi. Li riaprii presto e guardai il volto di Ireneo: mi sorrideva. Mi parve di capire che aveva gli occhi lucidi. Non disse nulla: sapeva che ero passato in quel mondo cui lui non aveva accesso e non so nemmeno ora se fosse dispiaciuto per sé stesso che rimaneva fuori dal mio o per me che dovevo lasciare il suo. Un colpo di coda di quella notte fu il pensiero che un mondo di ciechi non avrebbe la bomba atomica perché senza la capacità di vedere la luce non avremmo messo in forse la nozione di simultaneità del tempo e dunque la teoria della relatività speciale non sarebbe nata e con essa quella generale. In un mondo di ciechi, tuttavia, non ci sarebbero stati nemmeno gli archi e le frecce. Un mondo di ciechi forse avrebbe visto ben più lontano ma non l'avremmo mai saputo: così come non possiamo sapere di quale cecità noi siamo le vittime o i fortunati portatori.

L'ascensore arrivò dolcemente al piano, l'acqua era defluita quasi completamente lasciando il tappeto lucido e madido. Ireneo aprì la porta dell'ascensore con il suo solito gesto che pareva un passo di danza. Dall'altra parte, alcuni pompieri ci aspettavano nelle loro armature scintillanti per trarci in salvo senza sapere che saremmo potuti essere noi i salvatori, i salvatori del mondo. Salutai Ireneo porgendogli istintivamente la mano che lui, prima che io tentassi di ritrarla pensando alla vacuità del mio gesto, non mancò e strinse forte. Uscii nel corridoio e aprii subito la busta di Shannon: "Va' a Boston, Backbay, 17 Gloucester Street; poi ti mando a prendere e mi raggiungi nel paese di mare che si chiama Marble Head, poco a nord della città, sulla costa della contea di Essex." Mi venne in mente una frase che dovetti commentare una volta per esercizio: "Più persone sono state a Parigi di me." È una frase che sembra avere un senso, invece no: la frase non vuol dire nulla. Ecco, in quel momento, io mi sentivo come quella frase.

[4.4] Il taxista turco che mi fece salire appena uscito da South Station a Boston bestemmiò in italiano credendo di farmi un favore. Avrei volentieri lasciato la sua frase nel limbo di quelle non tradotte. Non era il momento di imprecare né di sentire imprecare ma siamo completamente indifesi contro le frasi: nessuno può volontariamente non capire qualcosa e me la dovetti ingoiare tutta. Una frase, quando entra, entra, che ci piaccia o no; né possiamo volontariamente dimenticarla che anzi, il solo ricordarsi di farlo ce la rinfresca, la vivifica, la ripropone ancora più intensa. Gli sorrisi, mentre lui cercava il mio sguardo nello specchietto retrovisore, e, cercando di dare un senso a quel gesto che di senso non ne aveva, mi sorpresi a pensare che quella bestemmia almeno mi aveva riportato alla mente Dio. Ne avevo nostalgia: da troppo tempo non riuscivo a pregare. Il fatto che fosse proprio una bestemmia a richiamarmi al cuore la dimensione reale dei miei desideri mi fece sorridere. Se Dio esisteva l'angelo che mi aveva inviato in soccorso era un taxista bestemmiatore e la mia preghiera passava attraverso la sua protesta. Dio, mi dissi, non si cura affatto della bellezza.

Ero arrivato in Massachusetts in treno da Penn Station: contando i tempi di sosta in aeroporto e il percorso per chi viene da Manhattan ci si metteva più o meno come in aereo e in compenso era bello passare attraverso la campagna degli Stati Uniti: troppe volte ci si dimentica che è un paese essenzialmente rurale. Perfino l'architettura urbana delle città, se si escludono le megalopoli, respira di campagna: alberi, tralicci, radure, erba, animali. E poi le case: le case in quella zona, salvo le poche di certi ricchi, sono fragili, fatte di legno, coi soffitti bassi e le finestre che non si aprono mai. Sì, gli americani non aprono le finestre o non lo fanno come lo si fa in Europa, almeno nei paesi mediterranei: con il gesto così consueto alla mattina di spalancare le braccia per fare entrare il mondo; sono più simili agli olandesi e agli inglesi; da puritani, il mondo lo tagliano fuori con la ghigliottina. Da South Station sarei potuto andare a piedi alla mia meta ma quella sera un vento umido dal mare mi aveva impigrito.

Il taxi mi aveva già portato a destinazione: di fronte a me, una bella casa di Gloucester Street, in mattoni. Ad attendermi una signora elegante che non pareva una domestica quanto invece un'amica di Shannon: i capelli grigi raccolti con un nastro di velluto scuro, gli occhiali da vista in tartaruga e oro, un vestito blu semplice ma di buon taglio e il fatto di non indossare scarpe, mi confermarono di essere di fronte a una vera bostoniana. Fu molto gentile, mi fece strada verso la mia stanza, depositai i bagagli e chiese se volevo mangiare qualcosa. Le risposi con cortesia sincera che mi spiaceva ma avevo già telefonato a un mio vecchio amico, con il quale avevo studiato proprio lì a Boston, e che mi stava aspettando. Non sembrava particolarmente contrariata: solo, mi chiese se alla mattina mi avrebbe disturbato se avesse ascoltato musica classica. "Ovviamente, barocca," aveva aggiunto, tenendo le consonanti finali dell'ultima parola ben più a lungo del dovuto e spegnendole con una piega aristocratica delle labbra seguita da una pausa altrettanto lunga; specificò inoltre che lo faceva perché non sarebbe riuscita altrimenti a ridestarsi alla mattina, lasciandomi poca possibilità di replica; aggiunse tuttavia che non sarebbe stato prima delle nove e che avrei trovato la tavola apparecchiata per la colazione. Mi parve una condizione accettabile. Aggiunse che 'Mael – evidentemente pur sapendo della fobia di Shannon per le fricative sibilanti sonore non rinunciava ad abbassarsi al rango di chi lo chiamava per cognome – avrebbe mandato entro due giorni qualcuno a prendermi per trasferirmi a Marble Head. Prounciò *Marble Head* come una sovrana avrebbe potuto menzionare una tenuta regale in Scozia: lentamente e con un cenno impercettibile della mano, come a voler alludere a qualche cosa di speciale circa quel luogo ma trattenendosi per pudore all'ultimo. La salutai cordialmente, uscii di fretta e agguantai al volo un taxi per Harvard Square a Cambridge, che a Boston si unisce senza soluzione di continuità: come ai vecchi tempi ci saremmo trovati di fronte all'edicola, dalla parte che guarda il negozio di libri.

Andrew arrivò da solo. Mi mancavano la sua risata e la sua capacità di tradurre tutto in numeri: mi abbracciò forte accompagnando l'abbraccio con delle pacche sulle spalle che frammentarono il mio saluto in una specie di tosse isterica. Avevamo diviso la casa a Boston tanti anni prima. Ci guardammo negli occhi, saltando i convenevoli e ritrovammo immediatamente quel livello di confidenza che distingue l'amicizia che nasce da giovani da tutti gli altri rapporti. Non fu difficile: lo si capiva dal fatto che nessuno faceva domande sull'altro e anche dal fatto anche i nostri passi si sincronizzarono senza sforzo quando ci dirigemmo verso un ristorante vietnamita dove andavamo spesso negli anni trascorsi insieme. Nulla sembrava cambiato e questo mi diede la sgradevole impressione che non ci fosse nulla di speciale nell'atmosfera che avevamo scoperto noi da giovani. Ora come allora gruppi di studenti parlavano a voce troppo alta, alcuni scrivendo formule sui tovaglioli credendosi intelligentissimi. Prendemmo una zuppa calda e molto buona, dei ravioli al vapore e del pollo in agrodolce: una cena che ben si addiceva alle folate di vento freddo che spazzavano la serata allietata tra l'altro dal fatto che non ci fosse nessun legame propedeutico da rispettare nella sequenza dei piatti.

Andrew e io non ci eravamo mai davvero persi di vista e la corrispondenza regolare tra di noi aveva fatto sì che non fosse nemmeno necessario ricapitolare le nostre vite: avevamo entrambi seguito tutti i nostri passi; mancava però a Andrew di sapere di Clara Maria, di Pietramala e di Shannon. Non passò mezz'ora che la mia sintesi gli era già nota. Andrew mangiava composto grandi bocconi di cibo, senza però davvero staccare gli occhi da me. Era un algebrista fenomenale; lavorava allo sviluppo di una teoria armonica che lo stava portando "pericolosamente vicino" alla soluzione della congettura di Riemann, come disse lui con una smorfia che lasciava intendere che la frase era stata detta da altri mostrando con ciò tutta la sua fatica psicologica nel resistere a questa pressione. Si pulì la bocca, raschiò la voce e calmo mi disse: "Elia, ci penso su." Era, come sempre, il suo modo di dirmi che mi prendeva sul serio: tutti e due eravamo accomunati dalla consapevolezza che non eravamo rapidi nelle risposte. Non facevamo parte di quella categoria di persone che un istante prima che qualcuno finisca di enunciare un problema hanno già la soluzione o, peggio, che immediatamente, per un riflesso atavico, sostengono che il problema sia un altro. La nostra lentezza, nel bene e nel male, aveva dei vantaggi: lasciava il tempo di computare tutte le conseguenze, anche quelle non immediatamente esplicite e, soprattutto, permetteva di costruire nuove domande. Con il tempo, quelle macchine da soluzione che erano certi nostri colleghi – gioia di professori – si spensero; noi, invece, andammo avanti, o almeno lui andò avanti diventando la vera promessa per la teoria dei numeri.

Scoppiò a ridere vedendomi perplesso: "Mi ricordo quando ti salvai da te stesso dopo un mese che cercavi di spiegare come mai nella frase *mi chiedo quando negheranno che i ragazzi sono arrivati e perché* la parola *perché* si riferisca a *negare* e non ad *arrivare*, anche se *perché* sta più vicino al secondo verbo che al primo: sembravi pazzo, lo sai? Non ti sei più tolto lo zaino per un mese e non hai più accettato di andare al cinema o di fare qualsiasi cosa dove non ci fosse luce abbastanza per scrivere, nel caso ti fosse venuta in mente la soluzione." Quanti ricordi in quella frase: Andrew mi aveva riportato ai tempi del verbo *essere*, quando avevo fatto di quel verbo il centro della mia esistenza e quando la meraviglia di scoprire delle leggi di simmetria nel linguaggio umano mi avevano convinto che avevo aperto una porta che dava su un mondo nuovo: le grammatiche geometriche. Poi venne tutto il resto e accantonai quell'ipotesi. Finita la cena ci trasferimmo a chiacchierare nel suo studio, in un istituto vicino allo Harvard Yard. C'erano come al solito ancora studenti nei corridoi e questo mi riempì di tenerezza: le università americane non morivano ogni giorno come le nostre, per giuste ragioni sindacali: erano più simili ad abbazie, sempre vive, con le loro regole e i loro riti e, soprattutto, con gente che ci credeva. Mi colpì nello studio di Andrew una specie di enorme poster del cielo notturno – o almeno così io ingenuamente l'avevo interpretato – che teneva tutta una parete: "No, non è un cielo, Elia," mi prevenne

Andrew, "è una funzione matematica: si chiama curva di Ulam. Immagina di prendere un foglio a quadretti enorme: al centro inizi a scrivere il numero 1, poi a destra scrivi 2, poi sopra il 2 scrivi 3, poi a sinistra del 3 scrivi 4 e poi a sinistra del 4 scrivi 5, poi sotto il 5 scrivi il 6, poi sotto il 6 scrivi il 7, poi a destra del 7 scrivi l'8 e sei sotto l'1: vai avanti così all'infinito avvolgendo l'uno dentro una spirale quadrata (se hai tempo e ti va; e puoi ovviamente farla anche speculare). Poi cancelli tutti i numeri meno i numeri primi e i numeri che sopravvivono devi pensarli come specie di stelle matematiche: vedrai comparire costellazioni, vuoti, buchi, fasce. Io, ad esempio, studio come si formano queste strisce scure in questo cielo giocattolo. Senti," cambiò bruscamente espressione e discorso, come faceva anche da ragazzo quando gli veniva in mente qualcosa di interessante, non curandosi di lasciare gli altri a pensare al pensiero precedente, "lo sai che domani qui c'è un evento particolare? Non te l'ho detto subito perché non volevo turbare l'incontro. C'è il congresso mondiale della Società della Forma." Non capivo dove volesse arrivare e lui se ne rese conto. "Quest'anno il tema è l'unificazione tra gravità e quantistica: vengono qui proprio tutti. Franco, Guido, Alessandra, Alberto, Giovanni, Marta, Ezio, Laura, Giuliana, Lorenzo, Roberto, Tommaso, Elisabetta, Cristina, Dario, Bianca e Gabriella."

"E Rana," conclusi io.

"Sì. E Rana. Se non ti va di rivederla non dico nulla, ma se solo puoi fare lo sforzo sarebbero felicissimi: ho già chiesto a tutti. Mi hanno incaricato di convincerti: ho risposto che tu non puoi essere convinto," sorrise fiero dell'ambiguità di quella frase.

"Hai fatto bene," sospirai. "Non mi è mai davvero passata: non ho capito cosa ho combinato, ma ho distrutto un amore e una persona. Mi hanno detto che ora sta bene, non vorrei rischiare di farle del male di nuovo."

"No, non hai questi poteri, tranquillo," disse Andrew, battendomi una manata sulla pancia che mi fece sobbalzare di scatto; sorrise, scrollò le spalle come se si fosse tolto un peso di dosso, "allora domani sera ci vediamo a casa di Dario."

Uscii dallo Harvard Yard con un sentimento che non sapevo riconoscere. Mi erano riaffiorati alla mente vividi i ricordi delle prime scoperte scientifiche, degli incontri con i professori, del mio primo amore, della mia prima casa dove vivere da solo, della vita in una città nuova. Cosa avrebbe retto il paragone rispetto a quegli anni così pieni? Era forse per evitare ogni confronto che mi ero lasciato così andare? Che ero finito a fare censimenti linguistici che non interessavano a nessuno? Mi guardai le mani, cercando di riportare l'attenzione a qualcosa di concreto e di capire: contai le mie dita lasciando per ultimo il secondo mignolo della mano sinistra, l'undicesimo, e mi chiesi se non avessi anche nella testa qualche cosa di troppo, qualche cosa che a me sembra naturale ma che non lo è, qualche cosa che mi distingue dagli altri senza darmi davvero un vantaggio e che anzi è d'intralcio e mi appesantisce. Non sempre più cose sono meglio che meno. Pensiero profondo. Così profondo che, per evitare di averne altri simili, decisi di non tornare in Gloucester Street in taxi ma di stancarmi un po' camminando: mi avviai lungo Massachusetts Avenue. Non era ancora nevicato quell'anno e le luminarie natalizie erano poco credibili come profezie troppo in anticipo. Scaricarmi fisicamente mi fece bene: i miei passi invece di rallentare diventavano più rapidi, a tratti, quasi saltellanti, e scrollarono di dosso i pensieri più cupi. Imboccai Harvard Bridge guardando di lontano le luci ancora accese dell'istituto e riprovai la felicità che avevo provato da ragazzo la prima volta che in quell'edificio così brutto e austero fui ricevuto da colui che aveva cambiato la storia della linguistica e della matematica; da solo aveva scoperto che la nozione di gruppo algebrico si applica anche alle lingue naturali e che una lingua artificiale che non contiene una struttura simmetrica isomorfa a un gruppo finito non stimola i circuiti neuronali dedicati al linguaggio: è cioè una lingua impossibile. Non credo che la gente capisse davvero cosa avesse scoperto ma non mi importava: io l'avevo capito. E quel suo modo di prendermi sul serio e di dire senza mezzi termini che avevo torto, per poi cambiare idea molti anni dopo, mi fece sentire davvero importante, mi fece capire che in quell'edificio avrei potuto lavorare anch'io. Quando seppi che era morto continuai comunque a scrivergli regolarmente e a mano; semplicemente non imbucavo più le lettere. Mi accorsi che mi stavo facendo un monumento inutile: non ero lì per glorificarmi. E poi che gloria mai mi meritavo io? Semmai ero lì perché mi ero lasciato catturare dall'ultimo treno della mia vita: se avessi perso quello, tutto il resto sarebbe stato così prevedibile da non valer la pena di esser vissuto. In quell'istante mi parve quasi di vedere da lontano, proprio in fondo al ponte, Shannon che mi aspettava. Mi aveva seguito? Forse voleva farmi una sorpresa? Accelerai il passo. L'uomo in fondo al ponte fece in tempo ad avanzare di qualche isolato poi girò a sinistra su Beacon Street verso Back Bay, dunque verso la casa dove ero ospitato. Mi misi a correre per non perderlo di vista. Feci solo in tempo a vederlo svoltare in una via a destra, Gloucester Street: "Professor Shannon!" gridai a tutta voce, "professor Shannon, professore: un momento, mi aspetti, per favore: Shannon!" L'uomo salì svelto su una grossa berlina dai vetri scuri di fabbricazione europea, senza girarsi. Stavo delirando? Perché mai Shannon avrebbe dovuto pedinarmi? Perché sarebbe dovuto salire in macchina senza farsi notare? Cosa ci faceva Shannon lì? Aprii la porta della casa in affanno: trovai la signora ancora sveglia che stava leggendo nella sala principale, sulla grande poltrona di pelle accanto a una lampada in stile floreale che diffondeva una luce morbida e densa; quella luce, quella poltrona, il profumo di cedro che un ricco centrotavola pieno di frutta emanava, smorzarono la mia foga e mi fecero capire che mi ero agitato per nulla. Presi fiato e salutai la signora con gentilezza. Mi ricambiò con un sorriso, interruppe la sua lettura socchiudendo lentamente il libro, ma lasciando un dito tra le pagine come a lasciarmi intendere che non era affatto disposta a sostituire la sua lettura con le mie chiacchiere. Salii le scale di legno per andare nella mia stanza cercando di non far scricchiolare troppo forte i gradini. In breve mi addormentai, ma quella notte i miei sogni non furono facili. Sogni vividi: Rana, il verbo *essere*, i colloqui con il mio maestro, Andrew. Poi Clara Maria, che sembrava esser diventata un libro scritto in una lingua che non sapevo e che sfogliavo senza capire, e il maestro che saliva sulla macchina e diventava Shannon.

La sera successiva arrivai presto a Harvard Square, passando dal ponte sul Charles, per andare alla cena con gli amici.

Prima decisi di attraversare il grande corridoio del MIT, il corridoio infinito, come lo chiamano da sempre tutte le generazioni di studenti, credendo di essere i primi, gli unici, i predestinati. Lo percorsi tutto intero, come ai vecchi tempi, osservando quel pavimento di sassi e cemento coperto da una vernice lucida che non cambiava mai, quelle bacheche che, pur al tempo di Internet, resistevano assiepate di ritagli di giornali, gruppi di puntine senza nulla attaccato e avvisi di feste e concerti. In una stanza, riconobbi un ragazzo italiano che mi era stato presentato anni prima: dicevano mi assomigliasse molto; io sapevo solo che era un tipo molto simpatico e intelligente ma anche solitario e misterioso, uno che non sembrava appartenere a nessuno o che forse nascondeva qualcosa. Era intento a scrivere su un quaderno nero, agitando ritmicamente tutte e due le gambe. Non mi fermai per salutarlo, decisi che anche lui era stato messo lì per conservare l'atmosfera di sempre. Ripresi il cammino su Massachusetts Avenue attraverso Central Square fino ad arrivare finalmente a Harvard Square. Entrai nella libreria: la mia madeleine! pensai inalando a pieni polmoni, la mia madeleine è l'odore di queste librerie, di questa libreria. Anche ora che sono passati tanti anni da quegli eventi ricordo bene che quell'odore speciale dei libri lo sentivo da ragazzo proprio prima di avere un'idea brillante da sviluppare. Spesso l'ho usato all'inverso cercando di indurre la nascita di idee con inalazioni mirate, con grande disapprovazione dei miei amici che lo ritenevano pura e inutile scaramanzia. Fatto sta che, malgrado la loro aria di sufficienza, quell'odore, io lo percepivo sempre prima di avere una buona idea. Quello delle librerie di Cambridge, e in particolare di questa libreria, era davvero speciale: un misto di legno, succo d'acero ed eucalipto (forse anche un agrume). Come l'aroma di certi tabacchi da pipa o di certi cioccolati, non riesci davvero mai a possederlo nella memoria nemmeno se lo sperimenti molto intensamente e per lunghi periodi. Vive solo lì, insieme ai libri, e quando pensi di averlo afferrato, proprio allora ti sfugge; di portarlo via o riprodurlo, non se ne parla neppure. Inspirai forte, nel tentativo di imprimermelo nei polmoni e nel cervello, e poi sconsolato, trattenendo quasi il fiato, uscii in strada spingendo la porta pesante del negozio. Era ora: imboccai Brattle Street per andare verso l'incrocio con Willard. Lì abitava Dario, l'unico che non si era dedicato allo studio, l'unico che aveva fatto tanti soldi e che, forse, era il più intelligente di tutti.

Mi aprì lui la porta, in maniche di camicia: dall'interno veniva un profumo di carne arrosto e di sidro. Mi abbracciò forte, subito: "Elia, ma ti ricordi?" chiese con la sua voce troppo rapida da seguire.

"Ti ricordi quando eravamo viaggiatori sorridenti? Tu il genio e io il leone!" Lo disse due volte, insistendo la seconda con voce alta: poi, non troppo sicuro che avessi capito, mi fece entrare: "È arrivato Elia!" annunciò a tutti urlando: "Il genio è qua."

Il genio, sì: se solo Dario avesse saputo come mi sentivo in quegli anni non avrebbe osato affatto chiamarmi così. Più lui insisteva, più io mi sentivo un impostore, uno che nella vita ce l'ha fatta perché è riuscito a ingannare tutti e che fa una fatica tremenda a continuare l'inganno. Mi vennero incontro. Non erano tanto cambiati: si erano accentuati un po' i tratti caratteristici di ognuno ma non erano davvero invecchiati o forse si stava semplicemente verificando quella mia antica impressione che un coetaneo non può mai apparirci vecchio. Chi aveva la camicia sbrindellata, ce l'aveva più sbrindellata; chi l'aveva inamidata più inamidata. Le ragazze – continuerò a chiamarle così fino ai novant'anni – che si truccavano si truccavano di più, quelle che non si truccavano si truccavano di meno, facendo sorgere il sospetto che almeno un po', prima, si truccassero. Li baciai tutti come facevo di solito; non quei baci trasversali che si danno a salve appoggiando la guancia a una guancia e guardando nel frattempo cosa accade alle spalle. Baci veri: schiocchi di labbra contro la carne, gesti misteriosi che uno dà e l'altro riceve. Molto spesso sul collo, i miei, visto che ero sempre il più basso.

Nulla accadde a quella festa degno di nota, come sempre d'altronde quando ci si trova pensando di aver già vissuto il meglio. A un certo punto, per bucare un silenzio troppo lungo, una delle ragazze disse a un'altra con tono infastidito: "Insomma: se solo la scienza è in grado di studiare ciò che esiste veramente e la scienza si basa sulla ripetibilità date le stesse condizioni, allora tu non esisti, anzi nessuno di noi esiste, perché nessuno è ripetibile." Fu quello il punto di inversione della festa, quando si percepisce che è arrivato il momento di congedarsi; la stanchezza iniziò a farsi sentire e a superare la voglia di giocare insieme. Anche i discorsi si fecero sempre più seri. Sbadigliai vistosamente, ma senza volerlo. Andrew se ne accorse e si avvicinò a me.

"Ti stai stancando? O è la presenza di Rana?" mi chiese, senza attendere la risposta. "Tra poco ti riaccompagniamo; non prendertela. Ti vogliono bene, ma non sanno cos'hai dentro. In fondo, non sai nemmeno tu cos'hanno loro. Abbi pazienza." Mi guardò, poi prese un bicchiere e rapidamente lo girò sul tavolo intrappolando un turacciolo che si trovava lì.

"Cosa vedi?" chiese.

"Un turacciolo," risposi, svogliato.

"Giusto; eppure qui dentro c'è molto di più: ci sono migliaia di canali televisivi, si intrecciano non so quante telefonate dai cellulari di questa zona, stazioni radio, informazioni su informazioni, eppure tutto quello che tu vedi è un turacciolo. Sei fortunato: se vedessi tutto impazziresti, come se in uno stadio potessi comprendere i discorsi di tutti i presenti. Elia, devi proibirti di vedere tutto: devi accontentarti di selezionare." Fece un gesto con la mano come per liberare un tavolo dalle scartoffie. "E per Rana non prendertela: eravate in due, non puoi aver sbagliato da solo. Lei ora è felice, vedrai che anche a te capiterà qualcosa di morbido." Non so se si sbagliò o se per lui *morbido* volesse dire "felice", ma non lo corressi: quell'errore mi piaceva.

Ci salutammo tutti, con affetto vero, ripromettendoci di non lasciar passare troppo tempo prima di rivederci. Andrew chiese se qualcuno avrebbe potuto darmi un passaggio a casa, in Boston. Si offrirono in tanti; alla fine, trovai spazio in un'auto già strapiena, ma accettai volentieri perché ci sembrò di ritornare ragazzi quando la densità per macchina raggiungeva concentrazioni da nana bianca. L'auto partì non senza fatica e dopo un minuto ci accorgemmo che era a secco. Ci fermammo a un distributore vicino a Central Square. Schiacciato nell'automobile con il viso contro il finestrino, pulii con la mano il vetro appannato appena di fronte a me: vedevo un uomo mal vestito, trasandato e sporco, infilare distratto l'erogatore nel serbatoio della sua auto; si schiarì la gola e sputò il catarro per terra, pensando di non essere visto. Mi disse Cristina, che praticamente era incorporata dentro di me tanto eravamo compressi: "Lo riconosci? È lui, Steve N. Quanner, il premio Nobel; quello che ha dimostrato che l'antisimmetria è compatibile con la tesi del Big-Bang".

"Beato lui," dissi sorprendendo me stesso di aver detto quella frase. Pulii meglio il finestrino appannato: invidiai come fosse stato un dio, anzi più di un dio, chi poteva vedere e ascoltare senza limitazioni l'uomo che solo un istante prima avevo liquidato come uno straccione qualunque; non ce n'era bisogno ma mi resi ben conto come si passa anche sopra allo schifo più ributtante se si pensa che ne valga la pena. Dovevo tenerne conto. Meglio: avrei dovuto tenerne conto. L'indomani avrei incontrato di nuovo Shannon.

[4.5] "Homo homini homo." A braccia aperte, radioso, il padrone di casa della villa dove mi aveva fatto portare Shannon mi accolse declamando con voce baritonale questa espressione latina distorta sui gradini dell'entrata sfarzosa. Non c'era stato bisogno della sveglia quella mattina, ma anche se non mi fossi svegliato da solo ci avrebbe pensato l'odore del mare che a Boston, come a Genova, certe volte ti sorprende intenso.

L'autista fatto mandare da Shannon mi aveva aspettato puntuale fuori dalla porta all'alba. Mi parve che l'auto fosse la stessa che credevo di aver visto la notte precedente sfuggirmi per un soffio, ma non feci spazio a quel pensiero al quale non ero disposto a dare un ruolo in quel momento, concentrato com'ero per l'evento al quale Shannon mi aveva invitato. Il conducente, in livrea, il volto pallido e magro di chi dorme poco e male, non mi disse altro che il mio nome, un *buongiorno* automatico e l'indirizzo dove mi avrebbe portato a Marble Head; senza aspettarsi alcun cenno di risposta, mise in moto l'auto e partì. Il villaggio, che si affaccia sulla baia del Massachusetts, nacque da una comunità di pescatori attorno alla metà del Seicento e di fatto vive ora una seconda rigogliosissima vita come centro turistico di lusso, soprattutto per il raffinato giro di yacht che fanno di Marble Head la base estiva per le escursioni in bellissime e innumerevoli calette tra le isole, al riparo dalle correnti oceaniche. Questo ha naturalmente favorito il proliferare di ville e tenute dal valore inestimabile; proprietà che nessun professionista, se non appartenente a dinastie di alto lignaggio, riuscirebbe né ad acquistare né, soprattutto, a mantenere.

In una di queste mi stava portando l'auto che da Boston aveva preso la strada costiera. Il sole intenso che filtrava dal finestrino ingannava: quel mare blu, quel cielo senza nuvole potevano appartenere a una mattina di maggio in Costa Azzurra e invece il freddo del New England non si era risparmiato, testimoniato dalle giacche a vento di quegli zombie che correvano lungo la spiaggia, comandati dalla musica che si iniettavano nelle orecchie. Il tratto costiero fu breve; passammo accanto a schiere di villette di legno colorate da un lato e a spiagge dall'altro che, in quel giorno di bassa marea, ricordavano, per l'ampiezza, quelle della Normandia. Tutto lasciava intendere che si trattava di un'area ricca; perfino la segnaletica stradale spiccava per la visibilità e le cassette delle lettere ben esibite fuori dai giardini delle abitazioni non erano mai meno che laccate di rosso intenso. A un certo punto, arrivati circa al promontorio di Marble Head, lasciammo la strada costiera per deviare brevemente verso l'interno. La strada puntò dapprima dritta verso un prato molto esteso per poi dolcemente incurvarsi e salire di qualche decina di metri sul dorso di una collinetta: l'attacco della salita era segnato da una piantumazione di alberi che si infittiva man mano che si procedeva. L'auto si arrestò di fronte a un cancello di ferro battuto, imponente, sostenuto ai lati da due colonne in pietra da una delle quali sporgeva, in discreta evidenza, una telecamera che prese a lampeggiare al nostro arrivo. Pochi istanti e, senza che l'autista dovesse dire nulla, il cancello si aprì automaticamente. Il tratto di strada che seguiva era in ghiaia e la macchina lo percorse lentamente dandomi l'occasione di osservare con attenzione il parco che si apriva intorno: era fitto di alberi ma il terreno era ben curato. La strada salì ancora un poco, poi girammo verso la direzione del sole che intenso e improvviso mi fece socchiudere di scatto gli occhi. Ci fermammo in uno spiazzo ampio, proprio di fronte all'ingresso della villa, e l'autista spense il motore e senza indugio mi aprì la portiera: di fronte a me, elegante e luminosa, una grande villa di legno di foggia ottocentesca. La macchina ripartì e rimasi da solo. Osservai la villa cercando di capire dove fossi e soprattutto chi avrei incontrato: si ergeva sulla parte rocciosa di un promontorio privato, non molto alto, che digradava rapidamente sul mare, tanto che il segno dell'acqua delle maree arrivava fino quasi a lambire la costruzione. Era una struttura complessa a più piani: l'ingresso, un porticato ampio con timpano elegante sorretto da colonne, si raggiungeva salendo pochi gradini. La casa di un colore azzurro tenuissimo era interamente foderata da listelli di legno, come si usa in quella zona, mentre il tetto era scuro, quasi nero, tanto da sembrare fatto di tegole piatte di ardesia. Ogni raccordo tra un colore e l'altro era separato da una striscia di bianco luminoso e le finestre, che a colpo d'occhio avrei detto essere almeno una trentina, erano di varie dimensioni con i vetri a riquadri piccoli e tende bianche. A sinistra della casa, in una zona non immediatamente visibile a chi come me arrivava dalla strada principale, si apriva una zona destinata ad accogliere le automobili dei visitatori: tutto lo spazio era stato occupato. Contai almeno una dozzina di berline di lusso, tutte simili, tutte nere, tutte con i vetri oscurati, tutte – ormai mi pareva chiaro – prevedibilmente blindate e destinate a nascondere i passeggeri, rivelando con questo che si trattava di carichi importanti.

"Homo homini homo": fu allora che il padrone di casa declamò quella frase, scendendo i gradini dell'ingresso e tendendomi entrambe le mani in segno di benvenuto. Gli strinsi la mano destra ma la percezione della sua carne flaccida, incapace di intesa, nonostante la sollecitazione dalla mia stretta, ebbe il doppio effetto di farmi ritrarre troppo rapidamente la mia. Non riuscii a vergognarmi: anzi, percepivo la stretta di mano, tutte le strette di mano, come gesti del tutto innaturali: perché mai un pezzo del mio corpo doveva toccare il pezzo di un corpo altrui e comprimerlo? E poi perché proprio la mano? D'altronde si fanno con le mani cose stranissime come sbatterle ritmicamente tra di loro in segno di approvazione. Mi consolai pensando che siamo dominati da gesti che non scegliamo fino in fondo e che non c'era nulla di male a confessarmi che non avrei mai scelto di stringere la mano di quell'uomo. Dietro a lui, subito dopo, sulla soglia comparve Shannon insieme a un'altra persona, che sembrava una versione povera del professore; mi sorrise a lungo – ricambiato da me con grande partecipazione ed emozione – e mi venne incontro: "Buongiorno, Elia, benvenuto," mi disse Shannon e aggiunse sempre sorridendo, "siamo arrivati al dunque, finalmente." Poi, riprendendo ancora il motto latino storpiato dal padrone di casa, disse ad alta voce, curandosi di esser ben sentito dall'ospite: "Certo, niente è peggio della cattiveria dell'uomo. Non serve parlare di lupi, se ci siamo in mezzo noi. Bastiamo noi per spiegare il peggio." Tutti risero ostentatamente mentre Shannon si affrettò a cercare lo sguardo del padrone di casa, come per alludere a un discorso iniziato prima, al quale non mi era dato di partecipare.

La sala dove ci fece accomodare, così come l'anticamera, era ovviamente all'altezza delle aspettative: non credo l'ostentazione della ricchezza, almeno in quella zona del mondo, potesse esprimersi a livelli superiori. Forse non era pari allo sfarzo delle grandi ville europee, ma ogni paese ha i suoi standard di esibizione e l'effetto finale è comunque quello di farti sentire una persona di poco conto se non sei in grado di ricambiare l'invito in una proprietà dello stesso prestigio.

Nel salone, il cui centro era occupato da un ampio tavolo da riunione di cristallo a forma di ellissi allungata, c'era una decina di persone. Mi colpì che, a fronte di tanti gesti cerimoniosi, nessuno si fosse ancora presentato con il proprio nome. Strinsi tante mani, invece, accompagnato questa volta da Shannon che mostrando sorrisi panoramici mi esibiva come il suo vero nuovo acquisto: lo studioso giovane che avrebbe risolto i loro problemi; salvo che dei loro problemi io non sapevo nulla. Immaginavo o, meglio, speravo che avessero a che fare con il caso di Pietramala ma non potevo esserne davvero sicuro. Ci accomodammo intorno al tavolo, in un ordine preciso. Solo una sedia rimase vuota ma, come capita quando un solo pezzo manca da una scacchiera, era evidente che fosse chiaro il ruolo dell'assente e nessuno si preoccupò di identificare chi non si era presentato perché a loro era ovvio. Il padrone di casa si alzò e prese la parola senza aver bisogno di chiedere silenzio; il chiacchiericcio si smorzò rapidamente come una fiamma coperta con un bicchiere e tutti gli sguardi puntarono il suo volto.

"Io sono un oggetto fisico, seduto in un mondo fisico," attaccò lui con un tono capace di sostenere la ragione anche senza bisogno di logiche, "alcune delle forze di questo mondo fisico colpiscono la mia superficie. Raggi di luce penetrano la mia retina; molecole di aria, compressa e rarefatta secondo ritmi regolari, bombardano i miei timpani. Io reagisco: prima inghiottendo queste onde dalle orecchie, poi traducendole in onde elettriche, che a queste si rifanno, ed emanando alla fine nuove onde concentriche di aria. Queste onde hanno la forma di un torrente di discorso che può riguardate tavoli, persone, molecole, raggi di luce, retine, onde d'aria, numeri primi, parole, gioia e dolore, bene e male. Noi, cari amici, siamo oggi vicini alla capacità di comprendere come questa restituzione al mondo fisico di forze fisiche da parte del nostro cervello possa essere riprodotta artificialmente. Noi, per la prima volta nella storia dell'umanità, siamo entrati nell'ultimo cunicolo verso una comprensione" *pausa* "completa" *pausa* "della comunicazione" *pausa più lunga* "nell'animale e nella macchina." L'applauso esplose qui immediato e intenso, offrendogli il tempo di bere un sorso d'acqua, già preparata da mani premurose; non mi sembrava veramente emozionato, sembrava soprattutto conscio del suo ruolo centrale. Si guardava intorno cogliendo lo sguardo degli altri ma non per cercare consenso o per accoglierlo ma per sigillare quegli sguardi con il suo marchio di proprietà. "Parlerò chiaro a voi perché voi avete da subito riconosciuto in me la bontà di questo progetto. Le parabole sono per chi capisce poco; ed è giusto che a chi capisce poco venga detto poco. A voi che capite molto, dirò invece molto. Questa occasione, questa immensa opportunità è a noi data dal lavoro di anni di ricerca di una delle menti più brillanti della scena accademica mondiale, una persona che a partire dai suoi profondi interessi filologici ha sviluppato una visione globale della comprensione della realtà dell'uomo. Questa persona, guidata dall'analisi del grande tema classico della tensione tra anomalia e analogia, è arrivata a scoprire uno dei più raffinati esperimenti mai tentati dalla storia dell'uomo, un esperimento che sarebbe andato completamente perduto e che oggi, per motivi che non sto a rammentare," qui alzò un sopracciglio e con la mano fece un breve gesto di scatto come per liquidare una zanzara che si era fatta troppo vicina al volto, "non si sarebbe potuto replicare. Signori, colleghi, carissimi amici, questa persona è Ismael Shannon," calcò la voce sul primo nome, in un modo che non mi parve del tutto privo di sadismo, conoscendo il livello di confidenza tra i due, "che ora ci parlerà della scoperta della lingua di Pietramala."

Un applauso liberatorio, sincero, appassionato, violento quasi, scoppiò di nuovo sovrapponendosi alle ultime sillabe del discorso: Shannon si schermì, arrossì quasi impercettibilmente ma tanto da farlo notare, lasciò continuare l'applauso e fu pronto a scostare la sedia e ad alzarsi poco prima che si spegnesse in modo naturale così da mostrare di essere invece lui a volerlo spegnere esibendo con questo gesto una grande dose di umiltà. In quei pochi istanti, il mio sangue aveva fatto tre volte il giro del corpo lasciandomi un senso indefinito di vertigine: Pietramala, la scoperta del cervello, io. Questi tre punti definivano ed esaurivano lo spazio geometrico delle mie emozioni: non sapevo come orientarmi ma ormai sentivo ricomporsi in me la ragione della mia fatica, del mio viaggio e, in fondo, della mia vita stessa. Ascoltai Shannon prendere la parola senza fiatare, solo un suo sorriso scoccato nei miei confronti, mi fece arrossire e capire che il mio momento era arrivato: avrei capito cosa c'era dietro al mistero di Pietramala.

"Caro presidente, cari associati, la nostra compagnia non sarebbe la stessa se non fosse per il contributo di ciascuno di voi: l'eredità che abbiamo ricevuto dal passato e che sapientemente, di generazione in generazione, il Giardino degli Equivalenti ha coltivato con pazienza, è giunta con noi a maturazione. La scoperta di Pietramala e della sua lingua prova in modo inconfutabile e definitivo che il linguaggio umano, suprema struttura del creato e specchio del cervello, scaturisce dall'equilibrio tra analogia e anomalia e che l'essenza di questa struttura non è altro che questo equilibrio. Nella lingua," disse con enfasi commossa, tradita da un involontario squittio in falsetto della voce, "non ci sono se non equilibri, e la lingua di

Pietramala ne è la massima esemplificazione. E sulla base di questa scoperta potremo da subito inventare lingue artificiali che minimizzino lo sforzo comunicativo togliendo alle lingue il peso farraginoso dell'ambiguità. Parleremo una lingua vicina al linguaggio del cervello stesso, non dominata da regole instabili come quelle parlate oggi che fanno apparire tutte le lingue del mondo così diverse. È una vergogna che le lingue possano differire tra loro in modi infiniti e imprevedibili, una vergogna cui da domani, con questa scoperta, potremo porre rimedio, facendo parlare ai bambini una lingua perfetta, semplice e unica, apprendibile in meno di sei ore. Il mondo non sarà più lo stesso. La nostra società, la YAVNE Corporation, è già stata predisposta per la commercializzazione di programmi di apprendimento basati su questi principi ed è pronta a partire con una quotazione in borsa da far impallidire anche la più grande tra le aziende biomediche o informatiche: in breve, l'istruzione, così come l'uomo l'ha conosciuta nel corso dei secoli, non sarà più necessaria, ogni informazione sarà appresa come effetto del principio di 'equilibrio equivalente', indotto con un sistema originale e brevettabile."

Un applauso ancora più potente, se possibile, si scatenò nella stanza: tutti gli associati si alzarono in piedi scostando rumorosamente le sedie dal tavolo mentre Shannon riscuoteva il successo di una vita. Continuò a parlare facendo allusioni che non colsi ma che se anche avessi potuto non sarei riuscito a cogliere tanto la mia mente era rimasta incollata a quelle prime frasi. Dunque la lingua di Pietramala era un esperimento di lingua perfetta? Ma come mai il borgo si era svuotato? Cosa non aveva funzionato? Perché di questo non faceva cenno?

Fummo invitati a spostarci in una veranda luminosa che si apriva sul lato della villa verso il mare: sui tavoli tartine di crostacei, frutta e vino italiano pregiato. Ci si divise in piccoli gruppi in modo naturale; Shannon mi prese sotto braccio e mi sussurrò: "Resta inteso, carissimo Elia, che non è questo il posto per sollevare la questione del tuo sopralluogo a Pietramala: questo dettaglio ci manterrà uniti nei prossimi giorni, mentre decifreremo la grammatica di quella lingua, sulla base del canto conservato dall'Aldini. Come hai visto, la posta in gioco è enorme e da questo risultato dipende tutto. Ora vieni che ti presento gli associati; desidero che tu abbia la giusta visibilità, perché quando annunceremo la decifrazione il tuo aiuto sarà stato così rilevante da essere centrale e da meritare tutto il plauso possibile. Ti voglio così bene che andrei nei guai per te."

Ma quale decifrazione? – osai dire solo a me stesso. – Io non so assolutamente nemmeno da che parte iniziare con la grammatica della lingua di Pietramala. Non potei fare altro che annuire e seguirlo: dovevo fidarmi e assecondarlo. Mi voleva bene, aveva detto.

Iniziamo dal professor Scherbius Jr, uno dei maggiori sabotatori di grammatiche dell'esercito americano. Scherbius, accalorato, stava difendendo la sua posizione contro un collega: "È evidente che non esiste un gene per ogni parte del corpo anche se tutto è il risultato dall'esecuzione di un progetto genetico. Non mi vorrà dire che esiste il gene dell'ascella, vero? Lei sa meglio di me che perché qualcosa abbia base genetica occorre che qualche individuo che è dotato del programma genetico non," e scoccò la negazione come una freccia al centro di un bersaglio, "esprima quel tratto e che non possono logicamente esistere individui con le braccia e il tronco ma senza ascelle!" Sputacchiò un po' quando disse "ascelle" e una briciola masticata finì proprio sul bavero della giacca del suo interlocutore che, accortosene dopo un po', pensando di averla seminata lui, se la mise furtivamente in bocca. La leggera nausea che mi provocò quel gesto non fu sufficiente a estinguere il pensiero del gene dell'ascella. Shannon, dopo avermi rivelato che la persona con la quale parlava Scherbius era uno dei maggiori esorcisti del Nord America, attivo da anni e potentissimo amico del barbiere personale del presidente degli Stati Uniti, l'unico che può avvicinarsi alla sua gola con un rasoio – si affrettò a specificare.

Passammo a un tavolo con tre altri associati. "Lo so, lo so, mio caro," proseguendo il suo discorso, disse il più anziano, "ma conoscere non coincide con l'essere felici, e lo sapeva bene il nostro Edipo, e ancora meglio Lucrezio – che alla fine si è contraddetto annegando il suo ottimismo razionalista nel vomito acido della peste che non fa certo meno schifo o paura anche se sai cos'è."

"Dice bene, caro amico," notò uno degli altri, "ma almeno converrà che solo la scienza è in grado di indirizzare verso una fede solida, perché solo la scienza ci dà la misura del mistero, cioè di quanto poco conosciamo e possiamo (sperare di) conoscere." Lo disse con una lieve flessione della voce come per far notare quelle parentesi tonde che raddoppiavano il pensiero senza aumentare (di troppo) la fatica di esprimerlo.

Rimasi molto stupito di quello scambio: mi pareva una situazione surreale e, in fondo, cinica. Quella villa, quelle persone, quei discorsi sembravano tutti in qualche modo superficiali, malgrado l'intensità con la quale venivano sostenuti: come se in realtà quello che doveva esser detto o era già stato detto o sarebbe stato detto altrove. Pareva che quegli uomini in qualche modo recitassero una parte con il solo scopo di fornire un contorno adeguato allo scambio tra Shannon e il padrone di casa, il presidente del Giardino, cioè. Anche in questo caso Shannon gentilmente interruppe e mi presentò: strinsi le loro mani, accompagnato dal loro sguardo bonario.

"Ti spiegherò dopo chi sono questi tre, Elia, ora seguimi che ti presento un grande filologo. Professore carissimo, eccole il mio prediletto." Il professore carissimo era occupato a sistemarsi il vistoso e imbarazzante riporto dei capelli ribelli. Stava farfugliando qualcosa sul danno enorme che la nuova moda di usare abbreviazioni mandando messaggi telefonici stava provocando alla lingua inglese. Non provai a dirgli che, in quanto ad abbreviazioni, neppure nell'impero romano si scherzava. Bastava leggere una qualsiasi epigrafe per rendersene conto. Il *monumentum ancyranum* non sarebbe nemmeno dovuto esistere se lui avesse avuto ragione.

"Ha perfettamente ragione," gli confermò Shannon, mosso da uno spirito di condiscendenza che svelava il suo debito verso quella gente. "E che dire poi del mio nipotino, un digitale nativo, uno che prima di parlare sapeva già come manovrare il telecomando? Me l'hanno rovinato: non parlerà mai come abbiamo parlato noi, non avrà mai la nostra memoria; smetteranno infatti di esercitarsi nella memoria perché fidandosi dell'informatica richiameranno alla mente non più dal loro interno ma da ciò che esiste fuori, attraverso segni esterni, come un'estensione della loro mente. Così i ragazzini credono di sapere tutto, mentre la maggior parte di loro non saprà un bel niente. Sarà una sofferenza parlare con loro, pieni di nozioni e di fatto vuoti di sapienza."

Per fortuna, il collega che gli stava a fianco sbottò al posto mio: "Romeo, Romeo, ma come fai a dire una cosa così? Aspettarci che una tecnologia che non ha nemmeno cinquant'anni possa provocare un cambiamento in un organismo in equilibrio genetico con l'ambiente da almeno centomila anni è come se si fosse temuto che le biciclette facessero disimparare a camminare o peggio facessero crescere le ruote ai bambini. Questa invenzione, al contrario, renderà i bambini più sapienti e arricchirà la loro memoria perché queste innovazioni sono una medicina per la sapienza e per la memoria."

Shannon era più imbarazzato di me, mi riprese sottobraccio rapidamente per distogliermi da quelle chiacchiere e cambiò ancora tavolo: "Ma come parla questo? Come parla?!" sussurrò digrignando i denti e stringendo troppo forte il mio braccio. "Le parole sono importanti," aggiunse, "come diceva, credo, Wittgenstein."

"Signori, il pranzo è servito." Il presidente ordinò di aprire una grande parete scorrevole di legno e di fronte a noi un'altra sala si presentò apparecchiata di tutto punto: ci sedemmo questa volta senza indicazioni, ognuno proseguendo la discussione iniziata nella veranda. Io, sempre attaccato a Shannon, evitavo di proposito di essere incastrato in qualsiasi diatriba, concentrato sulle sue parole: come avremmo fatto a decifrare in poco tempo la lingua? Saremmo riusciti? Intorno a me a tavola proseguì l'inutile babele. Si discusse di tutto: qualcuno sostenne l'immoralità dell'essere pagati per curare dalle malattie perché guarire è un atto sacro; altri dissero che la vera ricaduta della colossale impresa della conquista della Luna in epoca moderna, se si escludono le pellicole per la conservazione dei cibi, erano stati i giocattoli ispirati all'impresa, mentre la vera conquista, dal costo invece irrisorio, fu quella di Galilei perché osò guardare la Luna con occhi diversi e fu per di più una conquista per tutti; un altro allora si lanciò nella più stupida delle metafore da salotto, quella che fingendo di difendere le donne ne crea una caricatura: "Dietro ogni grande uomo," disse il genetista, "c'è sempre una grande donna." Poi si accorse, dal silenzio che si era generato, che occorreva correggere il tiro e aggiunse: "E naturalmente dietro ogni grande donna, un grande uomo." Con l'effetto di lasciare immaginare una fila di uomini seguiti da donne seguiti da uomini.

"Una struttura infinita, buona per sostituire la colonna di tartarughe degli antichi," sottolineò acido il presidente.

"Già, ricorsivo," prese la palla al balzo un individuo molto elegante che mi disse poi Shannon essere un insigne proctologo, "ricorsivo come il linguaggio umano, dove una frase può contenerne un'altra, e come la pianificazione di azioni, dove tra due azioni ce ne può stare un'altra."

"Imbecille," sussurrò Shannon, ma disse, invece, subito dopo, a voce alta: "Esatto." E poi: "D'altronde se una cosa fa una cosa che rifà la stessa cosa, cos'è questa se non una struttura ricorsiva?"

Il proctologo annuì incautamente mandando così definitivamente al macello la sua credibilità. "E dunque cos'è una gallina se non un perfetto esempio di meccanismo ricorsivo della natura inventato dall'uovo per replicare se stesso?"

"Ecco, appunto, esatto," ribadì ormai esangue nello spirito il genetista, "una gallina è un perfetto esempio di macchina ricorsiva".

Shannon strinse forte il cucchiaio per cercare di non reagire di nuovo e sorseggiò una delle migliori zuppe di pesce che avessi mai assaggiato. Vedendomi colpito – non sapeva del mio sforzo nell'accettare un ordine di portate che per me era contro natura – cercò di distrarmi spiegandomi che il presidente aveva organizzato la sua cucina in modo innovativo. Invece di avere tanti cuochi ciascuno dei quali sapesse come preparare bene un piatto, aveva fatto scegliere una squadra di cuochi ciascuno specializzato in un'azione tipica della cucina ma solo quella e solo una che da sola non faceva un piatto: uno sapeva cuocere al forno, un altro friggere, uno impastare, sicché con meno gente copriva molti più piatti perché molte di quelle operazioni si ripetevano in ogni ricetta e teneva lui comunque la regia della cucina. "Quando il menù è ridotto," sosteneva, "la differenza non si nota, ma se il menù è sterminato il risparmio è immenso: non ci sono troppe procedure in cucina; tutto è il risultato dell'interazione di poche cose, ciascuna delle quali da sola però non dà nulla di commestibile. Naturalmente, se mi si ammala un cuoco, sono molti i piatti che saltano ma è un prezzo che sono disposto a sopportare." "La cucina dei cuochi ignoranti", così la chiamava, era la sua vera passione, ovviamente dopo la collezione di diamanti ereditata dal nonno. In più, vantaggio che evidentemente a lui stava a cuore, ogni cuoco non sapeva quale fosse il piatto finale, si limitava a eseguire la sua procedura, il suo segmento di ricetta, così – il presidente aggiunse con evidente soddisfazione – non ci avrebbe potuto mettere del suo.

Eravamo arrivati alla fine del pranzo; io, ovviamente, scosso dalla nausea di un dolce alla crema che arrivava dopo un trionfo di pesci arrosto prelibati. Il presidente ringraziò ancora tutti. Non ci risparmiò il discorso che eravamo tutti una famiglia, discorso che ho sentito fare infinite volte nella mia vita e molto approvato ma con l'interpretazione opposta a quella intesa da chi lo faceva: per me paragonare un gruppo a una famiglia voleva appunto dire che tra noi non potevano non covare quei risentimenti e quelle rivalità che tra amici scelti non ci sono e che invece tra i membri di una famiglia, che non ci scegliamo, finiscono spesso con il rovinare tutto, o peggio per ridurre il numero dei membri con un delitto di comodo. Fu per me il punto di non ritorno: avevo capito che tanto dentro di me la figura di Shannon sembrava giganteggiare e fornire un appiglio sicuro quanto quella del presidente risultava odiosa. Quel suo stare, grande e grosso, a gambe larghe, emanando frasi che sembravano bolle pontificie, avvolgenti e appiccicose come catrame, era per me insopportabile. Ho sempre preferito un uomo basso e con le gambe storte ma ben saldo sui pochi e chiari ragionamenti come su due piedi piantati per terra.

Ci salutammo con un rito combinatorio complesso di convenevoli nei quali ognuno doveva stringere la mano a ognuno senza incrociarsi; nel mezzo di quell'inutile trambusto, vidi il presidente prendere sotto braccio Shannon con un gesto brusco; il presidente aveva un sorriso tirato, le labbra sottili e pallide e uno sguardo che cercava di togliere di torno gli altri. Si portarono rapidamente in un'altra stanza. Non resistetti, li seguii e, incuriosito, senza farmi vedere, mi avvicinai a sufficienza per sentire le loro voci. Non fu con una perifrasi né con una metafora di stile mafioso che chiese a Shannon di risolvere il problema; non fu neppure un'allusione velata o il ricordo di un altro gesto simile; né ricorse a paragoni eruditi con l'arte o la letteratura. Semplicemente, con pochi movimenti delle labbra, simulando un sorriso, mentre faceva compiere alla lingua un breve viaggio sul palato per farla sbattere due volte contro i denti, con quel tanto che basta di fiato, il presidente pronunciò due parole taglienti come un rasoio che scivola su un occhio: "Uccidi Elia."

Sbiancai. Un brivido violento corse lungo il mio corpo provocandomi di rimbalzo un'ondata di sudore freddo. Provai a capire cosa avevo potuto intendere male. Provai a ricombinare le sillabe di quel verbo e del mio nome sperando di trovare un'alternativa ragionevole a quella interpretazione ma null'altro era possibile: "Uccidi Elia." Nessun anagramma di salvataggio. Non avrei mai pensato di sentire con le mie orecchie questo verbo – *uccidere* – applicato a un essere umano e tanto meno a me; erano scene da film, non della vita vera. Non sapevo cosa fare. Shannon che non sembrava affatto turbato, semmai solo irritato o stanco, mi vide pallido: mi prese allora sotto braccio con lo stesso gesto brusco che aveva appena subito, forse temendo non mi sentissi bene o pensando non avessi digerito, e farfugliò qualcosa che non capii. Salimmo sulla nostra auto già pronta di fronte alla casa e messa in moto mentre intorno sentivo le portiere delle altre chiudersi tutte rapidamente e il presidente salutare gli invitati a voce alta chiamandoli tutti per nome.

La macchina uscì dal parco della villa. Lo scenario era cambiato di colpo e inaspettatamente: come quando si va al cinema e si sbaglia film e ci si mette un po' per accorgersene. La strada era diventata perfettamente rettilinea: un nastro di asfalto tra due campi incolti. Ma colpiva la selva di fili aerei che si sviluppava intorno, come a costruire un tunnel virtuale. Era uno spazio riempito di linee rette, uno spazio di rettangoli e parallelogrammi che fendevano il cielo invernale, la nebbia non attutiva quella violenza geometrica. Io seduto nella macchina sentivo di non avere la forma giusta per quel sedile, per quel mondo. Forse anche qualcun altro se ne era accorto.

Capitolo quinto

Gennaio, ovvero quando di fronte a due pietanze non sai cosa scegliere e finisci per farle raffreddare entrambe.

[5.1] Manhattan. Ero tornato. Il disagio del primo risveglio dopo la trasferta a Marble Head conteneva tutte le preoccupazioni che si possono immaginare ma la più pesante era il senso opprimente dell'ingiustizia. E dire che sono grato alle ingiustizie: mio padre, per farmi capire cosa fosse il bene, aveva pensato che non ci fosse metodo migliore di farmi subire un'ingiustizia e da allora mi son sempre chiesto se non si potesse apprendere ogni concetto facendo esperienza del suo contrario. Cosa stavo apprendendo io, ora?

Quella mattina fui svegliato da una strana atmosfera: il lucernario del palcoscenico stava diffondendo una luce bianchissima e sorda come una sfera al neon e la coperta spessa che di solito mi riscaldava a sufficienza sulla mia branda sembrava non bastare più.

"È nevicato tutta la notte," disse sottovoce Calibano mentre stava preparando la colazione per tutti e tre.

"Sì, nevica, nevica, nevica ancora: lo sentite il rumore della neve?" Ariel si stava stiracchiando nel letto e pronunciò la prima vocale di *neve* come una specie di miagolio soffocato;

ripiombò sul cuscino arruffato più di lei senza riuscire a finire la parola.

Nevicava davvero, nevicavano fitti grossi fiocchi che risuonavano come uno strano scalpiccio disordinato sul vetro: mi stupivo sempre della neve. Tutta quell'acqua trasparente che diventava bianca. Quante volte da piccolo ne avevo prese in mano manciate, ai tempi della scuola, per vedere bene il momento in cui da bianca ritornava trasparente. Ogni volta mi pareva di averlo colto ma mi sfuggiva sempre, come il sole al tramonto quando tocca il mare. Certo, quella era una giornata gelida; non che mi dispiacesse. Ero davvero sconvolto o per quel che avevo sentito o per quel che avevo creduto di sentire. Ammettendo di aver capito bene quelle due parole: cosa stava succedendo? Perché Shannon mi aveva condotto in una specie di imboscata di alto bordo? Forse quella parola *uccidi*, detta assecondando la bocca in un sorriso a denti stretti, non voleva veramente dire "uccidi".

"Guarda la neve come è bianca!" disse stupita Ariel.

"Te l'aspettavi blu, oggi? Forse se provi a dirlo in russo cambia; voi non avete mille nomi per mille tipi di neve diversi?" la prese in giro Calibano.

"No, scemo: però la neve è bianca bianca, ed è bianca bianca anche se te lo dico in russo!"

Dovevo aspettare fino a sera per andare a cena da Shannon, come avevamo concordato. Cosa ci saremmo detti? Come avremmo proceduto per la decifrazione? Il tempo correva contro; la YAVNE certamente voleva tutto presto e noi non avevamo nemmeno iniziato. Calibano, Ariel e io mangiammo insieme: fu un pranzo veloce. Calibano voleva riprovare una scena con Ariel ma Ariel non aveva affatto voglia e iniziarono a discutere su tutto. Mi misi in un angolo del teatro a disegnare, come mi capitava fin da bambino quando ero contemporaneamente triste e impaziente: i miei disegni erano per lo più palazzi complicati, con mille dettagli, oppure foreste di montagna o ancora mappe di isole o visi di persone deformi. Solo questi disegni mi distraevano. Preferivo utilizzare matite grosse e scure, anche se le matite erano una tortura per me. Non ho mai sopportato di vederle accorciare eppure non volevo perdermi l'inebriante odore di legno che sprigionano quando la lama del temperino arriccia la loro pelle, liberandone l'animula nera. Se usi, distruggi; questo è il fatto. Se non usi, non godi: la vita è usare veramente e io non ero convintissimo di vivere. Forse che la minaccia di morte era stata una mia allucinazione proiettata da un desiderio insano di por fine a tutto? Riposi la matita e accartocciai il foglio con tutte e due le mani, con rabbia. Era pomeriggio presto, decisi di fare un giro a Central Park fino al Guggenheim per poi tornare e arrivare puntuale all'Ansonia, da Shannon.

La prima impressione quando scesi in strada fu che l'aria fosse troppo fredda per essere respirata: meno venti gradi Fahrenheit, diceva il termometro esposto in un negozio; dovetti fare il conto, per sicurezza: meno trenta gradi centigradi. La gente camminava velocemente mascherata e protetta da indumenti ridicoli: vidi perfino una ragazza con un enorme gatto vivo, rosso e pelosissimo, avviluppato attorno al collo. Camminavano tutti in un silenzio irreale attenti a mettere i piedi nei solchi di neve già pestata da altri. Arrivava già al ginocchio, tanta se ne era depositata. Le automobili si erano quasi estinte lasciando spazio solo ai grandi veicoli di servizio o ai taxi gialli, rendendo le strade canyon surreali. Ma era il parco a stupire: bianco il cielo, bianchi gli alberi carichi di neve, bianchi i prati e i sentieri e bianchi i laghetti ghiacciati. Qualsiasi oggetto sembrava deforme e ingrandito per via dell'accumulo di neve sproporzionato: biciclette con la sella alta una spanna, panchine che sembravano troni, la casetta delle tartarughe con il cucuzzolo di un castello bavarese. In tutto questo scenario eravamo in pochissimi – qualche fotografo temerario – tra i sentieri del parco. Pensavo alla gente che era andata a lavorare, alla fiumana di persone entrata in Manhattan quella mattina che si sarebbe trovata bloccata sull'isola fino al giorno dopo. In mezzo al parco la vera sorpresa di quella giornata fu il silenzio; assoluto. Niente si sentiva: nessun motore, nessun aereo, nessun ciclista, nessun cavallo, nessuno scoiattolo o piccione, nessun corridore. Niente. Nemmeno il mio respiro che doveva esser breve per non far entrare troppa aria gelida. Decisi di tornare indietro: troppo silenzio mi faceva sentire cose che non volevo. Girai allora verso Central Park sud per poi ritornare alla 73esima da Shannon. Arrivai un po' troppo presto e mi fermai a prendere una cioccolata in un diner su Verdi Square: da quella posizione – mi piaceva sempre, se potevo, sedermi ai banconi attaccati al vetro rivolto verso la strada – la statua del compositore, con cappello di neve come quelli degli stregoni, mi guardava con aria di rimprovero. Era evidente che dovevo risolvere la questione con Shannon e capire come potevo essermi ingannato – perché mi ero convinto che non potevo che essermi ingannato – a intendere quelle parole. Pensai che tutta quella tensione, accumulata di fatto in quattro mesi di vita vissuta con l'acceleratore schiacciato, mi dovesse aver completamente destabilizzato e il mio equilibrio psicologico ne risentisse: figuriamoci se qualcuno mi avrebbe voluto ammazzare, pensavo compatendomi; chi credevo di essere?

Shannon mi attendeva nel suo studio privato. Non si era accomodato su una delle poltroncine eleganti vicino alla grande finestra su Broadway. Era rimasto al suo posto dietro la grande scrivania stile impero piena di carte e libri, appollaiato su una sedia di legno del Seicento olandese, sproporzionata in altezza rispetto alla sua figura ma anche rispetto alla stanza intera: un trono, insomma, dove questo re riceveva me, suddito scalcagnato ma che per qualche motivo ignoto al suddito non poteva essere evitata. "Carissimo Elia," serpeggiò Shannon, "hai ripensato all'incontro di ieri? Ti sono rimaste addosso le parole dei galantuomini che abbiamo avuto il piacere e l'onore di incontrare? Ti confesso che, come ti raccontavo ieri in macchina nel viaggio di ritorno, il Giardino degli Equivalenti rarissimamente accetta estranei alle sue riunioni ma il tuo ruolo in questa vicenda – che avrai capito essere fondamentale – non poteva esimermi dal presentarti a quel consesso prestigioso. Oggi ho ricevuto telefonate lusinghiere sul tuo conto; sei piaciuto a tutti e infinitamente. Credo che non appena porteremo la decifrazione della lingua di Pietramala tu potrai a buon diritto entrare nel Giardino a pieno titolo, come si confà a chi ottiene un merito fondamentale." Scherzava? Provocava? Diceva davvero? Non ero in grado di capire: perché non mi riportava la frase che il presidente gli aveva detto in disparte alla fine dell'incontro? Non avevo il coraggio di chiederglielo;

avrei fatto la figura del ficcanaso e del cretino simultaneamente. Forse davvero avevo capito male.

Mi disse che per cena ci sarebbe stata una sorpresa, specificò: una sorpresa gustosa, molto gustosa, e mi sorrise di cuore. Fui rasserenato da quel gesto. Dopo esserci accomodati nella sala da pranzo, ai due lati del tavolo grande, apparecchiato solo a un estremo per noi due, arrivarono due grandi zuppiere: nella prima – disse Shannon – c'era una clam chowder come non l'avevo mai sentita, una versione con ingredienti freschissimi e scelti per certamente apposta per lui; nella seconda, dei ravioli di brasato al burro e salvia preparati secondo una ricetta speciale lombarda. Furono appoggiate su due grandi basi di marmo pregiato; dalle zuppiere emanavano volute di vapore profumato di cibo, inebriante, che inondavano la stanza salendo a sbuffi fino ai soffitti alti a volta. Pensavo che sarebbe stato meglio iniziare con la clam chowder, lasciando a un momento successivo i ravioli di brasato, o forse, dato che nella clam chowder c'era un fondo piccante, avrei dovuto iniziare con i ravioli, certo più delicati, anche se forse l'intensità del brasato avrebbe potuto coprire il sapore dolce dei molluschi spezzettati nel latte della clam chowder. Il dubbio non durò molto perché Shannon interruppe la mia difficile valutazione olfattiva richiamando la mia attenzione sulla necessità di iniziare a catalogare i morfemi simili nel canto ritrovato in Corsica. "Come diceva Pompeo, il grammatico, citando il *De anomalia* di Cesare in un *liber incertus*: 'Nisi omnia consentiant inter se, non potest fieri ut nominis similitudo sit.'" Abituato a non esser capito, mi fece dono della sua traduzione estemporanea, ma solo dopo avermi presentato un rosso pregiato e un bianco ancor più nobile, per finire tuttavia a sorseggiare, apprezzando con una certa ostentazione, un vino rosé, compromesso anticipatorio del dubbio che ponevano le due zuppiere a base di carne, l'una, e di pesce, l'altra. "Se tutti i fattori non concordano tra loro, non può esserci una similitudine tra i nomi – diceva Pompeo; vedi, prendi questa forchetta e questo coltello: è vero che sono posate, ma sono posate diverse, perché una ha i rebbi l'altra no." Mi parlava con voce squittente, quasi in falsetto, con quel tono saccente e sbrigativo di certi fisici che, fingendo di voler rendere accessibili concetti complessi, si rivolgono ad altri utilizzando esempi di oggetti banali – spesso mele e pere – e finiscono con lo sciacquare via ogni fascino dai fenomeni finendo con il non spiegare niente se non qualcosa di ovvio a riguardo di mele e pere. Oppure peggio: di quelli che invitano ad ammirare la bellezza di una formula, subito dopo però aver dichiarato che chi la guarderà difficilmente sarà in grado di capirla. Narcisista e nichilista al contempo: questo mi pareva fosse Shannon.

Cercai con lo sguardo gli occhi del cameriere per sollecitarlo a servirci una delle due zuppe che nel frattempo ci avevano inondato di aromi rendendo la stanza una specie di serra gastronomica. Il cameriere mi guardò ma rapidamente volse lo sguardo altrove, come per aspettare il comando di Shannon. Avevo fame ma non osavo interrompere quel cerimoniale e mi rimisi paziente ad aspettare, sorseggiando dell'acqua tiepida e sgasata, mentre Shannon riprese. "Ho riflettuto molto sulle tue pubblicazioni. Devo dire che apprezzo profondamente la tua passione per il verbo *essere* e soprattutto il tuo tentativo di unificazione." Reagii male alla parola *tentativo*, il mio era un successo, poco riconosciuto forse, ma lo era: non un tentativo tra gli altri. Trasalii, non aveva capito niente di tutto quello che avevo fatto. Continuò, dopo aver schioccato la lingua gustando un altro sorso di vino: "Il verbo *essere* è come una bella donna…" Non riuscii davvero a sopportare anche quella metafora più stupida che frusta della bella donna: impulsivamente, lo fermai con una scusa improvvisa impedendogli di finire la frase. Shannon mi stava stupendo nel peggiore dei modi. Ero a disagio; iniziai a giocherellare con la forchetta e a tamburellare con le dita sulla tovaglia secondo un ritmo scazonte, molto scazonte; lo feci infatti istintivamente con la mano sinistra, nell'evidente ancorché inconscio desiderio di provocare ancor più fastidio con le mie sei dita al posto di cinque.

"Da cosa preferisci iniziare?" mi chiese senza scomporsi Shannon che accompagnò la richiesta con uno di quei suoi gesti ampi del braccio, da anfitrione consumato, "Ti ho fatto preparare due piatti che so ti piacciono tantissimo: una clam chowder del New England, mi sono procurato ieri gli ingredienti a Marble Head, e dei ravioli di brasato italiani, anche questi con ingredienti speciali spediti dall'Italia, Montalto Pavese, per la precisione, Oltrepò." Quella domanda mi spiazzò anche perché descrivevano l'ovvio, con la sola aggiunta dell'esibizione erudita dell'origine degli ingredienti che certo non ne avrebbe cambiato i sapori. Rimasi in silenzio e la riformulai parola per parola in testa, come per riconoscere un sapore prevalente che fosse superiore all'insieme delle parti. Non venne fuori nulla; ero evidentemente troppo deluso e arrabbiato per quella situazione. Avremmo dovuto iniziare a lavorare alla traduzione del canto nella lingua di Pietramala, avrei forse potuto chiarire il tremendo equivoco del giorno prima sulla mia morte e invece ero lì a sentire lui farneticare sul verbo *essere* e in più non riuscivo a decidere cosa mangiare. "Tieni conto che dovremmo metterci presto al lavoro sul canto della lingua di Pietramala," aggiunse vedendomi impacciato, "il presidente, ovviamente, non sa che io non l'ho, cioè," si corresse, "che noi non l'abbiamo ancora tradotto; crede sia cosa facile, lui, ma ci riusciremo in poco tempo, contando sulla tua grande capacità di scoprire e decifrare regole ignote. Inizieremo presto, appena dopo cena, o al più tardi domattina." La parola *domattina* suonò in me come una di quelle sveglie mal programmate che ti destano nel cuore della notte dandoti l'impressione fisica di qualcosa fuori tempo: rimandare ancora? Ero arrivato a novembre a Manhattan; ora eravamo in gennaio e non avevamo ancora iniziato. Per il mio carattere, per la mia personalità, questo era sufficiente per farmi impazzire. Guardai il cameriere e mi resi conto che non avevo ancora deciso da cosa iniziare. Gli chiesi ancora dell'acqua, sperando almeno che fosse fredda e frizzante.

"C'è solo una cosa che mi sarebbe potuta interessare di più del verbo *essere*, Elia, se avessi studiato linguistica di recente, e quella cosa è la negazione," disse *negazione*, asciugandosi contemporaneamente i bordi laterali delle labbra con il tovagliolo mentre arrotondava la bocca pronunciando la terza sillaba: quel gesto disgustoso che metteva insieme la visione astratta della lingua come sistema di regole con quella concretissima della lingua come appendice molle che cresce nella bocca mi provocò una specie di attacco di nausea. "Ma insisto," ripeté Shannon, "se non scegli, ci toccherà passare al se-

condo; freddi, questi piatti sono letteralmente immangiabili."
Provai con tutto me stesso a capire da quale sapore iniziare
per non rovinare tutto ma non uscì nulla. La clam chowder,
se cucinata bene, doveva essere delicata; i ravioli, invece, molto saporiti, ma se li mangio dopo rischio di non sentire più
il sapore del vino del brasato, per via del peperoncino nella
zuppa. Ero stanco, affamato, deluso, annoiato, spazientito. "E
tu, Elia," aggiunse, "hai mai provato a scrivere qualcosa senza mai usare la negazione? Non dico una frase o due: intendo
dire un intero racconto, o una relazione. È impossibile. La negazione spunta dappertutto, non solo i casi dove compare in
bella vista; penso anche ai casi dove la negazione si nasconde
in parole che non sembrano contenerla. La negazione infatti
si può stanare anche nei più innocenti degli aggettivi: se dico
solo qualche uomo corre non dico forse che non tutti gli uomini
corrono?" Rise, rise senza ritegno e, con un'aria da rimprovero, guardando me ma facendo contemporaneamente un cenno
rapido con la mano al cameriere, disse tossendo per il troppo
ridere: "Porti via le zuppiere, per cortesia, il nostro Elia non
sembra essere in grado di decidersi e ha rovinato tutto lascian-
dole raffreddare. Sono diventate immangiabili." Mi tremavano
le mani dalla rabbia ma non potevo reagire come avrei voluto;
rischiavo di mandare all'aria tutti quei mesi di attesa nella speranza di decifrare il mistero di Pietramala.

"Spostiamoci in biblioteca, Elia, nella sala di lettura dei
classici; ho preparato delle copie ingrandite della trascrizione
del canto. Potremo iniziare a lavorare da lì e aggiungere comodamente tutte le annotazioni per la decifrazione." La sala lettura classici era la sua preferita nel labirinto faraonico della sua

biblioteca. Ci sedemmo su due poltrone ampie, sulle quali aveva fatto appoggiare due cartellette piene e zeppe di fogli sulla trascrizione e altre annotazioni sulla Corsica. Tolse con la mano la polvere che si era accumulata sulla sua cartelletta, segno che non doveva averla aperta negli ultimi mesi: "La polvere e i buchi, mio caro, sono la vera sfida ontologica della realtà," disse con l'aria poco intelligente di chi invece vuole mostrare di esserlo molto. "La prima è dappertutto e ricopre tutto ma non è niente; i secondi non sono nulla ma nascono solo quando ciò che c'è si sottrae e offre lo spazio giusto." Aprì con movimenti lenti la sua cartelletta e soggiunse: "Mi permetti di assentarmi un istante? Inizia tu, nel frattempo: datti da fare, mettiti subito sotto a leggere il manoscritto, per favore. Farò presto."

Non ebbi né la voglia di iniziare a leggere da solo né di rimanere seduto sulla poltrona. Mi alzai: ero d'altronde nel *sancta sanctorum* della sua biblioteca. Il cuore del sapere di Shannon; quel luogo nel quale aveva raccolto e custodito tutti i suoi libri preferiti tra i milioni di quelli che possedeva. Istintivamente, come attratto da un richiamo, presi un libro che spiccava tra gli altri dallo scaffale più vicino alla sua scrivania e lo sfogliai distrattamente. Sembrava intonso: solo l'indice dei nomi era stato evidentemente letto, anche a giudicare da come sembravano ancora quasi incollate tra loro le pagine del resto del libro, separate come un blocco da quelle della fine. Ne presi un altro, curioso di sapere cosa stesse leggendo Shannon in quel periodo: anche in questo la stessa situazione. L'indice dei nomi compulsato, il testo ignorato e intonso. Presi a tirar fuori un terzo libro, poi un altro e un altro ancora. Mi trovai a cavar fuori in preda ad una specie di follia tutti i libri che mi capitavano a tiro: in ognuno di essi, solo gli indici dei nomi erano consumati e solo le rarissime citazioni del suo nome, per lo più come curatore di lavori miscellanei, spiccavano sottolineate con la stessa biro blu dalla punta esageratamente ampia. Era chiarissimo: Shannon non doveva aver letto nulla di quei libri. Aveva solo controllato banalmente se negli indici era citato il suo nome. Fu come se tutti i ruscelli all'improvviso scorressero all'indietro prosciugando i laghi e i laghi i fiumi, e i fiumi i mari; ecco, solo allora si riuscirebbe a provare cosa vuol dire scoprire che chi si era sicuri che ti amasse invece ti odia. Uscii rapidamente dalla stanza e andai dal maggiordomo: con una scusa che nemmeno ricordo mi feci riconsegnare rapidamente il giaccone e gli ribadii che ero stato chiamato a casa per un'urgenza. Stupito, esitando, balbettando qualcosa, il maggiordomo mi accompagnò alla porta: "No," lo prevenni io brusco, "dica, per cortesia, al professor Ismael Shannon che lo richiamo io domani. Sarà meglio, mi creda, molto meglio."

Uscii rapidamente dalla casa, poi dall'ascensore – Ireneo, capendo tutto o, forse, solo spaventato dal mio respiro e dal mio passo troppo rapidi per essere normali, non disse una parola – e infine uscii dal palazzo: in un attimo sbucai in strada, in mezzo agli altri, senza salutare nessuno. Shannon non era colui che pensavo fosse e quello che temevo avesse detto su di me poteva davvero essere la verità. Doveva uccidermi?

[5.2] C'era qualcosa che non capivo. Decisi di prendermi un giorno di astinenza dal mondo per riflettere. Continuavo con ostinazione a riassumere l'ultima puntata della mia vita per capire a che punto ero. Dunque: io arrivo in Corsica e scopro che il borgo del quale dovrei descrivere la lingua non solo è disabitato ma che non c'è più alcuna traccia scritta della lingua e che nel cimitero mancano tombe di bambini; scopro poi, per caso, che rimane la memoria di un canto in quella lingua e che della trascrizione di quel canto si occupa un professore americano. Arrivo in America, lo incontro, mi chiede di aiutarlo e poi di fatto non facciamo assolutamente nulla per risolvere l'enigma; anzi, mi presenta a tutti come colui che l'ha già risolto e, pur nel dubbio di un'interpretazione paranoide da parte mia, arrivo a guadagnarmi una minaccia di morte da parte del presidente di un'associazione della quale nessuno sa nulla e che, a quanto pare, ha mire planetarie e risorse infinite. Dove stava l'errore? Qual era il punto che non capivo? Ma forse quella inopinata catastrofe della mia vita non era la conseguenza o l'effetto che dir si voglia di un unico motivo, d'una causa al singolare. Forse io ero come in un vortice, un punto di depressione ciclonica nella coscienza del mondo, verso cui hanno cospirato una molteplicità di causali convergenti. Forse. O forse no. La sindrome muta. Più probabilmente mi ero illuso che seguire una pista misteriosa quando la vita ti sembra spenta non riaccende proprio niente: anzi, peggiora solamente lo stato di fatto, aggiungendo finte piste e finti sensi laddove ci sono soltanto sensi unici e strade senza uscita, assurde.

Non capivo – lo confesso – ma capivo a sufficienza per rendermi conto che il motivo dell'incomprensibilità non ero io. Le parole di Shannon che avrebbero dovuto finalmente dipanare il bandolo non solo non erano mai arrivate, ma quelle che aveva pronunciato mi avevano confuso ancora di più, facendomi credere che il problema fosse nella mia intelligenza e non nei fatti. L'oscurità delle sue false spiegazioni mi aveva irritato oltre ogni misura. Sperava di irretirmi con quel suo modo di fare misterioso, con l'eleganza dei toni e le tavole imbandite? Perché era solo questo che finora mi aveva dato Shannon: esibizioni di eleganza formale e di sfarzo; sterminate collezioni di citazioni erudite e di trucchi retorici. Solo i cretini ammirano e amano tutto quello che colgono nascosto sotto parole stravolte e ritengono vero quello che tocca le loro orecchie con eleganza camuffato da un suono piacevole; io – almeno lo speravo – non ero un cretino. Io mi ritenevo immune dagli inganni retorici; avevo imparato a memoria il *Protagora* io, e il *Gorgia*: niente poteva farmi cadere nella trappola dei ragionamenti vacui. "L'eleganza va lasciata al sarto." Mi ripetevo le parole della Signora: "Quando si ragiona è solo la verità che deve vincere, tutto il resto viene dopo." Chi va in giro a dire che siamo guidati dalla bellezza nella ricerca di una spiegazione è chi non ha mai scoperto nulla. Sottospecie meno pericolosa di chi si stupisce che l'universo sia comprensibile, sia pure in minima parte: per forza lo è, se non lo fosse non potremmo formulare nemmeno una domanda e dunque o l'universo è almeno un po' comprensibile o noi non esistiamo come esseri senzienti e dunque non esistono le domande. È come dire che ciò che è stupefacente del cibo è che sia commestibile: se non lo fosse non esisterebbe in quanto cibo, sarebbe altro. Semmai dovremmo stupirci di cosa capiamo e di cosa mangiamo, perché ciò dipende da come siamo costruiti.

Stavo vivendo una tensione acuta, fisica. Stavo per esser triturato da due macine convergenti: l'unica possibilità era divincolarmi in modo rapido. In effetti, la Signora mi diceva sempre: "Ci sono due modi per scivolare attraverso le avversità della vita: credere a tutto o dubitare di tutto. Entrambi i modi ci risparmiano di pensare e non portano a niente." Come aveva ragione! E io non potevo permettermi il lusso di smettere. Avevo superato, senza nemmeno ammetterlo, il punto di non ritorno. Abbandonare quella storia e tornare indietro sarebbe stato come decidere di rinunciare a essere un protagonista della mia vita. Piuttosto, dovevo fermarmi e capire cosa stava succedendo. Innanzitutto occorreva individuare le forze in gioco: senza forze, non c'è movimento, senza movimento non c'è tempo, senza tempo non ci sono né i problemi né le persone. Quali erano le forze in gioco? Certamente ce n'erano almeno due. Da una parte, la necessità di decifrare la lingua di Pietramala – senza questo passo non aveva senso pensare a un passo successivo: questa forza dominava sia me che Shannon; tutti e due eravamo interessati a capire come funzionasse quella lingua. Dall'altra, c'era qualcosa che costringeva, o almeno portava Shannon a frenare la decifrazione; non era una forza alla quale ero sottoposto io direttamente, ma la conseguenza di tale forza era ormai parte della mia vita.

Questo era davvero il primo passo: decifrare le forze che agiscono intorno a noi, su di noi. Noi non ci accorgiamo sempre di cosa agisca su quello che facciamo, sulle nostre decisioni, sia che si tratti di forze semplici, generali e ubiquitarie sia che si tratti dell'intreccio di forze complesse, locali e frammentarie. Come nel caso dell'astronomia, la difficoltà di riconoscere il movimento della Terra consiste nell'abbandonare la sensazione immediata e intuitiva della fissità della Terra e del moto dei pianeti, così nella storia – e direi nelle vicende individuali – la difficoltà di riconoscere il fatto che la personalità è sottoposta alle leggi di spazio, tempo e causa risiede nella rinuncia della sensazione diretta dell'indipendenza della propria personalità. Quali erano le leggi, i moventi – letteralmente, dunque: i "moventi" – che spingevano Shannon a dirigersi apparentemente in due direzioni uguali e contrarie? Non era facile dare una risposta, ma non tanto perché queste forze erano occulte, quanto perché la percezione di due movimenti opposti, per quanto distinti ed evidenti, non necessariamente conduce a riconoscere due leggi opposte. Questo vale nella fisica delle cose così come nella fisica della vita.

E non potei fare niente di meglio che ripetere a memoria un passo di Lucrezio, che non sapevo fino ad allora come mai, tra gli altri, mi fosse rimasto impresso nella mente. E lo ripetei mentre camminavo evitando le infinite persone che si muovevano in senso opposto al mio, così tante che non potevo credere la vita ne avesse fatte nascere. Era l'ora di punta di un venerdì di fine gennaio, mi trovavo in quel momento sull'Ottava, tra la 42esima e la 41esima, dove mi sorprese la vista del grattacielo trasparente più bello della città. Si vedeva un brulicare di persone alcune intente a salire, altre a scendere, dando l'impressione di due moti contrapposti ma fluidi. Ripetei sussurrandole dentro di me queste parole: "Niente si muove verso l'alto, malgrado le apparenze. Tutto viene attratto in basso. Se vediamo salire qualcosa verso l'alto è perché c'è una forza che lo spinge. Come quando le fiamme saltano verso i tetti, o il sangue vivo e rosso sprizza dal nostro corpo o quando ancora cerchiamo in tanti di cacciare giù con le mani una trave di legno nell'acqua e quella vien risputata fuori, come se l'acqua stessa la vomitasse: dubitiamo forse che una trave non cada verso il basso?" Quelle immagini mi sembrarono sgorgare da me come le avessi pronunciate io per la prima volta, tanto che mi chiesi se la forza della poesia non fosse proprio quella di indurre nel lettore il delirio dell'originalità.

Forse, allora, Shannon non andava verso direzioni diverse dalla mia. Forse tutti e due andavamo nella stessa direzione ma qualche fattore esterno le faceva sembrare diverse. Il problema era allora capire quale fosse la direzione. E riaffiorarono alla memoria anche le due zuppiere sul tavolo di quella sera: forse per un involontario desiderio di comunicare senza parole, forse per un progetto preciso di farmi sentire coi sensi quello che voleva sentissi nella mente, Shannon mi aveva costretto a provare quello che prova un animale quando deve scegliere, anzi mi aveva trasformato in un animale. Ero l'asino di Buridano: messo esattamente in mezzo a due stimoli uguali e soddisfacenti, per paura di perderne uno tralasciandolo per un istante mentre avesse colto l'altro, finì con non avere né uno né l'altro. Così aveva ridotto me quella Circe di Ismael: io animale senza scelta ci ero cascato ma avrei usato questa esperienza per non cascare nella trappola più grande in cui ero capitato. Non avevo alternativa. Ben sapendo che capire è una dannazione dalla quale non si torna: a quel punto ero condannato a farlo.

[5.3] Arrivai in teatro rattrappito e cupo: Ariel e Calibano stavano ancora occupando il palcoscenico con le prove; non potevo apparecchiare né prepararmi il letto – tutta la scenografia era ancora montata sul palco e anche le luci erano puntate sulla scena – mi misi dunque comodo in seconda fila per assistere alle prove. Pensavo mi sarebbe servito per sbrinare cervello e mente e, alla fine, per rilassarmi. Era una scena decisiva: Ariel camminava su due trampoli altissimi, coperta da un tulle bianco, grande e complicato che la travestiva da nuvola. Delle luminarie flessibili attraversavano il costume da capo a capo accendendosi intermittenti come saette, mentre fuori scena il clangore di due lastre flessibili di metallo sbattute l'una contro l'altra e il rullo crescente di una grancassa completavano l'imitazione del tuono che mi parve più vera del vero. Ariel inarcando la testa tendeva il collo sputando maledizioni con una vocina stridula a mezzo tra una donna e un bambino; le lanciava contro Calibano che nudo si rotolava in un fango finto, fatto di chicchi di caffè che rimanevano appiccicati alla sua pelle e schiacciandosi emanavano un aroma tostato; in tutto questo, lui doveva grugnire parole incomprensibili.

"Ferma, ferma, ferma tutto," gridò all'improvviso Calibano, alla fine di un tuono che parve quasi si prolungasse sulle sue parole. "Così non va, Ariel: non ti vedi? Sembri entrata dalla finestra del cesso. Stai governando nembi plumbei e gonfi di pioggia e di terrore, ti accompagnano le arpie in persona, e tu starnazzi."

Ariel, scese dai trampoli lentamente ma senza tentennare; era visibilmente infuriata, come chi all'improvviso si sente ridicolo nei suoi panni, e la sua furia era involontariamente sottolineata dalle saette di luce che continuavano ad accendersi a intermittenza nel suo costume da nuvola pur senza alcun rumore. Il suo solito sorriso era diventato irriconoscibile, fragile: era in attesa di qualcosa che le facesse recuperare il senso di quello che lei ora era, come l'acqua su un sapone secco. Sopra le loro teste si stavano radunando rapidamente draghi affamati di rancore, mentre loro, prendendo pericolosamente forza ciclonica come se fossero due avversari di lotta che giravano circospetti in tondo, lentamente, a passi misurati, esploravano il punto debole l'uno dell'altro e il momento migliore per sferrare improvviso l'attacco: quelle forze si stavano così rinforzando a vicenda e sembravano pronte a inghiottire tutto quello che avrebbero incontrato sul loro percorso.

Sorprendentemente, Ariel non rispose a Calibano, che congedò in fretta tutti i rumoristi e i tutti i tecnici senza parlare. Ariel allora si levò i costumi di scena con gesti lenti e tristi, rimanendo per un attimo ferma in piedi in mezzo al palco con una calzamaglia candida che sottolineava quel suo corpo atletico e smagrito e lo sguardo puntato a terra: si infilò un maglione azzurro molto più grande di lei e si rannicchiò abbracciandosi le ginocchia; poi reclinò la testa come per nasconderla, lasciando sbucare fuori solo il ciuffo dei suoi capelli biondi: sembrava una medusa strana afflosciata sul fondo del mare. Calibano, le si avvicinò con parole dolci. Al sentire queste parole, Ariel alzò la testa e gli chiese se questo era il segno di riconoscenza per quello che lei aveva fatto per lui. Non fui stupito. Poche leggi hanno meno eccezioni di quella per la quale a ogni azione emotiva ne corrisponde una uguale e contraria. Calibano, se mai fosse stato necessario, la confermò con un calcio a un secchio di polvere blu che nel rotolare provocò una nuvola che ci avvolse tutti facendoci tossire a lungo.

"Imbecille: saresti capace di rovinare tutto anche senza trarne nessun vantaggio per te. Sai solo mangiare, tu," reagì Ariel diventando tutta rossa.

"L'uomo è ciò che mangia," rispose Calibano imitando la posizione di un gorilla, battendosi le mani sul pancione rotondo che risuonò come una grancassa.

"Sto covando inconsapevole uova di serpenti nel mio letto," gli sibilò Ariel. "Caldo e morbido come un fienile d'estate, ti ho fatto spazio nel mio letto e tu ora mi ripaghi così? La nostra coppia non è una coppia: tu non percepisci minimamente quello che io ho fatto per te. Quanto mi sta costando credere a questo inganno?"

"Infatti io non voglio una coppia: io voglio una famiglia."

"Una coppia è una famiglia, cretino: chiedilo un po' a Elia se è d'accordo. Diglielo tu, Elia!"

"Sì, Elia, diglielo tu," urlò girandosi di scatto verso di me Calibano.

Mi stavano tirando ognuno dalla propria parte, come se mancassi solo io per risolvere lo stallo di un tiro alla fune. E dire cosa? Dire che a me del loro litigio non importava nulla e che mi importava invece che non litigassero? Dire che parlarmi di una coppia mentre ero nei guai, da solo, in una città lontana dai miei affetti non mi metteva certo a mio agio? Dire che non sapevo a chi dare ragione ma che anche se l'avessi saputo non avrei voluto scegliere? Non dissi nulla, invece. Una seconda ondata più violenta si stava gonfiando.

"Come hai fatto a cambiare così? Ti ricordi cosa mi scrivevi, signorina?" Calibano tirò fuori un foglietto dal suo cassetto: "*Miele fresco ti porterò e tende di cotone riempirò di ricami per*

*proteggerti dal sole di montagna e toglierò il sale dall'acqua di
tutti i mari per esser sicura di aver acqua sufficiente per dissetar-
ti, amore mio. E frutta d'inverno poi ti porterò e neve in spiaggia
d'estate in buffi fiocchi con cucchiaini d'argento. E un dondolo
di baci e di api domestiche ti culleranno all'ombra delle orchidee, e ancora una cascata di monetine d'oro tintinnanti più che
una risata di cherubino.* Ecco: questo mi scrivevi. E ora dove è
finito il tuo amore? Ora che conosciamo i nostri odori, ora che
ti ho visto deodorarti le ascelle e asciugarti dopo aver pisciato, ti amo forse meno? Mi chiesi allora, sinceramente, se non
fosse il pudore a salvare gli amori; quella distanza istintiva che
mettiamo tra i nostri umori e gli altri, tra i gesti che compiamo
su di noi per forza e che non vorremmo compiere e gli sguardi
degli altri, come se non avessimo tutti un culo e il naso."

Non capivo, malgrado questo, cosa stesse succedendo:
Calibano e Ariel erano trasformati. Poco aveva a che fare il
litigio con le prove; qualunque errore Ariel potesse aver commesso certamente non giustificava la furia di Calibano né la
reazione di rifiuto totale di Ariel poteva spiegarsi con l'insulto
di Calibano.

Ariel non mollò: "Se non so più scrivere così," riprese
Ariel, "è perché non me ne lasci il tempo. Io ho bisogno di una
rincorsa lunghissima per fare un salto decente: ogni cosa che
scrivo prevede una concentrazione lunga. Ogni ora di lavoro
ne richiede otto di silenzio e rimuginio. I miei momenti pro-
duttivi assomigliano di più a quelle vomitate precedute da ore
di sviamenti, di tentativi di pensare ad altro per rimandare il
conato, che a una serie di noiosissimi rutti cadenzati."

"Sei un buco nero emotivo; niente che ti arrivi esce più

da te e tutte le sensazioni che entrano nella tua rete deformata sono risucchiate per sempre."

"Non puntare mai su un unico amore se non sei sicuro che ti lasci libero," Calibano si rivolse di nuovo direttamente a me. Poi prese in mano un libro, quello in cui raccoglieva le frasi più belle che aveva letto e disse: "Io giuro, giuro su questo libro che non mi lascerò mai più irretire dall'amore per una donna."

"Giura, giura quanto vuoi, ma non su qualcosa fuori di te: sdraiati tu sull'altare e fatti mangiare tu invece che rimpinzarti. Tu non mi ami."

Mi ritirai in silenzio lasciandoli continuare a urlare. Ignorando tutto quello che mi stava intorno, mi infilai nella mia branda, quasi nel mezzo del palcoscenico, visto che la scenografia non l'avevano spostata, troppo intenti a litigare. Ariel e Calibano: come avrei potuto aiutare due anime così diseguali? Erano per me come l'acqua sull'asfalto caldo. Non potevano compenetrarsi: l'una evapora al contatto con l'altro, lasciando solo un odore strano nell'aria. Quella giornata era iniziata con due zuppiere piene di buon cibo che non ero riuscito ad avvicinare e finiva con due amici che litigavano e che non potevo separare. Due forze diverse ma sempre opposte segnavano quella giornata. Io nel mezzo che non sapevo come fare. Clara Maria: che nostalgia profonda per quelle care mani, quelle labbra d'albicocca che appoggiandosi alle mie rendevano inutili le parole, quei fianchi morbidi e profumati dove affondare le mani. Niente. Ora solo forze esterne che tiravano in direzioni opposte e io in mezzo. Qui, inchiodato al presente e allo spazio che occupo, inseguendo il sogno di un mistero non mi muovevo di un millimetro. Mi sembrava di essere malato: forse un'influenza, forse una malattia più grave. Avrei voluto un abbraccio ma non un abbraccio finto, di quelli mimati nei ricevimenti di gala o tra colleghi: volevo un abbraccio di quelli veri, di quelli che sorprendono i malati che nessuno tocca più.

Nel margine ultimo di quella giornata, quando tutti i sentieri erano stati percorsi invano, mi assopii ma il sonno non attecchiva. Ero fradicio di tristezza come neve in una pozzanghera. Rimasi a lungo in bilico sulla soglia della coscienza vedendo oggetti e parole liberati dalla forza di gravità fluttuare da un mondo all'altro e trasformarsi gli uni negli altri. Cosa è utile fare per chi soffre? Me lo chiedevo e diventavo tutto dilatandomi e poi rapidamente mi riducevo a un puntino infinitesimale e non sapevo più che invece ero io. E mi sovvenne il ricordo tristissimo di quella donna, impazzita, che al suo bambino che sarebbe certamente morto di malattia dopo qualche mese, in quello che le parve il più generoso sforzo del suo ragionevole ruolo di madre, sotto i rami ricurvi carichi di luci e nastri colorati di un grande albero di Natale, fece trovare come regalo, ben lucidata, una piccola, comodissima bara bianca.

[5.4] Stavo russando, ma in quei suoni, che si facevano largo nei miei sogni, mi parve di riconoscere un significato e attizzato dal desiderio di interpretarli mi svegliai. La notte non era stata nemmeno in grado di durare il tempo di un sogno. Ariel e Calibano stavano dormendo. Avevano allontanato le brande. Non si era risolto il litigio della notte prima. Mi svegliai pieno di senso di stupore – forse confuso da quel messaggio che credevo di aver colto nel mio russare – e cercai allora di trovare un motivo allo stupore per non contraddire quella sensazione così forte e presente. Non dovetti pensare molto. Ero nato: questo era sorprendente, forse solo meno del fatto che qualcuno riesce a vivere senza ricordarsi che deve morire. Siamo veramente tutti matti. Soddisfatto di quel tentativo di equilibrio emotivo che avevo impiantato mi ricordai che dovevo alzarmi e riprendere in mano la mia vita.

Era venuto il momento di prendere una decisione su come procedere e dovevo farlo da solo impegnando tutte le mie facoltà e i miei sensi, inclusa la pancia e tutti i suoi neuroni. Pensai di uscire ma faceva ancora troppo freddo per due passi. Mi rimase solo l'alternativa di andare in un negozio di libri, di quelli sterminati dove la gente si siede per terra a leggere e può bere e mangiare come in un bar italiano; lì avrei fatto colazione. L'aroma del caffè stemperato con il profumo dei libri mi avrebbe tranquillizzato e avrei potuto prendere una decisione serena: tornare in Europa e affrontare da solo il mistero di Pietramala.

Li lasciai dormire. Distanti: lei, arruffata nelle lenzuola e nella coperta spessa, sembrava fatta di stoffa; lui, scoperto con un pigiama troppo stretto per il suo corpo grasso, a gambe larghe che quasi abbracciava la branda con il cuscino per terra. "Fino a quando accetti di dormire di fianco a qualcuno," mi dissi, "vuol dire che almeno un po' ti fidi." Il sonno è davvero il germe della società ed è questa la sua funzione che lo ha salvato dal tritatutto evolutivo, non ne ha altre: di obbligarci a essere fiduciosi, almeno per un momento nella vita. Chi non si fida non dorme; chi non dorme muore. Capii allora che volevo bene a quei due. Avrei voluto stringerli insieme, baciarmeli, riunirli, ma nemmeno volendo ci sarei riuscito: stavano andando alla deriva ed erano già troppo lontani.

L'aria su Broadway era ancora più fredda: un vento fortissimo spirava da nord-ovest dopo essere calato dalle pianure del Canada e dai grandi laghi raccogliendo tutta la brina infernale del Midwest. C'era ancora meno gente per le strade e le auto avevano ormai tutte l'inconfondibile colore giallo dei taxi; qualcuno doveva aver diramato l'ordine di non andare al lavoro né a scuola. Perfino la verdura dei fratelli Arvali quel giorno non era esposta: solo un peperone rosso, caduto da qualche cesta, rotolava tra la neve del marciapiede spinto da una folata più violenta. Un bambino, stupitissimo, lo vide e rise. Entrai nella libreria, salii al piano dei libri per adulti saltando i banconi nell'ingresso, quelli dei libri da classifica, quelli che se – come dico io – si abolisse una volta per tutte la stampa nessuno copierebbe a mano evitando così di colmare un buco decisamente necessario.

Mi trovai un tavolino in disparte; avevo voglia di almeno un paio di frittelle, una alla mela e una alla vaniglia, e di un tè dal profumo intenso di bergamotto. Feci prima spazio sul tavolino di legno lucido, presi un foglio e cercai di scrivere quello che stavo vivendo, almeno per trovarmelo di fronte, osservarlo e poter scegliere con calma. Non scrissi parole, o meglio non scrissi solo parole. Fu invece un disegno.

La prima cosa che disegnai fu un cerchio – molto ben fatto, a dire il vero – sul lato sinistro del foglio. Dentro il cerchio scrissi il nome di Shannon e, istintivamente, associai a lui i due termini contrastanti della sua teoria generale del linguaggio che scrissi sempre nel cerchio ma più sotto: "analogia" e "anomalia". In fondo, l'unica cosa che mi aveva dato di sé in quei mesi, nelle nostre conversazioni, salvo la minaccia ultima, era proprio quella sua teoria del linguaggio umano come equilibrio tra due forze contrastanti. Era tutto ciò che avevo appreso di nuovo e, apparentemente, era quello che doveva aver generato l'esperimento antico di Pietramala. Era ciò su cui aveva costruito la fiducia del Giardino degli Equivalenti nel progetto di costruire una nuova base per l'apprendimento, facendolo passare attraverso una lingua artificiale ben progettata secondo il principio di equivalenza tra gli equilibri.

Poi disegnai un secondo cerchio, sulla parte destra del foglio, ma non del tutto lontano. Questo cerchio si intersecava con l'altro; dentro il secondo cerchio, ma fuori dall'intersezione, scrissi il mio nome e appena sotto, per simmetria con quello precedente, scrissi "fidarsi" e "diffidare". Questo era il mio dilemma più profondo: io, da solo, lontano da casa e da una realtà che mi era per un istante sembrata dischiudere una vita nuova, potevo fidarmi di quest'uomo e delle sue teorie? Potevo darmi da fare per decifrare una lingua perduta con lo scopo di capire qualcosa di più del linguaggio umano oppure dovevo invece staccarmi immediatamente da un gioco che era sia troppo grande che troppo sporco per essere compatibile con tutte le mie scelte precedenti? Io che non ero voluto entrare nel mondo dei grandi ricchi, malgrado la Signora me l'avesse implicitamente e, talvolta, anche esplicitamente offerto, potevo ora diventare una pedina di una società di malaffare? Non avevo appigli per scegliere, potevo solamente fidarmi o non fidarmi e questa fiducia passava necessariamente attraverso la fiducia in una persona specifica: Ismael Shannon.

Infine disegnai un terzo cerchio, appena sotto gli altri due, nella metà inferiore del foglio in modo che intersecasse i primi due. In questo altro cerchio scrissi, sempre fuori dall'intersezione con gli altri due, il nome di Calibano e Ariel e sotto "amare" e "odiare". Ecco il turbamento profondo che mi provocava la rottura tra Calibano e Ariel: non era solo una rottura tra di loro; diventava di riflesso anche la mia rottura, proprio nel momento in cui mi rendevo conto che la loro unione garantiva l'unione delle mie parti, alcune delle quali corrispondevano ad Ariel e altre a Calibano. Per aiutare Calibano e Ariel avrei dovuto avere il coraggio di capire se quel conflitto non mi avrebbe portato a riconoscere che io stesso non andavo bene com'ero: sarebbe stato come voler portare a riva contemporaneamente due persone che affogano; sarei facilmente potuto affogare insieme a loro.

Mi sistemai meglio al tavolo del caffè della libreria e subito una ragazza con una bocca troppo rossa per i miei pensieri si avvicinò per l'ordinazione. Mentre scriveva si passò sovrappensiero la punta della lingua sui denti, così belli e luminosi che per riflesso feci lo stesso gesto con la mia lingua sui miei denti: lei se ne accorse e arrossì, scrisse velocemente l'ordinazione e si allontanò senza dire niente: nel farlo, uno dei tre braccialetti che portava al polso, un sottile cerchio d'oro, cadde per terra e poi le caddero anche gli altri due. Mi chinai per raccoglierli e porgerglieli, quasi per scusarmi del gesto di prima: "Si staccano sempre tutti, quando se ne stacca uno," mi disse senza guardarmi negli occhi. "Si staccano sempre tutti, quando se ne stacca uno," ripetei io ancora imitando il movimento delle sue labbra. Ritornai al tavolo e tirai fuori il foglio con i tre cerchi. Ripetei ancora quella frase: "Si staccano sempre tutti, quando se ne stacca uno." Ma certo! Ecco cosa volevo dirmi con quel disegno: i tre cerchi sono legati tra loro in modo indissolubile ma basta che solo uno qualsiasi degli anelli si stacchi perché siano liberati anche gli altri. È una configurazione ben nota ai topologi come "anelli borromaici", dal nome di una casata di mercanti e banchieri famosa in Italia già nel Cinquecento, quella dei Borromeo, che l'aveva adottata come simbolo nello stemma araldico a indicare che solo tutti uniti si sta insieme; un gioco dove ogni giocatore può distruggere unilateralmente l'unione degli altri. Non riuscivo a crederci: guardai il mio disegno con i tre cerchi e riconobbi in essi il legame degli anelli borromaici. Ecco come avrei dovuto procedere: non dovevo cercare di sbrogliare tutti e tre i problemi; era troppo difficile. Analogia e anomalia, amore e odio, fiducia e sfiducia: non si trattava di una ghirlanda complicata; bastava sciogliere il legame tra due problemi per sciogliere anche quello che legava gli altri due. Questo mi sembrava un buon punto di partenza. Con questa prospettiva potevo avere il coraggio di affrontare ancora la mia vita: non ero perduto, c'era certamente un modo per districare il garbuglio perché – me ne ero convinto – nella natura di quell'intreccio stava anche la chiave della soluzione di Pietramala.

Avevo ragione? Non potevo esserne sicuro – e oggi posso ammettere che non ne avevo – ma questa conclusione mi infondeva un ragionevole ottimismo, una forza sufficiente a pensare di dominare la complessità della realtà che avevo di fronte.

Guardai fuori e vidi che aveva quasi smesso di nevicare. Quel cielo immacolato era meno compatto e a sprazzi lasciava intuire che dietro ci fosse il sole. Almeno, così mi azzardai a sperare perché mi chiesi se invece non si fosse spento e se i prossimi sarebbero stati gli ultimi otto minuti di luce orfana. Sentii arrivare un attacco di escatofobia come non ne avevo da mesi. Mi alzai di scatto dal tavolino. Dovevo reagire. Non potevo perdere più tempo: bisognava scegliere da quale anello partire per smontare la catena che mi teneva prigioniero.

[5.5] Al telefono, le sue frasi mi suonavano come barzellette già sentite; questo era per me ormai l'effetto delle parole di Ismael Shannon. Mi parlò ostentando un tono tranquillo, la voce rugosa e profonda di chi stava seduto in poltrona, dicendomi che presto avremmo iniziato l'operazione. Ero ormai visceralmente disgustato da quella finzione. Gli risposi che per una settimana sarei stato impegnato, calcando l'accento su quell'impegno non ben dichiarato, ma che presto sarei tornato di nuovo disponibile. Che altro potevo fare? Dovevo cavarmela da solo, spezzare la catena dei nodi borromaici che mi teneva imprigionato.

Da dove iniziare? Non avevo alcun appiglio: nessuno degli anelli si presentava più facile da sciogliere e, a dire il vero, non avevo nemmeno la garanzia che la soluzione di un mistero avrebbe illuminato tutti gli altri. Magari risolvendone uno sarei stato comunque incastrato dagli altri due. Decisi subito di scartare il problema della relazione tra Calibano e Ariel: non sarei riuscito in quel momento a dare loro una mano. Quell'affetto inaspettato quanto intenso che mi legava a entrambi mi rendeva la persona meno adatta a entrare in contatto con loro. Avrei volentieri tentato di rompere quella simmetria nefasta per permettere loro di cadere e poi riavvicinarsi ma per ora non c'era nulla da fare. E non era da sottovalutare il fatto che la loro relazione mi richiamava alla memoria i momenti vissuti con Clara Maria e tutto quel mondo in sospeso che avevo abbandonato a ottobre e che ora osservavo dall'esterno come si osserva un malato dietro al vetro al reparto degli infettivi.

Avrei invece potuto cercare di capire se avevo motivi per fidarmi di Shannon: quello era un punto cruciale. Se avessi deciso di fidarmi, rinunciando a vivere nel sospetto e concedendomi totalmente al suo piano, avrei risparmiato tanta fatica ma se mi fossi fidato della persona sbagliata sarebbe stato davvero come buttare via tutto quello che avevo fatto fino ad allora o forse la vita stessa; sempre ammettendo che quello che avevo sentito ordinare a Shannon da quell'uomo ricco e spregiudicato che presiedeva il Giardino degli Equivalenti fosse una frase autentica e non una battuta malriuscita. Ma come si fa a decidersi se fidarsi di una persona o meno? È naturale che, scartando la possibilità di basarsi sull'intuizione, opzione sempre valida ma che in questo caso farebbe svanire la fiducia come in uno specchio di fronte a un altro specchio, occorre basarsi su delle prove. Io non ne avevo nessuna cogente. Né da ciò che c'è né da ciò che non c'è: nemmeno la *probatio diabolica* mi poteva aiutare. L'anello della fiducia e della sfiducia non era aggredibile.

Non mi rimaneva che l'ultimo anello: quello della struttura della lingua. Decidere se una lingua umana poteva veramente essere vista come il punto di equilibrio tra analogia e anomalia, se quello fosse cioè il vero segreto di tutte e solo le lingue umane. Se l'ipotesi di Shannon fosse stata vera, certo chiunque avesse avuto accesso al progetto di quella lingua artificiale avrebbe avuto un'enorme potere di controllo sui singoli individui e, in definitiva, sulle società; come disse il presidente, avrebbe potuto generare un nuovo sistema di apprendimento basato su questo principio di equilibrio e con esso veicolare facilmente qualsiasi contenuto.

I disegni non erano serviti: mi era ormai chiaro che non sapevo ancora da dove iniziare. La trascrizione del canto l'avevo controllata decine di volte: non emergeva nessuna grammatica in modo naturale. Io dovevo piuttosto concentrarmi e cercare un modo per verificare se l'ipotesi dell'equilibrio tra anomalia e analogia reggeva. Facilissimo a dirsi, meno a pensarsi: mi mancava un appiglio di qualsiasi tipo. E poi cosa mi garantiva che quella lingua inventata nel Seicento fosse stata costruita con lo stesso scopo di quella che aveva in mente Shannon? Neppure questo andava escluso: forse, semplicemente, Shannon aveva preso un abbaglio. Forse la lingua di Pietramala non era stata costruita su base analogica, seguendo la tradizione antica, e forse non provava nulla.

Non avevo alternative che riandare ancora una volta con la mente ai giorni passati a Pietramala. Ripercorsi ancora l'entrata nel villaggio, la prima notte nella casa al buio, bagnato fin alle ossa. Poi i sopralluoghi, le case, la chiesa. Niente. Nessun particolare poteva farmi pensare a qualcosa che mi aiutasse a decifrare qualche aspetto di quella lingua; che permettesse di capire se lo schema di Shannon fosse corretto o meno. Ripensai al giro intorno alle mura e al cimitero. Magari la soluzione stava nella struttura del borgo. Ma cosa mai avrebbe potuto avere una lingua di riflesso dall'ambiente nella quale si sviluppa? Le lingue non rispecchiano mai le proprietà del mondo: perfino un nome semplice come *fiume* non coglie qualcosa di fisicamente vero ma non è colpa della lingua; sono i fiumi che non esistono, fluidi instabili nei quali non si può entrare due volte senza che cambino completamente. Figuriamoci se la lingua di Pietramala poteva avere qualcosa di simile alla forma del borgo. Conoscevo solo un caso che sembrava contraddire questo divorzio tra realtà e regole, un caso che non so perché mi venne subito in mente. Qualche angelo decaduto in vena di scherzi aveva costruito nelle lingue dravidiche dei paradigmi verbali più unici che rari: in quelle lingue, i verbi possono essere coniugati all'affermativo o al negativo e quando sono coniugati al negativo possono mostrare come segno della negazione il fatto che manchi un pezzo della flessione verbale che c'è in quelle affermative. Una specie di *suppositio materialis* grammaticalizzata: un verbo che significa che qualcosa non accade perché gli manca un pezzo che c'è quando significa che quella cosa accade: un verbo col buco. Davvero solo le lingue degli angeli potevano averlo: non quella di Pietramala.

"L'assenza," ripetei dentro di me, "l'assenza." Subito cambiai ritmo del respiro e mi si irrigidì la schiena: non avevo mai riflettuto abbastanza sull'assenza di tombe di bambini nel cimitero di Pietramala. Tra le bizzarrie e le mostruosità che avevo vissuto quella notte, era passato in secondo piano. Era quello l'indizio cruciale? Lo sciame di indizi minimi che mi ronzava dentro iniziava a prendere consistenza. Una doppia assenza – di una lingua e di un'età tra i morti: quella doveva essere la catastrofe cui appigliarsi per andare avanti, il punto di accumulazione sul quale cogliere la singolarità di Pietramala.

Non avevo smontato i tre anelli – ero ancora pienamente prigioniero di forze che non sapevo controllare – ma si era finalmente rotta una maglia nella fitta rete dei fatti. Riflettei a lungo e, una volta ripercorse tutte le ipotesi, srotolati e riavvolti i fili della memoria e della logica, ricalcolata la grandezza del tutto, dovevo forse resistere all'idea che una volta eliminato l'impossibile, quello che rimane, per quanto improbabile, deve essere vero? Mi trovai allora sospinto da un pensiero innaturale senza che per questo fosse sbagliato. La conclusione oscena e drammatica alla quale ero giunto, non senza sforzi, non senza dover combattere quella tentazione inconfessabile di sopprimere una verità quando ci destabilizza, era ormai divenuta salda nella mia mente: non solo la fuga della gente da Pietramala doveva essere legata alla lingua ma lo era anche l'assenza di morti tra i bambini. Una lingua che spaventa e salva allo stesso tempo. Una lingua infettiva che provoca epidemie mirate. Una lingua che aveva ucciso e, soprattutto, una lingua che poteva ancora mietere vittime.

Capitolo sesto

Febbraio, ovvero quando il freddo sembra fermare anche le palpebre ma non i pensieri.

[6.1] Quella mattina, come prima cosa dopo essermi alzato dal letto, senza preoccuparmi di altro, avendo ancora addosso l'odore inconfessabile della notte, infilai i pantaloni e il maglione, afferrai la sciarpa, il cappello e il giaccone, calzai le scarpe ancora allacciate e uscii in strada. Dovevo camminare; camminare per concentrarmi e pensare: perché concentrarsi vuol dire togliere dalla mente ciò che non è essenziale e camminare impegna a sufficienza il cervello per inibire i pensieri infestanti. Dunque non mi importava come sarei sembrato agli occhi degli altri.

Ero sicuro che mi sarebbero bastate due o tre camminate su e giù per Manhattan e l'idea risolutiva sarebbe sbocciata senza sforzo. Ero convinto che si trattasse solo di metabolizzare i frammenti della vicenda, scomporli e ricomporli in nuove strutture per poi tornare da Shannon a sventolargli sotto il naso la soluzione. Invece venivo distratto da tutto ma non perché qualche cosa fuori da me richiamasse la mia attenzione ma perché ogni mio pensiero sembrava mettere in mostra dettagli nuovi che mi facevano intraprendere nuove piste che poi mettevano in rilievo dettagli ancora più interessanti che davano luogo a nuovi pensieri e mi facevano notare dettagli nuovi e nuove piste, come in una specie di caleidoscopio di prove. In più, a seconda di quando iniziavo la catena dei ricordi l'esito era diverso. Mi parve allora di rivivere una situazione che credevo di aver completamente dimenticato. Quando ero bambino, si poteva ancora entrare nei cinema a programma iniziato: mi ci portavano le mie tre zie, che ogni tanto venivano a Roma a trovarci, e quasi mai riuscivamo a vedere il film dall'inizio al primo colpo. Era una situazione surreale e, in certo senso, stimolante: ti trovavi paracadutato dentro una storia e non sapevi cosa stesse succedendo né chi fossero i protagonisti finché, al termine della proiezione, non ricominciava lo spettacolo successivo. Minuto dopo minuto cercavi di fare ipotesi per capire i ruoli dei vari personaggi e il concatenarsi degli eventi, finché non si riagganciava il momento nel quale si era entrati in sala e allora tutte le congetture fatte fin lì si confermavano o si contraddicevano. Era, in fondo, un modo per moltiplicare le storie accedendo alla dimensione mitica dei mondi possibili; anche il divertimento aumentava, perché a seconda del momento si avevano indizi diversi e dunque storie diverse da ricostruire, tutte comunque convergenti verso quella vera che prima o poi si affermava una volta riagganciata la prima scena; l'unico inconveniente – ammesso che fosse un inconveniente – era che quel ciclo continuo di scene legate a una storia suggeriva che la realtà stessa fosse interamente ciclica e quindi anche la vita di ognuno non fosse altro che la medesima vita iniziata a partire da uno degli infiniti punti diversi nei quali era segmentabile.

Una cosa l'avevo però stabilita definitivamente: la mancanza di morti tra i bambini e la lingua di Pietramala non potevano essere indipendenti. Il mondo non può essere strano due volte di fila per caso. Quale fosse la correlazione, tuttavia, veramente mi sfuggiva. Il manoscritto non era di alcun aiuto. Le parole erano quelle tipiche delle canzoni mediterranee: il ritorno, la sera, l'amore, il mare, la passione; niente di più. Non era certo sufficiente né a far capire perché quella lingua andasse nascosta né perché tra le tombe del cimitero ci fosse quell'assenza. Provai anche a pensare che fosse del tutto naturale non avere morti tra i bambini ma, oltre all'intrinseca stranezza di quell'ipotesi, una breve ricerca sui dati di quegli anni mi dimostrò senza ombra di dubbio che non potesse essere una spiegazione veritiera o, almeno, plausibile. E se invece insieme alla lingua avessero razziato e portato via tutti i cadaveri dei bambini già morti? Non aveva senso e nella fretta di quella notte avrei comunque notato un'assenza nell'assenza: i posti vuoti tra le tombe. Non avevano avuto certo il tempo di colmare i buchi e ridisporre tutto durante l'esodo forzato: spazio, d'altronde, non ce n'era poi molto.

Non ero progredito di un solo passo nella comprensione. Quei due fatti, legati certamente da un rapporto causale, si rifiutavano di mostrare quali agganci profondi li connettessero. Manhattan intanto procedeva ancora lenta. La neve era diminuita e in certi punti quasi sparita ma il vento gelido aveva fatto calare ulteriormente la temperatura e le raffiche sempre più violente facevano oscillare i semafori appesi nelle strade come pendoli impazziti. Ero arrivato al fondo di Battery Park; mi appoggiai alla balaustra di legno guardando da lontano Staten

Island. Si faceva fatica a tenere aperti gli occhi per il vento. Presero a lacrimare copiosamente e per un istante le palpebre si incollarono tra di loro formando una crosticina di ghiaccio. Dovetti stringerli forte. Non avevo guanti – l'ultima volta che avevo chiesto in un negozio se potevano farmene un paio con sei dita nella mano sinistra la signora che mi serviva praticamente era svenuta e mi avevano sbattuto fuori dal negozio – provai ad asciugarmeli con un fazzoletto di carta che scaldai con il mio fiato. Mi sembrava di essermi fatto male all'occhio sinistro, forse ferito dal ghiaccio. Entrai in un chiosco e, con la scusa di un bicchiere di tè caldo, chiesi del bagno per andare a vedere se il danno all'occhio era serio. Non lo era affatto; era invece serissimo il danno che mi ero fatto dentro. Fu il mio volto allo specchio a farmene rendere conto: vidi la struttura del giovane uomo forte e tarchiato di sempre, ma l'espressione era di un altro. Continuai a osservare quel volto, il mio volto, per qualche istante, senza staccarmi di dosso lo sguardo fissando ora un occhio ora l'altro. Non so per quanti secondi un essere umano possa sopportare una scarica elettrica ma certamente quella sfida nella quale io mi guardo negli occhi allo specchio, fermo, in silenzio, non riesco mai a farla durare molto. Arriva rapidamente il momento nel quale non sai più chi dei due sei e ti imbarazza vedere che la tua coscienza ha una faccia. Come siamo deboli: non riusciamo a fissare il sole, non riusciamo a fissare noi stessi; il sospetto è che niente che sia reale si lasci davvero fissare. Tutto deve scorrere rapidamente come se fosse scontato; bisogna muoversi, muoversi, muoversi. Bisogna imparare a essere automatici senza farsi domande: se si scendono rapidamente le scale della stazione per correre a prendere un treno non ci deve chiedere perché si stanno scendendo rapidamente le scale altrimenti immancabilmente si incespica. La realtà va usata ma mai osservata; bisogna ignorarla, disconoscerla, come un pesce disconosce l'acqua nella quale vive immerso. Meglio tenerla come ipotesi, la realtà. Uscii dal bagno con il viso stravolto; uscii dal chiosco, ripresi a camminare, solo po' più lentamente.

E se i bambini si fossero ribellati e avessero divorato gli adulti portandosi poi via con sé tutti gli scritti che non sapevano evidentemente cosa fossero? Come potevo essermi ridotto a pensare una cosa simile? Eppure, eppure, eppure ero vicino a catturare il nesso causale; stavo con il fiato sospeso, quasi certo che avrei di lì a poco avvertito nella mente quello scatto della cassaforte che dà accesso al caveau con il tesoro. Avevo tutte le coordinate, tutti gli ingredienti: un borgo, un esodo, una lingua introvabile, un'assenza tra i morti. Provai a pensare in modo inverso. Provai a pensare che in quel paese non fossero mai arrivati dei bambini, magari perché per una qualche malattia misteriosa la comunità era diventata infeconda, e che proprio per quella ragione tutti erano dovuti andare via. Di per sé l'ipotesi non era impossibile, anche se certamente improbabile, ma ancora, ovviamente, rimaneva inspiegato il fatto che mancasse qualsiasi testimonianza scritta. Oltretutto – me ne stavo quasi dimenticando – quella vicenda doveva essere stata tenuta nascosta perché nessuna cronaca del tempo la riporta, né era rimasta traccia nel ricordo della gente. La Corsica non è poi un continente: un evento catastrofico di quella portata, se non fosse stato occultato ad arte, sarebbe di certo diventato fonte di storie infinite e leggende, invece niente, un silenzio si aggiungeva ad altro silenzio, come se il tema unificante della vicenda fosse l'accumulo di assenze.

Ripresi a camminare verso nord lungo le avenue che stanno a ovest dell'isola. Si era fatto buio ed ero davvero stanco ma quel procedere meccanico era l'unico modo che avevo per non distrarmi. Un isolato, un semaforo, una strada, poi un altro isolato, un altro semaforo, un'altra strada. Ma anche spazzata via ogni distrazione, non avevo la forza di trovare una spiegazione. Mi pareva anzi di non riuscire nemmeno più a spiegare cosa cercassi, come se la distanza tra quel che si dice e quel che si vuol dire – normalmente una crepa impercettibile subito saldata dal flusso dei nuovi pensieri – si fosse divaricata a tal punto da diventare una voragine e risucchiare tutto quello che pensavo e riuscivo a dire. Ripetei ancora una volta di seguito, ormai come una giaculatoria: un paese abbandonato, una lingua nascosta, l'assenza di morti bambini.

Quando ripetei quella lista stavo per caso passando proprio di fianco all'Ansonia – ero quasi arrivato al teatro – e vidi le luci accese nell'appartamento di Shannon. Mi accorsi allora che non avevo incluso il suo nome nella giaculatoria, come se lui fosse uno spettatore estraneo e non un ingrediente di quella situazione. Mi chiesi se avessi fatto bene a escluderlo, sebbene anche lui in qualche modo condizionasse la decifrazione del mio mistero. Mi ritornarono in mente tutti gli incontri con lui, dal primo quando ero rimasto incantato dal suo parlare forbito e dalla sua raccolta immensa di libri, alla riunione a Marble Head, preceduta dalla strana apparizione della macchina nera la sera prima, fino a quell'ultima disgustosa cena conclusasi con un digiuno e due zuppiere piene di cibo freddo. A questo si agganciarono i ricordi di Ariel e Calibano: quei tre mesi appena vissuti correndo sulla lama del rasoio nel tentativo di distinguere cose vere da cose false, e, più lontani, quei due mesi in Corsica con tutto quello che c'era stato tra me e Clara Maria. In questo pendio scivoloso della memoria, si accumularono a ritroso gli anni di studio in America, le mie scoperte sulla struttura del linguaggio, la Signora, la mia vita a Parigi e a Roma. In tutto questo, che sarebbe dovuta essere la somma delle mie parti, mancavo però io e, quel che più mi interessava allora, mancava la soluzione al mistero di Pietramala. Piansi. Fu come se stesse piovendo a dirotto sugli scaffali dove si trovavano tutti i miei libri; i miei ricordi erano tutti presenti, di fronte a me: in ordine, vicini, ben organizzati, ma fradici, gonfi e impossibili da sfogliare senza con ciò spappolarli trasformandoli in una melassa indecifrabile.

[6.2] Salii le scale ed entrai in teatro. Guardai la platea e mi fermai a osservarla incantato: era vuota, era enorme. E io? Quanto ero grande io? Mi sarebbe servito saperlo per capire quanto fossi fragile. Le cose più piccole delle quali abbiamo una qualche cognizione stanno rispetto a noi a una scala paragonabile rispetto a quelle più grandi. Viviamo in uno strano equilibrio in una dimensione intermedia. Per questo siamo fragili: non evaporiamo né congeliamo; non implodiamo né esplodiamo; i nostri organi non sono così piccoli da non doversi organizzare né così grandi da potersi affidare solamente e anarchicamente a forze centrifughe e gravitazionali. L'equilibrio del nostro mesocosmo è delicato, instabile e il prezzo che paghiamo è enorme: fossimo grandi come galassie o piccoli come quark saremmo certo meno fragili, vivremmo di più. Ci dicono che in compenso noi siamo liberi: io lo ero? Cosa ero libero di fare in quelle condizioni? Mi ripresi da quel momento di estasi depressiva e salii sul palcoscenico.

Le prove erano finite. Ariel e Calibano se ne erano andati in momenti diversi – immaginavo – e anche in direzioni e mete diverse, probabilmente opposte. Ero da solo e chissà per quanto. Le prove erano sospese per una settimana; così era scritto a mano su un foglio, appeso al sipario con una puntina, nemmeno troppo in vista. Curiosamente, avevano lasciato le luci di scena accese e, non sapendo spegnerle, dovetti accettare di andare a dormire sotto quelle luci intense, unico attore senza pubblico, senza nemmeno la consolazione del buio. "Per lo meno," pensai, "recito a soggetto e non ho il timore di non sembrare vero." Avrei dovuto lavarmi ma non volevo lavarmi. Avrei dovuto mangiare ma non volevo mangiare. Rimasi fermo: sdraiato nel letto a guardare senza vedere; aspettavo il sonno da sveglio e mi sembrò strano pure quello. Non so in realtà quanto rimasi così, forse mi addormentai subito o forse dopo tanto; comunque mi addormentai. Mi risvegliai e vidi che il lucernario non era più così chiaro. Era sera, o notte? Non mi importava. Mangiai un pezzo di pane, di quelli soffici che si dovrebbero scaldare per farli sembrare commestibili, e bevvi un bicchiere d'acqua del rubinetto. Tornai a dormire.

Mi risvegliai, dopo un paio d'ore di sonno superficiale, con la bocca amara: forse avevo mangiato troppo poco, ma non avevo fame. Era ora di lavarsi ma non volevo lavarmi. Era ora di mangiare ma non volevo mangiare. Provavo una tristez-

za appiccicaticcia e indeglutibile, di quelle che rendono fatico-
so anche respirare. Avrei voluto essere perfetto in me, risolto
come un teorema, chiuso e finito come la statua di uno scriba
di pietra, interrotta nella sua morbida rotondità solo dall'ombelico profondo, calamaio dei pensieri. Sazio dunque imper-
turbabile. Invece non ero né sazio né non sazio: mi trovavo in
un inutile limbo dove cessano le necessità ma anche i desideri.
Pietramala, la sua lingua, i suoi morti, le minacce di Shannon:
erano connessi tra loro come in un cubo di Rubik. Se con una
mossa mi pareva di averne sistemati due, tutto il resto si scom-
binava e dovevo ripartire da capo.

Avrei potuto anche accontentarmi di ammettere che semplicemente una soluzione non c'era, ma nemmeno questo mi
sembrava accettabile. Il nulla è un lusso raro. E poi c'è nulla
e nulla. Che tipo di nulla potevo mai accettare io? C'è il nulla
che prende senso da ciò che ha intorno e allora quel nulla è un
buco; però non tutti i nulla sono buchi. Ci sono dei nulla che
nascono all'opposto dei buchi: non sono assenze, sono som-
me. I più bei nulla che nascono sommando delle parti sono
nulla fatti di numeri e si chiamano "zero". Ci sono quelli banali dove a un numero si aggiunge il suo opposto ma ce ne sono
veramente di mirabili come l'identità di Eulero dove lo zero
nasce dalla combinazione di numeri mitici, essenza della matematica. Ma chi può negare che questo zero, e forse ogni nulla,
è in realtà diverso da ogni altro? È una vergogna per il genere
umano che si sia scelto di usare la stessa parola *zero* per esprimere idee tanto diverse. Ma se ogni zero è stato generato così
e non potrebbe diventare altro, allora, anche se avessi scelto
la consolazione del nulla, avrei dovuto comunque costruirlo

come diverso dagli altri e sarei stato da capo. L'unico vero nulla che riuscivo a riconoscere era il limite al quale tendeva la forma della mia anima: il suo spazio vitale in me si riduceva a ogni respiro, come uno pneumotorace spontaneo dello spirito. Quel che capivo è che non avevo risposte per quell'enigma e per questo finivo con il non avere risposte per me come persona intera.

Passai due giorni senza mangiare, non che non avessi fame, semplicemente mi ero dimenticato che si poteva mangiare o forse tutto mi sembrava semplicemente ripetersi uguale a se stesso. A dire il vero, ci avevo provato, a mangiare intendo, ma mi ero ritrovato a riflettere per l'ennesima volta sulla stranezza di quel gesto di infilarmi in bocca pezzi di mondo nel tentativo maldestro di frenare il disordine al quale prima o poi dovremo arrenderci: perso in questo inutile ruminare non sentivo più il gusto del cibo e allora, semplicemente, smisi; o così mi parve. Ma poi, valeva veramente la pena di frenare il disordine progressivo del mio corpo? O forse non era meglio invocare qualche malattia che rendesse tutto più rapido e facesse coincidere una volta per tutte gli unici due eventi dei quali abbiamo certezza: l'adesso e l'ora della nostra morte? Le malattie sono tra le cose più interessanti del mondo. Esaltano quella forza ignota che ci mantiene organismi coerenti pur bersagliati ogni istante da tensioni fisiche e da altri organismi che cercano di vivere nutrendosi di noi: mi tornò in mente l'immagine di quello stormo sopra Central Park. Sarei riuscito a rimanere coerente anch'io?

Passai due giorni senza mangiare, non che non avessi fame, semplicemente mi ero dimenticato che si poteva mangiare o forse tutto mi sembrava semplicemente ripetersi uguale a se stesso. Avevo perfino perso il mio odore e assorbito quello delle assi del palcoscenico; quel misto di sudore e cera delle quali erano nutrite ogni giorno. Mi annusavo e non mi riconoscevo: stavo svanendo. Al contempo, il problema che mi stava assediando era diventato così grande che quasi non lo notavo più come quando ti dimentichi del grattacielo che ti hanno costruito di fianco a casa. Feci solo un ultimo tentativo di aggrapparmi alla realtà. Cercai di curare quell'arsura infausta che mi consumava con il richiamo alla mente di un desiderio positivo. Non ci volle molto a puntare tutti i miei sensi verso il ricordo di Clara Maria eppure, quando mi si formava l'immagine nella mente, appena prendeva una consistenza accettabile, spariva di colpo: ero arrivato a pensare che il suo odore, i suoi colori, il suo sapore, tutto insomma, non fosse altro che un puro nome che viveva solo in me, così che rimosso l'animale, cioè io, anche tutte queste sue qualità venivano rimosse e annullate. Clara Maria ero forse io? Quanto potei resistere in quella condizione non lo ricordo.

Passai due giorni senza mangiare, non che non avessi fame, semplicemente mi ero dimenticato che si poteva mangiare o forse tutto mi sembrava semplicemente ripetersi uguale a se stesso. Certamente non mi cambiavo più indumenti da giorni: il fondo del fondo – sono ancora stupito per la mia ingenuità – fu quando mi chiesi se un desiderio implicasse necessariamente l'esistenza di ciò che si desidera. Non desiderare la cosa che non c'è: ecco il comandamento mancato, la radice di tutti i deliri. E io, potevo allora desiderare un volto che non avevo mai visto? Ma Clara Maria era vera, mi giurai. Ed era vera Pietramala, era vera l'assenza della gente, della lingua e delle tombe di bambini. E ripiombai nella riflessione sui tipi di nulla. Risi senza voce – un sussulto spasmodico e intermittente – senza fermarmi, per qualche minuto: mi vedevo dall'alto, come un topo grigio in una scodella di latte; cercavo di non affogare in quella cosa che in altre condizioni avrei cercato di bere.

Ebbi allora paura. Paura di non riuscire a distinguere le frasi che vengono da fuori di me da quelle pronunciate da me e sentirle ostili; malattia autoimmune della mente, la schizofrenia. Paura di sentirmi vittima di un comando che nessuno mi aveva dato. Io che credevo di sapere tutto della paura ora ero spaventato in un modo nuovo. Da ragazzo, avevo perfino elaborato a mio uso una tassonomia delle paure, nel tentativo di domarle. Sapevo che ci sono paure isolate e paure mannare. La paura che le cose diventino troppo poche: una per tipo, ad esempio; un solo albero, una sola sedia, un solo tramonto, una sola narice. La paura inversa: la paura che le cose diventino troppe moltiplicandosi: troppi libri su uno scaffale, troppi bottoni in una camicia, troppe gocce d'acqua in un bicchiere, troppi nomi per un rasoio. La paura che le cose diventino troppo piccole e la sua paura mannara, cioè quella contraria che compare solo in condizioni speciali: la paura che diventino troppo grandi. E ci sono poi paure incrociate e peggiori, come la paura che le cose diventino troppo piccole e si moltiplichino. Con questi pensieri mi addormentai ed ebbi il peggior incubo che ricordi. Entravo nella camera di Clara Maria mentre lei dormiva. Nel letto, coperta da un lenzuolo si riconosceva la sua forma. Sembrava tuttavia tremare. Scostai piano le lenzuola e vidi l'invedibile: al posto del suo corpo intero centinaia di piccole lei come mosche brulicavano mantenendo però la sua sagoma intera naturale compatta. Mi risvegliai di colpo, sudato e affannato. Stavo sognando di aver paura. Al risveglio però ricordai che avevo paura davvero: paura di non capire. Indossai i miei vestiti e uscii in fretta dal teatro. Era pomeriggio.

[6.3] Venivo sballottato dalla folla compatta sulla Quinta Strada. Tutti eravamo sballottati. Lo spazio tra le persone a tratti si comprimeva poi si dilatava per poi ricomprimersi e ridilatarsi ancora. Non c'era differenza tra quello che mi accadeva intorno e quello che mi accadeva dentro. I pezzi dei quali siamo fatti contano poco: microscopicamente, tutto in noi, dentro e fuori, cambia ma non lascia una vera traccia; i capelli e le unghie e l'acqua e il grasso, tutto insomma, si ricambia completamente senza che questo conti. Invece le onde in forma di luce e suono entrano in noi setacciate dei sensi, ci attraversano, le interpretiamo e se ne vanno, cambiandoci profondamente senza sostituire un atomo del nostro corpo. Noi siamo interpreti di onde e produciamo onde: forse, noi siamo onde.

Così camminavo, trasportato da meccanismi che non controllavo e dai quali non potevo sottrarmi. Ero molto debole, avevo mangiato e bevuto poco per una settimana intera. Non mi ero mai lavato: il mio odore era tutto quello che mi rimaneva di continuativo e caro di me e non volevo liberarmene, per quanto al contempo mi desse un senso di repulsione. Quella mattina capii che sarebbe stata l'ultima volta che uscivo dal teatro: non aveva più senso tornare indietro. Non ero sicuro sul da farsi. Misi nello zaino i pochi vestiti che mi potessero servire, il caricabatterie del cellulare, una dozzina di chiavette dove avevo archiviato di tutto in una dozzina di copie identiche. Presi in mano i sei libri che portavo sempre con me nella versione in lingua originale; mi fermai un istante per decidere se infilarli nello zaino o no. "Troverai di più nei boschi che nei libri," sentivo la voce di mio padre che, forse per paura di una mia delusione o per rammarico di una sua, mi rimproverava, "gli alberi e le rocce ti insegneranno cose che nessun maestro ti dirà." Non poteva aver ragione o, forse, non poteva che aver ragione: nel dubbio, riflettei sul ruolo catastrofico del *che* in questa frase, mosso dalla paura di scoprire che fosse vera almeno una delle due. L'istante finì e io feci spazio ai libri nello zaino tra le mutande e le maglie, in modo che non si sgualcissero. Uscii per la strada.

L'aria su Broadway era ancora più fredda del solito: mi dissi che avrebbe rallentato il sangue e così l'afflusso al cervello e il tritatutto che lavorava al suo interno. Il freddo – ne sono ancora sicuro oggi – è un anestetico potente per i pensieri cattivi: li ferma, li paralizza, ti fa concentrare sul tepore che viene dal corpo, giù dalla pancia. Il freddo ti rallenta la caduta nel gorgo. Era ancora chiaro e c'era parecchia gente per la strada – era l'ora di punta – che aumentava a vista d'occhio. A una fermata della metropolitana scesi per prendere il primo treno che passava, più per il freddo che per altro, e mi diressi qualche isolato a sud: non sapevo ancora dove andare e volevo prendere tempo. Una folla immensa fluiva dalle scale mobili, così tanta che mi chiedevo come la morte sarebbe riu-

scita a disfarsene. Un silenzio irreale, forse la paura di ingoiare aria fredda teneva le bocche tappate, trapuntato da pochi e
brevi sospiri. Tutti procedevano scendendo con gli occhi fissi
ai piedi; io solo, che avrei dovuto farlo, cercavo invece almeno uno sguardo che mi strappasse fuori da quel buco, con un
pretesto, anche un'illusione erotica, e mi portasse via. Invece
entrai, salii su un vagone e scesi dopo una ventina di isolati
a sud alla 53esima; lì, risalii in strada. Normalmente a quella
fermata avrei deviato per una sosta al museo d'arte moderna;
quella sera, invece, i miei passi presero a scendere ancora verso sud, senza sapere veramente dove: come se il prossimo passo fosse sempre l'ultimo. Attraversai i quartieri a est, quelli che
nessuno dei turisti vuole vedere, quelli dove nessuno ti vuole
vedere, dove l'America non sa ancora di New York e riaffio-
ra l'America violenta generata da un'Europa di avanzi di gale-
ra. Avevo capito di aver rinunciato a tutto: niente Pietramala,
niente soluzioni; ora non sapevo nemmeno come fare per andarmene da lì vivo. Avrei dovuto chiamare qualcuno? Cercare
la Signora? Non potevo farmi vedere in quello stato: un giovane uomo, illuso e vanaglorioso, ridotto a una pappa imman-
giabile; non avrei avuto nemmeno i soldi per comprare una
bandiera bianca da sventolare e arrendermi a qualcuno. Avrei
voluto bestemmiare ma il timore di convertire la frase con il
nome di Dio in una supplica mi frenò. Se dovevo marcire dovevo farlo da solo e di nascosto.

Di fronte a me, l'orologio al neon di una farmacia segnava
sempre la stessa ora: le lancette non si muovevano più. Stupido
io a guardarlo fisso, con la gente che ormai mi evitava lungo
il marciapiede, tanto ero malmesso: mi ricordai che solo un

orologio con le lancette ferme è perfettamente in orario due volte al giorno e mi chiesi se quel principio si estendesse alla morale, sia pure ridotto. Forse, solo un uomo morto è giusto almeno una volta nella vita. Tirai fuori una mano dalla tasca per sistemarmi il cappellino. La mano, un po' umida, investita dal vento riavvolse la memoria a un ricordo infantile, forse il mio primo. Ero in macchina solo con mio padre d'estate in pianura. I finestrini erano abbassati e io tenevo la mia manina di fuori: mi divertivo ad aprirla e chiuderla sentendo la differenza tra quando la macchina correva e quando rallentava o si fermava nelle strade tra i campi. La mano subiva la pressione di una forza invisibile, l'aria, che spariva quando ci si fermava e ritornava a opporre resistenza quando si riprendeva la corsa. E mi chiedevo se fosse possibile che una cosa esistesse a seconda di come uno si muove rispetto ad essa. E mi chiedevo se io stesso non fossi avvolto da qualche cosa che non vedevo: cosa avrei dovuto fare per poterla percepire? A che velocità dobbiamo vivere per aver chiaro da quali forze siamo controllati?

Arrivò il primo conato di tristezza: mi fece tremare le gengive per qualche minuto. Odiavo l'opera, quelle inutili voci costrette a toni disumani in storie insopportabili, ma mi venne in mente l'unico verso che mai mi aveva colpito: "Tutto nel mondo è burla. L'uom è nato burlone, la fede in cor gli ciurla, gli ciurla la ragione." Povero Verdi, che smacco aver capito tutto solamente alla fine quando accettò i versi di Boito: chissà cosa avrebbe dato per invertire il percorso e aver udito quei versi da ragazzo, quando aveva iniziato. Eppure, scelse comunque di dirlo. Mi distrasse il coro di ragazzi che proveniva da un bar. Ero arrivato all'angolo di Bleecker e Charles vicino alla casa di un mio amico italiano, uno scrittore famoso che sapevo essere tornato da qualche anno a New York; mi avrebbe fatto bene vederlo perché era sempre molto affettuoso con me, ma decisi di non disturbarlo. Quanto mi costò quel *ma*: in realtà non mi andava di farmi vedere da lui in quello stato; o forse semplicemente non avrei saputo cosa dirgli, sempre che gli interessassi davvero. Quella sera – ecco la verità – non c'era spazio per nessuno: stavo sprofondando e dovevo farlo come lo fanno i gatti, nascosto da tutto e da tutti. Osservai, non visto, i ragazzi e le ragazze di un bar cantare insieme: ormai erano le dieci, la cena era confluita nell'atmosfera sciolta dei canti, e sentii intonare *Hey Jude*: come fosse possibile che i ragazzi di quel tempo cantassero canzoni vecchie di cinquant'anni non me lo spiegavo. Il mondo aveva finito di progredire; forse per quello la gente boccheggiava: non aveva imparato che se non ti muovi, l'aria non la senti.

Era quella la fine della mia vita? Mi irritava il fatto che Dio non conoscesse la psicologia umana. Perfino mia nonna sapeva che le sensazioni degli ultimi istanti di un'esperienza sono quelli che si proiettano su tutta l'esperienza. Mia madre mi raccontava che da ragazza, per farle lavare i panni senza troppe storie, la nonna aggiungeva un pochino di acqua calda verso la fine, così che lei avesse l'impressione di aver lavorato con l'acqua tiepida per tutto il tempo. E Dio? Dio voleva che la mia vita finisse con quel sapore marcio in bocca? Avevo buttato via tutto. Il futuro che avevo intravisto in Clara Maria non era bastato e avevo voluto di più. Così che ora ero intrappolato nel nulla e per di più – se non avevo inteso male – ero perfino in pericolo di vita perché un pazzo pericoloso mi voleva uccidere, sempre con il sorriso sulle labbra.

Nelle strade le persone aumentavano ancora, iniziavano a comparire gruppi vocianti e così le luci e il chiasso: mi
resi conto allora che era sabato sera e che in quella zona del
Village c'era la confusione delle sere di festa. Un gruppo di
irlandesi mi si fece intorno: una donna si staccò dal gruppo
e mi venne incontro muovendosi a passi incerti facendo un
gesto buffo con la bocca come per baciarmi; scoppiò a ridere
in modo sguaiato buttandomi le braccia al collo e tenendomi stretto mentre rideva. Sussultava e io insieme a lei, ma i
miei sussulti non erano risate: i miei erano singhiozzi. Stavo
piangendo, come piangono le mamme anziane, un pianto non
consolabile, un pianto di perdita, senza la forza della recrimi-
nazione. Mi vergognavo e, non potendo nascondermi il volto,
finsi di osservare un negozio di sigari vicino alla fermata di
Cristopher Street. Scesi lungo Varick meccanicamente, trasci-
nandomi; svoltai poi su Canal e imboccai Broadway. Il nome
era familiare ma il luogo era distante da ogni ricordo; questa estraneità mi calmò un poco, come quando da bambini si
smette di piangere dopo ore, distratti dall'arrivo di un estraneo in casa. Per un istante, mi incuriosì qualcosa che non fossi
io: c'era folla di fronte alla Borsa, tutti urlavano. Non era una
scena consueta quella di vedere qualcuno protestare contro
le banche. Un uomo, in giacca e cravatta, che teneva in mano
una valigetta e con passo frettoloso cercava di uscire inosser-
vato dalla banca fu preso a calci e buttato a terra: gli sputa-
rono addosso dandogli del ladro. Non mi fece alcun effetto.
Come un rigurgito acido mi tornarono alla coscienza il mio
stato e le cause che l'avevano generato. Non avevo ormai più
forze ma mi rifiutavo di mettermi a dormire per strada e di-

ventare uno di quelli che avevo osservato mille volte dall'altra parte e mille volte evitato di calpestare sui marciapiedi, tra i cartoni.

Avrei voluto continuare a piangere ma non avevo più lacrime, l'aria secca e freddissima aveva asciugato tutto. Ero naufragato alla rovescia: mi sentivo come un pesce saltato per troppo entusiasmo sulla spiaggia; udivo ancora il mare a pochi passi ma non sapevo come rituffarmi. Il mare: quel pensiero mi sembrò un rifugio e fece scattare la direzione da prendere. Mi mossi, ormai trascinando i piedi doloranti, per raggiungere l'imbarcadero di Battery Park, alla punta sud di Manhattan. Avrei preso un traghetto per Staten Island, uno di quelli grandi e gialli, che mi ricordavano i battelli del Mississippi: da ragazzo lo facevo per vedere l'isola dal mare senza spendere troppo; ora era per sperare di non morire o forse in verità per trovare un modo di farlo a poco costo, senza partecipazione dichiarata, come un evento dal quale non potessi più ritrarmi, quasi per cortesia. Si spalancarono le porte, si abbassarono le passerelle di ferro e salii a bordo insieme a poca gente; nessun turista, solo pendolari dell'ultima ora, resi sordi dalla musica schiacciata dentro le orecchie e ciechi dai giochi che comparivano sugli schermi dei cellulari. Avrei potuto sbatterne in mare a dozzine e nessuno se ne sarebbe accorto; nemmeno loro. Ma non lo feci e non perché fosse immorale, non lo feci perché credetti di non arrivare a vedere l'effetto che avrebbe fatto il mio gesto. Per un gioco incauto del destino, infatti, la lingua di Pietramala, duecento anni dopo stava uccidendo anche me.

Fu quello per me l'inizio della notte dei lunghi pensieri, dove venne fatta strage di me e dei miei ricordi a opera mia.

Salendo sul traghetto sapevo bene che la terraferma, se mai l'a-
vessi ricalpestata, non sarebbe stata più la stessa.

[6.4] Salimmo in pochi. Il ponte principale era quasi deserto. Nessuno guardava nessuno. Dormo. Senza volerlo; dormo
perché solo così posso fare. Sogno. Mi trovo da solo in mezzo
al salone di un palazzo rinascimentale; di fronte a me, appena
scostato dalla parete, c'è un arazzo immenso. Sorretto da una
trave, ondeggia lento, come il respiro di un malato, per il vento
caldo che soffia in un mezzogiorno d'agosto. Potrei essere nel
Palazzo Ducale di Urbino: un luogo ideale, comunque, parto-
rito da menti razionali. Mi guardo intorno. Nel salone disadorno, tra muri mastodontici, le finestre sono tutte spalancate. La
luce calda si diffonde filtrata dalle fibre dei tendoni. Un vento
impetuoso, all'improvviso, si alza. Intrepidamente, mi s'insi-
nua tra i vestiti, fin sotto la camicia bianca, asciugandomi il
sudore. Il vento rinforza: a folate prende a scuotere i tendoni.
È un vento caldo, che si sente fin dentro le ossa, che ti rapi-
sce, che ti fa girare la testa. Da lontano osservo la scena dell'a-
razzo: un re senza occhi sta ritto in mezzo alla scena come se
aspettasse un ordine; il sangue rosso gli cola dalle orbite, ma
lui non fa nulla. Sta in piedi, in mezzo a un cerchio di fuoco.
Ha i piedi gonfi. Fuori dal cerchio una donna giace strangola-
ta a terra. Il sangue degli occhi del re è così rosso che sembra
sgorgare in quell'istante. E così anche il sangue intorno al collo
della donna. E un vecchio lo prende sotto il braccio. In lonta-
nanza, su un colle, una città è contornata da alberi frondosi,
nitidi, con foglie di un verde fresco e tenero. Mi avvicino ine-

briato dalla luce, dal calore e dal vento. Afferro l'arazzo con la mano, lo giro e ne osservo il rovescio. Mi coglie allora una vertigine: i puntini che formavano l'immagine compaiono nella loro vera realtà: non sono punti, sono lunghi fili che si tuffano, emergono e si rituffano sulla tela, collegando tra loro parti che sembravano disgiunte. Dalla trama nascosta si capisce che il sangue degli occhi del re è fatto dello stesso filo del sangue del collo della regina. Mi sveglio di soprassalto. Chi mi aveva visto dormire? Non c'era nessuno intorno a me sul traghetto.

Avevo trovato un posto molto defilato all'interno, dietro un cumulo di gomene arrotolate e due scialuppe che non sarebbero dovute stare dove invece erano. Lì in mezzo mi ero accoccolato. In quella notte di febbraio nessuno aveva controllato se non ci fossero passeggeri. Fu allora che notai che le luci di Manhattan si trovavano dalla parte opposta rispetto a quando ero salito: era evidente che stavo tornando indietro. Ma forse non era nemmeno il primo ritorno. Forse ero già andato avanti e indietro varie volte con quel traghetto. L'acqua nera rifletteva il cielo nero; mi sentivo completamente isolato, imprigionato tra quei mondi scuri. Non c'era più niente che io potessi fare. Non avevo nessun'arma da opporre a quel mare di guai per metter fine a tutto. Quanto ci avrei messo ad annegare, saltando in acqua? Chiusi gli occhi come per calcolare meglio i tempi e i modi della fine e nell'addormentarmi la volontà continuò quel gesto e sognai di sognare di morire.

[6.5] Mi svegliai molte ore dopo; le palpebre appena scostate e tremolanti lasciarono passare la lama lucente dell'alba riflessa sul mare. Sembrò un sollievo: poter guardare fuori di me invece che dentro. Vinse il corpo e mi stiracchiai intensamente ma rimasi ancora accoccolato in quella specie di cuccia lasciando che il traghetto si ricaricasse di persone e di voci della mattina; alcuni leggevano il giornale, molti tenevano tra le mani un bicchiere con una bevanda calda, appena comprata. Quell'odore di caffè e salsedine faceva bene. Il motore del mio corpo, troppo a lungo lasciato a pulsare in attesa come un taxi nella nebbia, aveva ripreso di nuovo a funzionare. La vita, mi dissi, offre a tutti l'occasione per chiedersi le cose giuste: forse, la mia esperienza alla fine sarebbe servita a quello. Era come se un fulmine mi avesse distratto dal buio della notte: la disgrazia improvvisa nella quale mi ero trovato mi fece render conto che stavo male da tempo ma che non me ne accorgevo più. Vidi la gente che iniziava a prepararsi alla discesa e Manhattan tornare ad avere le proporzioni della realtà: erano sparite tutte le nuvole, quell'alba fredda e luminosa rendeva ogni oggetto brillante.

Nelle settimane passate, avevo fatto indigestione di me: ora ero pronto per ripartire. E avevo certamente sbagliato, nella foga, a disegnare la mappa del mio mondo: avevo ricalcato ogni particolare, riprodotto ogni dettaglio percepibile con il risultato che la mappa non poteva servire a nulla. Era solo un duplicato ingombrante della realtà e io mi ero perso due volte. Era arrivato il momento di imparare a difendermi; imparare a passare il tempo esaminando i miei pensieri e costruendo argomenti contro quelli di essi che mi turbavano; l'intelligenza non può soccombere all'inconscio. Mi corse incontro una bambina che teneva in mano un cucchiaino di metallo lucido:

si specchiò e mi guardò; poi lo rigirò nelle manine, si specchiò ancora e ancora mi guardò. Scappò via ridendo. Si era vista capovolta. Bisogna imparare a stupirci di fatti semplici. Avevo una sola preoccupazione residua seria: che la prossima notte non confutasse il teorema che avevo dimostrato di giorno. Questo era il vero rischio: abituato al buio non sapevo più come muovermi nella luce.

Da quanto tempo non pregavo? Forse era arrivato il momento giusto. Mi dissi che nessuno può scampare per sempre a un dolore forte e perciò nessuno può evitare di invocare Dio almeno una volta nella vita, anche se solo per bestemmiarlo. Dio è inevitabile; anche per chi non esiste. Quella notte, però, il dubbio o forse il pericolo scampato era che non esistessi io.

Erano i miei pensieri mentre osservavo il traghetto attraccare al molo di Manhattan. Dal vetro vedevo i grattacieli ormai a portata di mano, e tutte le persone muoversi velocemente, ma a passi diversi, per raggiungere il posto di lavoro. Il vapore condensato che usciva dalla mia bocca socchiusa, in assenza di vento, raggiunse il vetro della finestra che avevo di fronte al volto e lì si ghiacciò. Sullo stesso vetro, che appena prima non opponeva resistenza allo sguardo, una nuova realtà emerse spontaneamente dal nulla in forme geometriche inaspettate: un ricamo di linee curve composte da minuscoli frammenti di ghiaccio all'apparenza spontanei ma che in realtà ubbidivano a leggi precise che non lasciavano alternative. Era come se, dopo aver a lungo scritto su un foglio bianco, all'improvviso comparissero le righe e fosse facile andare dritto. Tutto sembrava pronto per accogliere la mia nuova calligrafia. Mi serviva solo l'innesco, la frase d'attacco. La prima cosa che vidi quando scesi a terra fu un piccione che saliva le scale saltellando gradino sopra gradino: non ho mai capito perché in quei casi non usino le ali.

Ero finalmente uscito dalle secche del mio umore; qualche mano caritatevole doveva aver raccolto il mio cuore enorme, spiaggiato e gonfio, e l'aveva riposto a palpitare in acque tranquille circoncidendolo del superfluo. Sceso a terra, assecondai il fiume di persone che andavano a lavorare camminando di buon passo, come se nulla fosse. Decisi allora di non salire in metropolitana: mi sedetti invece per un po' sul muretto di Battery Park a guardare il mare, tenendomi la città dietro le spalle. Riuscirò alla fine a mettere ordine nelle mie terre? Febbraio era finito: corto e senza luna. Fortunato chi stava nascendo allora.

Capitolo settimo

Marzo, ovvero quando il lettore entra in gioco e ci si accorge di una cosa semplice che abbiamo sempre avuto di fronte e che stupisce molto.

[7.1] Come al termine di un turno di veglia nella notte. Così mi sentivo quella mattina quando scesi dal traghetto. Salii su un taxi. Non mi capitava da tanto tempo. Abituato ormai a sfruttare la ragnatela di mezzi pubblici e dover compiere triangolazioni e approssimazioni, calcolare coincidenze e prenotazioni, navigare di bolina tra le fermate previste dalle linee della metropolitana, provavo uno strano effetto a salire su un'automobile e vedere che si decideva a seconda del momento quale strada prendere.

"Mi può portare alla 84esima Strada West, tra la West End Avenue e Riverside Drive, per favore?"

"Le va bene se salgo Manhattan dalla 12esima Strada, Signore? È più libera a quest'ora," mi chiese in tedesco l'uomo alla guida, avendo deciso che quella doveva essere la mia lingua di provenienza. Beato lui che sa immaginarsi da dove vengo, pensai io.

"È un po' più lunga ma evitiamo il traffico," aggiunse deciso, che la mattina qui non perdona."

"Grazie: faccia pure come meglio crede; mi fido."

Partì rapido, infilandosi in un corridoio di palazzi nel traffico colorato e isterico della mattina come un salmone controcorrente.

Ci sono momenti in cui sputiamo fuori parole che contengono soluzioni, senza accorgerci che sono soluzioni. Le soluzioni, infatti, non vengono sempre partorite da atti coscienti; si generano e maturano tra scatti di consapevolezza emersi quando non te li aspetti in momenti inerti; affiorano e all'improvviso riscappano appena cerchi di afferrarle, come pesci in uno stagno poco profondo; le coviamo nella mente tra pensieri infestanti e poi un giorno, magari nelle parole svogliate dette a un taxista, si presentano enormi e sorprendenti, al pari di nuvole sontuose in un cielo d'estate, come qualcosa che non è davvero nostro. "Mi fido," gli avevo appena detto. "Mi fido," ripetei senza farmi sentire, sussurrando. Ecco cosa mi era successo sul traghetto. Quando non avevo più niente e nessuno cui aggrapparmi, nessuna pista da seguire, nessun ragionamento da completare, quel traghetto è stata la mia salvezza inconsapevole: sono entrato, mi sono accucciato, e mi sono lasciato trasportare da qualcos'altro che non potevo controllare. Niente e nessuno mi garantiva che il percorso sarebbe stato quello dichiarato all'ingresso. Il capitano avrebbe potuto non partire, cambiare rotta, non tornare. Non avevo nemmeno preso in considerazione queste possibilità: ero salito e mi ero fidato di quello che dichiaravano orari e scritte. "Manhattan-Staten Island Ferry": non c'erano stati dubbi dentro di me anche se ne avrei potuti avere molti, a sufficienza da paralizzarmi.

Il taxi si fermò davanti alla porta del teatro: pagai velocemente.

"Si riposi un po'," disse l'italiano sempre in tedesco, "New York è una città imprevedibile. Bisogna avere un po' di carica di riserva", mi guardò la pancia, che malgrado tutto non era affatto diminuita, sorrise. Sorrisi anch'io, sebbene i muscoli della faccia non fossero più tanto abituati a mostrare i denti per simpatia, e sembrò più un ghigno. Scesi rapidamente e rapidamente mi trovai sotto la doccia. Penso di aver lavato via tutta la pelle degli ultimi anni quella volta; lasciai scendere lo scroscio caldo e potente sulla schiena appoggiando la testa alle piastrelle del muro con le mani lungo il corpo per poi rimanere completamente avvolto in quel bozzolo d'acqua. "Mi fido," ripetei questa volta a voce alta. Ero stupito del mio stupore: non erano parole particolarmente intelligenti. Era una constatazione banale. Eppure quelle parole così semplici – *io mi fido* – si erano fatte largo tra le altre che presero a girare a vortice come se fossero il centro di gravità del mio vocabolario. Fidarsi è bellissimo – pensai mentre l'acqua continuava ad avvolgermi calda – e non significa, come avevo creduto fino a ora, lasciar fare all'altro *sapendo* che fa la cosa giusta per te, vuol dire lasciar fare all'altro *presupponendo* che faccia la cosa giusta per te. Forse, a fidarsi, si impara dormendo.

Lavato e profumato, mi ritrovai seduto al tavolo in mezzo al palcoscenico vuoto, agghindato come un senatore romano – con la differenza che invece di una stola di lana la mia toga era un'enorme salvietta bianca di spugna. Me ne stavo soprappensiero, un po' incantato, a mangiare biscotti e marmellata come se li assaggiassi per la prima volta. Non c'era latte fresco – Calibano e Ariel erano evidentemente ancora via da quando avevano litigato – ma c'era un ottimo tè e fu sufficiente per riattivare il mio stomaco dopo quella settimana nelle fogne della mia mente. Una settimana che sembrava non dover mai finire ma che ora, complice la mia tendenza a ricordare come più rilevanti i fatti belli, mi sembrava ridotta a una specie di ubriacatura di una notte sola. Ero euforico. Meglio così.

Non ci volle molto a ricostruire come ero capitato in quella situazione. Ismael Shannon: era lui l'origine di questa esperienza sporca e umiliante; lui che mi aveva evidentemente ingannato e tenuto in ostaggio per tutti quei mesi. Perché l'aveva fatto? Che pericolo rappresentava per lui la decifrazione della lingua di Pietramala? Mi diedi del cretino. Avrei dovuto capire immediatamente che questo era il suo piano. Nessun maestro che abbia a cuore un allievo si comporta così. Un maestro, se è un maestro, deve assegnare un compito che sia sufficientemente complesso da non aver lui già la soluzione ma anche sufficientemente semplice da non portare l'allievo in un vicolo cieco. Un maestro crea e indica spazi di autonomia per l'allievo: Shannon con me aveva fatto l'opposto, aveva creato una trappola per paralizzarmi e io ci ero cascato in pieno. Shannon non era un maestro, questo ormai l'avevo capito: non sapevo bene ancora cosa fosse. Questo aggiungeva un problema: non solo avrei dovuto decifrare per conto mio la lingua di Pietramala ma avrei anche dovuto capire perché non avrei dovuto farlo. Vivevo in un mistero che sospettava di se stesso. Non che mi dispiacesse completamente; se così fosse stato non mi sarei trovato a grattare con il cucchiaio il fondo del barattolo di marmellata di arance di Calibano. La fine della marmellata fu compensata con il sorgere della sensazione di poter finalmente risolvere – e da solo – il bandolo della matassa.

Guardai i vestiti che avevo gettato velocemente in un angolo prima di entrare nella doccia. Mi sentii come quando, dopo un'influenza lunga e pesante, si butta definitivamente il pigiama nel quale si è sudato e tremato nei giorni della malattia e della febbre. Li guardai come si può guardare la pelle vecchia dopo una muta e non capivo come fossi stato capace di abitare lì dentro. Era la guarigione.

[7.2] Erano passati tre giorni dalla notte sul traghetto. Stavo ancora recuperando sensi e forze vivendo da solo nel teatro che per quel periodo non aveva in programma prove. Ariel e Calibano non erano ancora tornati. Avevo una gran voglia di vederli, di parlare con loro di quello che mi era capitato e di ragionare. Volevo anche tornare da Shannon per appurare la verità su di lui e su quanto sapeva di Pietramala ma non prima di essermi completamente chiarito rispetto a ciò che già sapevo io; dopotutto avevo ormai accumulato una quantità di pensieri da rendermi autonomo. Avevo deciso di concedermi un premio: una giornata intera al Metropolitan. Non avrei visto di tutto: volevo andare nella saletta degli impressionisti, al primo piano. È da sempre un luogo che mi colpisce; io, che trovo i musei insopportabili con quella combinazione innaturale di pezzi strappati dai loro posti, uccisi e poi cuciti insieme per dar vita a un nuovo corpo che non esiste, lì diventavo sereno forse convinto che tutti i ritratti stessero bene insieme in modo naturale perché in fondo sono il ritratto della stessa persona. Mi trovai quindi di fronte al quadro che da piccolo avevo tentato inutilmente di dipingere: una pesca vista contemporaneamente da tutti i lati.

E perché no? – riflettei candidamente tra me e me. – I lati di una pesca sono nella mia memoria, potrei richiamarli tutti insieme. Gironzolai sovrappensiero nelle sale contigue, scesi uno scalone che portava all'ala della scultura romana e mi imbattei in un'opera che non avevo mai visto: una novità in esposizione momentanea, prestata dal museo del Cairo. Si trattava di un mosaico del primo secolo dopo Cristo che rappresentava un Gesù risorto che sembrava sospeso, come se fluttuasse a una spanna dal sepolcro. Il mosaico era bello e questo mi bastava ma mi incuriosiva il movente che aveva spinto l'artista a creare una percezione magica di un evento che di magie aggiuntive non ha bisogno: la resurrezione. Mi chiesi se non avesse voluto far riprovare a chi guardava la sua opera la meraviglia di quel fatto sovrapponendo una meraviglia pensabile a una impensabile. Mi dissi anche che eravamo fortunati noi ora ad aver accesso a così tante meraviglie da rendere la resurrezione un fatto non inimmaginabile, ma all'epoca di Gesù? Poteva un uomo colto di allora, un romano, credere proprio alla divinità di Gesù? Quello era un mondo sofisticato ed evoluto: parlava una sola lingua, si basava su canoni sedimentati da secoli e condivisi da tutti, come la logica e la geometria; era un posto dove la magia non andava di moda come oggi. Forse far volare una persona serviva a rendere meno incredibile tutto il resto.

Dovevo avere un'espressione ben strana mentre pensavo a quelle cose, perché una donna anziana, robusta e non molto alta, dal volto che aveva un'aria inspiegabilmente familiare, elegante, incorniciato da capelli fitti, mossi e così neri che parevano turchini, il naso grosso e due occhi scuri e piccoli che avrebbero bucato anche il titanio mi chiese, con l'aria di esigere una risposta:

"Ma lei ci crede che la Terra è rotonda?"

"Sì," risposi senza esitazione accettando quella sfida curiosa e mi fermai a guardarla: non mi toglieva gli occhi di dosso e intanto scuoteva leggermente la testa come per suggerire che non ci credessi davvero. Capii che quella risposta non era sufficiente; lei stava chiedendo non *se* ma *perché* ci credevo e infatti rimase immobile aspettando che io continuassi. "Ci sono infinite prove che lo sia," dissi sentendo che mi stavo avviando su un terreno scivoloso.

"Quali?" incalzò sorridendo.

Come fossi a scuola, elencai le risposte canoniche: le navi che provengono dall'orizzonte si vedono apparire a poco a poco, la prova delle ombre e dell'orologio per sincronizzare le misure, le misure fatte in varie parti distanti della Terra che provano la conservazione delle costanti gravitazionali, proporzionali alla distanza dal centro di un corpo celeste. Non a una di queste mie risposte la donna fece un cenno di approvazione. Ascoltava come si ascolta un bambino. Poi si mise a guardare il mosaico della resurrezione che avevamo di fronte e senza togliere gli occhi dall'immagine, chiese senza sarcasmo: "Lei ha fatto esperienza di queste prove?"

"No; lo confesso, ne ho solo letto la descrizione fin dai tempi della scuola."

"Ah, ecco; lei è uno che si fida, dunque." Sembrava mi leggesse nel pensiero: io che tentavo di non pensare a questa cosa ci ero stato ributtato dentro senza poter reagire.

"Ci sono ovviamente le fotografie della Terra prese dai satelliti, dalle missioni spaziali, dalla Luna," balbettai, cercai di tamponare, prendendo tempo.

"Questo casomai dimostra appunto che lei si fida; non che la Terra sia rotonda. Se le truccassi una foto mostrandole un asino che vola lei ci crederebbe?"

"Evidentemente no."

"E allora perché dovrebbe credere alla foto della Terra rotonda?"

Rimanemmo in silenzio a guardare ancora il mosaico. Aveva ragione: un'enorme sfera dove la gente vive a testa in giù rispetto a quelli che stanno dal lato opposto non è meno improbabile o controintuitiva di un asino che vola: eppure non crederemmo un istante a un asino che vola – anzi di una foto che lo rappresentasse diremmo subito che è un falso – ma siamo disposti a credere di abitare su una sfera anche se non abbiamo esperienza diretta di prove che lo dimostrino. È evidente che non è l'esperienza che conta in questi casi. Quello che ci vuole per sospettare che una cosa sia falsa è l'assenza di un movente utile o viceversa. Allora tutto diventa chiaro: chi può avere interesse a convincere che gli asini volano? Infatti, non ci crediamo. Chi può avere interesse a convincere che la Terra sia piatta? In molti; e per i motivi più disparati, fisici, politici, filosofici, anche teologici. Invece che gli asini volino non cambia la vita a nessuno. Non ci avevo pensato: siamo propensi a credere che qualcosa sia vera perché abbiamo una ragione per volere che lo sia.

"È una domanda curiosa, non trova?" riprese lei, interrompendo il flusso silenzioso dei miei pensieri. "Ma non nuova: *Vos etiam dicitis esse e regione nobis, e contraria parte terrae, qui adversis vestigiis stent contra nostra vestigia, quos Antipodas vocatis.*" "Cicerone," aggiunse dopo aver stanato la mia ignoranza con uno sguardo; lei non tradusse.

Le proposi di mangiare qualcosa insieme. Raggiungemmo la caffetteria del museo attraversando saloni ricolmi di opere d'arte di ogni tempo. La donna aveva un passo rapido, ritmato dal rumore di tacchi solidi sul pavimento, e seguirla dava piacere. Sapeva bene come muoversi in quel palazzo e nel tragitto salutò almeno tre dei custodi che ricambiarono con un gesto cordialissimo, quasi un inchino, lasciandomi capire che era evidentemente di casa. Resistetti al richiamo della bellezza delle opere esposte come Ulisse fece con le Sirene: quella donna anziana era il mio albero e le stavo aggrappato addosso. Solo poco prima dell'ingresso nella caffetteria mi fermai a osservare una scultura curiosa: era un blocchetto di legno quadrato di venti centimetri di lato; sopra, in diagonale, avevano disposto sette semi di mais in una sequenza precisa, equidistanti: dopo il primo, ancora giallo e compatto, ne seguivano altri sette come colti di sorpresa e fissati in fasi diverse dell'apertura durante la cottura; ogni chicco sempre più cotto e dischiuso del precedente fino all'ultimo completamente cotto, aperto tutto verso l'esterno, arricciato come un fiore osceno. La sequenza induceva immediatamente a pensare alle sequenze di progressione evolutiva di una specie: chiunque sarebbe stato ingannato, nel vederlo, ad ammettere che il pop-corn derivasse da un antenato non cotto e che per successive, casuali, piccole mutazioni si fosse arrivati a quella specie fiore finale; invece quei chicchi erano parenti sì ma non in linea diretta: erano simultanei e dunque tra di essi non c'era evoluzione ma solo variazione.

"Se viene uno dei prossimi giorni, la porto a vedere l'allestimento della mostra sull'evoluzione dell'uomo al Museo di storia naturale," disse la donna vedendomi attratto da quella scultura.

"L'evoluzione mi mette sempre a disagio," reagii io. "Non può che essere vera, naturalmente, ma non so mai come figurarmi l'inizio: mi sembra che tutti rimandino il problema e non lo affrontino."

"Dovremmo vederci più spesso, signor…?"

"Elia, Elia Rameau," risposi immediatamente.

"Rosa Linda Franklin," mi disse stringendomi la mano con una cordialità solida, "ma mi può chiamare Rosa."

Fu un pranzo breve e fugace; adoravo il fatto di poter ordinare un solo piatto e di non costringermi alla solita tortura dell'ordine inverso delle portate. Parlammo di tante cose: mi chiese dell'undicesimo dito – con grande grazia – informandosi soprattutto se avesse influito sulla mia capacità di contare. Vidi che portava un anello con un simbolo della Torah. Se ne accorse:

"La scienza è l'unica porta verso la fede perché illumina quello che non so e forse non potrò mai sapere. Mi obbliga a fidarmi. L'alternativa è la paralisi, caro Elia, se posso chiamarla così."

"Certo, Rosa, e mi creda l'incontro con lei è stato totalmente inaspettato e sono sicuro che mi sarà di grandissimo aiuto."

"Il mosaico di Cristo," aggiunse, "quello che abbiamo visto prima, l'ho fatto arrivare io al museo: mi sono convinta che Cristo non sia risorto per provare qualcosa; la prova, per lui, doveva già essere la realtà stessa; l'ha fatto solo per permettere anche agli sprovveduti di rendersene conto ma forse non aveva capito che siamo tutti così sprovveduti da non accorgerci di esserlo. La resurrezione, ad ogni modo, caro Elia, è una conseguenza, non una causa. Per credere basta accorgersi di vivere. Certo," aggiunse, schiarendosi la voce e cambiando tono come se stesse per ridere, "avrebbe potuto convincerci regalandoci la formula di un antibiotico o il progetto di un motore a scoppio, così avremmo fatto poi tutto da soli, come l'indigeno al quale è meglio regalare la canna da pesca invece che un pesce."

Ci ritrovammo in un silenzio fragile: l'immagine di Cristo in motocicletta che sfrecciava di fronte a Pilato incredulo vaporizzò quel silenzio e il riso di Rosa scoppiò fragoroso trascinando inevitabilmente il mio. Mi disse che le piaceva ridere; era la sua breccia per la conversione. Si fece più pacata; sospirò e mi raccontò di quando aveva visto delle donne anziane e inferme pregare e piangere perché il Signore le conducesse a sé e mettesse fine alla loro vita; mi disse di aver spiegato che il Signore non vuole sentire lagne e che avrebbe concesso la liberazione della morte solo se fossero andate all'aldilà ridendo. Sostituirono i rosari con delle barzellette.

Parlammo ancora un po' girando per le sale. Mi spiegò che era la curatrice delle mostre sulla scienza al museo, anche dell'ultima esposizione – mi disse scandendone le parole – quella sul "Libro a fianco" dove si capiva l'influenza dell'architettura delle biblioteche nella formazione culturale. Mi portò a vedere una riproduzione a grandezza naturale del *Giudizio universale* di Michelangelo della Cappella Sistina. Anche quel-

lo fu fonte di sorpresa: mi fece notare che il telo che avvolge
Dio che dà vita ad Adamo sembra riprendere una sezione sa-
gittale del cervello umano e che la testa di Dio sta più o meno
nella posizione di uno degli snodi più importanti del controllo
del linguaggio: l'area di Broca. Come potesse Michelangelo essere consapevole di ciò – ammesso che lo fosse – non era affatto chiaro ma in quel giorno a me non era chiaro più niente
o meglio tutto era talmente illuminato che ogni cosa, anche la
più banale, sembrava parlarmi d'altro, condurmi per mano al
cospetto di cose belle e affascinanti. Nel congedarsi, Rosa aggiunse solo una frase, ma sembrò consegnarmela come si affi-
dano le chiavi di casa a un amico prima di un lungo viaggio:
"Ricordati che ci vuole una buona ragione per credere a qualcosa oppure ci si condanna a dover credere a tutto oppure a
niente." Mi strinse la mano con tutte e due le sue insieme; fu
un gesto appena più lungo del normale ma sufficiente a non
apparire scontato. Non la rividi mai più.

[7.3] Intesi andare verso l'uscita ma non riuscii a farlo di fretta. Volevo ancora godere del ruolo protettivo dell'edificio, della bellezza di quei quadri e di quelle statue che non rinunciavo
ad accarezzare, sempre sorpreso che la pietra potesse imitare
la morbidezza della vita. Scelsi dunque un percorso più lungo.
Ero quasi fuori quando mi trovai di fronte alla grande sala di
lettura della Thomas J. Watson Library. Non so perché ma volli entrare. Di fronte a me, chine sui libri, tantissime persone. I
loro volti avevano il colore chiaro della luce riflessa sulle pagine e sembravano trarre da esse l'energia sufficiente per vivere

come piante in una serra protetta. Fissi, respiravano all'unisono; solo qualche volta, si sentiva voltare le pagine e interrompere quell'abbeveramento costante.

Immaginavo quante parole nello stesso istante venissero lette da quelle persone, anzi immaginavo quante parole venissero lette in quel momento nel mondo e quante ne fossero state lette fino ad allora. Mi sembrò che tutto fosse fatto di parole e che ne potessi vedere la nervatura seguendole. Mi disturbava il fatto che nella scrittura dovessero essere in fila una dopo l'altra: una geometria costrittiva, innaturale per degli elementi così potenti. Avrei voluto abitare nelle parole crociate, sapere che ogni mia vocale e ogni mia consonante è intrecciata con tutte quelle intorno – partecipa a doppi, tripli significati a seconda dell'ordine in cui viene letta; nessuna è solitaria, al massimo confina con una casella nera, umile bandiera bianca, testimonianza che nel mondo non sempre proprio tutto si tiene insieme o, forse, che per tenersi insieme ci vuole spazio per qualche difetto. Mi resi conto che quel rito collettivo c'entrava proprio con la storia che stavo vivendo; mi dava l'occasione di una controprova nella ricerca delle forze che erano in gioco e del metodo che avevo deciso di utilizzare per risolvere il mio problema e l'enigma di Pietramala e, fra l'altro, mi suggeriva che io non fossi entrato lì per caso.

Mi chiesi come mai tutte quelle persone fossero intente in quell'attività che al momento mi parve strana. Non potevano essere tutte folli: cosa le tratteneva in quella stanza? Non era un incantesimo; non credo agli incantesimi. Queste persone avevano in corso una scommessa e si basavano su almeno due certezze. La prima è solo fisica: sentivano che le pagine nella mano sinistra aumentavano di spessore e quelle della mano destra diminuivano e questo faceva capire loro che si avviavano verso una conclusione; erano come tante clessidre di parole e la loro coscienza era il foro piccino dentro al quale esse passavano a una a una e che al contempo vedeva quale ampolla ne fosse più piena. La seconda è che i loro occhi stavano seguendo una ventina di caratteri messi in fila sulla pagina e che si alternano, più o meno frequenti, intervallati da spazi bianchi; quei segni, modulazioni di luce, venivano trasformati in modulazioni di suoni dal cervello, di suoni impastati con significati. Ma al di là di queste due certezze, non potevano dare per scontato niente: anzi, lì, non c'era nient'altro. Per quale motivo – mi chiesi – erano certe che all'improvviso l'autore di ciascuno dei loro libri non deragliasse e mettesse insieme pensieri impossibili o che si ingannasse o che le ingannasse, con segni la cui combinazione fosse impronunciabile o con segni mai visti anche se a prima vista simili a quelli noti e familiari? Oppure ancora: cosa faceva escludere loro che le successive pagine dei libri che avevano di fronte non fossero tutte bianche, portatrici di un silenzio abbacinante? Certamente non avevano controllato – io non lo avevo mai fatto – cosa le aspettasse, anche perché controllare avrebbe voluto dire leggere fino in fondo e dunque controllare in anticipo era impossibile: si poteva solo andare avanti e sperimentare. Sarebbe così facile per un autore condurre il lettore dove non vuole né si aspetta, eppure tutti perseveravano e ininterrottamente conducevano i loro occhi lungo la scia dell'inchiostro che carattere dopo carattere li portava avanti nel flusso dei pensieri. E non sarebbero stati necessari trucchi elaborati o magie perché un autore mostrasse di cosa è capace; sarebbe bastato mettere una parola fuori posto, prossima la magari, per provare la potenza di chi scrive su chi legge.

Ma allora – pensai talmente forte che uno di loro smise di leggere per guardarmi negli occhi e io mi sentii scoperto – ma allora – forse glielo chiesi con lo sguardo – ma allora perché continuate a leggere? Recuperai la risposta da quel che vedevo in quel momento. Era semplice: si fidavano; ciascuno di loro si fidava dell'autore del libro che stava leggendo. Non c'erano altre risposte. Certo, forse qualcuno di loro si fidava perché un amico o un conoscente o un professore gli aveva detto che si trattava di una lettura interessante, ma questo – per quanto improbabile – avrebbe allungato solo di qualche anello la catena tra il lettore e l'autore: semplicemente, si sarebbero fidati di chi si era già fidato e tra loro e l'autore ci sarebbe stato solo qualche grado di separazione in più.

Questo era il problema, dunque, il fuoco verso il quale la mia attenzione convergeva dalla notte precedente: tra me che salivo sul traghetto e mi lasciavo trasportare e i lettori che seguivano in silenzio il flusso della scrittura quale differenza c'era? Nessuna. Ognuno si fida di altri: non esiste una garanzia assoluta o un movente che assicuri che le cose vadano come si pensa che debbano andare. Le persone intente a leggere, dunque, provavano a me che non ero stato un pazzo a stare sul traghetto; che l'esperienza di quella notte non era stata la singolarità fortunata di una sola notte ma un ingrediente normale della vita, di ogni istante della vita, un ingrediente che tutti loro condividevano con me leggendo i loro libri. La vita e la lettura, dunque, si presentavano come fili di uno stesso arazzo: chi legge e chi scrive è unito dalla stessa trama nascosta.

[7.4] La sera ripensai all'incontro al museo e a quello che avrei voluto dire a Shannon. "Non voler apparire profondo, manifesta piuttosto la tua ignoranza": ripetei le parole di mio padre, forse le sue ultime. Ecco: avevo trovato l'atteggiamento giusto per affrontare la questione. Avevo imparato che dovevo fidarmi e che non dovevo farmi ingannare dalla saccenza melliflua di chi non dice niente ma lo dice benissimo. Avevo conosciuto la bellezza della frase più piena di significato tra tutte quelle che si possono pensare e dire, la più capace di afferrare i confini dell'universo in una sintesi assoluta, quella che nessun animale può nemmeno concepire: "non lo so", la frase perfetta.

Ricapitolai la situazione, con calma, come avevo fatto fino ad allora ma respirando un senso nuovo. Presi un foglio grande e una matita dal tratto denso. Segnai di seguito i nomi e le cose, le opere che avevo compiuto e i giorni che erano passati. Disegnai frecce e collegamenti tra di loro, osservando con piacere il sorgere di una rete complessa. Da Pietramala partiva una freccia che arrivava a Shannon; poi una che tornava indietro; da Shannon una che indicava la riunione di Marble Head, poi da Marble Head a Pietramala. Riguardai il foglio. Aggiunsi l'assenza delle tombe dei bambini; ripresi poi gli elementi della teoria di Shannon su anomalia e analogia. Da ultimo, anche il mio viaggio in traghetto, dove avevo imparato che fidarmi era un elemento essenziale della vita. Fu allora che mi resi conto di un fatto che mi stava così vicino da non esser fino ad allora riuscito a mettere a fuoco; un fatto che ripercorreva tutte le occasioni di rapporto che avevo avuto fin ad allora con Shannon. Rimasi per un istante con la matita in mano, non sapendo bene se scrivere o meno, non sapendo bene se davvero quello che mi risaltava alla mente fosse un fatto o una somiglianza tra fatti. Quell'immagine, invece che indebolirsi, si stava rafforzando e delineando, evocata sul tavolo come un ectoplasma: Shannon aveva fatto di tutto perché io disimparassi a fidarmi. Fin dal primo incontro, mi aveva imbottito di nozioni uguali e contrarie perché io non fossi messo in condizione di scegliere, mi aveva sottoposto a situazioni di tensione che non avevano via d'uscita, proposto finte soluzioni che erano vicoli ciechi, fatto attendere per ore eventi che non si sarebbero mai realizzati, messo su piste sbagliate. Come avevo fatto a non accorgermi che mi aveva progressivamente intrappolato come uno stupido? Aveva giocato con me, ero stato il suo porcellino d'India, la sua cavia da torturare. Doveva essere soddisfatto: avevo abboccato a ogni suo stimolo, avevo suonato tutti i campanelli che dovevo suonare, avevo girato a vuoto nei suoi labirinti perfetti di parole e di situazioni, avevo scodinzolato ai piccoli inutili premi che mi dava quando rispondevo come voleva lui. L'addestramento era stato perfetto: ero diventato incapace di decidere: non sapevo scegliere più niente, né muovermi. Questa era l'infezione dell'anima che mi aveva inoculato a mia insaputa: io – stupido – ci ero cascato. E mi resi anche conto di come tutto questo fosse funzionale alla sua teoria sul linguaggio che da una vita stava cercando di propinare al mondo intero come vera: che il linguaggio umano non nasce in modo naturale né dalla pressione costruttiva dell'analogia né dal disturbo mirato e intelligente dell'anomalia ma da un equilibrio *qualsiasi* tra essi. Non è necessario scegliere un sistema: basta che sia coerente; e se non è necessario scegliere perché mai dovrebbe essere possibile farlo? Shannon mi aveva reso dunque incapace di scegliere.

Capii allora quel gioco infernale delle due zuppiere, quell'ultima sera a cena: non era stato un caso, un inconveniente nel cerimoniale della tavola. Era il coronamento del mio addestramento; lasciare che io rimanessi senza cibo per l'incapacità di abbandonare sia pure temporaneamente una tra due offerte equivalenti e allettanti. E cosa è necessario perché ciò accada? Fidarsi che l'offerta temporaneamente scartata rimanga disponibile anche dopo aver scelto l'altra. Tutto fu chiaro. Mi aveva reso incapace di scegliere perché mi aveva reso incapace di fidarmi. Preso da una vampata di rabbia accartocciai con le mani il foglio che avevo davanti. Le strinsi insieme e mi spaventai: quella carta indurita poteva essere il volto di Shannon. La mia rabbia era così forte che avrei potuto ucciderlo io, schiacciandolo con le mie mani, spingendo per sempre dentro il suo volto quegli occhi malvagi che mi avevano solo fatto soffrire.

Ma perché tutta quella cattiveria nei miei confronti? A che cosa gli serviva? Dovevo stare attento a evitare che anche quella mia reazione non fosse stata pilotata da Shannon. Non potevo rischiare di cascarci anche allora. Cosa voleva, in fondo, lui da me? Questa era la domanda centrale: era diventato evidente che non voleva che io decifrassi la grammatica della lingua di Pietramala.

Cominciai a pensare che forse Shannon aveva commesso un errore, nel tentativo di distogliermi dalla soluzione – che a questo punto lui certamente aveva – mi aveva involontariamente indicato la strada. Shannon aveva fatto come quelli che per dimenticarsi un amore ritagliano la sagoma dell'amante dalle foto, ma lo fanno con tale precisione che il buco finisce per ricordare l'amante tanto quanto l'immagine originale. Se il mio ragionamento era corretto, Shannon voleva distogliermi dall'ipotesi che la grammatica di Pietramala fosse basata su qualcosa di cui ci dobbiamo fidare. Mi sembrò allora, per un istante, di essere fatto d'acqua, e ripensai con un sorriso alla pioggia che mi aveva accolto a Pietramala. Ora percepivo il momento esatto in cui l'acqua diventa ghiaccio: la temperatura si abbassa senza che niente cambi; poi, all'improvviso, basta un solo grado in meno e tutto si trasforma rapidamente. Si perdono alcune proprietà e ne emergono di nuove e imprevedibili, pur rimanendo costituiti delle stesse cose. Così, all'improvviso tutto intorno a me e in me cambiò.

Avevo bisogno di fare due passi, avrei comunque cercato un posto dove cenare su Broadway: chissà quando sarebbero tornati Ariel e Calibano. Dovevo provare con loro a verificare la mia teoria. Il mio umore quella sera andava a ondate: a tratti credevo di aver capito davvero qualcosa, in altri momenti mi pareva invece di aver solo accostato due fatti causali in modo non pertinente. Perché una persona che vuole distoglierti da qualche cosa finisce poi per attirare la tua attenzione? Non avevo un modo certo per provarlo, ma tutto mi sembrava andare in quella direzione. Spontaneamente, risi: avrei dovuto fidarmi della mia stessa intuizione. Mi sembrava che tutto intorno a me parlasse solo di fiducia.

Mi ritrovai dopo il tramonto ad aver camminato fino all'angolo sud-est di Central Park dopo aver girato a sinistra a Columbus Circle: il vociare dei turisti in quella sera di marzo

mi sembrava di buon auspicio. Affollavano numerosi la fontana di Grand Army Plaza, uno perfino seduto sul bordo – chissà
come ci si era arrampicato – tutti intenti a guardare un gio-
coliere che sputava fuoco dalla bocca e gli dava le forme più
impreviste: ora un unicorno, ora un orso ciccione, ora una li-
bellula innamorata, ora la Tour Eiffel a testa in giù. Avrei voluto anch'io esser capace di far venir fuori da me fiori di fantasia
così vividi, ma al momento avevo troppe domande a cui rispondere.

[7.5] Il risveglio, la mattina dopo, sul palco del teatro, prece-
dette di poco l'alba, che verso la fine di marzo a quelle latitudi-
ni inizia a sovrapporsi con la ripresa della vita piena della città
dando alla luce del giorno la voce della strada. Il chiarore che
si diffondeva dal lucernario pareva avere una direzione nuova, insolita e fresca. Mi pareva un incoraggiamento a portare
a termine l'ultima mossa possibile: incontrare Shannon faccia
a faccia. Non potevo più aspettare. Forse avrei potuto rifletter-
re ancora, ragionare, fare deduzioni e controdeduzioni ma il
confronto diretto con quell'uomo era diventato un'impellenza.
Mi sentivo caricato e motivato. Era evidente che avrei giocato
in campo avversario, che lui avrebbe avuto mille modi per farmi fuori, intellettualmente e forse anche fisicamente, ma non
avevo più niente da perdere e, anzi, avrei potuto guadagnare
la strada verso la soluzione di quell'intreccio che mi teneva
stretto da più parti: una lingua misteriosa basata sulla fiducia
in grado di uccidere in modo selettivo e un uomo che mi aveva
tenuto in scacco per paura che io capissi troppo. Forse stavo

agendo di fretta, ma ci sono casi nei quali l'attesa è un prezzo troppo alto da pagare.

Fu più semplice di quanto pensassi: il maggiordomo di Shannon, che evidentemente sapeva molto di più di quanto immaginassi, non ebbe nemmeno il coraggio di chiedermi di aspettare una conferma. Disse che per quella sera non erano previsti altri impegni e che il professore mi avrebbe ricevuto senz'altro. Non aggiunse "volentieri" per non infierire su un'atmosfera deteriorata in modo già fin troppo evidente. Questa mossa inaspettata mi fece provare l'imbarazzo di quando si cerca di buttare giù a spallate una porta che bastava aprire con le mani: annuii e ringraziai. Mi stavo rendendo ridicolo?

Passai le ore che mi separavano dall'incontro a provare e riprovare il discorso che avrei fatto a Shannon. Parlavo a voce alta come se l'avessi avuto davanti. Studiavo anche i gesti che avrei fatto in reazione ai suoi. Ancor prima di averlo davanti, mi irritava l'idea di subire quel volteggiare ipnotico delle mani. Ero pronto a neutralizzare tutte le sue mosse come in un duello di fioretto. Avevo addirittura il palcoscenico a mia disposizione, mi pareva di recitare una parte scritta apposta per me. Oscillavo tra la sensazione di ricevere applausi a scena aperta e quella di schivare oggetti lanciati tra i fischi. Proprio non mi concepivo se non tra estremi: mi fece tenerezza quella mia incapacità di accettare la mediocrità. Ricordo quando una volta chiesi al mio maestro di karatè come ero andato durante un'esibizione, se bene o male. "Peggio," commentò tagliandomi in due come se la sua lingua fosse stata un rasoio, "sei andato discretamente." La paura di fallire deflagra facilmente con scintille di narcisismo. Non lo imparerò mai.

Quando fui pronto uscii su Broadway e mi incamminai a passo svelto verso l'Ansonia. Salutai Ireneo che mi sorrise come sapeva fare solo lui; chiese come stavo ma percepì il mio affanno e non aspettò risposte. Shannon: ora ce l'avevo di fronte. Nessun sibilo, nessun *carissimo*. Non mi offrì niente da bere, né da mangiare. Non mi fece visitare la casa né illustrò qualche collezione preziosa. Stava in silenzio, indossando un vestito particolarmente elegante, fuori luogo per quell'ora del giorno e quell'occasione, con il volto rigido a osservarmi dalla sua poltrona, i gomiti appoggiati e le mani aperte e congiunte tra la sua faccia e me, dito contro dito, come un ragno allo specchio. Davide riuscì a farcela contro Golia ma aveva dalla sua parte Dio: io, Elia, ero solo e non sarei riuscito nemmeno a costruire una fionda, figuriamoci a usarla. In quell'istante non sapevo esattamente cosa fare: scoprire le carte e dirgli quello che avevo capito? Rivelargli quello che avevo sentito dire da lui poco prima di lasciare la riunione alla villa di Marble Head? Dovevo dirgli che il suo tentativo di farmi smettere di fidarmi era naufragato e che avevo capito che in quel fidarmi stava il pericolo per lui? Niente. Aspettai. Aspettò.

Si stufò, inaspettatamente, innervosito prese a dire: "Conosci tutto della struttura e della natura del linguaggio umano ma non riesci a capire niente," aveva deciso di attaccare in modo diretto, dunque. "Non ti sono bastati i cenni, le coincidenze, le trappole esibite. Tu sei convinto che la realtà non sia quella che si vede e vivi di fantasie." Quasi non capii l'ultima parola perché Shannon non riuscì a trattenersi da uno scoppio di risa. "Ma tu mi piaci, Elia, mi piaci molto: mi rivedo in te e voglio darti un'ultima occasione di uscita in sicurezza. Fa' le valigie, tornatene in Europa – dammi retta – e dimentica questo brutto sogno, dimentica Pietramala e quello che ci sta intorno. È un consiglio che non si dà due volte nella vita, un'offerta che non puoi rifiutare."

"Se mi conosci un po', Ismael," rimbeccai, "sai che non mollerò tanto facilmente, soprattutto ora che sono così vicino alla soluzione."

Shannon impallidì, le mani fino ad allora aperte si serrarono violentemente in due pugni che fecero diventare bianche le nocche, tanto la presa era forte. Non poteva sapere se bluffavo o meno.

"E sentiamola, allora, questa benedetta soluzione," disse con un finto fare benevolo che rivelava lo sforzo a trattenere una scenata.

"Credi che abbocchi facilmente, Ismael? Sai bene che ora devi fidarti di me," rincalzai io, insistendo con l'intonazione su quel *fidarti* e sfoggiando volontariamente un'espressione di sorpresa tenendo le sopracciglia ben alzate – devi fidarti, Ismael, non hai alternativa."

"E se mi fido cosa avrò in cambio da te, Elia? Perché mi converrebbe accettare la tua offerta?"

"Non c'è un'offerta," gli tenni testa, "non sono venuto per offrirti qualcosa, sono venuto per comunicarti che ho in mano la soluzione della lingua di Pietramala e ho capito tutti i fatti a essa connessi, inclusa," qui rallentai il flusso delle parole e assunsi un tono di sfida, "l'assenza di morti tra i bambini."

Doveva esser troppo anche per lui. Si alzò in piedi, con un gesto rapido del braccio fece cadere tutti gli oggetti che stavano sul tavolo, incluso un vaso di cristallo pieno d'acqua e di orchidee bianche. La sua voce sembrò il prolungamento del fragore del vetro rotto: "Stammi bene a sentire: lo vedi questo tavolo? Ci sono più cose ora qui sopra che nella tua vita futura se non smetterai immediatamente di andare a caccia di una cosa che non ti compete. Preparati e fa' le valigie: sei troppo banale per me perché ti levi di mezzo con le mie stesse mani ma mi basta un cenno perché di te rimanga traccia solo nei cuscini delle sedie dove avrai appoggiato il tuo culo. Tu non sei niente e il niente non può moltiplicarsi."

Avevo visto giusto: la connessione tra la lingua e l'assenza dei morti bambini doveva essere corretta. Senza volerlo, Shannon con la violenza della sua reazione aveva confermato la mia congettura. Ero più sorpreso io di lui; se ne accorse e incalzò rinvigorito come dopo un pugno che non aveva colpito fino in fondo.

"Ti do tre giorni per andartene da New York e ritornare in Europa e rinunciare a ogni ricerca o a rendere pubbliche le tue stupide congetture: bada che sono perfettamente in grado di controllare i tuoi spostamenti, come ormai avrai capito." Si sentiva forte, aveva ripreso a muovere le sopracciglia con quel tono di sfida strafottente e a far volteggiare quelle mani sottili e lunghe nell'aria. Mi accorsi allora che si era fatto crescere dei baffetti; segno che la preoccupazione non aveva scalfito la sua vanità. Non risposi. Non era nel mio stile. Mi alzai. Mi girai e uscii dalla stanza ostentando coi miei passi lenti una calma che in realtà non avevo. La porta dello studio era aperta e dietro la soglia già aspettava il maggiordomo con il mio cappotto e lo zaino. Tremava nel porgermi le cose: mi stupì molto. Sembrava quasi non fosse mai stato spettatore di scene simili:

avrei immaginato il contrario. Quel giorno non potevo sospettare quanto ci fosse ancora da capire, ma ero molto soddisfatto di aver colto il nucleo della questione.

Ci fa bene sapere di capire qualcosa, ci fa meglio di qualsiasi altra sensazione; capire ci rende liberi e la libertà, fosse anche solo di pensiero, è la condizione essenziale per desiderare di essere felici; questo è il massimo lusso ammissibile per una persona e il suo sintomo è la consapevolezza di poter scegliere. Quel giorno, dopo tanto tempo, ero felice. Dovevo agire rapidamente; non mi ponevo il problema se lasciare o meno New York, era chiaro che Shannon mi avrebbe controllato, ma dovevo capire come fare il passo successivo, cioè capire cosa c'entrasse la fiducia con la lingua di Pietramala. Era un passo molto difficile: la posta in gioco non era solo il caso di Pietramala, la posta in gioco ero io. Ero stufo di attendere e di soffrire dell'attesa. La mia vita fino ad allora era stata una ricerca vana di soddisfazione: non sapevo dove avevo sbagliato ma mi era chiaro che dovevo andare fino in fondo con quello che avevo; trovare un'altra storia non era possibile. Questo era ciò che mi offriva la vita, questa era la vita, l'unica che potevo vivere.

Ora, nell'immediato, dovevo trovare Ariel e Calibano: dovevo avvisarli che sarei andato via, ma soprattutto dovevo trovarli perché mi mancavano, mi mancavano veramente. Avrei voluto abbracciarli, tenermeli stretti, sbaciucchiarmeli e dir loro di annullare la tensione mangiando cose buone insieme e cantando sul palcoscenico. Speravo di trovarli a casa quella sera. L'aria di aprile stava avvicinandosi e come al solito si faceva precedere da un vento profumato che però non dura molto: il tempo di una folata e ritorna il fiato scuro dell'inverno. Fui fortunato a uscire per strada proprio durante una di quelle sere quando ti ricordi che New York è una città di mare. Chiusi gli occhi: potevo essere a Genova. L'altra metà del mio mondo stava iniziando a chiamarmi.

Ci misi pochissimo a tornare nella zona del teatro e dalla strada vidi le luci accese: Ariel o Calibano o tutti e due dovevano essere tornati. Il cuore mi si aprì anche se per un istante un'immagine da una vetrina di un negozio, appena prima di girare l'angolo mentre ero ancora su Broadway, mi risucchiò il sangue e al contempo sembrò incitarmi alla battaglia finale. In un presepe dimenticato dal Natale precedente, accoccolato nella mangiatoia, tranquillo e maestoso, stava, solo, un cucciolo di tigre che mi osservava.

Capitolo ottavo

Aprile, ovvero quando si sbrinano i sogni e ritorna la nostalgia della luna sul mare tiepido ma non è ancora ora.

[8.1] La vista del presepe mi turbò talmente che volli subito ristoro dal cielo notturno. Prima, cercai la luna. La luna, mai trascurarla: la si crede estranea, invece è lei a scegliere i numeri dei giorni. Non c'è da stupirsi: le regole più forti non si vedono bene; anzi, quanto più sono forti tanto meno si vedono, e non tanto perché ci si abitua ma perché manca il termine di riferimento. E questo vale per la natura e per il linguaggio. Mi hanno insegnato che il poeta classico che scrive la sua tragedia obbedendo a un certo numero di regole del quale è consapevole è più libero del poeta che scrive quel che gli passa per la testa ed è schiavo di altre regole che ignora. In quel momento il poeta ignaro ero io: quali fossero le leggi nelle quali mi trovavo immerso mi sfuggiva, ma aver capito di poterle trovare era già di per sé una fonte di serenità impagabile.

E parlando della luna, quella notte – mi ricordo bene – il cielo d'aprile era limpidissimo: più blu che nero. A Manhattan è difficile vedere le stelle ma su River Side Drive, lungo il fiume Hudson, quella notte sembrava possibile: bastava attraversare la strada e dopo un paio di isolati, scendendo dal dorso dell'isola, arrivavo a piedi fino alla riva del fiume, di fronte alla costa del New Jersey; lasciavo abituare gli occhi in qualche angolo scuro e poi guardavo su. Sapevo riconoscerne molte, di stelle: la Cintura di Orione, l'Orsa Maggiore, ovviamente, Cassiopea, sapevo perfino tracciare delle linee per identificare il punto più lontano visibile a occhio nudo, la galassia di Andromeda. E quando guardo le costellazioni mi rendo conto che i miei occhi vedono solo le stelle: siamo noi che tracciando linee cosmiche le congiungiamo e creiamo le figure. Ma è così anche per le note e i numeri: le sinfonie, i teoremi e le costellazioni non esistono; esistono solo note, numeri e stelle. Prendono vita solo perché qualcuno le sente, li pensa, le guarda e dà loro un ordine. Noi, d'altronde, non vediamo la luce, vediamo solo gli effetti che ha sugli oggetti. Sappiamo della sua esistenza solo perché viene in parte riflessa da quello che incontra nel suo cammino, rendendo visibile ciò che altrimenti non lo sarebbe. Così un nulla, illuminato da un altro nulla, diventa per noi qualcosa. Allo stesso modo funzionano le frasi e le parole: non hanno contenuto in sé, ma se incontrano qualcuno che le ascolta diventano qualcosa. Avrei giurato che quella notte, sulla riva del fiume, al buio, qualcuno mi stesse guardando.

Una folata più forte delle altre mi fece capire che era davvero ora di entrare a casa. Pensai di passare dai fratelli Arvali: sono sempre aperti e ci si trova frutta e verdura buonissime a qualsiasi ora. L'intenzione era di preparare una cena non tanto elaborata ma con cose buone per Ariel e Calibano. Avrei voluto approfittare del loro rientro per una cena ben fatta in loro onore, durante la quale avrei spiegato loro cosa avrei dovuto fare (che per altro non avevo nemmeno ancora deciso bene).

Tenendo di fronte a me, ben strette tra le braccia, le due borse di carta della spesa strapiene mi avviai a piedi verso l'ingresso del teatro; qualche isolato in su, poi a destra. Girai nella mia via. Mi colpì un rumore di passi dietro di me: erano pesanti ma netti; qualcuno che doveva indossare scarpe con tacchi di legno, ormai rari. Incuriosito, mi girai, avrei voluto fare una battuta: immaginavo di trovare uno dei ragazzi argentini del palazzo di fianco, vestito per una festa di tango. Silenzio. Forse mi ero ingannato. Ripresi a camminare lungo la via, tra gli alberi che non avevano ancora messo le foglie. Anche il rumore riprese. Era strano: sembrava sincronizzato con i miei passi. Sorrisi tra me e me e mi girai di scatto: niente. Il rumore terminò ma intravidi dal lato opposto della strada una persona che mi fissava. Accennai a un saluto con un gesto lento del capo ma non ebbi risposta. Ripartii e ripartì anche lui. Accelerai, accelerò. Mi rifermai e misi le borse per terra guardandolo fisso. Aveva il bavero alzato e un cappello a tesa larga che teneva inclinato verso il basso per coprire il volto: era altissimo e magro; vestito di nero con le mani in tasca e gli occhi troppo infossati per essere visibili. Cosa volesse da me non volevo immaginarlo. La luce della porta del teatro era vicina; accelerai ancora ma non sentii più i passi. Mi ero evidentemente ingannato, agitato com'ero dopo l'ultimo incontro con Shannon. Allora, come se tutto fosse risucchiato in un gorgo maligno, il mio fiato si fermò e gli occhi vennero catturati da un campo gravitazionale impossibile da vincere: parcheggiata di fronte alla porta del teatro c'era la stessa macchina nera che avevo visto a Boston poco prima di andare nella casa di Shannon. Lucida, grande, silente ma accesa, come si capiva dal filo di fumo bianco che sbuffava copioso dallo scappamento come la coda di un gatto impaziente. La paralisi del terrore durò il tempo di un respiro; mi girai e corsi indietro sulla via, senza nemmeno mollare le borse, sentendo che sarei potuto svenire. Svoltai rapidamente su Broadway e controllai: nessuno mi aveva seguito, ma non avevo dubbi; no, non potevo averne. Quello era un chiaro avvertimento di Shannon.

Ariel e Calibano non fecero troppe domande al telefono: mi dissero solo di aspettare e sarebbero corsi subito loro.

"Ti portiamo in un posto speciale," disse Calibano mettendo il suo braccione intorno alle mie spalle, "non ti accadrà nulla: te lo garantisco io; vedrai."

"Nulla," ribadì Ariel con gli occhi lucidi.

Andammo con un taxi dall'altra parte di Manhattan attraversando Central Park ma non dove ci incontrammo la prima volta; chiesero al taxista di fermarsi all'angolo tra Park Avenue e la 65esima Strada. Entrammo in un palazzo molto ben tenuto, dove evidentemente Calibano aveva accesso facile perché salutò il portiere, e prendemmo un ascensore che salì di una trentina di piani. Poi ancora due rampe di scale. Quello che vidi dall'alto, quando Calibano aprì il lucchetto che bloccava una porta di ferro, toglieva il fiato: una vista così non l'avevo mai provata. Eravamo sul tetto di un palazzo dal quale si poteva vedere contemporaneamente l'accrocco gotico e illuminato di Midtown e la distesa scura di Central Park.

Mi voltai e vidi Calibano e Ariel preparati a guardarmi con un sorriso come non li avevo visti fare da tempo: "Non crederai che sia tutto qui, vero?" la voce bassa di Calibano sembrava quella di un ragazzo emozionato. Ariel e Calibano

volsero lo sguardo a una cisterna a torre di quelle fatte di legno
che servono da serbatoio d'acqua sui tetti dei palazzi di New
York. Non capivo cosa volessero indicare. Calibano si avvicinò
al serbatoio, salì svelto due gradini della scaletta di ispezione
e spalancò una porta ricurva che si aprì sul lato della cisterna
lasciando uscire una luce calda. Guardai dentro: era una sola
grande stanza, dalla parete ricurva, di legno, tutta arredata,
con cuscini di ogni colore: una meraviglia. La madre di tutte
le alcove, l'avrei detta, se non fosse stata di quei due ragazzotti
miei amici: mi rigirai ancora verso di loro che mi avevano lasciato precedere.

"E voi avete aspettato tutti questi mesi per mostrarmi
questo rifugio?!" dissi con un'aria scherzosa di rimprovero.

"Eh, ma bisogna superare la prova," rispose subito Ariel
raggiante, "e la prova non l'avevamo mai inventata; poi però
incontrandoti abbiamo capito che la prova eri tu e che a supe-
rarla dovevamo essere noi. Grazie, Elia; con te siamo cambiati;
non so cosa risolviamo nella tua vita ma sappiamo che tu hai
risolto tanto della nostra."

Ariel mi abbracciò forte e mi diede un bacio sulla guancia
fermando le labbra appena di più del dovuto; troppo di più
forse, visto che Calibano si affrettò un po' goffo a dire subito:
"Ora mangiamo insieme poi ci sdraiamo a guardare le stelle;
intanto tu raccontaci cosa sta succedendo."

Fu un racconto dettagliato di tutto; non tralasciai alcun
particolare. Mi fecero poche domande; non erano sicuri di
capire fino in fondo i fatti, ma avevo l'impressione netta che
comprendessero invece benissimo il mio stato ed era quello
che mi premeva.

"Ho perso tutto, ragazzi," fu la mia conclusione. Non avevo un tono affatto piagnucoloso; era come se stessi redigendo un verbale dopo un'ennesima autopsia al corpo di uno sconosciuto. "Ho perso," elencai in ordine: "Clara Maria, il maestro che non ho mai trovato," agitai le mani imitando quelle di Shannon, "e la possibilità di scoprire l'origine di un mistero affascinante e di una lingua magica, ma almeno so che li ho persi perché ho scelto. Non posso dunque lamentarmi di nessuno e nessuno può lamentarsi di me. Ho lavorato come potevo, date le circostanze, e dunque ho vissuto liberamente fino in fondo facendo il mio dovere."

Seguì un silenzio imbarazzante; dovevano essere abituati a quel tipo di silenzio: come quando a teatro si conclude una pièce ma il pubblico non intende e gli attori non sanno più cosa aggiungere per far scattare l'applauso finale. Solo che lì – oltretutto – l'applauso non sarebbe stato proprio indicato. Insomma, ero confuso e avevo confuso anche loro; l'unica traccia positiva era che quella conclusione non si addiceva a me e dunque la mancata chiusura era appropriata. Perché rassegnarmi? Per la minaccia di un pazzo? È vero, sarei dovuto andarmene da Manhattan – questo ormai era chiaro a me e a loro – ma non sarebbe stata quella la fine. Sarei potuto andare avanti a studiare il manoscritto con il canto misterioso e a decifrare la lingua; anche se non avrei mai potuto dirlo a nessuno, almeno sarei vissuto senza l'opprimente sensazione di non aver saputo sciogliere un mistero.

Ci provò Calibano a parlare d'altro e, naturalmente, parlò di cibo. Lo fece con il chiaro tentativo di stemperare la tinta che si era accumulata in gola, quel senso di addio grigio scuro, in contrasto con lo scenario magico nel quale ci trovavamo in quel momento.

"Non trovi strano mangiare, Elia?" mi chiese lui. "Mettersi dei pezzi di mondo dentro la bocca, non ti fa chiedere dove sia il confine tra dentro e fuori, quando parliamo del nostro corpo?"

Non risposi, non volli dirgli che io stesso avevo già riflettuto più volte su quel fatto: preferii regalargli la sensazione di essere originale e annuii con partecipazione. Non dovetti essere convincente, però, perché non continuò quel discorso. Ariel, entrando come un uccellino che salta all'improvviso su un tavolo, provò con poco più successo.

"Elia, non vorrai andartene prima di averci detto come parlavano gli angeli, vero? È la mia domanda di sempre," disse con una voce commossa, piena di voglia di dire altro, con le vocali che tremavano un po' e le palpebre che si stringevano per non mostrare le lacrime.

"Mah," cercai di mostrare che abboccavo, "dipende a chi parlavano: tra di loro o agli uomini o con Dio. Allora le grammatiche erano diverse, e comunque tra di loro le frasi stavano tutte condensate sulla punta di un istante, perché il tempo non esiste e le parole le pronunciavano tutte simultaneamente, non in ordine una dopo l'altra come siamo costretti a fare noi. Con Dio non so; forse lui accetta che noi parliamo con lui, perché sa che non riusciamo davvero ad ammettere che lui sappia già tutto."

Mi fermai: era come parlare di vacanze a un malato terminale; la finzione era ben più amara del dolore nudo. Avremmo voluto solo piangere: non restava che separarci e chissà se ci saremmo mai più visti. Per un po' tenni ancora quel pensiero per me. Mi accorsi allora che su quei cuscini dentro la torretta ci eravamo messi come ci si metteva da ragazzi in riva al mare: coricati, addossati l'uno all'altro, con le facce che guardavano le nuvole. Io ero in mezzo e lasciai che Ariel e Calibano mi prendessero entrambi le mani e le stringessero forti. Quelle due mani così diverse e così affettuose erano un ponte elettrico per le mie emozioni: passò più affetto allora in quella catena che in tutte le parole che avrei potuto dire.

"Devo," dissi io senza bisogno di completare la frase, tanto era ovvio che avrei continuato con "partire". Non ho paura del viaggio in sé – pensai senza dirlo nel tentativo di consolarmi mentre Ariel e Calibano sembravano ammutoliti – gli spostamenti mi piacciono; come quel giorno quando ero arrivato a New York avevo ripetuto a me stesso che dei viaggi odiavo solo le partenze e gli arrivi: angoscianti le une, imbarazzanti gli altri. Troppe cime da mollare o nodi da fare. Soprattutto quando si parte da luoghi noti per raggiungere luoghi noti: il ripetersi dei riti diventa allora insopportabile per me. Meglio quando si parte per posti mai visti; almeno si ha il pudore di non credere alle proprie paure. Ma quel che è peggio tra tutte le sensazioni di viaggio è la nostalgia per un luogo che non si è mai visto. Quando ti prende questo ossimoro dell'anima, tutto diventa possibile a tal punto che non sai più se sia una dannazione o la vera epifania del mistero. Eppure tantissime volte ho provato nostalgia di luoghi mai visti, non dico delle persone, proprio i luoghi: spesso erano prati di alta quota, o città di mattoni al tramonto, qualche volta una spiaggia o una scuola di periferia, anche certe stazioni o caselli autostradali. Quando ti capita, quel sentimento lo riconosci subito perché ti fa mancare il fiato e niente può lenire quel dolore: è un ragno grosso che scende lentamente lungo la gola e non ti fa nemmeno deglutire e ti tinge di nero la voce.

Sentivo che il sonno iniziava a manipolare le parole. Prevalse la sensazione di morbidezza delle mani grandi di Calibano e di fragilità di quelle piccole di Ariel. Non li lasciai. Ci addormentammo accarezzandoci.

[8.2] Sempre: un istante prima di sciogliere la coscienza nel sonno, nettamente riesco a percepire che il cervello, fuori controllo, spara una raffica di pensieri e tra di essi solo i più vividi rimangono un poco più impressi in me come certi fuochi di artificio prima di svanire nel nero del cielo. Poi, quando il sonno si attenua, i sogni accorrono a plasmare la notte lasciandomi spettatore impotente. Sognai quella notte un rumore lieve e nuovo.

Aprii gli occhi di scatto. Non era un rumore nel sogno: era fuori. Per quanto strano, per quanto fossimo già in aprile, quella notte era iniziato a nevicare. Non una neve rada, né fine: erano invece dei fiocchi grossi, fitti, bianchi, frastagliati, ben separati. Una neve notturna che si faceva sentire anche nelle orecchie.

"Ariel, Calibano," sussurrai appena, "nevica!"

Aprirono subito gli occhi. Dalla porta di legno della cisterna, ancora spalancata, si vedeva la neve scendere fitta eppure luminosa, come stesse rastrellando l'aria per portar via ogni odore della città, lasciando al suo posto un sapore di acqua di montagna. Ci mettemmo con il viso verso la porta, sdraiati, guardando all'insù i fiocchi che cadevano luminosi contro il cielo nero: per un istante, la paura di quella sera, la necessità di andarmene da New York e il filo spinato di misteri che avvolgevano Pietramala si erano dissolti, sommersi da una spanna di neve. I fiocchi cadevano rapidi e guardando in su ci sembrava di viaggiare tra le stelle a velocità inimmaginabili. Qualche volta aprivamo la bocca aspettando che ne cadesse uno: si sentivano come dei pizzichi sulla lingua.

"Sono tutti uguali?" chiese Ariel senza togliere gli occhi dal cielo.

"No. Sono fatti di tanti pezzetti diversi ma la diversità è limitata da leggi generali," le risposi, "quindi non si può pensare che siano diversi tra di loro per forme infinite. Sai, Ariel," aggiunsi incantato, "in un certo senso sono un modello di come è fatto tutto il resto: vedendo come sono fatti i fiocchi di neve si arriva ad ammettere che anche la materia può differire in un numero limitato di figure."

"Ma se son fatti di pezzi uguali non dovrebbero ripetersi?"

Calibano aveva ragione.

"Devi tener conto che variazioni microscopiche in un sistema molto complesso possono dar luogo a differenze macroscopiche enormi e generano così tante combinazioni da essere praticamente infinite per noi esseri umani; per Dio, non lo so." Cercavo di spiegargli una cosa per molti ovvia, ma non sempre facile da ricordare. I fiocchi si stavano infittendo come non avevo mai visto prima; la città faceva versi insoliti: anche le sirene, che da sempre urlano nei canyon di Manhattan, erano attutite, quasi afone. La città stava fermando i battiti.

Ariel, non curandosi tanto della nevicata quanto della neve, era ancora incuriosita dalla forma dei fiocchi, mi chiese di parlagliene ancora.

"Quando si legge un libro," ripresi allora io, "ci si accorge che ciò che conta, che costituisce la materia di cui son fatte le parole, non sono solo le lettere ma anche le posizioni nelle quali le varie lettere che le compongono sono disposte. Sono infatti sempre le stesse poche lettere a significare cose diversissime come il cielo, il mare, le terre, i fiumi, il sole, i campi di grano, gli alberi, gli animali." Poi aggiunsi, emozionandomi come mi capita sempre quando ci penso: "La cosa che più sorprende è che i fisici hanno capito che anche le distinzioni tra tutte le cose in generale si riducono a distinzioni di posizione dei pochi mattoni che costituiscono gli atomi; così, come per le lettere delle parole, questi, ricombinandosi, generano cose diversissime come il cielo, il mare, le terre, i fiumi, il sole, i campi di grano, gli alberi, gli animali." Ariel non fiatava e non ero sicuro capisse allora continuai con un esempio semplice: "Hai presente quando dico *mare* e *rame*? Vedi: anche se le due parole sono fatte degli stessi elementi, la posizione fa la differenza: semplicemente permutandone l'ordine si ottengono tutte le differenze di significato. E poi, devi sapere, non ci sono parole che non siano fatte di lettere delle quali non sia fatta almeno un'altra parola. Ariel, mi senti?"

Credevo di averli addormentati con le mie storie, invece il silenzio era l'effetto della loro attenzione: stavano sveglissimi ad ascoltarmi. Per una volta avevano fatto sentire me un maestro e per un istante dimenticare cosa mi aveva portato lì. La domanda se i fiocchi di neve fossero infinitamente diversi era troppo bella perché la lasciassi cadere. Intanto la neve aveva ormai raggiunto uno spessore considerevole: intorno tutto era bianco. Nella nostra cisterna, la stufetta e la struttura in legno rendevano l'atmosfera calda e molto confortevole. L'alba era ancora lontana, ma non avevamo più voglia di dormire: sapevamo bene che quell'alba sarebbe stata una delle ultime per me con loro a New York e forse per me con loro ovunque.

Quando credevo che la curiosità fosse svanita e ormai si fosse fatta largo la mestizia dell'addio imminente, Ariel mi sorprese: "Se tutte le cose sono come i fiocchi di neve e se gli animali sono cose, come fanno solo alcune cose a essere vive e altre no?"

"Be', Ariel, non devono sorprenderti queste magie. Ne siamo circondati. Tu, ad esempio, sei capace di ridere ma se sei fatta come tutti noi per ben più della metà di acqua e l'acqua non ride né ride il resto del tuo corpo che non è acqua. Eppur si ride."

Per quanto motore di stupore, il gioco non funzionava più tra di noi; tanta era la tristezza che ci aveva invaso. Rimanemmo zitti. Quando il silenzio fu così lungo che qualsiasi pensiero sarebbe stato al confronto meno imbarazzante, io mi azzardai a dire: "Ragazzi, domani, o al massimo dopodomani, devo andarmene: Shannon è stato chiaro con i suoi avvertimenti, espliciti e impliciti. Ormai mi conoscete: non saprei bene cosa dire. Tornerò in Europa, in Francia credo, e inizierò da capo. Questa esperienza, per quanto amara, per quanto triste, mi è servita per capirmi. La cosa che veramente mi dispiace è lasciare voi."

Calibano non seppe aggiungere niente e mi abbracciò forte; la mia faccia sul suo petto grosso e grasso era schiacciata così forte che quasi non respiravo, ma mi lasciai andare; Ariel non fece nulla, non disse nulla.

"Ero a un passo, ragazzi; avrei dovuto solo capire su cosa

può basarsi una grammatica che si basi sulla fiducia. Non ce l'ho fatta; non sapevo come costruire la domanda. Come si fa a costruire una grammatica che si basi su qualcosa che implica un atto di fiducia?"

Ariel e Calibano cercavano di consolarmi. Facevano quello che potevano. Già mi parlavano di quando sarebbero venuti in tournée in Europa con *La tempesta*; di come non avremmo mai perso i contatti, di come l'amicizia vera non si consuma e basta pochissimo tempo, quando ci si ritrova per esser subito in sintonia e riprendere come se non fosse passato il tempo. Insomma, facevano quello che potevano recitando la litania delle banalità e delle falsità che si rivolgono a un amore che finisce, ben evitando di dire l'unica cosa che conta: che è finito. Poi accadde un imprevisto che non avrei potuto nemmeno lontanamente prevedere. Certo, è dell'imprevisto essere imprevisto, ma quello che capitò in cima a quel palazzo di Manhattan durante una nevicata di aprile era un imprevisto che si sommava a tutti gli altri imprevisti di quel momento e – cosa che più di tutte mi lasciò di stucco – riguardava la relazione tra l'imprevedibile e la grammatica di Pietramala e cambiò tutta la storia che da quel momento prese a marciare come non aveva fatto mai fino ad allora.

Ariel, nel tentativo di rinfrancarmi, insistette ancora a chiedermi come erano fatti i fiocchi di neve. Le raccontai che era una storia lunga; che c'erano dei disegni bellissimi di Cartesio che ne aveva intuito la struttura alla perfezione; che Keplero all'inizio del Seicento aveva scritto un trattato chiamato *De nive sexangula* e aveva cercato di ricondurre la simmetria esagonale di tutti i fiocchi alle proprietà che ha l'acqua quando ghiaccia e che oggi se ne studiavano le proprietà fisiche con modelli sofisticati. Le dissi anche che ci sono certe forme geometriche che sembrano fiocchi di neve. Uno svedese che si chiamava Helge von Koch aveva studiato un modo di trasformare un triangolo in una specie di fiocco di neve costruendo triangoli sempre più piccoli simili al primo al centro di ogni segmento. Vedendo Ariel recuperare un po' di fiato al suono delle queste mie parole, andai oltre e mi vantai anche di sapere una cosa stranissima, cioè che quel matematico che studiava i fiocchi di neve geometrici studiava anche cose più misteriose, come ad esempio come siano distribuiti tra tutti i numeri quelli primi, quegli infiniti numeri più grandi di 1 che hanno solo due divisori: 1 e se stessi.

Calibano, con la voglia che aveva di far vedere che era interessato anche lui, intervenne e mi fece la domanda più bizzarra che potesse essere fatta in quel momento: "Anch'io a scuola ho imparato a capire che i numeri primi sono infiniti; ma non sono mai riuscito a capire come si fa a sapere qual è il prossimo numero primo se si conoscono tutti quelli prima; riesco solo a impararli a memoria."

"Non si può, infatti," risposi di getto, "nessuno sa generare automaticamente tutti i numeri primi in fila, Calibano. Comunque ti assicuro che sono infiniti."

"Allora," concluse lui, con la sua voce robusta e un tono di partecipazione soddisfatta, "trovato l'ultimo, per il prossimo non resta che aspettare e fidarci."

Senza che niente lo facesse prevedere, quell'ultima parola di Calibano si fece immediatamente più densa di qualsiasi altra nella mia mente – insostenibilmente tale – fino a deformare lo spazio dei miei pensieri, attraendo a sé tutto ciò che vi gravitava intorno: "fidarci" – aveva detto – "non resta che fidarci".

Ammutolii. Una vampata di calore che non sapevo se fosse paura o gioia mi salì dal centro del ventre alle pupille, trascinando con sé tutto quello che incontrava sul suo percorso. Avevo di fronte a me nitido, limpido e brillante il nesso tra la grammatica di Pietramala e la fiducia, il corto circuito tra quei due mondi fino ad allora a tenuta stagna; il punto che Shannon aveva cercato invano di allontanare da me si presentava ora fulgido come poche idee nella mia vita. Non c'erano più dubbi: la grammatica di Pietramala aveva regole che si basavano sui numeri primi.

Mi alzai in piedi di scatto facendo vibrare tutta la torre e spaventai Ariel e Calibano che non sapevano bene come reagire. Mi guardarono, si guardarono, mi riguardarono: videro le lacrime uscire dai miei occhi ma la mia bocca piegarsi in un sorriso. Capirono che era gioia.

"Ho capito," dissi stupendomi di poterlo dire. Poi sporsi la mano e presi una manciata di neve: "Le cose fanno luce sulle cose." Si era fatta mattina.

[8.3] Ariel e Calibano erano tornati al teatro e mi avevano lasciato le chiavi della "torre" – così la chiamavano; avevo inteso che era un regalo fatto loro da un facoltoso ammiratore di Ariel. La torre sarebbe stato per me un rifugio relativamente sicuro almeno per un paio di settimane. L'intuizione della sera prima doveva essere elaborata per capire cosa convenisse fare. Occorreva accedere al cuore della struttura di quel linguaggio per capire quale pericolo poteva rappresentare per Shannon la sua soluzione. Mi ricordavo benissimo cosa si era detto a Marble Head: quella lingua, anzi una lingua costruita come quella, poteva diventare un veicolo di apprendimento molto più rapido, potente e universale. Apprendere quella lingua avrebbe reso la diffusione delle informazioni e l'educazione dei bambini facilissima; Shannon voleva avere il controllo di quello strumento di enorme importanza politica e sociale e ricavarne una fortuna inimmaginabile. Io, d'altro canto, ora mi ero convinto che la lingua si basasse sui numeri primi. Ma, a ben vedere, se questo risolveva un problema generava comunque un'altra domanda: per quale motivo non avrei dovuto saperlo? Perché Shannon aveva cercato, invano, di impedirmelo?

Dalla torre si vedeva bene Central Park. La neve non era riuscita a resistere sulle cime degli alberi più alti scossi dal vento del mattino che lasciavano intravedere il colore delle foglie. C'è una cosa che non riesco a perdonare alla primavera: che i colori dell'esordio, quelli delle prime foglie, coincidano con quelli dell'autunno e ingannino i sensi come il canto di un gatto in amore. Poco mi importava allora; non potevo rischiare di uscire. Al mattino, Ariel o Calibano mi avrebbero portato i viveri; avrei sfruttato il bagno che c'era sul tetto. Chiesi solo dei nuovi quaderni: sono il mezzo migliore quando si devono costruire strutture sintattiche e cercare di provare teoremi di linguistica ma ho il sospetto che siano sempre il mezzo migliore quando si deve studiare. Li chiesi a quadretti; non sono mai stato capace di lavorare su quaderni a righe. Ariel arrivò con una pila di quaderni e di matite nere e rosse, oltre a viveri per sei mesi (evidentemente le porzioni le aveva decise Calibano);

avrebbe voluto commentare su quel che mi aveva portato da mangiare ma divenne tutta rossa, abbassò gli occhi e sorrise quando me li diede. Dispose sul tavolo i quaderni uno accanto all'altro, scegliendo bene i contrasti di colore delle copertine. Sorrise ancora e i ciuffi biondi che sbucavano dalla cuffia toccarono gli estremi delle sue labbra prolungando l'arco del sorriso. Credo pensasse che quei quaderni fossero magici e non potevo escludere che non li avesse fatti incantare da qualcuno: Ariel volava con le idee e nessuno poteva trattenerla. Misi sul tavolo, accanto ai quaderni, il testo del canto. Avevo anche chiesto che mi procurassero un libro di teoria dei numeri che avevo studiato qualche anno prima: mi sarebbe servito per cercare di decifrare la regola che li conteneva. Anche quello c'era: meno di trenta pagine, consunte e piene di note: come avessero spremuto tutta la matematica in uno spazio minimo.

Compresi subito che avevo di fronte due problemi distinti e che conveniva trattarli separatamente: da una parte, dovevo capire perché Shannon non volesse che sapessi che la lingua era basata sui numeri primi; dall'altra, capire quali fossero esattamente i numeri primi o il singolo numero primo – non potevano certo essere tutti, visto che le grammatiche sono oggetti finiti – che costituivano parte essenziale della struttura della lingua di Pietramala. Il primo problema, decisi di accantonarlo; il secondo problema, invece, era essenziale ed era anche tecnico: non ne sarei uscito senza una quantità di calcoli inverosimili. L'unica strategia possibile era ovviamente quella di progettare una grammatica che sulla base di poche regole producesse meccanicamente tutte e solo le strutture che avevo trovato nel canto, quella che tecnicamente si chiama "grammatica generativa". Potevo utilizzare i modelli stabilizzati ormai dagli anni cinquanta del secolo scorso. Ma per quanto tentassi, il primo problema riemergeva e mi tormentava: cosa imbarazzava Shannon della lingua di Pietramala? Come capita sempre quando penso davvero, preso da questi due problemi, mi addormentai in un sonno profondissimo e quel pomeriggio feci un sogno arruffato: ero io da bambino e mi nascondevo dentro lo sgabuzzino delle scope tutto nudo e poi gridavo per farmi venire a cercare dalla mamma. Quella volta lei non si era accorta dei richiami e io ero rimasto a lungo chiuso dentro; sarei potuto uscire ma, prima per orgoglio e poi per uno strano terrore, ero rimasto lì. Quando gli occhi si furono abituati al buio avevo visto una lama di luce intensa proiettarsi attraverso la fessura della porta e dentro quello spazio luminoso e sottilissimo un'infinità di corpuscoli sospesi nell'aria mescolarsi tra di loro in infiniti modi come se fossero impegnati in una battaglia eterna, a gruppi, senza sosta. Mi svegliai. Ecco: dovevo solo trovare il raggio di luce giusto che di tutti i fatti illuminasse solo quelli che permettevano di vedere meglio.

Si inseguirono in tondo nella mia testa per più di un'ora questi due fatti: i numeri primi, come ingrediente della grammatica, e l'assenza di bambini tra le tombe, finché esausti, precipitarono nella mia mente come un sale in una soluzione satura agitata a lungo e mi regalarono una deduzione chiarissima, senza pieghe, luminosa e cogente. Avevo capito: dovette risultare che la lingua di Pietramala non fosse apprendibile dai bambini. Questo era il veleno contenuto in quei numeri. I bambini, testimoni innocenti e incoercibili di quella disfatta, dovettero essere nascosti, anzi peggio: i bambini dovettero

essere tutti portati via da Pietramala per non mostrare che l'e-
sperimento non era riuscito. Gli adulti potevano apprendere
quella lingua bizzarra e straniera come si apprendono le regole di un gioco da tavolo, come gli scacchi, ma i bambini no.
Battei un pugno sul tavolo così forte che la torre risuonò tutta,
cupa come una grancassa; e in quel mentre sembrò prendere
vita e dire: "Disturbo?" Era Calibano, in realtà, che, entrando
proprio in quel momento con due borse di viveri e la mia bian-
cheria di ricambio, si fermò stupito a quel suono.

"Calibano!" dissi io senza nemmeno salutarlo, come se
fosse stato sempre lì. "Ho finalmente capito cosa è successo a
Pietramala."

Ci sedemmo e gli spiegai passo a passo la deduzione. Alla
fine lo guardai, mi guardò e vidi che nei suoi occhi non brillava
affatto l'espressione di chi aveva capito. Stavo delirando? Avevo
sbagliato in qualche punto? "Cosa?" gli chiesi senza dire altro.

"Be', ma perché una lingua che si basa sui numeri primi
non può essere apprendibile?" mi chiese con coraggio candido.
Disarmante; aveva ragione: avevo omesso il particolare centrale
che davo per scontato. La serie completa dei numeri primi non
è generabile da nessun fenomeno naturale in nessun dominio:
né in fisica né in biologia né in psicologia. Provai a convincerlo
utilizzando un esempio al contrario. Gli citai i soliti numeri di
Fibonacci, quelli che ci sono in tutti i romanzi dove si vuol far
entrare un po' di misteriosa matematica. Gli feci vedere che in
natura ci sono tanti fenomeni che crescono come cresce la serie dei numeri di Fibonacci, dove ogni numero è la somma dei
precedenti, lasciando più o meno libera la possibilità di partire
da zero o da uno. Parlammo di broccoli, chiocciole, petali, tem-

pli, pellicce, ciaccone, finanza, e di molti altri casi (tranne che di conigli, perché mi sembrava di far torto alla sua intelligenza): gli mostrai che in tutti questi oggetti o situazioni si vedevano fenomeni dove qualcosa si sviluppa organizzandosi secondo la successione dei numeri di Fibonacci poi gli dissi:

"Ecco: nessuno, salvo qualche fisico presto smentito, è mai riuscito a trovare alcun oggetto o fenomeno naturale capace di generare automaticamente," calcai la voce su *automaticamente*, "la sequenza dei numeri primi, a differenza di quelli di Fibonacci, come esempio; qualche fenomeno forse ne genera una manciata, ma una manciata di infinito non assomiglia a sufficienza all'infinito." Non mi arrivò nessun *capisco*, e per questo capii io e dovetti continuare: "Se la lingua di Pietramala, che era basata sui numeri primi, non era apprendibile, questo dimostra inequivocabilmente che le lingue umane sono oggetti naturali e non convenzioni culturali di natura arbitraria, progettabili a tavolino con il solo requisito di essere in equilibrio tra analogia e anomalia, come invece sosteneva Shannon."

Feci un sorriso tale che Calibano si alzò, allargò le braccia, mi strinse forte a lui, mi diede un bacio e sussurrò con la voce ancor più profonda del solito: "Non ho capito niente comunque."

Ma io sì – dissi tra me e me non potendo non pensare a Ismael.

Ero felice, non per Calibano ovviamente, ma per la coerenza della mia ipotesi. Alla fine del Seicento, probabilmente da qualcuno legato al Giardino degli Equivalenti, doveva essere stata costruita una grammatica artificiale basata sul principio secondo il quale basta che una lingua sia in equilibrio coerente tra analogia e anomalia perché possa rappresentare la mente umana; con il supporto di quel consesso e probabilmente di nobili interessati a questa sperimentazione, venne interamente costruito dal nulla un borgo isolato in una zona relativamente sperduta e comunque poco accessibile nell'isola di Corsica – Pietramala – che fu popolato scegliendo persone accondiscendenti e, con tutta probabilità, non abbienti, alle quali vennero offerti denaro e sicurezza in cambio della richiesta di parlare sempre e solo quella lingua appena inventata. Con gli adulti il sistema doveva avere funzionato: apprendevano e se la cavavano in qualche modo come tutti gli adulti se la cavano in qualche modo con una lingua appresa da adulti, ma i bambini, che non sanno fare ragionamenti ed esercizi come gli adulti e apprendono il linguaggio per istinto come apprendono a camminare, non riuscivano proprio a parlare quella lingua. Per un po' la gente che aveva accettato di andare a vivere a Pietramala doveva aver sopportato quegli strappi – i bambini erano forse stati portati via per nascondere il problema o per tentare di arginarlo – poi la comunità non doveva aver più accettato la situazione, si era ribellata e aveva abbandonato il paese in massa e all'improvviso, come evasa da un carcere di sicurezza. Shannon, che aveva dedicato tutta la vita a provare l'efficacia del principio di equivalenza, quando venne a sapere del naufragio dell'esperimento di Pietramala cercò di impedirne la diffusione con tutte le sue forze. Era la prova definitiva e inconfutabile che la sua teoria era un fallimento colossale, una forzatura contro natura: azzardata, imperdonabile, pericolosa, un vero e unico delirio.

Calibano mi fece solo una domanda, ma fu sufficiente: "Come fai a essere sicuro che sia inapprendibile?"

Non avevo risposte immediate. Se questo non fosse stato vero, sarebbe mancata la chiave di volta e tutto il castello sarebbe crollato ancor prima di nascere. Certamente non potevo prendere un bambino e insegnargli una lingua che tra l'altro non conoscevo. Avrei dovuto invece avere a disposizione un adulto speciale, un adulto, come sapevo che ne avevano trovati, in grado di appassionarsi alle lingue in modo maniacale e ossessivo, un adulto disposto a imparare lingue nuove e, soprattutto, un adulto capace di apprendere una lingua senza istruzioni esplicite e dettagliate, esattamente come capita a un bambino. Quella descrizione aveva tassello per tassello composto in me il ritratto completo e fedele di una persona che esisteva veramente, che conoscevo e che era raggiungibile e vicina, anzi vicinissima: Ireneo.

"Ma certo," dissi a voce alta, "Calibano, devi assolutamente portarmi qua Ireneo, il ragazzo cieco che lavora all'ascensore dell'Ansonia. È essenziale per provare questa teoria."

Calibano non fece troppe domande: capì la delicatezza della situazione e si offrì di condurlo da me, ovviamente io avrei dovuto chiamarlo e spiegargli cosa stava accadendo, ma il ragazzo era sveglio e non ci avrebbe impiegato troppo. Per sicurezza, decisi di non telefonare a Ireneo ma di scrivergli un messaggio in braille: Calibano avrebbe fatto in modo di recapitarglielo e l'avrebbe condotto da me appena possibile. Io avrei confezionato delle regole linguistiche basate sui numeri primi e ne avrei sperimentato su di lui l'apprendibilità. Se non fosse riuscito ad apprenderla avrei avuto un dato a favore robustissimo della mia spiegazione (non una prova, perché le prove sono solo della matematica, ma certo per me una con-

ferma difficilmente confutabile). Calibano corse via immediatamente: lui era certissimo che avrebbe funzionato.

Provai un senso di frustrazione e di compassione intenso per quello che era capitato agli abitanti di Pietramala e per
quello che aveva architettato Shannon. Mi venne in mente il
trattamento incivile che veniva riservato ad alcune donne ci-
nesi prescelte nel passato, una tortura che andò di moda come
incontrastato emblema di bellezza per cinquecento anni. Alle
bambine venivano fasciati i piedi in modo che rimanessero
in una posizione innaturale e crescessero limitati. Durante il
processo la carne andava spesso in putrefazione, parti della
pianta si squamavano e a volte cadevano una o più dita. Il dolore persisteva per circa un anno e quindi diminuiva d'intensità, finché, verso la fine del secondo anno, i piedi perdevano
ogni sensibilità e risultavano praticamente morti. La cattiveria
è quasi sempre una declinazione della forzatura di un'espressione naturale, l'imposizione per fini ideologici di qualcosa che
non è proprio dell'individuo che lo subisce. L'idea di imporre
una lingua forzata e inventata a tavolino secondo principi teo-
rici che non seguivano la natura era altrettanto folle e, soprattutto, insostenibilmente crudele di quella pratica sadica. Si sa
che quando si parla di linguaggio la follia è la norma ancora
oggi, soprattutto negli ambienti accademici, ma in questo caso
ci erano andate di mezzo persone in carne e ossa e, se non si
fosse arrestato quel delirio, molte ne sarebbero andate ancora di mezzo. Cosa sarebbe successo se Shannon fosse riuscito a vendere la sua lingua e insegnarla in modo forzato a una
comunità creata forzatamente per facilitare l'apprendimento
e con ciò controllare gli individui che la parlavano? Sarebbe

bastato pochissimo, il disegno coordinato di governi influenti supportato da scienziati spregiudicati a caccia di fama e denaro, l'intervento di qualche multinazionale dell'elettronica e dell'informazione, per far riprovare tutto il dolore provato a Pietramala, questa volta su scala planetaria.

[8.4] Mi misi subito a costruire grammatiche generative, anzi regole sintattiche perché i vocaboli non c'entravano; bastava inventarne di finti. Non avrei avuto bisogno di statistica; solo di algebra. Per fortuna la statistica è completamente inutile per la sintassi. Meglio così. Preparai dunque cinque regole di sintassi basate sui numeri primi. Fu molto facile per me, abituato a costruire grammatiche generative dai tempi del dottorato. Sapevo bene che ci sono tante grammatiche quanti sono i grammatici, e anche di più, e che non si trattava di una passeggiata ma ero certo che avrei trovato quella giusta.

Calibano arrivò di buon'ora accompagnato da Ireneo. Li vidi sbucare dalla porta di ferro in cima al tetto. Attraversarono lentamente lo spazio coperto da una coltre di neve alta più di mezzo metro; i piedi mossi con circospezione. Le loro sagome scure sul fondo bianco sembravano provenire da una pellicola d'autore in bianco e nero: grasso, tondo e forte, Calibano teneva per mano Ireneo, che – molto più alto di lui – muoveva il suo corpo *quadratus* e proporzionato sbattendo rapidamente le palpebre sugli occhi ciechi e bellissimi rivelando una preoccupazione sensibile. Si fermarono a un certo punto – forse avvertendo del ghiaccio sotto i piedi – e sembrarono per quell'istante assumere l'assetto e l'equilibrio di una scultura ellenistica. Ireneo si tranquillizzò davvero solo quando sentì la mia voce: "Fidati, amico mio, sono qua: per oggi Calibano non ti mangia," gridai. Non era facile per lui, cieco, seguire quel percorso così strano per raggiungere un serbatoio in cima a un palazzo dell'Upper East Side. Però era venuto, e questo mi fece un immenso piacere.

Prima che arrivasse, ero stato a lungo indeciso su cosa raccontargli: di certo non gli avrei detto che ero in fuga da Shannon, né quale fosse lo scopo dell'esperimento, ma non potevo rimanere troppo sul vago. Ireneo era molto intelligente. Decisi di dirgli che dovevo partire in gran fretta ma che avrei voluto sperimentare l'apprendimento di una serie di regole su un soggetto poliglotta; in fondo, era la verità, solo parziale ma autentica, sempre che esista qualcosa come una verità conoscibile che non sia solo parziale. Stavo usando Ireneo come cavia e questo mi metteva in una posizione di difficoltà. Sventurata la gente che ha bisogno di cavie.

Stavo riflettendo proprio su questo aspetto delicato, quando Calibano e Ireneo fecero il loro ingresso nella torre. Fu un abbraccio forte quello che diedi a Ireneo, anche se gli arrivavo al petto, tanto forte che lui non ne capì il motivo. Ma non era importante. Ci sedemmo mentre Calibano preparava un tè allo zenzero e tagliava in tre fette una torta alle pere e al cioccolato, che nemmeno con un goniometro sarebbero state più eguali.

"Sei pronto?"

"Certo."

"Ora ti do dieci regole di composizione delle parole e ti insegno 7 verbi e 9 nomi con articoli, ausiliari, qualche avverbio e congiunzione di una lingua inventata. Poi tu mi devi dire se le frasi che ti do sono compatibili con le regole che ti ho spiegato. Va bene?"

"Benissimo."

Iniziai, con i nomi: ne scelsi di semplici, erano tre oggetti, due nomi propri, un sapore, un sentimento, un'azione e un colore; poi i verbi: uno "di dire", uno di azione, uno di cambiamento di stato, il verbo *essere*, un performativo, due transitivi, due intransitivi (uno vero e proprio e uno a costrutto inaccusativo); il lessico lo presi alterando sia pure di poco l'evroniano standard, una lingua extraterrestre sulla quale avevo lavorato con un mio amico astrolinguista che era poi passato a studiare la comunicazione tra i paperi sostenendo che gli alieni erano già tra noi. Avevo a memoria una serie di frasi, a partire dalla prima che mi ricordavo – *il gulco gianigeva le brale* – e non fu difficile ricordarmene molte altre: nafantavano gli oprammi, il lappento non tonce mai, tutte le pitanghe sono state gasporate. Ricavare il lessico fu dunque facile. Poi venne la parte delle regole. Lì fu meno facile ma riuscii a prepararne dieci: solo cinque si basavano sui numeri primi, le altre erano tutte regole appartenenti a qualche lingua del mondo. Feci bene i conti e controllai che la grammatica fosse coerente, generata in equilibrio tra analogie e anomalie. Poi chiamai Ireneo: gli diedi un po' di tempo e risposi a qualche sua domanda poi iniziammo; Calibano, in silenzio accanto a lui, io dall'altra parte del tavolo. Erano in totale settanta gruppi di sette frasi. Lui doveva dirmi solo se erano o meno conformi a qualcuna delle regole che gli avevo insegnato. Mi tremava un poco la voce. Sembrava una partita a scacchi. Io facevo la mossa, leggendogli la frase, lui pensava, rispondeva, poi io segnavo, ripensavo, richiedevo. Ci vollero poco più di due ore per terminare il test. L'aria nella torre si era di molto riscaldata, sia perché la stufetta era sempre accesa sia perché tutti e tre sudavamo per motivi diversi: io dall'ansia, Ireneo dal timore, Calibano dal caldo generato da noi due. Ariel aspettava fuori, sempre intenta a osservare da vicino i fiocchi di neve appena depositati sulla manica del suo maglione che inevitabilmente si scioglievano con il fiato che le sbuffava dal naso se avvicinava troppo il volto per osservarli. Ireneo, finalmente, diede l'ultima risposta. Riguardai in silenzio il mio foglio. Guardai loro; riguardai il foglio, contando rapidamente e facendo prove e controprove.

"Ce l'abbiamo fatta," annunciai al plurale tutto rosso per l'emozione, "le regole costruite coi numeri primi le hai sbagliate praticamente tutte, mentre le altre sono state centrate al cento per cento; e tutte le frasi erano state computate nello stesso tempo, segno che la differenza di esito non può essere attribuita alla complessità."

Appoggiai fogli e carta sul tavolo, tirai un lunghissimo sospiro di sollievo e afferrai le mani grandi di Ireneo stingendole forti: "Amico mio, non sai quanto sei stato utile per me," gli dissi e sentii le sue mani stringere forte le mie. Quanto doveva aver capito Ireneo non mi fu mai completamente chiaro, ma la sensazione fu che avesse capito tutto, un ottimo punto di vista quando si ha a che fare con gli altri.

Andammo avanti a chiacchierare fino a sera; una serata così affettuosa non si poteva pianificare. Calibano, Ireneo e io eravamo gli assi cartesiani di uno spazio emotivo insolito. Dentro quello spazio si definivano le nostre passioni, i nostri affetti le nostre manie, i nostri difetti. Senza uno dei tre, anche gli altri sembravano perdere significato – a tal punto che mi chiesi se non mi trovassi ancora una volta di fronte una configurazione borromaica – e il baricentro dei nostri affetti mutava ma lo faceva sempre all'interno di quello spazio e ci sentivamo protetti. Arrivò il momento di salutarli; Calibano doveva tornare per le prove da Ariel, che nel frattempo era andata ad aprire il teatro, e Ireneo prendeva servizio. Non era affatto facile salutare Ireneo: non sapevo né quando né se l'avrei mai rivisto. Senza dircelo, facemmo finta che quello fosse solo un arrivederci al giorno dopo. Senza dircelo, dicemmo tutto quello che era necessario. Uscendo, lasciai aperta la porta della torre: volevo vederli andare via per mano nella neve, i miei due amici, volevo vedere la tenerezza di quei movimenti, impacciati e coordinati per mantenere l'equilibrio, sublimarsi in una bellezza insostenibile. La luce radente del tramonto aveva ghiacciato la terrazza coperta di neve che allora sembrò polvere d'oro di scena. Forse Calibano ne aveva rubata un po' dal teatro e la stava perdendo dalle tasche.

Avevo ottenuto la prova che mi occorreva: le regole basate sui numeri primi non erano apprendibili. Questo confermava la posizione di chi vede il linguaggio umano come ancorato alla struttura biologica dei nostri organismi: il cervello non è una *tabula rasa* che può essere programmata a piacere; le istruzioni con le quali è compatibile sono espressione stessa della sua struttura e sono limitate. Per questo esistono lingue impossibili. Forse questo setaccio è di ostacolo da adulti, ma certamente non lo deve essere da bambini quando nasciamo immersi in suoni di ogni tipo e non sappiamo ancora quali siano quelli che trasportano informazione. Forse il setaccio funziona come la retina: se i nostri occhi fossero sensibili a più frequenze elettromagnetiche di quelle dello spettro dei colori, per esempio alle onde radio, ci troveremmo immersi in una nebbia di informazioni caotiche, come un televisore sintonizzato su un canale morto; vedremmo troppo. Lo stesso accadrebbe se dovessimo esplorare tutti i suoni prodotti dalla voce secondo tutte le regole concepibili: da bambini, non ci basterebbe nemmeno il tempo per apprendere una lingua occupati a interpretare uno tsunami di onde. Ad ogni modo, qualunque fosse la spiegazione di questo stato di cose, avevo capito quanto occorreva e non mi serviva altro: esistono lingue impossibili da apprendere e queste lingue sono impossibili anche se sono coerenti con i principi di analogia e anomalia.

Ora veniva la seconda parte della decifrazione, non meno difficile: trovare il numero primo autentico, quello scelto dal linguista del Giardino degli Equivalenti che forzasse la serratura della lingua di Pietramala inserendosi come chiave nelle regole sintattiche. Quella che avevo fatto finora era una simulazione con dei numeri primi bassi: la realtà poteva essere troppo distante per essere raggiunta con la capacità della mia piccola mente. Cercare un numero primo tra gli infiniti disponibili è un supplizio che nemmeno Sisifo sarebbe capace di sopportare, ma siccome ero e sono tra coloro che Sisifo devono immaginarselo felice, non mi fermai. Quel giorno e il giorno successivo e quello ancora dopo provai ogni tecnica deduttiva della quale ero capace per trovare il numero primo che sbloccasse la lettura del canto che avevo trascritto, ma non riuscivo. Mi convinsi che avevo un'ultima speranza: quella che la chiave fosse ancora depositata da qualche parte a Pietramala e questo restringeva il campo a un'unica ragionevole possibilità. Dovevo decifrare l'anagramma dell'arco e sperare che in esso fosse custodita la chiave. Non c'erano altre testimonianze scritte; se il numero primo fosse stato nascosto altrove sarebbe stato per me un disastro e non avrei mai potuto esser sicuro che la mia spiegazione del mistero di Pietramala fosse giusta. Un solo numero separava me dalla comprensione di tutto. Che ironia: dovevo cercare un numero, proprio un numero, un semplice numero nascosto da qualche parte in un borgo disabitato dove non c'era niente di scritto. E dire che i numeri non esistono fuori di noi e senza di noi, e che se ne esiste uno esistono tutti: cercare un numero solo è buffo come cercare una parola sola; o si ha tutto il dizionario o non ne saprai mai il significato. Mi addormentai con la convinzione che le persone sono fatte della stessa sostanza dei numeri.

[8.5] Scappa, scappa e corri con piede che non lascia impronta. Con questa frase in testa e lo zaino in spalla, uscii di fretta dal palazzo. Avevo raccolto tutto, chiuso la torre e nascosto la chiave sotto il terzo grande vaso vicino alla porta di ferro. Avevo detto tutto a Calibano e Ariel? Quella mattina erano arrivati prestissimo – e già questo era eccezionale – per salutarmi. Mi ero imposto di non commuovermi o non sarei mai partito. Dissi loro poche cose: che certo ci saremmo rivisti, che li avrei tenuti informati ma, soprattutto, raccomandai loro che non si separassero mai. Ariel, in un momento di silenzio che stava durando troppo a lungo, si ricordò di aver portato delle foto di lei e Calibano che voleva darmi per ricordo: perché non mi dimenticassi di loro. Stavano in una cartelletta chiusa con un fiocco verde; nell'estrarla, tutte le foto caddero per terra. Ci chinammo per raccoglierle e le mettemmo sul tavolo, sempre in silenzio, tanta era la commozione di quel momento. Ariel le raccolse e iniziò a descriverle:

"Qui siamo noi in spiaggia, qui alla nostra prima produzione: Calibano faceva la parte di Ariel ed era magrolino! Guarda che buffo, qui siamo a Parigi, questa è la casa di montagna del nostro amico sulle Dolomiti vicino a Merano, questa è la sera della festa alla baita, questa è la strada che congiunge la baita con il paese."

Calibano si fece largo e prese in mano le foto: "Ariel, se le fai vedere in questo ordine sono tristi. Guarda ora: questa è la strada che porta alla baita, questa è la sera della festa. Ecco, così cambia tutto. Vedi?"

Lui lo sapeva, ma lo sapeva anche Ariel. Crediamo che le foto siano belle o brutte da sole e non ci accorgiamo che l'ordine non è meno importante. Qual era l'ordine nel quale volevo ricordare gli eventi della mia vita? Ma si può cambiare il sapore della vita aggiungendo gli ingredienti in ordini diversi? Li guardai negli occhi e tutto diventò lucido.

Un altro silenzio, più lungo degli altri, segnò la conclusione di quell'incontro. Chiesi ad Ariel e Calibano di andare via prima di me e di lasciarmi uscire in un secondo tempo, da solo, ma strane parole non preventivate mi vennero fuori all'improvviso:

"Ariel," dissi guardandola come fosse un uccellino appena nato, "e tu Calibano," e gli misi una mano sulla testa afferrando una manciata di riccioli grossi, "non crederete mica di essere liberi vero? Tenetele, queste foto, perché ci rivedremo. Vi manca ancora poco, ma dovete tener duro. Tra poco debutterete e alla fine della stagione imparerete a capire cosa vuol dire smontare il palcoscenico e godervi il resto. Vorrei tanto foste in grado di sciogliere anche me con le vostre mani generose ma prima devo essere liberato io. Non dimenticatevi che da questa catena dipende tutto; come sempre. Andatevene, non manca molto." Mi voltai e sentii che in silenzio se ne andarono anche loro.

Quando fui sicuro di essere solo, mi vestii e iniziai la marcia di accostamento alla rovescia verso l'isola, l'altra isola, quella dalla quale ero partito: la Corsica. Avevo disegnato un percorso articolato che facesse sembrare che mi stessi dirigendo verso il New Jersey, mentre sarei invece tornato indietro di nascosto per andare in aeroporto. Non volevo arrivarci direttamente perché temevo di essere seguito e pensavo in quel modo di depistare Shannon. Quando uscii dalla torre mi resi conto che tutta la neve dei giorni prima si era sciolta completamente. Aveva lasciato tutto pulito, nitido, e l'aria era profumata e tiepida. Quanto inutile sole si stava spargendo allora sulle nostre teste? Già rimpiangevo il senso del freddo che mi permette di abbracciare senza scuse. Stavo entrando nel limbo dei desideri: quella terra di nessuno dove non si sa cosa manca di più. Spesso il vento notturno della memoria, quando sento arrivare la primavera, mi riporta il desiderio di mandarini e di candele dalla luce profumata. Sento scricchiolare le scarpe sull'ultima neve e aspetto qualcuno sotto le coperte con me. Mi chiedo se si possa davvero desiderare la primavera o se non sia meglio rinunciare a quell'inganno ciclico che per forza rinnova colori e dolori. Poi la luce mi convince e anche le piante ci mettono del loro per sbrinarmi; ma ci vuole un po'. Perso in questa doppia nostalgia non so più dove sta il su e il giù dell'anima e fluttuo come fluttua un astronauta già distante dalla Terra ma non ancora in vista del nuovo pianeta. Devo attendere che una nuova forza di gravità mi riorienti ma sono ben consapevole che per riconoscere di amare occorre mettere una distanza tra noi e chi si ama e che la nostalgia, sintomo inequivocabile dell'amore, non può essere evitata.

Camminavo nell'aria fresca della mattina verso Times Square: volevo godermi ancora un po' Manhattan. Un temporale sopra il New Jersey aveva firmato il cielo con un arcobaleno. Ripetevo che me la sarei cavata. Dieci ore dopo un funerale si riesce ancora a ricordarsi del sapore di birra fresca. Dieci ore dopo un funerale i morti son solo morti e la prima risata paga il riscatto di quella morte, fino alla prossima. Dieci ore dopo il funerale di mio padre la cosa che più mi aveva impressionato era stato riconoscere la forma delle sue mani nelle mie. Ma era tutta una questione di ore: dieci ore dopo qualcosa, si può sempre iniziare qualcos'altro di nuovo.

Anche ora, che tutto è finito e vi sto raccontando queste vicende, quando mi viene incontro l'immagine tristissima della mattina in cui passai l'ultimo istante nella città, quando ripenso alla mattina in cui lasciai così tante cose a me care, scivola ancora giù dai miei occhi una lacrima. Salii sul traghetto per Staten Island, lo stesso di quella notte matematica sulla terrazza dove per me cambiò tutto. Mi sorpresi ad accarezzare il traghetto: anche le cose – lo capii allora – possono piangere e ciò che muore ci tocca il cuore. Mi parve quasi che uno dei marinai, intento a sciogliere una gomena, mi sorridesse, riconoscendomi da quella notte quando fui salvato. Lo salutai come fosse un mio amico, una parte di me. Io sono i miei addii.

Capitolo nono

Maggio, ovvero quando finalmente si ritorna dove si era partiti, si decifra un'iscrizione che ora appare ovvia e ci si accorge di cosa valga veramente la pena.

[9.1] "È bello riessere," dissi a voce alta mettendo piede sul molo di Calvi. Potevo perfino permettermi il lusso di un verbo che non poteva esistere. Senza indugi, con la fretta di chi sa cosa vuole, mi feci portare in macchina fino alla base della strada che s'inerpicava verso il Cinto. Avevo ignorato tutto il resto: come se Clara Maria non fosse lì – e forse non era lì – come se l'autunno scorso fosse appartenuto a qualcun altro, come se Calenzana e il luogo dove avevo vissuto momenti così belli e intensi fosse una leggenda. Ora volevo risolvere l'enigma, volevo vincere la mia battaglia con quella lingua e tornare con un vero trofeo. Tutto era cambiato dalla prima volta che vidi l'arco: ora stava di fronte a me. Ero a Pietramala. Com'era diversa l'aria: un profumo di liquirizia raccolto dal vento tiepido che pettinava la campagna era salito fin lassù. Maggio in Corsica dovrebbe essere vietato agli esseri umani, almeno se si vuole risparmiare loro la nostalgia per un paradiso naturale perfetto. La salita al borgo di Pietramala non mi era sembrata nemmeno lo stesso percorso: questa volta, il cunicolo di alberi offriva un filtro generoso contro un sole impertinente e in cielo la sola cosa scura era uno stormo di uccelli che sostavano per la migrazione; rondini per lo più. Ero pur sempre ospite di un'isola in mezzo al Mediterraneo. Non avevo fatto tappa a Calenzana; proprio per evitare di distrarmi – non so usare un verbo più compassionevole rispetto a quello che mi stava crescendo nella memoria di lei – avevo alloggiato la notte prima nella casa del parroco di Montemaggiore, padre Jorge Potock, che avevo avuto occasione di conoscere, anche se superficialmente, durante una breve camminata nell'autunno passato; taciturno quanto basta per tollerare che pensassi in silenzio. Ero partito quando il sole si poteva solo intuire; avevo con me veramente l'essenziale: pensavo infatti di fermarmi una sola notte, il tempo di esplorare l'arco e verificare se non c'erano altre scritte. Non fu l'acqua, questa volta, ma il silenzio, ad accompagnarmi nel percorso. La testa concentrata sul modo in cui avrei sperato, tentato, provato a decifrare l'anagramma.

Uscendo dal paese, in un angolo tra due case, appena prima della curva del cimitero, fui attratto da un fruscio; mi fermai, non tanto impaurito, quanto incuriosito. Vidi allora una scena che ebbe il potere per un istante di distogliermi dall'arco e da me: una cagnolina, dal pelo chiaro, stava partorendo tra un mucchio di stracci preparati da tempo. I primi tre cuccioli erano già usciti e iniziavano a guaire timidamente, non per il dolore, ma – così almeno mi pareva di capire – per la gioia di sentirsi vivi. Un altro sgusciò fuori dal suo ventre, mentre un tremito scosse il corpo della cagnolina. Coi denti, bianchi, bianchissimi, tranciò il cordone ombelicale e prese a leccarli, attenta a non schiacciarne nemmeno uno. Mi resi conto che non avevo mai assistito a una nascita e ne fui così colpito perché non sapevo cosa chiedere, come interpretare ciò che avevo visto: dovevo solo guardare. Avrei anche voluto fare qualcosa ma non c'era niente che potessi fare. La cagnolina si accorse della mia presenza: mi guardò per un istante, poi si girò e continuò leccare i suoi quattro cuccioli. Non posso negare che quell'evento fu una sfida per me abituato a interpretare sempre qualcosa come segno di altro e mi sentii finalmente forte e libero a sufficienza per riuscire a prendere quello che vedevo per quello che era.

Di fronte a me, dunque, l'arco. Appoggiai per terra lo zaino. Stetti qualche istante in piedi, protetto dall'ombra dei platani imponenti a osservare la sua forma elegante e insolita, poi iniziai a lavorare. Non c'era tempo da perdere. Controllai la trascrizione dell'anagramma e vidi che coincideva con quella che avevo già preso la prima volta che lo vidi:

ABCCCDDEEEEEEFGGIIIIIIIIIILLMMMMNNNNNOOPRRSSSTTTTTTUUUUUUUUX

Anche la data di costruzione che stava alla base dell'arco l'avevo riportata in modo corretto: 1721-1723. Decifrare un anagramma di quel tipo era impresa praticamente impossibile; lo sapeva bene chi l'aveva utilizzato, come Galilei o Hooke, per proteggere le loro scoperte. Avevo proprio appreso dell'esistenza di questi anagrammi dall'esempio di Hooke tratto dall'appendice al suo *Description of Helioscope*. Me ne parlò per caso un amico ingegnere, uno di quelli che scelgono un mestiere solo perché si deve, perché avrebbe potuto fare di tutto e contemporaneamente, durante una cena all'inaugurazione della sua tenuta sperimentale di uve pregiate, la splendida Thomas Fisher di Toronto. Ricordo in modo vivido la meraviglia che provai nel momento in cui mi diede la soluzione: "Ut pendet continuum flexile, sic stabit contiguum rigidum inversum", con la forma con la quale pende una fune flessibile e continua, così un oggetto rigido con la stessa forma ma alla rovescia starà in piedi. Hooke aveva usato una forza naturale (la gravità) per costruire un oggetto (l'arco) che doveva vincerla. Un'intuizione che ha pochi eguali: la forma di una catena che pende verso il basso – che approssima a certe condizioni una parabola, come scrisse Galilei – può essere utilizzata, rovesciandola, per disegnare la forma di un arco perfetto dove il peso si scarica in modo uniforme. Al di là dell'interesse architettonico, mi aveva colpito il fatto che il rovescio di una forma naturale potesse essere usato come istruzione per costruire qualcosa che non c'era prima in natura ma che fosse ciononostante perfettamente equilibrato. Per questa proprietà, la catenaria è a tutti gli effetti una specie di equilibrio valido sia al positivo che al negativo, come un elettrone e il suo gemello carico positivamente: quante saranno state in natura le strutture dotate di questa doppia valenza? Hooke doveva averlo capito, lui che sapeva e aveva scoperto una quantità di cose che avrebbero fatto impallidire chiunque. Ebbe solo, per così dire, la disgrazia di porsi in contrasto con il più grande di tutti, Newton, e finì per passare alla storia come un Salieri della fisica (sempre se vogliamo dar retta a quel pettegolo di Puškin). Paranoici com'erano a quei tempi, custodivano le loro scoperte in modo da rendere decisiva la presenza dello scopritore per la decifrazione. Sventuratissima la comunità scientifica che ha bisogno di eroi.

Ma cosa avrà voluto dire l'anagramma che avevo di fronte? Provai, quasi sovrappensiero, per prendere ispirazione, a calcolare il numero delle "u" nella frase di Hooke e confrontarlo con quelle del mio anagramma. Coincidevano. Continuai con le "t": mi interessava vedere se c'erano sovrapposizioni significative tra i due anagrammi; sarebbe potuto tornare utile sottrarre parole intere già note, magari congiunzioni o altro, sempre ammettendo che l'iscrizione sul mio arco fosse in latino, cosa che poteva non essere ma che probabilmente era, vista la data. Anche le "t" coincidevano. Impallidii. In fretta e furia controllai tutte le altre: sull'arco, senza alcuna possibilità di errore, era riportata proprio la prima legge di Hooke. L'arco stesso – ora era chiaro, come sempre è chiaro dopo che si scopre qualcosa – era costruito come una catenaria. Il mio umore, come un pendolo impazzito, oscillava dalla soddisfazione (per aver già risolto tutto) alla disperazione (per non aver trovato la chiave per decifrare la lingua di Pietramala). Era dunque evidente che l'anagramma si riferiva alla costruzione architettonica e non alla lingua. Non avevo proprio più alcuna risorsa per ricavare il numero primo che mi permettesse di decifrarne la struttura e dunque di capire se la mia ipotesi era corretta; era tutto finito. La lingua di Pietramala era perduta per sempre.

Mi sdraiai all'ombra, sull'erba compatta e soffice sotto un ciuffo di piante, la testa appoggiata sullo zaino, le mani incrociate sotto la testa, e guardai l'arco, Pietramala, le schegge di azzurro fra i platani, gli uccelli che si divertivano in aria. Se fossi stato un fumatore, in quel momento avrei avuto bisogno di una sigaretta. Ero svuotato, nemmeno più arrabbiato. Non c'era più nulla da fare. All'epoca della costruzione dell'arco era evidente che la legge di Hooke era talmente importante da esser ritenuta degna di venir riportata sull'arco fatto a sua immagine come motto sempiterno e chissà mai che Hooke non fosse anch'egli membro del Giardino degli Equivalenti. "Pazienza," mi ripetei ad alta voce, "pazienza." La pazienza non va mai invocata; è come l'oblio, il vero custode del cervello. Indomabile per giunta: se chiedi di dimenticare qualcosa ne rinforzi la memoria e rischi di renderla indelebile. Allo stesso modo per la pazienza. E poi non ne ho mai avuta, io, di pazienza. Forse, se fossi vissuto anch'io negli anni venti del Settecento, ne avrei invece avuta; forse ne avrebbe avuta anche Hooke, e non si sarebbe consumato a contrastare Newton. Mi si fermò il cuore. Hooke era morto, già morto quando venne costruito l'arco: ricordavo perfettamente che il mio amico ingegnere mi aveva detto che quell'anagramma era stato rivelato dagli esecutori testamentari di Hooke nel 1705. Perché mai dunque porre l'iscrizione in forma anagrammata e non sciolta se Hooke era già morto? Mi alzai di scatto: o la data era sbagliata oppure la data voleva dire altro. "Forse," mi si illuminò a tal punto la mente che non mi accorsi di essere scalzo correndo di nuovo verso l'arco e saltellai tra i sassi in un modo buffo, "forse 1721-1723 non è una data!" Presi un quaderno, una matita, il mio cellulare e provai a dividere 1721 per 3, per 5 – se solo mi fossi ricordato i criteri generali avrei risparmiato tempo – per 7, per 11. Non era divisibile per nessuno dei numeri primi più piccoli. Continuai senza sosta. Arrivai finalmente alla conclusione – confesso che ero talmente insicuro che la chiamai "speranza", come se si potesse sperare qualcosa riguardo ai numeri – che 1721 fosse primo. Ma se avevo ragione, se quello era un numero primo e probabilmente la chiave per la grammatica di Pietramala – perché ce n'era un altro vicino? Ripartii provando a dividere 1723: tasto su tasto, numero su numero, riporto dopo riporto, quel numero resisteva, inscalfibile come un diamante, alla divisione per qualsiasi altro numero intero minore. Il tempo in istanti come quelli diventa un'opinione: non sapevo quante ore avevo passato a contare, non avevo né bevuto né pisciato, ero intrappolato in un pallottoliere. Riscrissi i due numeri sul foglio: 1721, 1723; dovevano essere due primi gemelli. Come avevo fatto a non accorgermene? Di coppie di numeri gemelli – lo sanno anche le capre che i numeri primi sono i meno soli tra i numeri – sembra certo che ce ne siano infinite, destinati ad avere la stessa atomica natura ma a non toccarsi mai separati da un guastafeste di numero spaccabilissimo, divisible per due. Avevo trovato la chiave della lingua di Pietramala. Ora non era più solo una congettura, ora l'orrore di quel borgo violentato dal male dell'ideologia e il tentativo di rinnovare un esperimento crudele sugli esseri umani poteva essere provato e quindi finalmente smontato.

Non feci in tempo a tornare dove avevo lasciato lo zaino per raccogliere le cose e ripartire che qualcosa di duro, improvviso, dietro, proprio sulla mia nuca, mi colpì fortissimo. Fu come essere sbattuto contro un muro di granito da uno schiaffo di Polifemo: senza fiato, infinite scintille mi rubarono la vista, le orecchie si spensero, gli occhi le seguirono, le ginocchia cedettero e caddi.

Non so da quanto fossi lì. Non vedevo bene. Era buio. Il volto per terra, sentivo il sapore di sangue in bocca. Mi avevano legato le mani dietro alla schiena. Tossii e quel colpo mi fece pulsare la testa così forte che sembrò premere contro gli occhi tanto da farmeli sputare fuori dalle orbite. Non aveva

senso che urlassi, sapevo che nessuno mi avrebbe sentito. Mi
sembrava che la terra spingesse in su sotto i miei piedi. Che
cos'è questo malsano odore, questo vapore?

"Wie lernt man sterben," disse con voce ferma, "Come si
impara a morire."

Fosse stato Satana in persona, mi sarei sentito meno mi-
nacciato: Shannon era lì, di fronte a me. Quella sua voce, anche
se deformata in modo strano, stridula e bassa al contempo, sul
confine tra i due sessi, non potevo confonderla. Mi sferzò un
calcio nella pancia e il sobbalzo mi fece mettere seduto; con
un altro calcio mi ritrovai appoggiato a una colonna. Ero nella
sacrestia della chiesa di Pietramala: riconoscevo l'odore umido
del legno e dell'incenso. Aveva acceso delle candele. Non so se
fosse buio fuori o se lui avesse oscurato le finestre ma quello
che vidi, non appena le lacrime che scendevano copiose per il
dolore detersero i miei occhi sporchi di terra, era un'immagine che avresti detto la madre di tutti i deliri. Il seggio sul quale
sedeva, simile a un trono brunito, risplendeva sopra un blocco
di marmo; alle sue spalle uno specchio sorretto da colonne la-
vorate con grappoli d'uva, fra i quali un cupido dorato spiava
mentre un altro nascondeva gli occhi sotto l'ala, raddoppiava le
fiamme ai candelabri a sette bracci riflettendo la luce su un tavolo, mentre lo scintillio dei gioielli del quale si era agghindato,
versato a profusione da astucci di raso, si levava a incontrarla; i
suoi profumi strani e sintetici – unguenti, polveri o liquidi – stavano in agguato in fialette d'avorio e vetro colorato turbando,
confondendo e annegando i sensi; spinti dall'aria che rinfresca-
va dalla finestra, ascendevano ingrassando le fiamme lunghe
della candela che soffiavano il loro fumo verso l'alto, animando

i motivi del soffitto della sacrestia. Tutti i miei sensi tracimarono oltre la soglia della coscienza, annichiliti da una vampata di *horror saturi*. Mi sputò addosso; in faccia mi centrò, sulle labbra. Il sapore della sua saliva nella mia bocca, che non potevo pulire con le mani legate, mi provocò un conato indomabile. Rise ancora più forte: "Sopporta, cuore, una cosa più cane hai già sopportato!" disse scimmiottando la mia voce e agitando il mignolo della sua mano destra vicino alla sinistra, nel dubbio che non avessi capito che l'animale sacrificale di quel rito osceno ero io.

"L'ebbrezza di aver trovato la soluzione la devi pagare, mio caro," sottolineò con una voce improvvisamente tornata composta e profonda. "Credi che possa permettere che si scopra che la mia teoria è completamente e irrimediabilmente sbagliata? Credi che sia disposto a farmi annientare da te? Ho dedicato tutta la vita a dimostrare che la mente umana può apprendere qualsiasi lingua purché sia coerente coi principi di analogia e anomalia e ora vieni tu, frugando con le tue undici luride dita logiche, a resuscitare il caso di Pietramala? La realtà è brutta e, in fondo, inutile: la realtà è opera del Diavolo," prese un tono piagnucoloso, "la mia teoria è molto, molto più bella della realtà e non è giusto che tu, bastardello deforme, disilluda le anime docili in ascolto. Se ti lasciassi vivo, correresti a gridare ai quattro venti che la lingua di Pietramala è una lingua infettiva, ma lo è per il meccanismo opposto a quello per il quale sono infettive le malattie: è una lingua che non attecchisce," rise di un riso isterico, "è una lingua che nasce già marcia e nera, sterile come un utero secco. Ma questa consapevolezza deve morire con te perché tu non puoi capire, tu non vedi l'insieme, la missione, tu sei in grado di percepire solo il particolare. E quello che percepisci è distorto dalla tua superbia e dalla tua stupidità. La tua vana presunzione di capire tutto non può che derivare dal fatto che non hai mai capito niente, perché se tu avessi sperimentato almeno una volta la comprensione perfetta di una sola cosa e avessi veramente gustato come è fatto il sapere," schioccò la lingua, oscenamente dopo aver ripetuto *gustato*, "sapresti come dell'infinità delle altre cose comunque non ne capisci nessuna. E non ti dico – ammira, ti prego, la mia umiltà – che io posso conoscere l'intera estensione delle cose comprensibili, perché sono infinite e anche se ne capissi mille rispetto all'infinità sarebbe come zero; ti dico però che io sono in grado di conoscere poche cose ma in profondità, cioè perfettamente, e in questo le capisco così perfettamente che ne ho l'assoluta certezza, quanto la natura capisce di se stessa. Io capisco come capisce Dio." E fece silenzio: non so se per scelta o per sfinimento.

Non potevo rispondere; mi aveva ficcato in bocca uno straccio e lo teneva compresso con una cintura che mi aveva stretto intorno alla faccia. Ma non c'era bisogno di zittirmi con la forza. Ero completamente frastornato perché nel parlare mischiava vero e falso in un modo tale che era difficile anche per me afferrare il bandolo e cercare di pulire dentro di me quelle idee e reagire. Ripartì, con una nuova invettiva: "Solo gli stupidi possono pensare che il linguaggio sia legato alla nostra carne. Si arriverà a dire che se i circuiti che nel nostro cervello sovrintendono alle parole fossero collocati in un sistema diverso, in qualche ipotetico" rise "forse alieno" rise "forse impossibile" rise ancora "organismo biologico, allora quei circuiti servirebbero come istruzioni per svolgere altre attività, magari per muoversi," imitò un burattino, "come se ricablando i nervi nel nostro cervello," continuò quasi strozzandosi dal ridere, "potessimo sentire il lampo e vedere il tuono." Prese fiato. "O forse, Dio ce ne scampi, si arriverà addirittura a dire che il linguaggio umano, struttura unica nell'universo, sia nato da altre funzioni, magari dalla capacità di fare dei nodi o di compiere sequenze di azioni." Cambiò l'imitazione; ora era uno scimmione che pelava una banana. Rise ancor più sguaiatamente, singhiozzando: "Oppure," non riusciva a trattenersi e completare la frase, "oppure," rise quasi a soffocare e sbottò finalmente sputando tutte quante le parole a raffica senza respirare, "oppure che tutte le parole hanno origine dall'imitazione dei gesti o, peggio, dei suoni collegati alle azioni." Poi cambiò improvvisamente espressione; si fece serio come un pagliaccio triste e sembrò citare qualcuno; con il timbro aulico di chi monta in cattedra, si sistemò i capelli e così parlò: "Si prenda il significato del termine greco che si dice *cacchè*. Essendo proprio questo il suono esplosivo prodotto dall'amalgama di gas e materia fecale nel momento della loro vicendevole sortita dall'orifizio *ad hoc*, si è chiamato giustappunto tale amalgama *cacchè*, per forza onomatopeica," emise una pernacchia lunghissima e sonorissima accompagnata con il gesto di chi allarga i gomiti per imitare l'azione divaricatrice di quando si produce il suddetto scoppio. Soddisfatto, riprese: "Non è dunque degno di sorpresa che si sia chiamato in generale *cacchè* il sentimento di ripugnanza e di schifo. Anzi, per estensione, tutte le cose fastidiose sono state nominate *cacchè* e, astraendone la quintessenza, si è usato questo termine persino per designare il male stesso e la sua banalità. E dunque concludiamo," alzò i toni, come quando aveva parlato a Marble Head, come se ci fosse della gente cui darla da intendere, "che il nome del male è" – pausa solenne – "la merda." Si applaudì da solo, a lungo.

Mi fissò lungamente, come fissano gli ubriachi, immobile, in un modo che non sai mai se sbotterà scomposto o confabulerà piagnucoloso, e dopo un soffertissimo e plateale sospiro mi disse di scatto sibilando e avvicinando ancora il suo volto puzzolente al mio: "Lo conosco quello sguardo lì. È lo sguardo di chi sa che tra un minuto morirà: quel minuto lo prepari per tutta la vita e niente serve se non decidere se affidarsi a Dio o meno." A quelle parole, io, che non avevo mai implorato la luce perpetua per nessuno e che credevo che per me stesso sarebbe stata meglio semmai la penombra per cancellare la vista delle cicatrici lasciate dalla vita, io, che non avevo nemmeno mai immaginato per me un riposo eterno e che credevo che mi sarebbe bastata qualche rara vacanza ritagliata all'ultimo momento, io, che per quanti sforzi facessi non potevo non capire una frase, nemmeno volendolo, io allora implorai tutto, chiamai a raccolta ogni preghiera per non dover morire lì da solo, per non dover cioè assistere e assecondare la sovrana coscienza dell'impossibilità di dire "io". E in quel momento capii che la cosa più sorprendente della coscienza era che avesse un nome. Ma non avevo scelta: non mi restava che stare a sentire in anticipo il racconto della mia morte. Spense le candele con uno spruzzo di fiato e saliva e uscì barcollando dalla stanza lasciandomi lì, legato, mentre attendevo qualcosa che fosse meno doloroso dell'attesa stessa.

[9.2] Confesso di non essermi mai abituato alla vita: a me, ai funerali, fanno impressione i vivi; i morti sono come le cose e le cose non stupiscono. Soprattutto quando parlano e ti guardano, invece, i vivi sì che fanno impressione: e dire che siamo fatti per più di metà d'acqua e che l'acqua non fa impressione. Io ero ancora in grado di farmi impressione, dunque ero ancora vivo. Ora ero lì, su un pavimento di pietra fredda in una stanza buia e umida. Sentivo il calore del mio sangue colare dalla testa sulle labbra e lo leccavo, come quando da bambino mi capitava di cadere per terra e farmi male aspettando aiuto. I polsi, legati stretti dietro alla schiena davano dolori lancinanti. La testa era appoggiata per terra e con l'occhio che stava più vicino al pavimento riuscivo a scorgere un filo di luce che proveniva dalla fessura di una porta lontana. Shannon doveva avermi tramortito di pugni e trascinato lì. Anche i piedi quel bastardo mi aveva legato. Quanto poco serve la fantasia se non puoi muoverti. Nessun pensiero mi poteva dare sollievo in quello stato, ma la sofferenza maggiore non erano per me le fitte e l'immobilità: stavo piangendo – mi dissi – perché proprio allora avevo capito che dovevo morire davvero. Feci silenzio dentro me. Ebbi il coraggio di confessarmi che non era davvero la morte a farmi paura. Piangevo per altro: piangevo perché mi spiaceva non poter condividere quello che avevo scoperto. Buttare via una soluzione senza che nessuno la conosca è un delitto. Forse mi spiaceva anche immaginare che la vita degli altri sarebbe andata avanti senza di me. Che peccato morire, – mi dissi. – Tutti i piatti che ho assaggiato, le labbra che ho baciato, le acque nelle quali mi sono tuffato, i libri che ho letto, dove andranno tutti? Perché assaggiati da altri, baciate da altri, tuffate da altri, letti da altri sono altre cose. Forse, del morire mi fa paura la nostalgia che avrei provato per il primo sorso di birra, per uno sciopero improvviso in una mattina di giugno, per un negozio dove comprare un maglione nuovo al primo freddo. Piangevo e il sangue che mi sgorgava dalla fronte ora si mischiava con le lacrime dandomi la sensazione di un sapore insolito, nemmeno troppo cattivo a dire il vero. Immaginavo già un uovo in camicia condito con quella rara miscela di umori, e il pianto divenne sorriso. Che coglione: ero disposto a ridere anche alla fine. Speravo fosse il segno di non essere arrivato alla fine della mia vita ma non ne avevo motivo. Sarei dunque morto: ma in quanto tempo esattamente? Quanti respiri mi rimanevano ancora? I respiri: quando pensi di averne pochi, diventano importanti e anche uno fa la differenza. Mi ricordavo quell'unica volta che vidi morire una persona: era la mamma del mio più caro amico. Lui e io stavamo a contare quanti respiri faceva al minuto. Prima venti, poi dieci, poi cinque. Poi ci fregò: ne fece uno lungo, forse un sospiro, e poi basta. Anche noi trattenemmo il respiro insieme a lei. A lungo. In silenzio. Finché noi, come quando si torna a galla dopo un tuffo più profondo del previsto e ci si riempie avidamente i polmoni di aria, continuammo a vivere; la sua mamma, invece, rimase sul fondo e in qualche modo ci sembrò più naturale il suo stato: finalmente, la sua fatica era finita. Provai ancora una volta a dimenarmi: il coraggio di morire, uno se non ce l'ha, mica se lo può dare. Ma se mi rimanevano pochi respiri, cosa fare da quel momento fino a quello della mia morte? La "mia morte": è questa un'espressione che per nessuno può avere significato; è una denotazione impossibile, uno stato che non potremmo mai indicare, un sintagma che si accorda solo con verbi coniugati al futuro in una *consecutio pietosa*. Nel momento in cui ci accorgiamo di capirla siamo già spaventati e lontani, attaccati a qualsiasi cosa smentisca di essere noi un giorno i protagonisti di un funerale. E poi, era quasi estate e io non volevo morire d'estate, sotto un sole impreparato, quando la sabbia scotta i cervelli: avrei preferito morire in una giornata d'autunno, dove a stonare sarebbe stato un ombrellone ancora conficcato in riva al mare, freddo. Parlavo nella mente e mi stupii di pensare anche al suono delle parole che usavo. Già: perché quando le parole rimangono dentro noi le pensiamo anche con il loro suono? A cosa ci serve, visto che non dobbiamo comunicare niente a nessuno? È concepibile un mondo nel quale si parli una lingua in cui le parole hanno un suono ma che possa essere usata solo per parlare a se stessi nella mente? Sarebbe la lingua perfetta per chi sta morendo. Forse come coi denti, nasciamo con grammatiche da latte, poi parliamo lingue mature e poi la lingua senza suoni, una lingua da muti; ma il privilegio delle due vite che hanno i denti non è dato a nient'altro che ci appartenga: non esistono nemmeno gli occhi da latte, e quanto ce ne sarebbe bisogno tutti lo sappiamo. Il cervello forse spreca informazioni oppure non può fare altro? O forse le parole non esistono senza suoni, forse le parole sono dall'origine suoni impastati con istruzioni per il cervello. Ma allora le rime, per i sordi, sono fatte di luce? Iniziavo a tremare; la febbre saliva e mi pareva di parlare una lingua non mia. Che peccato morire così giovane, che peccato morire così, che peccato morire, che peccato; avevo detto tutto quello che contava, ridotto all'essenziale. Mi sentivo come una falena:

sapevo che sarei arso vivo ma non riuscivo ugualmente a non danzare intorno alla luce. Mi chiesi se mi sarei potuto risparmiare quelle sevizie suicidandomi: ma con cosa? Non ci si può suicidare decidendo di smettere di respirare. Il nostro corpo è immune al desiderio di morte, a differenza della nostra mente; solo la volontà, infatti, può concepirlo ma se decide di metterlo in atto va contro al corpo che è più forte. Né si possono separare i contendenti perché nel suicidio, assalito e assalitore sono la stessa persona. Mi dovevo almeno preparare una frase da dirgli, una frase che gli si conficcasse per sempre nel cervello, una frase che lo accompagnasse dalla mattina alla sera, insonne, sorda come un vecchio rimorso o un vizio assurdo. Non sapevo che frase gli avrei detto ma sapevo che gli avrei dato del *lei*, mi faceva schifo la promiscuità del *tu*, anche se solo grammaticale. E poi in una lingua ideale non ci si dovrebbe poter dare solo del *tu* o del *lei*: ci dovrebbero essere tutti gli infiniti gradi di approssimazione da un polo all'altro dell'identità in uno spazio continuo. *Tu*, quasi *tu*, poco meno di quasi *tu*, *tu* meno un epsilon e così via, fino a tornare alla pura e inconcepibile unicità di *io* e permettere con questo dei soliloqui puri dove il *tu* sparisce e con esso tutti, incluso Dio. E poi si renderebbero libere nuove coordinate per categorie ontologiche inesplorate. Il *tu* e l'*io*, ad esempio, convergerebbero inesorabili verso un elemento di separazione, unico: un pronome diverso da tutti i gradi del *tu* e da tutti i gradi dell'*io*, anzi individuato solo da queste due classi; un punto della grammatica perfettamente identificato da *tu* e *io* ma non occupabile né da me né da te. Mi sembrava che tutto questo avesse a che fare, in qualche modo, con l'amore.

Il dolore sembrava meno forte: mi stavo spegnendo. Cercai di resistere, anche se non ne avevo alcun motivo. Quale frase avrei potuto dirgli? Mi avesse lasciato almeno scrivere avrei mandato una lettera a chi amavo. Ma per dire cosa? Forse un simbolo; ma se si volesse salvare una frase tra tutte quelle mai pronunciate da un essere umano quale scegliere? Arrivai senza esitazione alla conclusione sorprendente che basterebbe salvarne una qualsiasi perché in qualsiasi frase sta la capacità creativa, unica e comune a tutte le persone di combinare le parole e variandone l'ordine costruire infiniti nuovi significati; come in un'addizione stanno tutte le addizioni possibili perché – mi ripetei ancora come quel giorno – ogni numero esiste se esistono tutti gli altri e così è vero per le parole e ancor più per le frasi.

In quel preciso istante si spalancò la porta. Entrò Shannon: indossava un mantello sontuoso, regale, rosso, grande e grottesco, ornato con una rete d'oro dalla quale pendevano ragni ripugnanti. Prese uno sgabello e si sedette di fronte a me, a gambe larghe, in una posa oscena, dopo avermi aiutato a sedermi meglio. Puzzava di rancido, un misto tra un animale putrefatto e alcol: il suo odore non mi era mai piaciuto ma solo allora ebbi il coraggio di ammetterlo. Avrei dovuto fidarmi del mio olfatto fin dal nostro primo incontro: questo senso primordiale, che arriva senza scorciatoie al cervello, raramente fallisce. Accese la luce fioca di una lampada elettrica: eravamo nel cesso della chiesa. "Sentirai ora, Elia carissimo, l'ultimo resoconto dell'emissario. Il Giardino degli Equivalenti incaricò infatti da subito qualcuno di verificare lo stato di apprendimento della lingua di Pietramala. È un privilegio che abbiamo solo noi due; non ho dubbi che tu apprezzerai questo mio gesto di generosità. Il resoconto finale, che ha la forma di una lettera, fu dettato in fretta e furia dall'emissario nel viaggio di ritorno a un oste di Calvi, ignorante ma non del tutto. Il pover'uomo, l'emissario intendo, non sopravvisse allo spavento e, subito dopo aver lasciato testimonianza della sua ispezione, si ammalò in testa," si picchiettò la fronte con l'indice inforcato di anelli vistosi, "e impazzì. Ascolta ora l'apocalisse come a noi viene delle sue povere parole, trascritta da generazioni di mani pietose."

Excellentissime Signorie,
a cumpimento de lo mio viagghio in Pietramala, a voialtri, io, servo humilissimo, vengo a riportare tutte cose che ebbi viste et udite […] L'incarico che non sapevo a chi altri avreste potuto affidare ebbe al fine ben sicuro lo cumpimento ma non reco a voialtre Signorie buone nuove et l'experimento de l'apprendimento de la lingua di Pietramala est una maxima disgratia et maximum defectum […] l'inpherno est invero vuoto e tutti li diavoli albergano in Pietramala […] et il Capo del Consiglio delle Famiglie me accolse tanta cum acrimonia che volevo da quel villagghio subitamente ripartire […] Rimembro la riunione del Consiglio quando lo Capo intentionò a me riferire la vicenda […] vi erano ratavula et vespertili et pipistrelli con volti di bambini in luce violetta qui squittivano et battevano l'ali squamose pendenti, grandi et grottesche et qui strisciavano in fila a capo riverso lungo un muro scurito dal fumo mentre da la torre squillante campane nuove ricordabano l'ora de la pregghiera […] Illa erat affatto una lingua obscura, darka et

venenata imperocché non radicabat neque resistebat in le bocche di ningun infante. Et quivi a voialtri describo li tre rimedi experiti et tentati da lo capo del Consiglio di Pietramala per ché li infanti happrendessero illa lingua.

In primo tempore, due infanti neonati fuerunt rapiti et captivati, figli di homini di qualsivoglia rango, et affidati ad huomo sapientissimo. Et al codesto huomo furono date istruzioni: primum, che niuno pronunciasse alguna sola parola in lingua aliena da la lingua di Pietramala davanti a li due infanti; secundum, che essi infanti avìanu a stare soli in dentro una casupula abbandunata; tertium, per intervalla lo huomo dovea conducere da li infanti de le capre, satiarli cun il latte e disbrigare altrae incombentiae. Il Capo del Consiglio istu ordine ordinavit cun l'intentione de adscoltare quale palabra li infanti pronuntiata havrebbero per la prima, quando dismettevano di emittere vagiti di voto sensu. [...] et postea affidabit anco li medesmi infanti a mulieres cui resecavit la lingua, molto temendo ne esse non parlassero la lingua di Pietramala inter loro et per isto facto li infanti non la apprendessero. [...] Nullo risultato da codesto esperimento se ne ebbe et illa lingua a li infanti non s'apprese.

In secundo tempore, si peritarono financo ad experire con alteri infanti si havessero ne lo sancto animo loro spontanea mente alguna lingua. Et experirono quale modo di exprimere li proprii pensieri avessero li infanti qui erant cresciuti sine mai udir persona parlare. Per lo quale scopo ordinavit a qualcheduna balia et nutricie che dessero a li infanti a loro affidati da sugghiere lo latte de le mammelle, che li lavassero e li pulissero, ma absolutissima mente mai non li carezzassero, né parlassero a loro udita. Con lo quale modo credebant de poter conoscere se quegl'infanti parlerebbero la lingua ebraica, la greca o la latina, quella de' lor genitori o la lingua mirabilissima, subtilissima et leptotate di Pietramala. Ma era opera vana, per lo que quegl'infanti tutti morivano, neque potrebbero elli vivere senza le voci, li gesti, lo surriso, le carrezze de le balie et nutrici loro; ond'est che habent nome di fascino de le nutrici ille cantilene che la nutrici cantant cullando li sua infante; senza di che lo infante mai potrebbe né quietare, né durmire. [...] Nullo risultato da codesto esperimento se ne ebbe et illa lingua a li infanti non s'apprese.

Et in tertio et ultimo tempore, una nutricie amorosissima sed invero muta fuit tradotta cun due infanti indentro una cabanna fuori da le mura, come in su una insula, ad verificanda qualis lingua originalis et sine istrutione ulla li infanti riuscirebbero ad parlare, se illa lingua di Pietramala o illa lingua de li Angioli. Et il Capo del Consiglio riferìbit che ne manco con questo tertio metodo si havea successo [...] Nullo risultato da codesto esperimento se ne ebbe et illa lingua a li infanti non s'apprese.

Et il Capo del Consiglio in praesentia de li capi de le familie tutte a me medesimo intimò de dare termine al ratto degli infanti da parte di noi nomati per ciò li portatori di morte ché la lingua di Pietramala era manifesta mente lingua obscura et venenata et del diabolo et non potest per ista necessaria ragione facere apprensione su animule candide de li infanti. [...] sed io quivi adfirmo che il diabolo – possa mai leggere mai queste mie palabre, Christe me protege et vos pentientiagite – non est colione et nummai havrebbe questa inventione della lingua fatta [...] et a voialtri invoco lo perdono et quivi anco adfirmo

che quando venibit per noi altri lo jiuorno de lo Jiudicio, non
sarà a noi altri domandato cosa havremo letto, ma cosa havremo fatto, né con quanta dottrina o elegantia havremo parlato
sed quanto in sanctitatte avremo vissuto [...]

Interruppe la lettura, prima di aver terminato il resoconto;
forse imbarazzato o forse anch'egli, ancora una volta, frastornato. Stette in silenzio, aspettando un commento da me che
non avevo quasi nemmeno la forza di respirare, e poi disse:
"Il Diavolo: quando non sanno con chi prendersela, tirano
fuori il Diavolo. Non sanno che lui non agisce scopertamente.
Quando da qualche fessura ti accorgi che il fumo di Satana è
entrato nel tempio di Dio lo riconosci perché lui non ti promette tutto. Lui – che proprio in questo si tradisce sempre – ci
fa al contrario tollerare ogni arsura come un fastidio soppor-
tabile cui siamo destinati definitivamente. Ci toglie il desiderio
di bere facendoci credere dissetati, il freddo facendoci credere vestiti, la fame facendoci credere sazi, la povertà facendoci sentire ricchi, il senso dell'ignoranza, facendoci credere
sapienti. Perché il Diavolo non ci promette tutto. Al contrario,
il Diavolo soffia e spegne a uno a uno tutti i desideri facendoci
credere che ci basti qualcosa; il Diavolo ci annulla la voglia di
infinito e ci lascia contenti del buio. Ci umilia radendo a zero
la chioma dei nostri sogni per poi sputare sulle nostre teste cal-
ve. Noi dobbiamo sentirci poveri per sentirci vivi. Il Diavolo
ci tenta con la tenerezza di un cucciolino ferito che guaisce in
fondo al pozzo, con il filo di voce di una madre morente che
vuole cullare la sua bambina. Il Diavolo ci offre problemi che
possiamo risolvere; il Diavolo elargisce soddisfazioni; lo fa per

farci dimenticare che quello che vogliamo veramente supera ogni misura. Ma come si fa a non credere nel Diavolo?" Aveva ragione; Shannon aveva veramente ragione. Ero completamente disorientato. Come potesse dire cose così sensate in mezzo a quel delirio di falsità non potevo spiegarmelo.

Il delirio senza punteggiatura di Shannon mi sovrastava più che la paura della morte perché mi dava la sensazione che il senso delle cose fosse una speranza solo mia. Eppure ero ancora vivo. Come quegli ubriachi che per provare agli altri di non esserlo mostrano di saper stare ancora in equilibrio su una gamba sola, provai a me stesso di essere ancora vivo perché ero in grado di dire che una lunga fila di lucertole attraversava il deserto senza neppure fermarsi a sognare: una frase che non fosse giustificata da niente di quello che capitava intorno a me, una frase creata dal nulla, quella era la prova che non ero ancora una macchina.

"Parlo dunque sono," balbettai tra i denti. "La vita è il linguaggio, anzi vive sono le lingue. Le lingue sono organismi. L'inglese è vivo. Il francese è vivo. L'italiano è vivo. Il tedesco è vivo. L'arabo è vivo. L'ungherese è vivo. Il basco è vivo. Il turco è vivo. Il giapponese è vivo. Il cinese è vivo. Tutte le lingue sono vive e usano come ospiti i cervelli di chi le parla per riprodursi. L'ospite deve vivere meno a lungo di ciascuna lingua perché non si accorga di chi comanda e non se ne liberi. E infatti ci vuole ben più di una sola generazione perché una lingua muti; perché nessuno durante la propria vita deve accorgersene. E tutte le lingue competono per avere più ospiti; crescono e vogliono moltiplicarsi a scapito delle altre. E tutte le lingue vogliono morte le altre lingue."

Dal modo con il quale stavo ignorando la mia vita avevo capito che era ormai davvero iniziata la mia agonia. Sperai che mi salvassero dei cherubini. Sarebbero potuti venire lì da me con delle belle ali. E mi sembrò di vederli: erano due. Le ali dei cherubini misuravano cinque cubiti ciascuna; tutto l'insieme faceva dieci cubiti, dalla punta di un'ala alla punta dell'altra. Il secondo cherubino era anche di dieci cubiti; tutti e due i cherubini erano delle stesse dimensioni e della stessa forma. Vidi che i cherubini avevano una forma di mano d'uomo sotto le ali. Tutto il corpo dei cherubini, i loro dorsi, le loro mani, le loro ali, come pure le ruote, le ruote di tutti e quattro, erano pieni d'occhi tutto attorno. Morivo, ormai: che vantaggio c'era a essere coerente?

[9.3] Se tu sapessi che stai davvero vivendo le ultime ore della tua vita – un fruscio – non le perderesti – un altro fruscio – a lamentarti: questo era il mio pensiero che però fu interrotto ancora da quel fruscio che era nel frattempo cresciuto e diventato riconoscibile: sembrava il rumore di qualcuno che gratta ostinato contro qualcosa di legno come per farsi largo. Ero ancora per terra, sempre al buio, sempre nel cesso della sacrestia. Pensai che non sarei stato in grado di difendermi dai topi; quante volte, nelle prigioni segrete hanno trovato galeotti con le orbite vuote e nettate come tazze da colazione perché i topi, gli occhi, glieli avevano rosicchiati e poi succhiati via del tutto; ricordo ancora il racconto di quel prigioniero nella stanza 101. Chiusi allora stretti gli occhi, per paura che me li mangiassero, facendo una strana smorfia, pensando che così i topi non li avrebbero riconosciuti. Ci fu subito dopo lo schianto di un vetro, seguito da quella voce:

"Fa' piano!"

E poi quell'altra a ruota: "Certo; mica lo faccio apposta." Quale angelo benevolo aveva ascoltato le mie preghiere ancor prima che le avessi formulate e per pietà di me aveva mandato loro due? Ariel e Calibano erano lì: erano loro, li avevo riconosciuti subito dalla voce.

"Elia, siamo noi!" sussurrò Ariel, "siamo venuti a prenderti!"

Rimasi stupefatto come chi, colpito da un fulmine, vive e non è conscio della sua stessa vita.

"Dove siete?"

"Ti vediamo dalla finestra del cesso della sagrestia, in alto," disse a voce bassissima Ariel, "Shannon è ubriaco; è addormentato fuori dalla porta. Ha chiuso a chiave tutto. Non riusciamo a entrare."

"Non svegliatelo: è deciso a farmi fuori," mi affrettai a dire controllando come potevo la mia voce emozionata, "bisogna che lo facciate uscire dalla chiesa in modo da poterlo fermare ma non potete chiamarlo: capirebbe subito che siete qui per me e mi ucciderebbe all'istante."

Scacco matto, e dell'imbecille per giunta: mi ero fatto fuori da solo. Avrei dovuto prevedere le sue mosse, avrei dovuto rendermi conto che sarebbe stato capace di seguirmi fino in Corsica e di annientarmi e non avevo preso alcuna precauzione: mi ero buttato tra le sue fauci, mostro schifoso sdentato ma velenoso. Forse mi aveva lasciato vivo proprio perché nemmeno lui aveva capito quale fosse la chiave per interpretare la lingua di Pietramala: ma certo, gliel'avevo data io la soluzione, di fronte all'arco quando lui mi stava spiando. E ora? Cosa avrei potuto fare lì?

"Non hai un richiamo al quale non potrebbe resistere? Così da farlo uscire," chiese Ariel che non aveva smesso di credere nemmeno per un istante che non ce l'avrebbero fatta.

Ci fu un minuto buono di silenzio, poi mi accorsi che la domanda di Ariel era geniale: certo che c'era un richiamo! Shannon dava per assodato che la lingua di Pietramala non fosse mai stata appresa da un bambino e che questo fosse la causa della tragedia dello svuotamento in massa del borgo e del naufragio del tentativo di far apprendere la lingua artificiale. Se Ariel, con la sua voce tenue e infantile, avesse potuto parlare nella lingua di Pietramala, Shannon non avrebbe resistito e sarebbe uscito dalla chiesa per vedere chi parlava quella lingua. Già: ma la lingua non l'avevo ancora decifrata. Non sarei stato certo in grado in quella situazione, legato, per terra, dolorante e fradicio di sudore di decifrarla e poi farla imparare ad Ariel. Non potevo suggerirle nessuna frase in quella lingua. Ma come mi capita sempre quando cerco disperatamente una soluzione in una situazione di pressione, riesco ogni volta a cavarmela. Era capitato in tanti snodi cruciali della mia vita non potevo non farcela adesso. Infatti:

"Ariel, Calibano," dissi schiarendomi un poco la voce ma stando attento a sussurrare per non svegliare quell'ammasso di immondizia, "andate all'arco. Vicino ai platani fuori dalle mura, c'è il mio zaino (almeno spero ci sia ancora). Frugate nello zaino. Troverete un quaderno nero a quadretti. Infilata nel quaderno c'è la trascrizione del canto – forse ve lo ricorderete da quella sera su nella cisterna – voi prendetela. La trascrizione è su una colonna. Vedrete che le parole sono parole riconoscibili – sono in un dialetto corso – ma sembrano non essere disposte nel modo giusto. Sono frasi brevi. Ariel: dovresti prenderlo, e provare a cantare quelle parole inventandoti una musica, una qualsiasi, dolce se possibile, che incanti come una ninna nanna, ma devi cantare con la voce da bambina piccola, mettendoti di fronte alla porta della chiesa. Non dare l'idea che sei in grado di colloquiare; fai proprio come se stessi giocando e cantando insieme. Quello è un canto nella lingua di Pietramala; Shannon non può non riconoscerlo e se sente che una bambina lo sa potrebbe credere che sia sopravvissuto qualcuno e riaccendere la speranza di avere una qualche ragione: in fondo, è quello che aspetta da una vita. Quando sentite che si muove e apre la porta della chiesa, tu Calibano dovresti bloccarlo immediatamente. Fa' attenzione perché è sicuramente armato. Capito?"

"Capito," risposero quasi simultaneamente. Sentii i loro passi che si allontanavano di corsa.

Non ero affatto sicuro che il piano avrebbe funzionato: Ariel sarebbe potuta non essere convincente, non riuscendo a nascondere la sua voce matura; Shannon avrebbe magari potuto pensare che fossi stato io a tendergli una trappola – il cattivo, veramente cattivo, pensa sempre di esserlo meno degli altri – e quella mossa avrebbe potuto affrettare la mia uccisione; Calibano poi, malgrado la possanza e la buona volontà, sarebbe potuto non essere in grado di avere la meglio su una persona armata. Avevo messo talmente tanti condizionali tra me e l'obiettivo che volevo centrare che non sapevo davvero nemmeno se sarei riuscito a tirare il prossimo respiro. Mi meritavo un lieto fine ma sono passati di moda.

Era trascorsa ormai una decina di minuti. Nei miei calcoli Ariel e Calibano dovevano essere arrivati all'arco; dovevano aver già individuato lo zaino e trovato il quaderno. Me li immaginavo, attori come sono, a provare la vocina del bambino, inventare un canto e cercare di essere il più possibile convincenti. Mi pareva di essere lì: Ariel sarà stata emozionatissima, le sarà tremata un pochino la voce; Calibano avrà cercato di sostenerla, muovendo anche lui le labbra quando e come le muoveva lei, assecondando ogni frase, come se lei fosse stata un prolungamento di lui, anzi no, come se lui fosse stata la proiezione di lei. Insomma, dovevano essere quasi pronti.

Il sonno di Shannon non era un sonno sano. Lo sentivo russare in modo scomposto; forse farfugliava qualche parola sconnessa. Me lo immaginavo. Secco come un serpente vecchio incapace di un'ultima muta: prigioniero in una pelle consunta ma ancora convinto di poter spaventare qualche altro animale. Lui, che voleva possedere il mondo, era lì imbavagliato dal suo sonno. Sentire una persona cattiva che dorme fa impressione: quella inevitabile concessione che fa al mondo nel momento nel quale inerme si concede alle cose con il rischio di essere assalito, ma alla quale non può sottrarsi come non può sottrarsi un corpo all'attrazione di una massa più grande, non lo riscatta ma, almeno, dà a chi lo guarda l'occasione di capire che nemmeno la violenza può resistere se non ha alleati: anche il cattivo, infatti, deve fidarsi di qualcuno, perché la veglia va prima o poi delegata. Mi tornò in mente quando mi ero addormentato io sul traghetto per Staten Island, la notte dei lunghi pensieri:

anch'io non avevo sentinelle; anch'io non potevo che fidarmi ma non sapevo di chi. Quale maggior prova che la mia reazione era stata giusta? Shannon intanto si era svegliato: sentivo che tracannava qualcosa, sbrodolando confuso le solite citazioni in latino. Sentii caricare la pistola; quello scatto rapido e meccanico che avevo mille volte sentito nella finzione era ora ben reale e annunciava la mia fine. Un solo colpo e sarebbe stato tutto finito. Cercai nella mia memoria una preghiera: non sapevo a chi rivolgermi, quando muori – lo capii allora – non sei tu che preghi, pretendi che a pregare per te sia Dio. Te lo deve.

Da lontano, così lontano che pareva provenire dall'interno, come un falso ricordo, sorse all'improvviso la vocina di Ariel ancora mimetizzata dal fruscio delle fronde, non poteva che essere lei: la sua voce, giocosa, lieve, sembrava rimbalzare come una palla in un gioco in cortile. Era ipnotica: non avrei potuto immaginare una riuscita migliore. Ariel impostò il suo canto come fosse stata una conta per bambini, come fosse stata in cerchio e avesse dovuto scegliere il prossimo per il gioco. Ariel dava l'impressione di ignorare tutto, di essere capitata lì per caso da sola. Cantò, cantò per qualche minuto. Non accadeva niente. Riprese la conta: sembrava che cantasse sorridendo perché le parole erano stirate come note musicali. Poi si sentì rotolare una latta e infrangere un bicchiere. Shannon doveva essersi alzato in piedi. Non udimmo altro che grida, bestemmie e preghiere a un Dio che non si sa nemmeno cosa c'entrasse. Poi i suoi passi, inaspettatamente saldi, su tacchi alti di legno che rimbombavano rapidi per la chiesa. Si fermava quando sentiva Ariel cantare e riprendeva a camminare furiosamente, come un gatto impazzito che cerca il buco in

una scatola dove è rinchiuso, qua e là, quando Ariel smetteva.
Il mio pulcino, Ariel, era straordinario: aveva intuito che per
farlo uscire doveva stuzzicarlo cantando tutt'intorno alla chiesa, incuriosirlo poco a poco finché la sua curiosità avesse pre-
valso su quel che avrebbe dovuto fare a me. Danzava cantando
tutt'intorno alla chiesa, saltellando, a intervalli precisi. Quelle
parole del canto erano inconfondibili; una sequenza magica –
o forse incantata – che conquistava tutto.

Uno scatto più rapido degli altri, Shannon corse una corsa
azzoppata ma decisa e lunga – doveva essere tutta la lunghezza
della chiesa, sperai, di slancio per aprire il portone – poi si sentì che agitava un mazzo di chiavi, che ne infilava una e la rigi-
rava più volte, poi udii che con un calcio spalancava gli antoni
facendoli sbattere sulla facciata, poi più nulla: si era fermato.
Avevo il cuore molto oltre la gola. Fuori, non dovette vedere nulla – Ariel si era certamente nascosta – si sentì Shannon
riprendere la corsa scomposta con un grido straziato, da animale ferito ma ancora in grado di aggredire, anzi forse ancor
più pericoloso per questo. Dovette avere appena il tempo di
entrare in contatto con gli occhi di Calibano prima di sentire
piombare una mazzata potente sulla sua testa verminosa; definitiva. Sembrò anche a me di provare lo stesso dolore, tanto fu
forte il rumore di quello schianto; doveva aver usato un grosso ramo per colpirlo; probabilmente, il professore era crollato
subito. Ariel, senza nemmeno interrompere il canto – tanto le
sembrava impossibile avercela fatta o forse semplicemente tra-
sformandolo in un richiamo gioioso – corse con passi rapidis-
simi verso la sagrestia e la aprì velocissima. Si fece incontro;
dimenticandosi di slegarmi, mi diede mille baci, e quindi cen-

to, quindi me ne diede altri mille, e quindi ancora cento, quindi mille continui, e poi ancora cento piangendo finalmente di felicità e smettendo di cantare. Sciolse delicatamente le corde che mi legavano dietro la schiena mani e piedi; rideva sommessamente e sentivo le sue lacrime che mi bagnavano la pelle. Arrivò ansimando di corsa anche Calibano: si chinò su di me con quel suo corpo rotondo, grosso e forte, mi arruffò i capelli, mi pulì gli occhi con le dita, poi tirò un sospiro che sembrò disperdere tutti i venti maligni di quei mesi.

"Siamo liberi, ora?" chiese prendendomi la testa sporca tra le mani e schioccandovi sopra un bacio che quasi mi risucchiò il cervello; Dio – pensai – se esiste, è morbido. Annuii, semplicemente.

[9.4] Seduti sul muretto di recinzione della canonica, di fronte al corpo di Shannon legato, con alle spalle il luogo della battaglia e, forse, tutto il nostro passato, Ariel e io aspettammo il ritorno di Calibano che era sceso in una zona dove il cellulare prendesse per chiamare la gendarmeria e informarla dell'accaduto. Shannon rimase tramortito per tutto il tempo; solo qualche rantolo schiumoso. Il colpo in testa, per quanto forte, non era stato tale da ucciderlo. Preferivo così: avrei lasciato il mio lavoro interrotto e lo dissi a voce alta.

"Ce ne avevi dentro di cattiveria, Elia," disse Calibano ansimando per la salita con un'intenzione ironica che però io presi sul serio.

"Ma no, dai, mostro dell'isola, non farmi più mostro di te: in fondo, in quei momenti bui che mi ha fatto vivere sono cambiato e avrei voluto potergli spiegare dove è stato il suo errore. Anzi, se mai ce ne sarà la possibilità vorrei farlo, vorrei parlargli. Non riesco a lasciare in sospeso la nostra storia. Ma non lo dico per lui; lo dico per me. Riconosco che le nostre esistenze sono collegate, per via di mille interazioni, volute o non volute, si sono concatenate una con l'altra. D'altronde, nessuno vive da solo; nessuno pecca da solo; nessuno viene salvato da solo."

"Amen," disse alzando gli occhi al cielo, Calibano. "Sei guarito. Il professore che è in te sta riprendendo possesso della sua lingua e della sua sapienza."

"Vorrai mica che tutte le cose sporche che i malvagi hanno accumulato nella loro vita divengano forse di colpo irrilevanti?" commentò Ariel che si era ripresa.

Aveva centrato il punto: io non volevo che tutto passasse come se tutta quella sofferenza non fosse servita o a me o a lui o a noi, tutti insieme.

"È l'effetto Kubrick," intervenne con stile sapienziale Calibano. "Quando vidi *Arancia meccanica* la prima volta quello che mi colpì non fu la redenzione del protagonista reo di cattiverie innominabili ma la cattiveria che quella storia aveva provocato in me, spettatore, e il sorgere di un desiderio irrefrenabile di picchiare a mia volta i cattivi. Messi nella situazione giusta, anche noi buoni diventiamo delle iene." Rimanemmo in silenzio di fronte a Shannon, come davanti a un re appena morto, e anche un po' perplessi: eravamo diventati noi i cattivi?

La polizia corsa arrivò con due vetture speciali per i soccorsi di montagna, attrezzate con una barella; ci fece rilasciare le deposizioni in modo sommario, e ci convocò il giorno seguente per un racconto dettagliato a Calvi, dove una delle loro auto ci avrebbe ricondotto. Da quello che ci dissero, capimmo che l'Interpol era già stata messa sulle tracce di Shannon per una questione di ricettazione e un tentativo di corruzione della polizia svizzera alla frontiera con la Francia, andato peraltro a buon fine. Il professore si risvegliò; una volta messo sulla barella dovettero legarlo. Schiumava e gridava frasi sconnesse alternate a pensieri incomprensibili. Urlò più e più volte: "Annegherò il mio libro; annegherò; il mio libro; annegherò il mio libro." Lo diceva come se stesse recitando versi di grande bellezza, senza imbarazzo; scordandosi certo di quanto sia facile scrivere finte poesie. Nessuno capì davvero cosa volesse dire. I poliziotti misero i sigilli alla chiesa e del nastro intorno all'arco e sulla porta principale del paese, scattando foto ovunque. Dissero di non conoscere quel borgo ma non fecero troppe domande né diedero molte spiegazioni. Non tutti, evidentemente, hanno imparato quanto è importante stupirsi di fatti semplici. Ariel, Calibano e io fummo fatti salire su un fuoristrada per raggiungere Calvi dove saremmo stati per quella notte.

Nel tragitto verso la baia passammo in macchina attraverso Calenzana. Non volli guardare fuori dai finestrini; tenni il volto basso, puntando lo sguardo al tappeto scuro della macchina e ai miei piedi nudi – faceva troppo caldo e mi ero tolto le scarpe. Anche nelle dita dei piedi puoi rivedere il volto di chi ami se ami davvero; e mi parve quasi di vederla sorridere. Avrei dovuto richiamarla, oppure il rischio di farle trovare di fronte un Elia diverso che lei non avrebbe riconosciuto sarebbe stato troppo grande? Quando ti sostituisci agli altri per capire se ti si può amare, hai già smesso di amarti. Mi addormentai nella stanza dell'albergo; a fianco dormivano anche Ariel e Calibano. Caddi prigioniero di un sonno lungo e scuro dal quale mi pareva di non sapere come uscire. So solo che sentivo di essere felice ma non ricordavo perché.

[9.5] Era già tardi. Non so se si trattasse di un'allucinazione o di un miracolo, ma quella era proprio una domenica senza tramonto, di quelle che la vita ti promette da sempre e che non arrivano mai. Era arrivata. Avevo deciso di aspettarla seduto sul muretto della strada che porta fuori da Calenzana protetto da una teoria di platani che stavano mettendo le foglie un po' in ritardo, come fossero stati appena risvegliati dall'inverno. Mi ero vestito come l'ultimo giorno che l'avevo incontrata nel tentativo di proseguire la nostra storia nel punto esatto nel quale l'avevamo interrotta. Io che desideravo un inizio. Frugavo nella memoria per trovare la faccia giusta da presentare; a una frase avrei pensato in un secondo tempo; ne provai un po' ma nessuna mi convinceva e le sopracciglia finirono con l'assestarsi in una forma arcuata che doveva fare un po' ridere a chi mi avesse guardato allora. Cosa avrei potuto dirle? In quel momento non era davvero importante: mi stupivo perfino di desiderare di parlare. Come mai era capitato a me? E come mai mi era capitato di incontrare lei? Ma cosa avrebbe detto lei? Avrebbe voluto riprendermi? E se non fosse arrivata da sola? Come avrei reagito se mi avesse presentato il suo nuovo amore? Erano passati tutti quei mesi e io non mi ero mai fatto sentire: sarebbe stato naturale e giusto che lei avesse continuato a vivere la sua vita in compagnia di qualcun altro. Passò una moto, la guidava un ragazzino: mi sorprese pensare che il suo cervello andava veloce come la moto. Forse anche i suoi pensieri. A quell'età la mente è ancora staminale e uno può desiderare di essere tutto. E io? Ero ancora staminale, io?

In quell'istante preciso Clara Maria appoggiò la sua mano sulla mia spalla, sorprendendomi silenziosa da dietro. Mi voltai. Era come doveva essere: la sua sagoma aveva ritrovato il posto nella mia realtà preparata apposta per accogliere proprio lei. Sorrideva. In braccio teneva un neonato che guardava curioso: prima tutto intorno, poi me, fisso. Non le dissi nulla: ero pronto ad amarla comunque. Non mi disse niente. Scoprì il fagottino e le sue manine libere sembravano già voler catturare il vento. Quella sinistra, soprattutto, con tutte e sei le dita.

Epilogo

Ricevetti, qualche mese dopo il mio rientro a Parigi, una lettera dalla Signora che si congratulava per il mio nuovo lavoro dirigenziale alla Bibliothèque Nationale, merito delle ricerche su Pietramala ma, soprattutto, per la mia nuova famiglia. Lasciava capire che le avrebbe fatto immenso piacere avere mie notizie regolari e che per ogni evenienza – *eh bien, mon prince, économique aussi* – avrei potuto contare su di lei. Insieme alla lettera, c'era un plico curioso che conteneva, stampato su una carta pregiata, il Vangelo di Giovanni in originale greco affiancato da una traduzione italiana, inglese, tedesca, francese e spagnola. Mi sembrò un regalo banale e stetti quasi per archiviarlo non senza una punta di delusione, quando quello che mi parve lì per lì un particolare minimo catturò tutta la mia attenzione. In ogni versione del vangelo, la prima frase era sottolineata dal tratto fermo di una matita pastosa e grossa, evidentemente lo stesso della grafia della Signora. La traduzione italiana, a me più che familiare per averla sentita leggere infinite volte dai miei quando ero bambino a Roma, dava: *In principio era il Verbo e il Verbo era presso Dio e il Verbo era Dio*; lo stesso si ripeteva fedele come una glossa, parola per parola, in tutte le altre traduzioni riportate: *In the beginning was the Word, and the Word was with God, and the Word was God*; *Im anfang war das Wort, und das Wort war bei Gott, und das Wort war Gott*; *En el principio era el Verbo, y el Verbo era con Dios, y el Verbo era Dios; Au commencement était la Parole, et la Parole était avec Dieu, et la Parole était Dieu*. Nell'originale greco, invece, si leggeva: *En arche ēn ho logos kai ho logos ēn pros ton Theon kai ho Theos ēn ho logos* che, traslitterato, appariva differente rispetto a tutte le altre versioni, sia pure solo nell'ordine di alcune parole: "In principio era il Verbo e il Verbo era presso Dio e Dio era il Verbo." I termini principali – il Verbo e Dio – si concatenavano dunque nell'originale greco secondo una sequenza diversa rispetto a tutte le altre versioni; di poco, ma diversa. Ovunque, il principio si stabiliva invariabilmente con il Verbo ma mentre nell'originale la sequenza continuava come Verbo-Dio-Dio-Verbo, in tutte le altre lingue che avevo controllato, le traduzioni si presentavano invece con un'alternanza potenzialmente iterabile, dall'effetto balbettante: Verbo-Dio-Verbo-Dio.

Mi misi subito a pensare cosa volesse significare la struttura dell'originale greco con *Dio* nel mezzo e il *Verbo* che evidentemente non stava solo in principio ma anche alla fine. Non riuscivo a capire ma era chiaro che, qualunque cosa volesse dire, quella sequenza non poteva essere certamente un caso, né la Signora si sarebbe mai manifestata in quel modo per una sciocchezza. Il significato doveva essere nell'ordine. Arrivai infine a due interpretazioni opposte, entrambe coerenti, del divino polimero. Il Verbo, manifestato in due luoghi diversi in virtù

di una lisi logica ma non ontologica, poteva avere nei confronti
di Dio due ruoli opposti: poteva creare due uncini a sostegno
del peso di Dio che, unica sostanza, piegava tutto lo spazio a
disposizione e trascinava verso il basso l'universo, costituendo-
ne l'inimmaginabile baricentro; oppure poteva creare due an-
core, per garantire che la forza propulsiva di un Dio scagliato
verso l'alto non fosse troppo forte per la realtà umana e sfug-
gisse completamente alle nostre povere menti in un ineffabile
strappo cognitivo. In entrambi i casi, sia che fosse – per così
dire – girata verso il basso che verso l'alto, la sequenza di parole
originale costituiva indiscutibilmente una catena a differenza di
tutte le altre traduzioni. Impossibile per me non tornare con la
memoria a quell'altra catena, fatta di pietre, incarnata nell'arco
di Pietramala e al principio universale che la regge: *Ut pendet
continuum flexile, sic stabit contiguum rigidum inversum.*

Mi fermai, impallidendo: non ero in grado di scegliere
quale fosse il verso giusto della catena fatta con il nome di Dio
e del Verbo, né di capire se ce ne fosse uno giusto ma qui la
fantasia si arrese. Tremando, senza troppo ragionare, recuperai subito il biglietto della Signora, quello che ricevetti poco
prima della partenza da Genova e che avevo aperto mentre
stavo per scendere dal traghetto in Corsica, e lo osservai in silenzio. A matita, accanto alle parole del messaggio, ne scrissi tra parentesi altre: *preposizione (in) nome (principio) verbo
(era) articolo (il) nome (verbo) congiunzione (e) articolo (il)
nome (verbo) verbo (era) preposizione (presso) nome (Dio) congiunzione (e) nome (Dio) verbo (era) articolo (il) nome (verbo).*

La Signora, evidentemente, sapeva tutto da prima, e sapeva anche che un nome può chiamarsi "verbo" e un verbo

"nome", perché tutto è possibile se l'ordine delle parole è quello giusto. *Tantum elementa queunt permutato ordine solo.*

> *Ma fin est mon commencement,*
> *et mon commencement ma fin*
> *est tenëure vraiement:*
> *ma fin est mon commencement.*
> *Mes tiers chant trois fois seulement,*
> *se retrograde et einsi fin;*
> *ma fin est mon commencement,*
> *et mon commencement ma fin.*
>
> Guillaume de Machaut

Postilla

Ho scritto questa storia che si può considerare una favola, ma che io considero un ragionamento, come se fosse una storia vera. Nello scrivere queste pagine mi sono macchiato dell'orrendo peccato di furto ma non ho avuto alternative e, soprattutto, mi sono salvato da quell'altro, ben peggiore, della superbia di pensare di inventare cose nuove. Ad alcuni ho rubato diademi interi, ad altri ho sottratto solo qualche gemma, dopo averne smontato le parti; mi consola solo il fatto che, in fondo, sminuzzate ai minimi termini, tutte le frasi sono fatte di pezzi che nessuno possiede in esclusiva.

Finito di stampare
nel mese di gennaio 2018
presso
Grafica Veneta S.p.A.
Via Malcanton 2 – Trebaseleghe (PD)

Printed in Italy